U0492180

好·奇

提供一种眼界

两度

IL ÉTAIT DEUX FOIS

FRANCK THILLIEZ

[法] 弗兰克·蒂利耶 著　萨姆斯 译

北京联合出版公司
Beijing United Publishing Co.,Ltd.

"你认为我的作品是垃圾，它只是普通人无法接受的灵魂碎片。"

——安托南·阿尔托

"对于任何事情，结局都是最重要的。"

——亚里士多德

《两度》为弗兰克·蒂利耶另一部作品

《未完成的手稿》的非线性续作。

作者强烈建议：

请先读完前作《未完成的手稿》后再进入《两度》，

以解锁全部情节线索，获得最佳阅读体验。

1

悬崖旅馆坐落在阿尔沃河谷一处狭窄成漏斗状的岩石上方，位于萨加斯以东三公里处。这栋拥有四十六间客房的两层建筑背后，矗立着一堵一百一十米高的石灰岩墙，即使在盛夏，建筑的四分之三也处于阴影之中，被稀薄的植被和萨瓦省阿尔卑斯山脉灰白色的峰顶遮住了阳光。这里终年寒冷，冰冷的空气从积雪覆盖的山顶倾泻而下，特别是2008年4月初，春天来得特别慢。

晚上11点半，加百列·莫斯卡托中尉出现在旅馆前台。这家旅馆陈旧，墙上挂着毛糙的栗色挂毯，前台搁板上摆着一排彩色小泥人，给人一种不受欢迎的老客栈感。中尉认识这家二星级旅馆的老板——罗穆亚尔德·坦雄，后者曾为他女儿提供连续两年的暑期实习机会。

两个男人握手寒暄。老板有一阵子没见到加百列·莫斯卡托了，这位魁梧的中尉身高近一米九，深蓝色派克大衣的领子竖到耳边，看上去像是老了十岁——他有多久没好好睡觉了？

“你女儿的事，我很难过，”罗穆亚尔德·坦雄说道，“衷心希望你能找到她。”

一个月来，加百列·莫斯卡托一直忍受着类似的慰问——遍布他在萨加斯（由一万三千名居民组成的小镇，像个木头桩子般被某位创建者钉在群山之间）走过的每个街角和每家商店。他已经筋疲力尽，但出于礼貌，他还是尽力点了点头。毕竟，对话者只是出于同情。

“我对萨加斯的所有住宿场所进行了摸排，并要求经理或老板提供我女儿失踪前后入住的客人名单。当然，他们可以拒绝，我完全能理解，但如果非让我带几个同事过来，势必会牵扯到诸多司法程序，让一切变得复杂。所以只要配合，双方就能干净利落地处理好一切，这对大家都有好处。”

罗穆亚尔德·坦雄从柜台抽屉里拿出一个活页夹。

“记得保密，只要能帮上忙……”

他把活页夹推到加百列眼前，开始敲电脑键盘。

“已经 2008 年了，但我还是做不到让电脑管理一切，所以一直还在纸质登记簿上登记。所有信息都在这上面：名字、姓氏、入住时间、退房时间、付款方式。”

说着他拿起挂在墙上为数不多的几把钥匙之一。大多数来萨加斯旅行的人都是冲着位于郊区的中心监狱来的，那里正关押着两千多个饱受折磨的悲惨灵魂。这里没有旅游业，只有一座监狱、一家医院、一个高等法院、一个宪兵队[1]和一个古老的滑雪场。

1　法国警察系统由国家警察（民警）、国家宪兵（军警）和市政警察三个系统组成，其中负责重大刑事案件以及跨区域刑事案件的一般统称为“司法警察”，亦称“刑警”，“宪兵队”与“警察局”的意义也可互通。——译者注（若无特别说明，本书脚注皆为译者注。）

“午夜前我会一直在前台，”罗穆亚尔德补充道，“你可以根据需要使用 29 号房，退房时如果我不在，请把钥匙放在篮子里，把登记簿放在柜台上。”

“谢谢你，罗穆亚尔德。”

旅馆老板的嘴唇在浓密的黑胡子下画出一道不安的弧线，那里已经冒出几根灰白的毛发。谁都逃不过岁月的安排。

“我只能做到这些了,我很喜欢朱莉。这种事本不该发生，一定要把那个混蛋抓回来。”

他指指后面的一扇门。

“如果需要，请按铃。”

加百列爬上二楼。29 号房里弥漫着一股湿气和木漆的味道，睡在这样的地方足以让所有积极心理学家垂头丧气。房间窗户正对悬崖，只有二十米远。加百列睁大眼睛，夜空中不见一丝星光，远处只有无法穿透的黑暗堡垒。他似乎听到女儿正在后面尖叫。

地狱般的三十二天，一无所获。一个月前的下午，朱莉没有回家。3 月 9 日早上，也就是失踪的第二天，人们在茂密的落叶松森林边缘发现了她的山地自行车。那里是一段骑行路线，朱莉每周都去那里训练三次，为原定于 7 月在夏慕尼举行的比赛做准备。据鉴定专家称，这名十七岁少女在一段下坡路上突然刹车，具体位置是萨加斯和阿尔比恩之间的山坡，五十米外是一个停车场。自行车靠在刹车痕迹尽头的一棵大树上。

从停车场开始，马里努阿警犬便彻底失去了可以追踪的痕迹。朱莉的生活很简单，一个在山区长大的女孩，父亲是警察，母亲是家庭护士，热爱国际象棋、大自然和电影，总是拿着数码相机到处拍。直升机和由数十名警察组成的搜查队“扫描”了森林、陡坡和高原，潜水员负责河床，仔细探查了水下的障碍物、树干、碎片、废金属——所有这些都有可能阻止一具尸体浮出水面。

除现场调查外，由六名警察（包括加百列在内）组成的专案小组仔细讯问了朱莉的朋友和同学。他们追踪时间线、收集监控视频、逐条分析手机通话记录；到了晚上，当其他人回家后，加百列独自一人在酒店、旅馆和青年旅社附近晃悠，召集各位经理或老板，收集尽可能完整的客人名单，把认为可能有用的信息抄到自己的笔记本上。绑匪——如果有的话——很可能就是住在林区或高山牧场的本地人，但也可能是偶然经过的旅行者。总之，不能忽视任何线索。

29 号房很简陋:一把椅子,一部固定电话,一套素色窗帘，一间蹩脚的浴室，马桶旁是淋浴间，没有电视，有一台迷你冰箱，里面放着许多酒。

朱莉就曾在这里准备早餐、清理地毯，加百列想象着她把床单和毛巾堆放在一起。这可能不是世界上最好的工作，但足以让她赚台数码相机的钱。两周前，相机已作为证据被封存入档：加百列无法拿到存储卡，因为卡已经不在相机里了。这无疑是个关键细节，存储卡可能已经丢失，或是因为损坏被丢弃。总之,卡不见了,这至少是一条值得重视的线索。对于失踪案来说，任何异常都需要一个合理的解释，哪怕是最微不足道的。每一种假设都需要另一种假设作支撑，但这势必会耗费大量的时间、金钱和人力。

加百列·莫斯卡托拉上窗帘，坐在床上，脱下半筒靴。他的右脚小趾在搜索行动中受了伤，正在流血。他用手机给妻子发了一条短信，告诉她自己可能很晚才回家；但饱受抑郁药折磨的妻子应该不会看。

他眼巴巴地盯着迷你冰箱里的“酒吧台”，今晚最好不要喝酒。他太累了，用拇指按摩着眼球，打开登记簿，停在“3月5日”那页上——悲剧发生三天前。整整七十二小时的入住记录，他会一丝不苟地记下每位客人的身份信息，然后进行筛选，必要时还会跟他们取得联系。这注定是一项艰苦的工作，吃力不讨好，但必须完成。

“我会找到你的，朱莉，我发誓我会找到你。”

可女儿到底在哪里？她为什么在距离停车场五十米的斜坡上刹车？是遇到了熟人吗？她此刻已被扔进了湖底，还是被关在几百公里外的地下室？目前与失踪有关的线索乱成了一团麻。时间足以致命，哪怕对最坚强的人来说，它也能破坏意志、扼杀希望。也许数月或数年后，女儿只会沦为他跑到山上疯狂呼喊的一个名字。

在涂黑三页纸之后，倦意袭来。他试图反抗，但无济于事。他只好躺下来，哭了，就像过去一个月里的日日夜夜——有时紧紧搂着妻子，有时独自蜷缩在角落里。

如果女儿还在身边，他会这么想念她吗？会像她不在时这样爱她吗？加百列不知道，他之前的生活已经不复存在，即将到来的只有灾难。无论调查结果如何，他的生活将永远被改变、被粉碎，因眼泪流尽而日益枯萎。他闭上眼睛，暂时关闭了悲伤。

一阵沉闷的噪声将他吵醒。他睁开眼睛：好像有什么东西撞在了玻璃窗上。

加百列踉跄着站起身，头晕目眩，拖着身体来到一扇半开的玻璃门前。怎么回事？他竟然不知不觉地穿过了那扇门——按理说，二楼应该没有通向外面的门——紧接着，他发现自己站在了旅馆后面停车场前的柏油路上。

突然，左肩传来一阵剧痛。一只鸟扑倒在脚边，半张着黄色的喙。加百列无法理解眼前的情景。另一只鸟躺在不远处的地上，仿佛一团可怜的毛球。

连续的撞击让汽车的车顶板和旅馆屋顶的瓦片唱起了歌。裹着睡袍的人们纷纷从房间里探出头，一张张睡眼惺忪的脸庞望向天空。几十支“火箭”嗖嗖地从黑暗中冒出来，伴随着肉块坠落的声音掉在地上。加百列惊呆了，扭头跑回旅馆，穿着睡衣的客人们在他耳边尖叫：“看到了吗？看到了吗？是天相！”

是的，加百列看到了。他当然看到了。

天空下起了死鸟雨。

2

半梦半醒中，加百列抬起眼皮，嘴巴里黏糊糊的，瘦削的身体趴在凌乱的床单上，脸朝下，双臂大张。他舔舔嘴唇，缓缓地转过头，左边的收音机时钟上显示“上午 11 点 11 分”。

他在枕头上呻吟，沉浸在烟雾般的噩梦中：毫无生气的鸟儿从天而降，纷纷撞上沥青路面、汽车顶板和旅馆屋顶……

加百列打了个寒战。自从朱莉失踪后，他的梦境就变得无比强烈和逼真……他从床上坐起来，感觉头重脚轻，仿佛全身的血液都冲上了大脑。大约二十秒后，他才想起一切。

旅馆……29 号房……登记簿……

糟糕的春雨淅淅沥沥地打在窗户上。他环顾四周，找不到他的手机、登记簿和笔记本。地板上放着一个运动包，里面装着不属于他的男士用品，椅背上搭着一件皮夹克，床头柜上放着一副黑框眼镜。他的深蓝色派克大衣呢？为什么会有一双结实的牛仔绒面靴？他的半筒靴呢？

外面传来汽车的引擎声。他走到窗前，惊恐地发现噩梦竟然是真的：数十只甚至数百只鸟的尸体铺满沥青路面，就像梦里一样。他推开门——那扇门依然半开着——踏上柏油路，蹲下去用指尖触碰离他最近的鸟：小小的身体像被冻住一般，眼珠蒙着一层灰色的薄膜。他站起身，简直不敢相信眼前的一切。

就在那一刻，他突然意识到自己在一楼，而不是昨天的二楼，刚刚穿过的那扇门无须经过前台就能进出旅馆。他跑回房间，冲向放在床头柜上的钥匙扣，白球上刻着数字 7。

好的，好的……花时间思考一下。显然，他不在自己的房间里。他明明是在 29 号房睡着的，却在另一个陌生的房间里醒来。也许是梦游症？他在梦游时目睹了一场不可思议的鸟类屠杀——堪比希区柯克的电影——然后在其他房间再次睡着了？

他打开迷你冰箱：一切如初，所以他没在这里喝过酒。难道他是在自己的房间里喝醉了，然后在旅馆大堂闲逛，随意打开了一间房的门？他以前从没梦游过，但最近几周，同事们都劝他放慢节奏：失踪案、过度劳累、睡眠不足，所有这些一定让他的大脑形成了某种短路。但有一点是肯定的：眼前的一切必然有一个合理的解释。

他光着脚回到二楼，陷入沉思：如果他是在 7 号房里过的夜，那本来住在 7 号房的家伙去哪儿了？他为什么连行李都不要就走了？在狭窄的走廊尽头，29 号房是锁着的。他敲了敲门，没有动静。又一个糟糕的日子即将来临。

回到楼下房间，他拿起旅馆电话，拨通了老同事的手机。电话被转到了语音信箱，他留下一条信息：

是我，保罗，你不会相信的，我在悬崖旅馆里打了个盹儿，半夜下起了死鸟雨，成百上千只鸟像冰雹一样从天而降！无论如何，我会在半小时内赶回队里。好吧，如果我能拿回行李的话……稍后解释。回见、回见！

他又立刻给妻子打了个电话，听筒里的自动语音告诉他“此号码不存在”。他又拨了一次，确定没有按错键。同样的回答。

“见鬼！”

他沿着走廊来到前台，柜台后面站着一个四十多岁的女人，刚刚挂断电话，瞥了一眼他的赤脚。

“原来不只我们这里下了死鸟雨，”她惊惶未定地说，“外面到处都是死鸟，一直蔓延到萨加斯高速入口的高架桥。真是闻所未闻，一大群黑压压的鸟。”

“一大群鸟？”

“你昨天没看到吗？阿尔沃河岸的椋鸟栖息地。”

加百列瞪大双眼。她继续解释道：

“据专家估计，总共约有七十万只椋鸟正从北欧地区向西班牙迁徙。三天前，它们停留在萨加斯，在天空中组成各种难以置信的图案，周围数百米都能听到它们的尖叫。出去听听吧，一定能听到的。”

女人发觉加百列似乎根本听不懂她的话，于是不再坚持。

“有什么能帮你的吗？被锁在房间外面了？”

“不，不是。昨晚罗穆亚尔德先生给了我 29 号房的钥匙……我忘了具体时间，反正很晚了。可我刚才醒来后发现我在7号房，行李也不是我的，我想可能是梦游症什么的……”

女人转向挂在墙上的钥匙，拿起其中一把。

“你是说，你从二楼到一楼，手臂伸在胸前，像僵尸一样走进了另一个房间？”

“我想不出其他可能。”

“那7号房的客人呢？他在哪儿？在29号房？”

“也许。”

“不可能，29号房的钥匙还在这儿，除非谁趁我不注意把它偷走了又挂回墙上……对不起，那些鸟把我搞得晕头转向的。”

加百列也晕头转向：他不记得前台搁板上有这么多小泥人，也不记得它们有这么丑；他确信自己从没见过那个假时钟——萨尔瓦多·达利的《记忆的永恒》——像奶酪一样从柜台角落里溢出来；就连电脑显示器也比昨天的更大、更薄了。

这些细节让他非常不安。对他来说，一切似乎既相似又不同，他仿佛正行走在两个世界的边缘。女人把29号房钥匙放在他眼前，然后敲起电脑键盘。在盯着屏幕看了好一会儿之后，她终于抬起好奇的眼睛。

“不不，这里一定出了什么问题。电脑记录显示，你醒来的7号房是被一个名叫瓦尔特·古芬的客人预订了一晚，他还没有退房，所以应该还在旅馆里，可能是出去看鸟了？但早晚会回来的。另外，我这里并没有你说的29号房的开房记录。”

加百列扭动着紧贴在冰凉地砖上的脚趾。他急于离开这个鬼地方，回到宪兵队。他身后站着一个年轻女人，肩上背着背包，黑发，全身布满文身。不知为什么，每次看到文身，加百列都会想到囚犯。

“那是因为罗穆亚尔德先生并没有把我录入登记簿或电脑，他只是把 29 号房借给我几个小时，我离开时必须把钥匙放回篮子里，但我后来睡着了。”

“罗穆亚尔德？借房间？这真是比素食主义者吃牛排还离谱！”

“听着，我并不打算在这里耗一整天，快把 29 号房钥匙给我，我只想拿回我的行李，五分钟后就给你送回来。”

四十多岁的女人终于不情愿地把钥匙递给他，然后招呼站在他身后的那位小姐，后者已经开始不耐烦了。加百列不安地踏上楼梯。什么素食主义者？他简直快被逼疯了。

他打开门，走进 29 号房，里面空荡荡的，床铺整整齐齐，窗帘紧闭，空气里弥漫着清洁剂和空气清新剂的味道。他穿过房间，走近窗口，悬崖……下方的路面上布满鸟儿撞击后留下的斑斑暗红……他确信自己昨晚就睡在这里：坐在床上，手上拿着登记簿，在笔记本上一丝不苟地记下房客的身份。

他看了看床底下，又翻了翻床头柜的抽屉，想确认服务员没有误收他的东西。该死的笔记本呢？警服呢？靴子呢？

他在浴室里乱转，镜子里的映像给了他一记耳光。

那不是他。

3

加百列被钉在镜子前，看着眼前的“替身”，目瞪口呆。

是的，那是他，也不是他：剃光的头骨，灰白的山羊胡，眼角的鱼尾纹，额头上的三道杠。他拍拍自己的脸，手指滑向皮肤略微松弛的下巴，一直滑到喉结，两腮散布着稀疏发亮的胡子茬。

“他”，比他老得多。

他踉跄着抓住洗手池边缘，以免摔倒。他从未见过此刻裹在自己身上的深蓝色毛衣，牛仔裤的样式也不一样。“他”的身材更瘦削，锁骨突出，脖子上有明显的肌腱。

他向后退了几步，头晕目眩，大脑立刻产生一种荒谬的条件反射——冲向垃圾桶或浴缸寻找自己的头发。他在哪里被剃光了头？为什么？他的身体怎么了？

他忍不住再次靠近镜子，拉扯脸上的皱纹。杏仁眼、淡粉色的嘴唇——是他，不是在做梦，无比真实，无比清醒：此刻和自己对视的那个人就是他。

一阵眩晕。他掀开毛衣下摆，仔细观察着自己的小腹：松弛的皮肤，突出的胯骨——眼前的身体结构使他害怕。他注意到自己的脖子上挂着一条黑色蕾丝带，上面系着一把样式复杂的小钥匙；他抚摸着它，努力回忆它出现在胸前的原因。什么都没有。他惊慌失措地回到走廊，一不小心和一个人撞了个满怀，对方正推着一辆装满衣物的洗衣车。

“请问你打扫过 29 号房吗？有一个笔记本，一部手机，一件派克大衣，衣服口袋里有几张纸。”

对面的男人似乎很不安。他四十多岁，光头，额头平坦得像口平底锅，宽阔的肩膀，多毛的小臂，像个橄榄球队员，白色 T 恤上印着一把红色的电吉他。他盯着加百列，咧了咧嘴。

“你说什么？”

“请问你见过我吗？”

这个和加百列一样高大的男人更显粗壮。他低头看着对方的赤脚，然后看向脸，两只眼睛仿佛暴风雨前天空中的两朵乌云。最后，他转过身，查看挂在洗衣车上的排班表。

“我们已经很熟了，你真是让我吃惊，而且……不，我没去过 29 号房，昨晚那里没人住。”

男人弓着背，默默地推着洗衣车走开了。在穿过一扇门之前，他转过头看了加百列一眼。为什么是那种闪烁的眼神和不可思议的语气？男人刚刚说“我们已经很熟了”。已经？

加百列回到 7 号房，开始在运动包里翻找：内裤、袜子、纯蓝色 T 恤、洗漱用品。仅此而已。皮夹克的口袋里有个打火机，上面刻着狼头；一个带扣钥匙包里挂着三把钥匙，其中一把是汽车钥匙，德国车。他弯下腰，试了试那双靴子——44 码，和他的 43 码差不多。最后，他颤抖着抓起那副眼镜，戴上——非常合适，只是丝毫不影响视力：无论有没有眼镜，他都能看得很清楚。

一切都说不通。

加百列不得不坐下来，他极力想从噩梦中醒来，逃离这漫长无际的疯狂隧道。他在这个被诅咒的房间里踱着步，仿佛置身于最糟糕的恐怖电影。也许现实中没有死鸟雨，甚至他的女儿可能也没有消失：她正在家里等他，等他一起下棋，一起去山间小径和森林里骑自行车。

他试图联系老同事保罗，然后是自己的妻子——依然打不通：此号码不存在。当然。这也是“疯狂隧道”的一部分。

光着脚走来走去的确不合适，他穿上了从运动包里翻出来的袜子，然后是那双可怕的靴子——出乎意料地舒服。厚重的羊皮领夹克有点肥大，但还算合身。等到真相大白时，他一定会把它们还给它们的主人的。

下一分钟，他再次出现在旅馆前台，跺着脚，喉咙有些发紧，手里拿着两把钥匙。

“找到行李了吗？”前台的女士问道。

“瓦尔特·古芬还没有出现吗？”

“没有。”

“我需要和罗穆亚尔德·坦雄谈谈。”

“抱歉，他今天去里昂见线上预订平台的合作伙伴了。旅馆必须向囚犯家属以外的游客开放，要知道，萨加斯的确很糟糕，但自然环境还是不错的，还有滑雪场……”

“听着，”他打断了她，“我是加百列·莫斯卡托中尉，一名警察。我认识罗穆亚尔德，我的女儿曾在这里做过两次暑期实习。我是昨天晚上入住的，借走了登记簿，然后……”

“加百列·莫斯卡托？你……就是那个一直下落不明的小家伙的父亲？”

“我们会动员所有力量，搜查还在继续，才一个月而已，我们会找到她的。”

女人摇摇头，惊讶地瞪着他。

“一个月？可是……你认为今天是几号呢？”

加百列想了想。

“9号吧……也可能是10号……4月10日。今天是4月10日，星期四。”

“4月10日？哪一年呢？”

“2008年。”

女人一眨不眨地盯了他许久，然后用坚硬得仿佛钻石般的语气说道：

“但今天是2020年11月6日，你的女儿已经失踪十二年了。”

4

永远无法避开那些鸟，即使放慢动作和不断转身也不行。

低矮的水泥色天空下，萨加斯宪兵队的车停在了位于高处的红土停车场——两边分别是市政污水处理厂和市政废物处理厂，下面正对着一条公路。棕色、赭色、灰色的山脉仿佛巨大的沙洲，挡住一排排被困在阿尔沃河岸边的桤木和松树。背景中的云层从山顶飘落而下，在山墙间蔓延成厚厚的碎屑带，让天空变得触手可及，也彻底粉碎了人们对美好一天的盼望。在萨加斯，太阳可能会连续消失数周，当地人将这种持续的无光现象称为“黑死病”。这种病足以令所有人士气低沉，大幅提高山谷中的自杀率，尤其在秋季，官方统计数字完全可以证明这一点。

队长保罗·拉克鲁瓦上尉下了车，后面跟着比他小二十五岁的年轻女警露易丝。两个人扫视着周围，看到了无数死鸟的尸体。

“据鸟类专家说，一大群椋鸟在半夜受到惊吓，”保罗开口道，“处于黑暗中的它们几乎成了瞎子。就这样，数十万只鸟一齐从栖息的枝头惊慌起飞，在绵延近一万平方米的空中彼此相撞并坠落。有目击证词显示，撞击事故发生在凌晨2

点 10 分至 2 点 20 分之间。”

两个人向副队长马丁尼准尉走去。后者正焦急地等着他们，浑身颤抖着抱紧双臂，水珠从鼻尖上滑落。十一月的大风和寒冷足以撕裂脸颊，刺透层层叠叠的衣服。他们互相握了握手。五十二岁的本杰明·马丁尼顶着一头乱蓬蓬的卷发，有点汤姆·汉克斯的味道。此刻，他指着远处案发现场的一片植被说道：

“尸体就在那里，请跟我来。”

他嗓音纤细、皮肤蜡黄，就像这里的大多数山谷居民一样。三名警察绕过一个土坡，穿过一片树林，跟着右腿严重跛行的保罗缓慢地前进。途中，保罗掏出一张纸巾递给露易丝。

“左手肘上粘了鸟屎。”

“不会吧……该死的！”

他不悦地看着她用纸巾擦掉那个白点。

“你确定没事吗？接下来可以不需要你。”

露易丝把纸巾卷成一团，塞进派克大衣的口袋。

“我没事，完全没有问题。”

年轻女警迈着大步超过他，似乎想用轻快的步伐、挺直的身板和骄傲的下巴以示决心。保罗利用空当偷偷揉了揉右膝盖，继续往前走去。空气中一旦浸满湿气，他的关节就疼得要命，可以说几乎无时无刻不在疼。

马丁尼边走边把乳胶手套递给他们。

“上午 9 点 50 分，一位名叫伊莎贝尔·达维尼的皮划艇运动员最先发现了尸体。她来自阿尔比恩，当时正一边沿着阿尔沃河岸向下游划，一边用手机拍摄岸边的死鸟。发现尸体后，她立刻报了警。我和布吕内、塔迪厄于10点20分赶到现场，并在途中给你打了电话。”

保罗注意到了那艘停在河岸远处的皮划艇。

“伊莎贝尔·达维尼在哪里？”

“她一直不停地呕吐，很不舒服。塔迪厄把她带回宪兵队了。”

三个人在铺满松刺的路面上走着，脚下踩着阿尔沃河左岸的碎石。椋鸟尸体散落在各处，保罗感觉自己就像在后世界末日的电影场景里穿行。他抬起头，三百米开外的高空已经被可怕的几何图形入侵，云层下，仿佛有一张看不见的大嘴旋风般地吹起大把黑沙。尽管夜间刚发生一场集体自杀，但椋鸟已经难以置信地再次跳起了芭蕾舞。

保罗审慎地打量着周围：宽阔的河面泛着冰冷的蓝色，水流汹涌，澎湃的急流足以吸引众多皮划艇运动员；步行到这片河岸并不难——无论是从工厂，还是沿激流蜿蜒数公里的公路。他朝布吕内走去，后者正用手机拍照，小心翼翼地和尸体保持着距离。

上午11点19分，保罗的手机响了。未知号码。他迅速切断刺耳的《我会活下去》的手机铃声，在与受害者的安全距离内站定。露易丝停在了不远处。

上尉蹲下身。这将是一件在萨加斯经久流传的逸事：泛滥的椋鸟……一场暴力犯罪，一具被抛在河边的半裸女尸……对于那些记者来说，这是一种神圣的“勾引”，他们必然会带着笔记本空降在岸边，铺天盖地的新闻将在小镇上迅速传播。

他注视着尸体，极力保持冷静。他和马丁尼一起处理过相当多的自杀案件，虽然其中个别界定比较模糊，但最终很少会被定性为刑事案件。他调整呼吸，打开手机的录音功能，开始陈述自己对案件的初步看法。这是他的习惯，虽然法医鉴定人员到达后也会做同样的事，但他始终认为与受害者的第一次现场接触相当重要。

“尸体发现于2020年11月6日上午11点22分，一名白人女性，年龄无法确定，大致在三十岁至四十岁之间，中等身材，由来自阿尔比恩的伊莎贝尔·达维尼划皮划艇时发现。天气潮湿，清晨下过小雨。受害者仰卧于阿尔沃河左岸背阴侧，处于南北轴线上，位于萨加斯污水处理厂以南两公里……附近的险滩。”

他倾身靠近尸体。

“左臂肩周发生严重骨折，与身体呈大于90度角。一只椋鸟的尸体半靠其右大腿根部，冲击性血痕与死鸟坠落有关，所以受害者很可能在昨晚死鸟雨发生之前就已经死亡……”

他往后挪了一步。

“左手手指指甲内有轻微血迹，深金色头发，长约三十厘米，重度淤伤导致五官特征无法辨认。初步判断右侧颧弓开裂，面部颧骨因骨折导致隆起，鼻子凹陷……鉴于被损毁程度，面部应该曾遭到鹅卵石或石块类物体的击打——现场附近就有很多。口腔内留有黑色织物，塞住嘴巴，显然是袜子，受害者光脚可以证明这一点。”

他看了一眼露易丝，后者眨眨眼，示意没有任何问题，然后低下头在笔记本上写着。他继续说道：

“尸体附近没有发现鞋子，足底弓部多处割伤……右脚与小腿形成角度，说明脚踝处发生严重骨折。牛仔裤和内裤均被拉至膝盖以下，大腿根部和内侧均有淤伤，而且……阴道内可能出血……”

他按下暂停键。这个女人显然遭到过强奸。他努力甩掉某些阴暗的想法，调整呼吸，继续说道：

“她上身仍然穿着外套，拉链一直拉到脖颈处，夹克上至少留有两处穿孔痕迹，位于胸部，属枪击特征。目前正等待法医鉴定人员和殡仪馆人员到达现场，对其脱下衣物后检查，最后运往停尸房。”

他切断录音，凝视着这个可怜的女人——像垃圾一样被遗弃在那里，遗弃在水边。是什么样的禽兽如此残忍地伤害并杀死了她？他痛苦地站起身，把全身力量压在左腿上，五十二年的岁月仿佛被困进一个老人的身体。他转向正在打电话的马丁尼，然后看向露易丝。

“有没有可能是半夜枪声惊扰到了鸟群？受惊的椋鸟一齐从树上起飞、相撞，然后其中一只落在了新鲜的尸体上？”

露易丝没有抬头，眼睛一直盯着移动的笔尖。

“我已经录音了，”保罗叹了口气，“你的笔记没什么用。”

露易丝将笔记本放进大衣口袋，重新看向尸体。

“是的，很有可能，”她回答道，“这样就可以确定死亡时间了。”

“凌晨2点，整个过程也就几分钟。到时看看法医专家的说法吧，但这种假设应该没错。或者，你怎么看？”

“凶手把袜子塞进受害者的嘴里，以阻止她尖叫，所以她很可能是在这里被强奸的，然后当场被杀。”

“为什么这么说？”

“内裤被拉了下来，而且这里很隐蔽，完美的犯罪地点。当然，那边有条路，但天黑后就看不见任何东西了。没有照明，附近没有住宅区。水声足以淹没嘴巴被堵住后的呜咽声。不过即使尖叫也没用，凌晨2点，这附近根本没有人。”

“那光脚呢？如何解释？”

“还不知道。鉴于足弓的受伤情况，她走路时应该没有穿鞋，甚至奔跑时也没有。也许她被锁进了汽车后备箱或一辆房车，一度逃脱，受伤了，一直在逃跑，可能是想跳进阿尔沃河，以摆脱袭击者？除此之外，我看不出她还能去哪里。她扭伤了脚踝，从受伤程度看，非常严重，一下子就倒了下去，就在那里，然后……接下来的事情就发生了。那只禽兽对她下了手。”

这倒是很合理的假设。那么，受害者是怎么来的呢？从哪里来？难道真如露易丝假设的那样，是被一辆车带来的？

“如果不算死鸟雨的话，她嘴里的袜子很奇怪。”露易丝补充道。

“说说看？”

“如果她是光脚奔跑的，那就意味着袭击者事先剥下了她的袜子；但带着猎物的袜子四处行动似乎很不合逻辑，至少在我看来。”

“逻辑？要知道，对于刑事案件来说……那多半只出现在电视剧里。或许她是穿着袜子逃跑的？袜子并不能保护她不受伤……你刚才推断性侵是在这里发生的，但也有可能凶手是在别处强奸了她，把尸体扔在这里，然后故意拉下她的裤子。还有另一种可能：他是在她死后强奸了她。”

“太可怕了。”

“也许可怕的是我。所以永远不要妄下结论，这就是我坚持在观察中做推论的原因。”

“谢谢您的教导，上尉。”她冷冷地答道。

保罗转向马丁尼。

“我会立刻申请支援，接下来有的忙了，在未来几小时甚至几天里，我们可能会非常忙碌。这意味着周末所有人都要出现，不允许在一天中的任何时间跑去接孩子放学。我不想让萨加斯警察再被误认为是傻瓜。马丁尼，你能把这个消息准确传达下去吗？”

马丁尼默默地点点头。一旁的布吕内正在给尸体拍照，保罗在这个小伙子眼中发现了一丝兴奋，甚至发现他的嘴角竟然挂着笑。

“你觉得这会让你变得与众不同吗？”保罗咆哮道，“这是一个死去的年轻女人，该死的！不许分心！动动脑子吧！”

布吕内脸一红，低下了头。他是萨加斯地方自治宪兵队的一个小兵，该宪兵队由三十四名警察组成（包括三名法医鉴定人员），管辖着分布于八座城镇的两百多平方公里土地。

由于该地区拥有众多海拔超过一千八百米的山峰，因此该小队也被称为“山地宪兵队”，并被授权执行司法警察的职能。在保罗的领导下，细致的刑侦工作即将开始，但这并没有让他感到兴奋。

“在鉴定人员到达之前，我们先对周围环境进行摸查，看看能否找到弹壳或用于袭击的石块。”

说完他掏出手机，打算给地方检察官打电话，却意外看到了一条几分钟前发来的语音信息：

是我，保罗，你不会相信的，我在悬崖旅馆里打了个盹儿，半夜下起了死鸟雨，成百上千只鸟像冰雹一样从天而降！无论如何，我会在半小时内赶回队里。好吧，如果我能拿回行李的话……稍后解释。回见、回见！

起初，保罗还以为是一条发错的信息，直到他听到最后一句话。他又听了一遍。声音、语气……回见、回见！只有一个人会以这种方式和他打招呼：加百列·莫斯卡托。但那是十二年前的事了……

他挂断电话，脸色苍白，这条信息瞬间勾起了他一生中最糟糕的回忆。他一瘸一拐地朝河岸走去，看上去像个残废的老兵。

“怎么了？”露易丝问道，“发生了什么事？”

保罗重新审视着那具尸体：破碎的脸、散落的金发、伤痕累累的肉体。难道……？

难道是她？朱莉·莫斯卡托？他摇了摇头，看向露易丝。

“一个幽灵……我的手机里有一个幽灵。”

5

无论加百列如何挖掘记忆深处，依然什么都没有……从2008年4月10日到现在，一片空白。但如果没有女儿的存在，哪怕是一次生日或一个圣诞节，他怎么可能会忘记呢？为什么还没有找到朱莉？调查结果是什么？他这个父亲这些年来都做了什么？

他在旅馆大堂翻着报纸，狼吞虎咽地读着每一篇文章，震惊于自己对这个星球的陌生。在他的脑海中，奥巴马正扬帆起航，世界各地的电视上都能听到他的演讲，尤其那句“是的，我们可以”。那么眼前这个系着红领带、留着稻草头发的胖子是谁？为什么说“今年是2015年巴黎恐怖袭击事件五周年”？什么是Uber？什么是Deliveroo？人们描述着一个不属于他的世界：神秘的技术、难以理解的文字、未知人物的肖像照……

加百列一遍遍地确认报纸上的日期。2020年11月6日。不可能。你就是那个一直下落不明的小家伙的父亲？撒谎。朱莉只失踪了一个月，警察已经部署了行动，他们一定会把她带回萨加斯的。一切都会恢复正常。

2008年4月10日，2008年4月10日，2008年4月10日……

也许他疯了，眼前的假面舞会只是他头脑中的幻象，或是精心设计的噩梦，以至于他什么都明白，却始终无法逃脱。他的大脑在剧烈燃烧。

他走出旅馆，眼睛盯着粘在沥青路上的毛球。没有证件，没有记忆，他穿着瓦尔特·古芬的衣服四处游荡，脑子里不断闪现着各种愚蠢的念头——失忆？或者更糟糕的——阿尔茨海默症？他想象着自己可能刚从医院里跑出来，带着乱成一锅粥的记忆躲进一家破烂的旅馆，避开所有正在寻找他的人。他必须回家，必须问问妻子。他必须知道发生了什么。

他开始翻找夹克口袋，掏出钥匙包。远处两盏车头灯开始闪烁，哔哔声响起：本世纪初最知名的一款奔驰车，也是被盗次数最多的车型之一。而周围的其他大多数汽车对他来说没有任何意义：雪铁龙 - 萨克斯、标志 206、高尔夫—— 一个个看上去仿佛奇形怪状的乐高，色彩鲜艳，挂着各种奇奇怪怪的车牌。

他厌恶地抓起两只搁浅在奔驰车引擎盖上的死鸟，把它们并排放在地上。车顶金属板的撞击处已经轻微凹陷。他查看了一下后备箱：空空如也；然后坐上驾驶座，盯着后视镜里的自己。震惊一如既往地强烈：皱纹、灰白的胡子茬……他突然就变老了。十二年，就像一场穿越时空的残酷的旅程，而他就是《回到未来》中的马蒂·麦克弗莱。

他呆坐在那里，凝视着车厢内饰，试图抓住某些记忆，希望能体会到一种似曾相识的感觉。什么都没有。他解开脖子上的蕾丝带，盯着那把钥匙。它是打开什么的？一扇大门？

一个柜子？

手套箱里有一个手电筒、一个灯泡和一包香烟。他抽出一支烟，闻了闻，反射性地夹在唇间，然后痛苦地吐出来，烟草在舌头上留下一丝熟悉的味道：他抽烟。什么时候开始的？

他启动引擎，把车驶向停车场出口，小心翼翼地避开那些死鸟——车轮下不断发出碾过谷物般的噼啪声。他回到公路上，向南穿过狭窄的山谷，看到了被云层吞噬的陡峭的黑色山脉。一切都没有变，悬崖、森林、群山，与太多储存在记忆中的图像完美重合。他熟悉那些气味——冷杉、泥土、潮湿的空气，这让他很安心。

一公里后，他看到了鸟儿在天空中跳着不可思议的舞蹈。那一大群著名的椋鸟——总共七十万只，对了，现在应该少了一点。加百列观察着那些时而紧凑、时而分散的鸟儿组成的画面，仿佛看到了一颗跳动的心脏。

汽车突然减速。前面的车辆排起了长龙，队伍绵延出近三十米。下面就是阿尔沃河岸，一群穿制服的人正在那里打着各种手势。是警察。从这里望过去，他辨认不出那些同事的脸，场地周围拉起一块白布，以防好奇的路人向里面偷窥。鉴于部署的规模和手段，那里必然有尸体。

尸体，在萨加斯。

加百列握紧方向盘，脑海浮现出一幅画面：朱莉正躺在黑灰色的鹅卵石上，一张惨白肿胀的脸与溺死者一模一样。终于找到她了？她死了？他的女儿死了？他猛按喇叭，危险地超了几辆车，擦过安全护栏，匆忙转弯、并线。他必须弄清楚一切。

高速公路出口转向一个陡峭的斜坡，再往前，黑暗的萨加斯仿佛嵌入岩石的巢穴般若隐若现。这座由混凝土构成的行政小镇，一个被A40高速公路上不停驶过的卡车污染的盆地，吸引着附近村民纷纷涌向这里寻求工作或医疗服务。医院是进入小镇后的第一个文明标志，跟那所著名的监狱一样，为山谷中的人们创造了绝大多数的就业机会。

从环岛的第一个出口驶出（加百列一直不明白这里为什么立着一尊“木熊”雕像，这附近从未有熊出没过），奔驰车冲上石砌高架桥，朝来的方向飞速驶去。很快，加百列把车开上了阿尔沃河另一岸的公路，一路驶向废物处理厂。这里的死鸟变多了，还有成千上万只活鸟正在头顶盘旋，叽叽喳喳，发出摩擦玻璃碎片般刺耳的噪声。

他用尽全力发出一声嘶吼，祈求汹涌的河水不要回流到女儿的尸体上。

6

停车场上至少停着四辆警车，外加一辆刑侦技术人员的紧凑型 SUV。加百列穿过敞开的大门，把车停在警车旁，大踏步跑过多彩斑斓的群山，心脏怦怦直跳。他急促地喘息着，喉咙发紧，最后不得不放慢脚步。2020 年……他已经五十五岁了。该死的！

一个穿警服的女人从树丛后闪出来，坚定地朝他走了过来。

“先生，国家宪兵队在执行公务，抱歉，该区域禁止进入，您正……”

话还没说完，她便低下头，终于明白了刚刚上级为什么提到“幽灵”。

“加百列？”

“你是……露易丝？露易丝·拉克鲁瓦？”

站在眼前的已经不是那个头发乱糟糟、浓妆艳抹、青春叛逆的十七岁女高中生，而是一个留着长辫、脸颊丰满、身穿制服的成熟女人，裤脚塞进光亮结实的半筒靴。露易丝？警察？加百列简直不敢相信眼前的一切。露易丝也很震惊，但很快就恢复了理智。

"你来这里干什么？"

她的语气一点也不讨人喜欢，加百列不知道该说什么。两个"露易丝"严重干扰着他的思维。他探着头，发现树林里不停地闪过深蓝色派克大衣的影子。

"我从公路上看到了警服，发生了什么事？"

露易丝把手插进口袋，下巴埋在衣领里。

"无可奉告。"

"无可奉告？你在开玩笑吗？"

"如果你想见我父亲的话，现在还不是时候，他没这个心情。死鸟、死尸，还有那些拼命想挤进来的记者。我不会让你再往前走一步的，过后来宪兵队吧。"

"别惹我，露易丝。那是朱莉吗？是她吗？"

既然得不到回答，加百列决定继续前进。当露易丝挡住去路时，他干脆把她推到一边。走过一片冷杉树林后，视野变得开阔起来：鹅卵石河岸、死鸟尸体下的黑红色斑点、河床下汹涌的暗流、鸟群下方几乎融入灰色背景的高架桥。几个穿警服的人正在右边拉起的白布前晃动，从他所在的位置能看到地上散落着一团物体，一个穿白大褂的家伙正脱下一具尸体的衣服，把手滑进透明塑料袋。当加百列看到女性乳房刺眼的白色时，他感到一阵恶心。

露易丝提高了嗓门，保罗·拉克鲁瓦威严的身影终于赶来增援了。和露易丝一样，保罗也老了。在看到那张脸之前，加百列首先注意到了他走路的姿势：一个木偶。每一帧画面都像一记重拳打在加百列的脸上：这位前同事，那个曾经意气风发的四十岁男人——身材瘦削，五官棱角分明得仿佛切割的岩石——此刻却像老人一样缓慢地移动着脚步，就像一台陷在泥里的推土机；曾经那头浓密的黑色卷发如今变成了灰白，零碎地贴在头皮上；尽管派克大衣上增加了一条杠——证明他已经被提升为上尉——但眼前的保罗和加百列脑子里的保罗简直判若两人。十二年的时光竟会让一个人改变得这么多？

“你来这里干什么？”

和露易丝一样充满敌意。加百列打量着周围突然全部看向自己的年轻脸庞和厌恶的眼神……除了准尉马丁尼，他一个都不认识。同事索伦娜和其他人去哪儿了？

“别告诉我是她，别告诉我那是我女儿。”

保罗紧紧地盯着他，仿佛也在重新认识另一个人。他们两个曾经是最好的朋友，在同一条街上长大，一起上初中和高中，后来成了同事。二十多年来，他们共用一间办公室，每周都相约去当地的咖啡馆喝两次小酒。然而，今天，他们就像两个面对面的陌生人。

“还不确定，某些特征已无法辨认，况且……已经十二年了，人的身体会发生变化。目前只知道是一名三十多岁的女性，显然被强奸过，其他无可奉告。稍后尸体会被送到停尸房采集 DNA，然后送到实验室尸检。”

“我想看看尸体。”

“不行。”

“听着，保罗，发生了几件怪事，昨天，你和我一起分析了朱莉的通话记录，讯问了几个人；晚上我去了悬崖旅馆，拿到了登记簿。该死的，告诉我你还记得这些！”

“不不不，肯定不是昨天，也不是去年，甚至不是五年前。”

“对我来说，就是昨天！昨天晚上，那些鸟在我眼前从天而降，落在停车场和汽车引擎盖上。真是见鬼。大家从旅馆房间里走出来，后来我又睡着了……今天早上，我顶着一颗五十多岁的光头醒来，有人告诉我现在是 2020 年，你的女儿老了十二岁，你也一样。我彻底蒙了，相信我，今天对我来说简直糟糕透顶，所以请让我看看那具尸体。”

保罗冲两名警察挥挥手。

“这里不需要他，把他送回他的车里。”

加百列并不死心。其中一名警察试图抓住他的手腕，被他愤怒地一把推开。

“别碰我！我也是警察！我们一样，该死的！”

其他人陆续冲过来，最终制服了他。加百列筋疲力尽：能量已经被抽离他的身体，就像从爆胎中漏出的空气。保罗站在他面前，脸距离他只有十厘米。

“我不管你是吸了毒还是喝醉了，但别逼我。这里不欢迎你，滚出这座小镇！”

保罗转身走了。加百列则被送回停车场，塞进了他的奔驰车。他居然被禁止去犯罪现场。他，一名警察，竟然就这样被赶走了。在保罗和露易丝的眼中，他只看到了责备和仇恨。

究竟发生了什么事？最重要的是，是什么时候发生的？

当奔驰车被迫停在一座桥上时，加百列的胳膊开始不停地颤抖，太阳穴突突直跳，疼痛猛烈捶打着他的头骨。天空中鸟儿组成的巨大机关仿佛一道黑色的深渊，不停地收缩、收缩。加百列头晕目眩，驶过环岛和几个仓库后，又继续勉强行驶了两公里。终于，耳边响起虫鸣般的嗡嗡声。他闭上眼睛，再睁开，发现前方一辆汽车正朝自己冲过来。他猛打方向盘，车冲出了过道。最后，他挣扎着下车，在草地上踉跄了约十米远，双手卡住喉咙，仿佛想扯下一条并不存在的围巾。

那辆车也停了下来，一个男人怒气冲冲地跑向他。

“你搞什么鬼？！”

加百列一把抓住对方的胳膊。

“医院……送我去医院……”

7

萨加斯医院，二楼，神经内科。直到做核磁共振成像时，加百列才发现手上的结婚戒指不见了，那是他从二十五岁起就一直戴在无名指上的白金戒指。进入圆柱体后，他有些惊慌，机器尝试了好几次才成功拍下他的大脑图像。晚上八点多，在一系列没完没了的检查后，他终于在一个安静的房间里安顿下来，得到了一份用不明蔬菜做成的晚餐。

没有人来和他解释什么：只能先收集各种检查结果，从一个诊室转到另一个诊室。根据病历记录显示，他曾在2014年因腰椎间盘突出住过里尔的医院。里尔？为什么是北方？除了母亲，没有任何东西能把他和那里联系在一起。奇怪的是，他失去了十二年的记忆，却能背出自己的社保卡号码，治疗才得以顺利进行。同样，他也被法国医疗保障系统所“熟知”，并接受一家互助保险公司的服务。所以，2020年的“加百列·莫斯卡托”是存在的。

他坐在急诊室的床上，盯着自己的右胳膊，抚摸着小臂上一处细微的白色斑纹。护士确定那是被激光去除的旧文身，仔细辨认后仍能看出“朱莉”的字样。

他曾在自己身上刻下女儿的名字，然后又抹去了。加百列双手抱头，这种无知几乎把他逼疯。

他突然想起自己的家人，于是拨通了母亲家的座机。一个陌生人在电话里说自己四年前就已买下这所房子，还记得前屋主搬去了贝居安，具体是哪里就不知道了。

他放下听筒，手指仿佛灌了铅。无疑，母亲现在已经八十一岁了，自从加百列的父亲去世后，母亲从未想过离开那所位于杜埃郊区的小房子。“我会死在这里的。”她一直这么说。但她为什么搬家？身体太虚弱了？她还活着吗？他是否早已经历了她的死亡？他会再经历一次吗？

加百列一动不动地呆坐了许久，似乎看到了出现在阿尔比恩家中的母亲。朱莉失踪后，她提着一个旧行李箱从北方匆匆赶来，在精神上给予他们支撑。是母亲阻止了妻子科琳娜的彻底沉沦，好让他有时间翻山越岭地去寻找女儿。

那是两周前？还是十二年前？

他拖着步子来到窗前。窗外，萨加斯的点点灯光像星星般疲惫地闪烁着。灯光的排列和间距清晰地勾勒着西边中心监狱的轮廓，那里的瞭望台上晃动着全副武装的身影。斑驳的微光点缀着周围群山的斜坡，仿佛一个个迷失在夜空中闪光的琥珀。

其中一个光点，就是他的家，朱莉出生和长大的地方，他和科琳娜共同生活了十七年的房子……不，现在是二十九年。没有人喜欢这片山谷，但也从未有人真正地离开它。外面的世界似乎太遥远了，他们宁愿守在灰色的山墙间衰老、变质、腐烂，沦为被困的囚徒。

“滚出这座小镇！”保罗咆哮着。那刺耳高亢的声音仍在加百列的耳边回响。

一名护士走了进来，给他做检查。也许吧，从外表看，他很正常，但内心却早已被飓风蹂躏和摧毁。躺在岸边死鸟堆中的尸体、白色的乳房——也许就是他女儿的乳房——久久盘踞在他的脑海。他努力告诉自己，朱莉已经二十九岁了，可能在没有他和科琳娜的陪伴下度过了漫长的十二年。如果那具尸体是她，那她这十二年去了哪里？经历了什么？如果尸体是一个陌生人，那他的女儿又在哪里？

加百列搔了搔胳膊上的旧文身。朱莉失踪了，但她一直都在，就刻在他的皮肤上。他想象着自己特意去找文身师抹去女儿的名字。抹去文身几乎等同于否认和忘记，意味着与过去划清界限。

也意味着那足以让他忍受墨水针刺痛的火花已经熄灭了……

8

当神经科医生走进病房做自我介绍时，看似平静的加百列内心无比焦虑。祖兰医生是一个四十岁左右的男人，高高瘦瘦，戴着一副木框眼镜。他来到床尾，翻起挂在病床栏杆上的病历，抬头看看他的患者。

“感觉怎么样？”

“上年纪了……”

医生微微一笑。

“心脏科专家已经拿到了你的检查结果，心电图、心脏超声、生物评估均正常，都很好。就我个人而言，从神经学角度看，也没有发现任何异常。所以，鉴于你在急诊室出现的症状，我立刻想到了TIA，一种短暂性脑缺血发作；如果不介意的话，可以称其为小中风，通常由大脑某个部位的血液循环突然停止造成。根据受影响区域的不同，TIA可能表现为肢体麻痹、视力障碍、失去平衡，或者像你一样，失忆症。这也是我要求做核磁共振成像的原因，但我没有检测到任何器质性病变，这让我很放心，因为TIA通常是脑出血的征兆。那么，剩下就只有两种可能……”

祖兰拿起手机，迅速瞥了一眼屏幕，然后看向患者。

"……第一种是中风性失忆，一种足以抹去数月甚至数年记忆的全盘性失忆症。中风可以在任何时候及任何人身上发作，目前暂无有效的科学解释，它更喜欢五十岁以上的患者，所以你是一个好主顾。这种记忆丧失通常会持续四到八小时，其间患者会迷失方向，很难维持新的记忆，具体表现为总是重复同样的问题：*我是谁？我在哪里？*……"

"这不太像我，我能准确说出从今天早上开始的一整天的经历。问题不在于新的记忆，而是旧的。"

"这就是我更倾向于最后一种可能性的原因。不幸的是，这并不是最令人高兴的选择。"

"请继续……"

"你在时间连续性的问题上有着极其不可思议的表现，这让我很惊讶。对你来说，极其遥远的过去会像刚刚发生一样再次浮现。怎么说呢？任何一个人都无法说出自己两周前做过的所有事，更何况是十二年前！但无论怎样，大多数经历都会保留在原地，被存储在大脑的某个区域，虽然有时被截断，或者不再完全符合事实，但它们始终存在：分散、待命，直到复活。只是我们不再知道如何主动找到它们，或者说，我们并不觉得有必要找到它们，因为它们无用、无趣……"

医生发现加百列正盯着自己的智能手机，他把它放进口袋。

"总之，你的大脑已经建立起一种机制，即通过掩盖过去十二年发生的一切——无论是个人的还是语义的——以此来弥合你从 2008 年 4 月至今的记忆裂缝。"

“语义？”

“就是指来自外部世界的信息记忆。比如你会记得萨科齐，但不会记得马克龙；切尔诺贝利对你来说印象深刻，但你并不知道日本的核泄露；你也不会记得迈克尔·杰克逊和惠特尼·休斯顿都已经去世……”

神经科医生的每句话都是一记耳光。加百列一动不动，似乎看不见深渊的尽头。

“……换句话说，你一直被困在2008年4月9日至10日晚上的旅馆房间。你始终都是那段时间的囚徒。”

“这怎么可能？为什么会发生在我身上？”

“你的症状表现让我相信，你应该是患上了医学界所说的非典型心因性失忆症。这是一种极其罕见的病症，就像一场死鸟雨，但它确实发生了。这种病会直击以上我提到的两种记忆模式。与大多数失忆症一样，它只会保留你的程序性记忆，即机制记忆：比如你曾在过去十二年里学会骑自行车或游泳，那么这些技能你是不会忘的。我也从未在临床病例中遇到过这种惊人的失忆症，但你这样的患者确实存在。”

医生从口袋里掏出几张折好的纸，递给他。

“这是我从网上找到的几篇文章。”

“网上？”

“互联网。哦，对不起。2008年的互联网的确还不是世界的中心，但今天，一切都要通过网络实现，一切都是互联的：手机、电脑、电视……如果你看到有人在大街上自言自语，那是因为他戴着与手机相连的耳机。这么说吧，整个宇宙都可以被归结为四个字母：GAFA。谷歌、苹果、Facebook 和亚马逊。”

亚马逊……这对加百列来说倒不陌生。

他粗略地看了看那几张纸。医生继续说道：

“2015 年的某一天，三十二岁的美国人娜奥米·雅各布斯清晨醒来后，认为自己还是十五岁的女孩，她一夜之间忘记了十七年的人生。”

“十七年……”

“在她的脑海里，她还是个高中生，和父母住在一起……2017 年 9 月发表的一项研究报告称，英国伦敦圣托马斯医院在近二十年里共确诊了五十三例非典型心因性失忆症病例。他们像你一样，生命中的大部分岁月被锁在了原地，这种病症没有医学原因，纯粹是心理上的：一种逃避难以忍受的现实和创伤的方法。所以说，在你生命中某个特定的时刻，某些极具爆发性和冲击性的因素驱使你的大脑锁上了大门，用以保护自己。”

医生摘下眼镜，用麂皮擦拭着镜片。加百列仿佛看到了《急诊室的故事》里的格雷尼医生——那是一部他从头追到尾的美剧。

“护士和我说了你女儿的事。十二年前我正在里昂完成学业，但当时许多媒体都报道了这起案件。朱莉·莫斯卡托，在萨加斯消失了……很抱歉提起它，但我认为这可能和你的病症存在联系，那个引发你失忆的巨大创伤很可能与这个悲剧有关。显然，它彻底击垮了你。但这只是众多假设之一。”

脚下似乎裂开一道可怕的鸿沟。但加百列仿佛看到了一丝微光：他并没有患上神经退行性疾病，他也没有疯。他的病有一个名字。

“我什么时候才能恢复记忆？”

“没有规则可言。我宁愿坦率地告诉你：它可能会持续数周或数年，某些病例甚至终生无法恢复记忆，这取决于个人体质、经历背景和受伤程度。但切记：催眠已经被证明无效，且暂无药物可以治疗。有些人建议咨询心理医生，但就我个人看，这没有什么意义。”

“你可真会安慰人……”

“最重要的是与熟悉的人互动，亲戚、朋友，他们都可能让你恢复记忆。这十二年里谁一直在你身边？去和他们交流，听他们说话，他们会为你提供答案、唤醒记忆并帮助你前进。你身边有这样的人吗？”

“没有。我母亲搬离了以前的房子，我还联系不上我的妻子，至少……我的同事们似乎并不喜欢看见我。一切都发生得太快了……”

“无论如何，我没有理由让你继续留在急诊室，明天早上就出院吧，建议你立即停工。从你向护士反映的情况看，你是一名警察，但接下来最好休息一周，避免额外的压力。出院后有地方可以去吗？”

加百列摸着左手的无名指，一脸茫然。

“我应该有一个家，是的……我住在萨加斯。”

“你住在萨加斯？那你为什么去睡旅馆？”

"我……"

他本想说登记簿的事，但随即改变了主意。神经科医生是对的：他为什么要在朱莉失踪十二年后回到悬崖旅馆？为什么非要住在那个肮脏的房间？那里到底发生了什么，让他醒来后自动隐藏了生命的一部分？他究竟在那里遭遇了什么创伤？

他下床走向堆放着衣物的椅子。

"我就不在这里等到天亮了，我想回家。"

祖兰站了起来。

"完全理解，但我建议你不要这样做。你今天很辛苦，刚才检查时抽了很多血，你最好留院观察一下，安静地度过一个夜晚……"

加百列拿起毛衣，走到医生身边。

"你并不理解我，医生，我被锁进一个陌生的身体，十二年的生命就这样消失了，有人说我的女儿还没有找到，但我是负责调查案子的警察之一。在这里多待一个小时，我会死的，我需要答案。"

9

被遮挡在西翼大楼后面的法医研究所位于萨加斯医院急诊室的对面，与建于1929年医院成立之初的老停尸房合二为一。在宪兵队的监管下，法医研究所有权（在任何地方）进行尸检、活检（特别针对身体遭受暴力或事故侵害的受害者）并搬运尸体；那里的两位医生也有权在发生刑事或可疑性死亡案件时出具死亡证明，从而推进司法程序的启动。

保罗和露易丝的男朋友大卫·埃斯基梅特并肩走在前面。这个三十五岁的“停尸房男人”已经和他的员工把尸体从岸边抬了回来。大卫经营着萨加斯的两家殡仪馆之一，常年与警察合作。十八年前，保罗的妻子死于多发性硬化症，丧葬后事就是大卫的父亲帮忙操办的。此刻，大卫推开一扇沉重的金属门。

“这个女人太惨了。我们总以为这种事不会落到自己头上，可现在到处都是精神有问题的疯子。”

保罗默默地走着。整个下午，他都很沉默，只专注于司法程序的启动。加百列·莫斯卡托的出现及其奇怪的行为一直在他的脑海里盘旋：光头、痛苦的表情，以及一场死鸟雨和一起震惊萨加斯的令人发指的罪行；所有的一切都让他感到困惑……

各种管道、电缆、工程护套沿着混凝土走廊蜿蜒爬行，网格状的灯泡掏空了黑暗，照亮堆放在角落里一直未舍得丢弃的旧手推车和轮椅。人手不足、资金不足，生者的治疗本来就困难重重，换句话说，这里根本不在乎死人。

三个人走进尸检室。一个真正的冰箱。保罗拉上派克大衣拉链。室内只有地板是用合成瓷砖重新铺过的，整间屋子沐浴在无影灯光下，而那盏无影灯的历史则可以追溯到20世纪80年代。墙壁微微泛黄，其中一个水槽已经出现裂缝，里面堆放着老式的器官鳞片提取针。天花板上的黑色“大嘴”发挥着通风作用，但尸臭仍然像铁砧一样沉重。

露易丝开始给尸体拍照，并确保正确采集样本。她瞥了一眼父亲，然后是那个刚和自己交往了三个月的男人。法医阿尔弗雷德·安德里厄正在无影灯下审视一张X光片。这位七十岁的老人似乎和医院“结了婚”，一直不肯退休。况且也没人要求他离开，又有谁能接替他在这个洞里的位置呢？正如他自己常说的：“总有一天我会给自己尸检。”

大卫·埃斯基梅特开始准备工作台物料，由于人手不足，他经常来给法医打下手。事实上，安德里厄越来越不注意纪律性了，但这里一向流行所谓的边缘手段，大多时候也不存在某些强制性的协议。

保罗一直在观察女儿，他想确认她是否能认出尸体是朱莉·莫斯卡托。露易丝只是耸了耸肩。尸体此刻被平放于钢桌上，双臂置于两侧，双腿分开；安德里厄已经剃光了头骨，更加模糊了它的身份。此刻，他正仔细清除被损毁脸部的血迹。保罗发现尸体的耳垂上没有戴任何首饰，双目圆睁，虹膜上像蒙了一层纱，泛着暗淡的蓝色。他的目光逡巡到胸部，那里有两个洞，比硬币大不了多少。

“上一起凶杀案是什么时候？”安德里厄开口道，“记得是一个男人撞上了自己的妻子和妻子的姐夫幽会，于是用酒瓶碎片扎死了两个人。那是什么时候的事了？”

“应该是两年前，”保罗回答道，“也可能是三年。”

安德里厄点点头。

“没错……时光飞逝啊。好吧，就这具尸体而言……正如大家所见，我们会在任何可能与凶手有过接触的尸表区域提取拭子，一共二十四份，分别来自双手内外表面、左手指甲下（鉴于抓伤）、喉咙（鉴于被勒痕迹）、口腔、肛门和阴道。毒物检测样本取自玻璃体、指甲和头发。最后是子弹撞击区域周边的缓冲面。”

“袜子和内裤也已经被装进密封袋。”露易丝说道。

“袜子上几乎没有唾液痕迹，”法医补充道，“按理说，受害者的口腔内应该会因塞入异物而分泌大量唾液。”

保罗再次看向尸体，注意到左乳房上有一颗痣，肚脐附近也有一颗——小得几乎看不见。他记得朱莉的父母并没有说过朱莉身上有任何明显的标记：胎记、疤痕、文身……朱莉也没做过手术，只是因为从自行车上摔下来去过一两次医院。他看向露易丝。

“这两颗痣……拍下来了吗？”

露易丝点点头。尸体左臂上有两处文身图案：一个是色彩鲜艳的俄罗斯套娃，另一个是红黑相间的魔鬼——山羊角、尖牙、分叉的舌头。法医叫来大卫，两人一齐把尸体翻过去。尸体背部中央赫然文着一个牛仔：五官棱角分明，长长的波浪卷发，头戴牛仔帽，双手各拿一把手枪，其中一把直指观看者。露易丝拍了几张照片。安德里厄重新将尸体仰面放好，拉开下颌，按住肿胀的下唇。

“几颗牙齿脱落，应该不是被打掉的，受害者患有洛温塔尔蛀牙，海洛因成瘾者的常见病。这个女人吸毒，不过我认为已经戒了一段时间了，至少几年。”

“为什么？”

“尸身表面没有注射痕迹，海洛因成瘾者的血管会因灼烧而突出。虽然目前看呈现些许紫绀静脉，但不是最近发生的，如果时间不太长的话，头发检测可以解开这个疑问。”

法医的一只手在发抖。幸好他的患者都是死人。保罗心想。

“我们还对两处子弹撞击痕迹进行了分析，均属非穿孔性穿透伤，近距离射击时被衣物吸收了大部分火药和燃烧气体。颈部有窒息性痕迹，手掌上有防御性伤口，生殖器存在明显损伤，死因很可能是大量出血。X光片显示面部多处骨折，均为死后造成。”

“凶手强奸、杀害，并让她面目全非……他是不想让我们认出她吗？”

“或者是陷入暴怒。根据各种检测结果和没有出现尸僵的事实来看，死亡时间估计是午夜至凌晨 4 点。”

“应该是凌晨 2 点，”保罗说道，“据推测，正是枪声导致椋鸟飞起并相撞，其中一只坠落后击中了摔倒的受害者的腿部。”

法医表示认同。

“没错。另外，尸体没有被移动过：颈部、侧腹及大腿后侧表皮赘生物痕迹与其被发现时的位置绝对吻合。我会把一切写进报告。接下来，我们进入正题。”

他没有戴口罩，但示意露易丝把口罩戴上。

“它可能会像几个月没插电并装满食物的冰箱一样臭，记得用嘴呼吸，口罩会帮上大忙的。”

在大卫 · 埃斯基梅特的协助下，安德里厄开始实施内腔尸检。保罗压紧眼睛下方的口罩，不安地看向正努力抵抗一切的露易丝。接受这种考验的人本该是马丁尼或布吕内，可她却非要来，真不明白她为什么非要故意给自己制造这种“奇观”？眼前的景象在保罗看来简直荒唐极了：父亲、父亲的女儿和女儿的男朋友聚在一起面对一场死亡惨剧，而别人一家人则会选择去餐馆或保龄球馆度过假期。多么美好的家庭聚会啊……

法医正忙着切割、剪开、称重：首先找到两颗子弹，法医把它们放进密封袋，接着采集阴道精液样本，最后法医用不带任何感情色彩的语气宣布性行为发生在死亡之前，而某些内伤表明阴道内可能被插入过一个或多个物体，从残留的微小的树皮碎片判断，应该是树枝。凶手似乎并不在意留下自己的生物痕迹。是缺乏常识？还是从未有过案底？他难道不知道日后的尸检可能会把他逼进死胡同吗？

法医详细描述了子弹在体内造成的损伤路径：脾脏、肝脏、腹部骨盆均有多处血管伤口。在打开胃腔分析食物团时，法医明确宣布：死因是多处枪伤造成的大量出血。尸体开始散发出难以忍受的气味，露易丝更想吐了。

“慢慢就会习惯的，”安德里厄说道，“你发现没有？大卫已经不觉得内脏味和菊花香有什么区别了。”

露易丝耸耸肩。法医早晚会知道她和大卫的关系的，毕竟他们两个总是黏在一起……安德里厄突然注意到了胃里的异物，他皱着眉，小心地用镊子夹起来，用毛巾擦拭干净。

一颗国际象棋子，大约五厘米高，确切地说是一个白“车”。露易丝低声说了句“对不起”，撕下口罩离开了房间。大卫也跟了出去。保罗看着两人离开，让法医将棋子塞进密封袋。最后，安德里厄把整个胃腔放进水桶，桶里已经盛满了近一半的检测样本，即将转交至病理解剖学家。

“象棋子……不太可能被误吞的。”

保罗默默将棋子样本放在其他密封袋旁边，然后为所有样本编号并注明日期。大约十分钟后，他脱下乳胶手套，扔进垃圾桶，拿起所有密封袋。

“剩下的就交给你了……比如那个样本桶？”

“放心，交给我吧。你知道的，我有两个像天使般漂亮的孙女，梅丽莎和安布尔。我正在认真考虑明年退休，好有更多的时间和她们在一起。”

说着他用手术刀尖指向保罗：

“一想到跟干出这种事的畜生住在同一个地方，共享同一个公园，我就……所以拜托了，请尽快把那个混蛋给我带过来！”

10

在医院停车场，保罗看到了正耳鬓厮磨的两个人：女儿靠在车上，大卫·埃斯基梅特双手搂着她的腰。小伙子身材并不差，穿着得体，拥有敏锐的商业头脑——小镇上的死亡生意多年来给他带来了丰厚的利润回报。据保罗所知，他一直住在殡仪馆楼上的单身公寓，上班倒十分方便，下楼，直接走进办公室……

大卫吻了吻女朋友，向警察鞠了个躬，匆忙走回停尸房。保罗很珍惜和女儿独处的时光。

“让他参加尸检并不合适。”

“只要和大卫有关的，都会让你很困扰。”

“这不是他的工作，也没必要让他接触调查材料。总有一天我会恢复那些规章制度，哪怕冒着踩雷的风险：警察就应该在停尸房，殡仪员就应该守在棺材旁。”

露易丝没有反驳，对她来说，父亲比法律更严厉。她宁愿换个话题。

“我刚才接到了马丁尼的电话，一个小时前他们就已经撤了。天黑了，河岸和犯罪现场附近没有发现任何线索。没有武器，没有弹壳，没有鞋子，没有血迹斑斑的石块。废物处理厂和污水处理厂昨晚 7 点就关门了，没有目击者。”

保罗没有说话。无名尸体，没有目击者：运气太差了。他小心翼翼地把密封袋放进汽车后备箱。开车时，他不时地看向女儿。露易丝把头靠在副驾驶座旁的车窗上，一直看着窗外。

“如果你愿意，可以回家睡。”

“不用了，我不是孩子了，我有男朋友。坦白说，我今晚会和大卫一起睡在他的公寓。”

“我只是想和你一起吃个饭，这样我们就能在一个比车里更暖和的地方聊聊天。尸检不是一件小事，是破坏性地探索真相，过程相当痛苦，即使对我来说也一样。相信我，这种凶杀随时都有可能发生，尤其是在这座小镇。”

“我知道。你想聊些什么？酒鬼、罪犯、小偷……？”

“好吧，对于这种凶杀案，你可能更需要和我探讨，而不是整天面对一个忙着给尸体防腐的家伙。”

“家伙……是的，我很喜欢那家伙，况且他不是整天忙着防腐，他有员工。”

“很好。”

露易丝对着冰冷的手哈气。保罗拧开空调旋钮，但目的地一定会比暖风先到。

“朱莉·莫斯卡托是你最好的朋友，”保罗开口道，“你们以前经常在对方家里过夜，平时也总黏在一起，没有人比你更了解她，所以……这具尸体，会是她吗？”

“已经十二年了，爸爸，你要我怎么回答？我不知道。但我们都亲眼看到了安德里厄从胃里取出来的东西，那颗象棋子。这不可能是巧合，朱莉非常喜欢这种游戏。”

“我知道。”

她沉默了几秒钟，盯着车轮下的白线。

“尸体年龄也相符。或许，她在失踪期间被下了药？被迫文了身？被卷入了卖淫团伙？当年绑架她的垃圾最后把她带回了家乡？杀了她？把她还给了我们？我们又能知道什么？”

她一直盯着沿墓地起伏延展的柏油路。车头灯照亮了紫杉树下方的十字架—— 一座被太阳能蜡烛守护的墓园。露易丝凝视着眼前令人窒息的黑色背景：她的母亲正在那里长眠。

“最奇怪的是加百列·莫斯卡托，”她继续说道，“他已经消失八年了，今天早上再次出现，像被施了魔法，迷迷糊糊的，在岸边时甚至没看尸体就确信那是朱莉。”

汽车驶过一家网球俱乐部，保罗打开转向灯，转进宪兵队的停车场。旁边是一栋灰红色的两层建筑，一层是酒吧，二层是员工宿舍，露易丝就住其中一套两居室的公寓，条件一般，但很方便。大多数警察都会选择和家人住在这里。保罗好几次看到大卫·埃斯基梅特在这里进进出出，这对情侣这么快就住在一起了。

他拿起那些密封袋，瞥了一眼主楼左侧的预制混凝土立方体，那里被称为“碉堡”，其实是宪兵队的法医实验室，主要负责 DNA 检测和乳突纹痕迹分析。

“实验室已经下班了，我明天一早来把密封袋交给他们，争取优先检测，然后把子弹和药粉送到埃库利那里。现在只能先把这些样本放进保险箱。我们很快就会知道尸体是不是朱莉·莫斯卡托，以及杀害她的那个混蛋有没有案底。”

“萨加斯的确有一个混蛋。”露易丝边说边提起两个密封袋。

“你说埃迪·勒库安特？”

“我们为什么不去问问他呢？比如他昨晚干了什么？”

“调查才刚刚开始，还是先等等 DNA 吧。匆忙敲门没有任何意义。当然，埃迪确实有一段不光彩的过去，但他已经服过刑了，而且朱莉失踪时他没有任何破绽。每件事都自有安排，我不想破坏卡索雷特法官对我的信任，我们现在关系很好，还是先不要打破魔法。”

“你永远都是慢慢来，一切都慢慢来，这很痛苦。”

“不是我慢，是法律需要时间。”

保罗叹了口气。女儿并没有因为一天的忙碌而疲惫不堪，充满激情的脚步似乎要烧掉脚下的台阶。

“还有一件事很困扰我，就是法医的那个发现。”她说道。

“什么发现？”

“袜子上居然没有受害者的唾液，这意味着凶手是在她死后把袜子塞进她嘴里的，为什么要堵住一个不能再尖叫的人的嘴呢？”

“你怎么看？”

“你之前说过，刑事案件很难有逻辑。但对于这个案子，我总觉得除了凶杀之外，一定还有某种逻辑存在。凶手是想让我们相信，他堵住这个女人的嘴巴是为了防止她在被强奸时尖叫，然后在她体内插入一根……树枝。”

她举起其中一个密封袋。

“我仔细看过袜子，没有破损或污迹，也就说受害者并没有穿着它奔跑。因此，凶手应该一直把袜子带在身上，打算在强奸并杀死猎物后将其放进猎物的嘴里。换句话说，凶手事先思考过自己的行为逻辑。”

“什么逻辑？”

“还不确定。反正在我看来，如果一个人只是强奸并砸碎某人的头，通常不会考虑太多，很可能只是凭直觉行事，一旦做了，首先考虑的是逃跑，而不是取回弹壳，尤其是当时突然下起了死鸟雨，你能想象那种场景吗？所以只有破解袜子背后的逻辑才能找到答案。但有一点是肯定的：凶手并不惊慌。”

“解谜游戏。好吧，就像你喜欢的侦探剧。但亲爱的，你很快就会发现生活并不是电视剧。有人在杀人，有人在死去；而我们就像介于两者之间的白痴、小卒，甚至是一根保险丝，一切都在于如何选择。我们一直努力把正确的东西放在正确的盒子里，但即使拥有这世界上最美好的愿望，它也并不总是有效。”

晚上 9 点，宪兵队就像他们刚刚离开的停尸房一样冷清。值班警察和他们打了个招呼。灯管照亮了米色墙壁和脏兮兮的走廊，奶油色油毡地板在鞋底吱嘎作响，所有办公室门口的地板都斑驳不堪，空气里弥漫着清洁剂和发霉的木头味。保罗握住一间办公室的门把手，转向女儿。

“听着，露易丝，你本可以去里昂当个律师，或者去任何一个地方发光发热，总之除了这个老鼠洞，哪里都行，你完全有能力做到。你今天为什么非要去现场？为什么非要看一个女人的器官被人从肚子里取出来？”

“老爸，别再说了。”

“你为什么非要爱上一个……卖棺材的？你有那么多机会，为什么不离开萨加斯？我会帮你的，尽我所能地让你茁壮成长，你知道的，这里什么都没有，你该不会想像我一样一辈子做个警察吧？”

露易丝把密封袋递给保罗。

“我累了。明天见。”

“为什么不回答我的问题？该死的，我们两个就不能好好谈谈吗？”

她消失在了走廊上。

保罗一动不动，直到听见大门在冰冷的走廊尽头被砰地关上。他和女儿的关系丝毫没有好转，反而越来越糟。看来，让女儿加入自己的团队并试图因此接近她，终究是一个巨大的错误。

11

什么都没有。没有证件，没有现金，没有记忆。再走四百米就是停在人行道旁的奔驰车。加百列想起了寄居在体内的诅咒，它正阻止自己回想起过去的生活。到底是什么创伤足以掩盖十二年的时光并把他带回朱莉失踪的那一刻？为什么是2008年，而不是2012年或2015年？如果只是巧合，或者即使相反，他的大脑发生如此不可思议的变化到底意味着什么？无论如何，即使如医生所说，大脑只是想保护自己，可如今它依然把他拖进了地狱……

上车后，他沿着公路径直向北部驶去。死鸟雨并没有波及这片地区，驾驶变得很轻松，也不必总是摸索车头灯的开关。这辆旧奔驰车依然没有让他想起什么，他只记得自己开小型轿车。医生提到过程序性记忆，所以他应该一直会开车。

他越来越确信自己就是“瓦尔特·古芬”——那个旅馆幽灵，昨晚登记入住，光头，戴眼镜，住进7号房。但该死的，他为什么要这么做？

汽车来到城郊，开始向阿尔比恩攀登。经过三公里环路穿过森林，道路坡度已经大于10%，这让冬天驾驶变得异常危险。途中，车头灯照亮了一条林间小路，那里直通朱莉失踪的圆形停车场。

就在那片森林，一只怪物抢走了他的女儿—— 一头看不见的狂暴的野兽，蜷缩在萨加斯暗淡的迷雾中，最后将绝望、愤怒和迷茫抛给了他。或许，十二年后的今天，正是那只怪物在河岸上反刍了他的女儿。

加百列的家是座老木屋，石头地基，木头屋顶。入住前，他曾亲手翻修了整座房子，钉入每块木板，嵌入每块石头，关心哪怕最微小的细节。他一直拒绝住在员工宿舍，他渴望在监狱小镇之外拥有只属于他和科琳娜的"茧"。总共六百名居民的阿尔比恩是最理想之地：除了通往萨加斯的小路，村庄周围没有交通要道，这里与世隔绝。木屋将那座灰色小镇彻底抛在了后面，西侧的高原和山峰景观让人叹为观止，春秋两季甚至常有岩羚羊从村前跑过。

电视机的光把客厅窗帘染成了蓝色。加百列终于感受到了家的温暖，一个可以保护他的巢穴，一个可以让他找回记忆的避风港。他迈上门廊的三级台阶，转动门把手。门反锁了。他敲了几下，一边等待，一边搔着门框上剥落的清漆。木屋并没有像过去一样被精心维护。门把手转动的声音。门缝中出现一张脸—— 一幅恐怖画。加百列呆站了几秒。

"保罗？你……？"

加百列没有说下去。眼前的保罗·拉克鲁瓦穿着T恤和短裤，脚下蹬着拖鞋。

"这么晚了，你来干什么？"

"你……你是来看我妻子的吗？"

保罗用庞大的身躯塞住门口，瞥了一眼停在车道上的奔驰车。和早上一样，加百列似乎并不完全清醒。这么晚了，他是从哪里来的？

“是前妻，你们已经离婚了，我必须提醒你。”

加百列顿觉头晕目眩。时间在一点点流逝，深渊仿佛深不见底。

“我想和她谈谈。我想见见科琳娜。”

“她还没下班。她一向工作到很晚，家庭护士，你知道的……多年来我一直劝她换个不那么累的工作，但你了解她。工作可以阻止她胡思乱想。”

加百列一直在下沉，周围没有可以紧紧抓住的浮标。如果连自己家的大门都将在眼前关闭，他还能指望什么？他还能去哪里？他突然感到一阵恐慌，恳求保罗仔细听他说。他详细解释了这一天的疯狂：在旅馆里醒来，下午去了医院。他重复了神经科医生的话，说到了心因性失忆症，以及一切都停在了2008年4月10日，从那天之后，他就什么都不记得了。保罗的脸上毫无表情，但还是闪到一旁，把加百列让了进去。

“太难以置信了，”他拿来两罐啤酒，“但你看上去很真诚，是神志不清吗？”

“比那更糟。”

“很多事情都变了，千万别指望我扮演保姆。喝完你的啤酒，问完你的问题，然后离开。”

加百列一时不知道从哪里开始。显然，同事和朋友现在都不喜欢他，对他的痛苦漠不关心。

“早上发现的尸体……”

“目前还不清楚，”保罗针锋相对，“明晚才能启动 DNA 检测，我会让他们优先处理的。死因来自两颗子弹。据信是枪声导致了鸟的自杀。”

“你，科琳娜……多久了？”

“你们八年前离婚。你俩的事在宪兵队不是什么秘密，从朱莉失踪前很久就开始了。你真的不记得了吗？这也属于你刚才说的失去的记忆吗？是你告诉我你们分居了，你们之间什么都没有了，所以你们并不是因为朱莉分开的，你得为她想想……你本以为朱莉的失踪会让你们破镜重圆，但它反而更拉远了你们的距离。”

“你还没有回答我的问题。”

保罗把上唇浸在啤酒里。加百列并没有碰他的酒。

“你们离婚的前一年，我们开始认真约会。”

加百列收紧握住啤酒罐的手指。

“所以，你常来我家吃饭，”他冷冷地说道，“有时甚至整个周末都泡在这里。玛丽莲死后，我一直设法帮你，帮你摆脱困境，你却背着我和我老婆上床？”

“别把事情混为一谈。你俩出现问题之前，我和她什么都没有。你从来不回家睡觉，宁愿把时间花在失踪儿童父母协会上，也不回来陪科琳娜。你想让所有失踪的孩子回家，但是……加百列，你一直在做无谓的战斗，你没把任何人带回来。你尽一切努力地远离家庭，远离妻子，那段时间她正慢慢地在阿尔比恩死去，嘴里塞满了药。”

“就是那段时间，你和她上了床？真是太妙了，被自己最好的朋友睡了老婆。我们是在拍电影吗？连自己都不知道剧情的电影？是你让我离开萨加斯的吗？是你说萨加斯不欢迎我吗？”

保罗拉开抽屉，找出一张 X 光片扔给他。

“那就看看吧，纪念品……”

加百列猛地把啤酒罐砸向茶几，盯着那张 X 光片：胫骨骨折，膝盖爆裂。他看看保罗的右腿——膝盖上的旧疤痕。

“没错，”保罗冷冷地说道，“是你让我成了终身残废。”

12

八年前的那一天，他上演了一场令人震惊的捉奸……

“你本不应该出现的——你努力让我们相信这一点。是的，对我们来说，你布置的陷阱天衣无缝，你一向喜欢这种肮脏的伎俩。2012 年 3 月 8 日的晚上，也就是你女儿失踪的周年日，你醉醺醺地突然闯进房间，手里拿着一根棒球棒……”

保罗把 X 光片放回病历袋。

“从那天起，我再也无法正常走路，右腿比左腿短了七毫米。差不太多，却足以毁掉我的生活，即使有特殊鞋垫和手术，它始终都是时钟齿轮里的沙。”

加百列惊呆了，退回到沙发上。

“我……”

“什么都不要说，”保罗继续说道，“你的喋喋不休不会改变任何事情，一切都木已成舟。你这个人太危险了，遇到麻烦时根本控制不了自己。我曾无数次阻拦你殴打嫌疑人，你和你的拳头……你的确是一名优秀的刑警，但不适合做军人。或者说，你不配留在队伍里。”

他抿了几口啤酒，紧握着啤酒罐。

“我本想把你送进监狱，但科琳娜恳求我不要告你，所以我修改了某些程序，你和我也达成了协议：辞职，悄无声息地离开——这就是你所做的。科琳娜就是在那个时候提出了离婚。她留下了房子，并把你的那份钱给了你。”

所以，他像弃儿一样被驱逐出境了。加百列仿佛看到了露易丝充满仇恨的目光，以及现场那些甚至不认识自己的同事的敌意。所有人都知道他干了什么，那是他们早上在咖啡机旁津津乐道的谈资。

“我去了哪里？”

“北方，你母亲家……但也可能是其他事把你推向了那里。没错，这是我的推测，因为那里也是发现灰色福特车的地方。你是一匹狼，肯定去那里调查过，找遍每一条路，敲响每一扇门。”

“灰色福特车？”

保罗从对方痛苦的眼神中读到了世间所有的真诚：这位前同事果然忘记了一切。他站起身。

“我马上回来。”

保罗拖着右腿消失在走廊尽头，进入车库。那一刻，加百列意识到过去的岁月可能会像一张无边无际的铁丝网，慢慢在他眼前展开。永远不会有人向他讲述什么幸福、欢笑、安宁，等待他的只有痛苦和死亡。

他徒劳地在沙发上寻找狗毛，然后看向餐厅。电视屏幕轻薄平滑得不可思议，甚至让他联想到了一幅画。保罗的物品随处可见。房子的装潢让他意识到这里已经很长一段时间不是自己的家了。他的房子，他亲手重建的木屋，早已把他丢在了过去的岁月。

他探头看了看厨房，朱莉曾在那里喝热巧克力，手里轻握着杯子。他扫了一眼楼梯，想起女儿走下台阶的样子，就像电影明星。她本该去里昂学院的视听系上课，但她永远都拍不了电影了。

保罗抱着一个纸板箱回来了，放在加百列的脚下。

“传单、协会资料……所有你碰巧接触到的受害者父母的地址，以及其他被绑架儿童的照片，来自土伦、布雷斯特……无处不在。重要的是，这里还有九百页案卷的复印本，直到2012年，也就是你离开的那一年。虽然你不是回来找这些东西的，但它们是你的，你可以把它们都带走。”

加百列打开略微发潮的纸板箱，触摸着冰冷的纸张，一眼认出自己在听证会记录和调查文件上的签名。日期：2008年4月、5月、6月。

“2012年之后呢？”

“在法官那里。在宪兵队。但与你无关。”

“她是我的女儿！”

保罗没有坐回到沙发上，他想尽快结束这次会面。

“2012年之后就没再发生过任何更有意义的事情，没有新的线索和有价值的发现。直到2015年，新法官卡索雷特上任，接替前两位法官正式接手此案。朗捷退休了，达朗贝尔搬去了波尔多。卡索雷特最终于2016年宣布结案，距今已经四年……”

加百列不断地下沉。只会沦为他跑到山上疯狂呼喊的一个名字：这就是女儿的结局。一个幽灵，一份档案，与其他悬案一起被保存在一个永远不会再重启的金属柜子的深处。

“所以，我们抛弃了她？就连你也一样？重新翻开新的一页，彻底忘了她？是吗？”

“八年了，我们一直没有停止探索，尽力挖掘每一条线索，倾听每一份证词，检查最细微处的细节……有人说曾看到你女儿在滨海布洛涅港漫步，在蒙彼利埃乞讨，在意大利南部乘坐公共汽车，甚至有人确信自己在埃及当潜水教练时见过她；所有这些甚至鼓励我们去申请了国际刑事调查委托书。当然，那些都不是她，白白耗费了我们的时间和精力。甚至连法国各地的玄学家也掺和了进来，纷纷发表自己的见解。你成功营销了这个案子，当然，那些人只对广告感兴趣！我们快被这些人逼疯了！”

保罗疲惫地垂下手臂。加百列仿佛看到了一头刚从冬眠中醒来的熊。萨加斯、失踪案、失败的调查……所有这一切都过早地染白了这位老队友的头发。

“但最后我们得到了什么？什么都没有。我们掀起一阵旋风，但依然不知道朱莉在哪里，也不知道她为什么会消失。早在头四年的调查里，我们就啃完了所有骨头，已经没什么可做的了。如果说这个案子的司法程序可以被拖得这么久，那也是因为达朗贝尔法官的坚持，他一直努力倾听我们的意见。但当新法官上任时，他要做的第一件事就是尽快结束陈年旧案，谁都不想被劳民伤财且毫无意义的旧案所拖累。信不信由你，非常抱歉。”

但加百列拒绝接受这样的命运。他站起身，甚至没有碰过那罐啤酒。他不感到饥饿，也不感到口渴，只想尽快逃离这场噩梦。他把纸板箱抱在胸前。

“对我来说，还没有结束。我会继续找她的，直到生命的尽头——如果必须如此的话。”

“可你已经找了她十二年……”

加百列悲伤地盯着这个曾经最好的朋友，被想哭的欲望折磨得几乎窒息。他向大门走去。保罗回身翻找钱包，抽出两张50欧元的钞票。

“去找个酒店吧，太晚了，你的状态不太好，说不定中途就把自己给杀了。你恐怕还不知道自己住在哪里吧？”

加百列摇摇头。

“我联系不上我母亲，也没有钱包。什么都没有。”

保罗站在门口，沉默着。

“明天来宪兵队吧，我们会帮你找到你的住址。”

“谢谢。”

“千万别误会，我不是为了你，而是科琳娜。你们的关系很糟糕，离婚后她也不想再见到你，早就换了电话号码。有一段时间，她甚至想离开这座小镇，可又能去哪里呢？她自己也不知道。她一直很痛苦，就像你一样。可又能怎么样？她怎么可能忘记自己的女儿？她没有一天不跟我提起她，不停地咀嚼伤痛，这一切也摧毁了我们。比如今天，当她结束一天的工作、照顾好那些老人之后，回到家还要听我解释我们在河边发现了什么。所以，别再让事情变得更糟了。明天我把地址给你后，你就离开吧。”

加百列点点头。

“我还想让你帮忙调查一个人，瓦尔特·古芬。”

“为什么？”

“先查一下吧，就当我拜托你。还有最后一件事……马尔布鲁克什么时候死的？”

“三年前的一个早上，躺在篮子里。它没有受苦，过着一只狗所能拥有的最好的生活。”

加百列悲伤地点点头，走出了小屋。就这样，他抱着一个装满痛苦记忆的纸板箱，离开了曾经属于他的房子，将自己的影子连同一段岁月统统抛在了身后。

保罗关上门，长长地呼出一口气，胸腔仿佛被灼伤了一般。加百列·莫斯卡托为什么回到萨加斯？这座小镇似乎把他推回了十二年前，任由他与生命中那段最糟糕的岁月对峙。

保罗不禁想到了西西弗斯，神话中的风神之子，被迫不断地把一块石头推向山顶，最后石头却再次滚回起点。一切都将再次从头开始。

13

再一次，悬崖旅馆，漫长一天的第一幕和最后一幕。加百列清晨在这里醒来，经过十二年的逃亡，此刻又回来睡觉了。明天会是 2030 年吧？六十五岁，他心想，胃里打着一个结。

他抱着纸板箱，朝旅馆入口走去。死鸟尸体已经不见了。到了前台，他立刻认出了罗穆亚尔德·坦雄：一样的胡子——如今已变得灰白，身上穿着一件除颜色之外与十二年前一模一样的旧羊毛衣。罗穆亚尔德从汽车杂志上抬起头，看了看加百列，又扫了一眼时钟，然后伸长脖子向加百列身后的停车场张望。

加百列把箱子放在柜台上，掏出现金。那些小泥人下面压着一张海报，一切都明码标价：52 欧元 / 晚，含早餐。物价暴涨！加百列有些好奇这在 2020 年算不算平均消费水平。

“我想要个房间。不过请等一下，能先帮忙解释一下我昨晚到这里之后发生了什么吗？听说你当时就在前台。瓦尔特·古分，7 号房的客人，是我吗？”

“的确听说你今天早上很古怪，7 号房，29 号房，这太令人费解了。29 号房昨晚并没有人住……如果我没理解错的话，你完全忘记了我们昨天的对话，是吗？”

加百列很想告诉他自己忘记的是生命中的十二年，但他只是点点头。

“你昨天入住的时间是晚上11点半，和今晚差不多，快要关门了。我当时差点没认出来你，光头、大眼镜、山羊胡……一张杀手脸，跟《绝命毒师》里的瓦尔特·怀特有点像。”

加百列一动不动。罗穆亚尔德继续说道：

“好吧，你应该知道吧？新墨西哥州最大的毒贩之一，专门制造蓝色冰毒，真实身份竟然是化学老师，很多人都追过这部剧。你当时要求我用‘瓦尔特’这个名字登记，会不会就是指瓦尔特·怀特？”

“我还提过什么要求？只是开房吗？”

“大多数人来这里都只是开房，你说你们是两个人，另一个人正在停车场等你。最重要的是，你让我假装不认识你。你说你叫瓦尔特·古芬，然后出去拿行李，还带了一个女人回来。”

罗穆亚尔德说的每一个字都是一记耳光。

“你是说，我们两个人，开了一间房？”

“没错，7号房。”

“那女的长什么样？”

“你真的不记得了吗？连她都忘了？”

“是的。”

“我也说不太清，我没看见她的脸。她一直把鼻子埋在外套领子下，站得离前台很远。只能说，她三十多岁，也许更老，金发……看不出她有什么激动和兴奋的。当然，来萨加斯的游客都这样。”

加百列的脑子里冒出一连串疑问。他真想打开自己的头骨，把大脑摊在地板上，用镊子夹取出其中最微小的碎片。

“然后呢？我们出去了？”

“不知道，关门后我就去睡觉了。但关门并不影响房客四处走动，如果住在一楼，客房甚至有门直接通向外面。接下来发生了什么？嗯……好吧，如果你想听听我的意见……在那种时候出门，肯定有某种强烈的动机吧。午夜的萨加斯就像西伯利亚深处的乡间一样安静。”

无声的恐惧瞬间攫住了加百列的心脏。他口干舌燥，体内仿佛有一团火。一想到那具仰躺在岸边的尸体，他就像被闪电击中了一样。

“另外，”罗穆亚尔德继续说道，“昨晚还发生了一件怪事。凌晨2点，那些鸟儿像陨石般从天而降，你听到屋顶的噼啪声了吗？太疯狂了，我有生以来第一次看到这种场面。幸好没造成太大破坏，椋鸟可不像冰雹那么坚硬，但事后的清扫工作也不是个小工程。”

加百列指了指房间钥匙。

“7号房……今晚还能让我住吗？”

罗穆亚尔德摩挲着钥匙上的大白球，弯腰从柜台下面拿出一个运动包。

“你忘了东西在房里。这是我们的清洁工交上来的，你的眼镜已经放进去了。”

罗穆亚尔德转向电脑。

“用什么名字登记呢？瓦尔特·古芬，还是加百列·莫斯卡托？”

“加百列·莫斯卡托。”

罗穆亚尔德开始录入信息。

“顺便说一下，昨晚好像有人死了，”他抬起头，“距离这里三公里，阿尔沃河畔。据说警察在那里设置了路障，还在污水处理厂周围搜查了一整天，甚至有人说是枪声引发了死鸟雨。”

“很难不知道，不过我知道的并不比你多。我很久没当警察了。”

他探查着罗穆亚尔德的目光——没有任何异样。这位老板似乎对他失去了兴趣，甚至都没提起朱莉的事。他的女儿已经成了过去式……加百列本想走开，但突然又转过头。

“还有一件事。你还记得十二年前吗？有一次我来这里，四月份，就像今晚，很晚了，我向你要了登记簿，那上面记录着我女儿失踪前后入住的客人信息……”

罗穆亚尔德努力搜索着记忆，点点头。

“纸质登记簿？是的，上面有入住和退房记录。上帝，有了电脑后，我已经很久不用那玩意儿了……我当时还免费为你开了一间房，对吧？”

“没错，就是29号房。你还记得后来发生了什么吗？我的意思是，你还记得我什么时候离开的吗？那天晚上，还是第二天？我在这里过夜了吗？”

“不知道，不过……”

“不过什么？”

“后来你和你的同事又回来过，问了一些问题。如果我没记错的话，一共回来了两次，第一次和我们的清洁工埃迪有关。”

推洗衣车的巨人。加百列心想。他点头催促罗穆亚尔德继续说下去。

“没错，埃迪是遇到过法律上的小麻烦，但那是很久以前的事了。不管怎么样，都过去了，我也不想提起它。埃迪是个好员工，工作本分，从不提过分的要求。从某种程度上说，他也受够了折磨。我们也受够了。”

加百列应该能在庭审记录里得到更多细节。

“那第二次呢？”

“大概六七个月后吧，街上已经飘起了雪花，当时是我妻子接待的你们。她和我说起了你刚刚提到的那个著名的夜晚，我把登记簿给了你，你后来还特意回来问了她几个问题，好像是关于你笔记本上的一个客人。”

“哪个客人？”

“啊！这我可不知道，毕竟已经十二年了。”

“我想和你妻子谈谈。”

罗穆亚尔德指指身后的门。

“很抱歉，你今早见到的是新任坦雄太太，我和雅姬离婚了……很久以前了。我也不知道她在哪里，很多年没有她的消息了。”

加百列只好道谢，离开了前台。走进7号房后，他把纸板箱放在床脚，打开运动包。他戴上那副眼镜，走到镜子前。瓦尔特·古芬——这个名字到底从何而来？罗穆亚尔德说来自“瓦尔特·怀特”，一部电视剧里的角色。对于“古芬”，加百列则想到了阿尔弗雷德·希区柯克的“麦古芬”，一个著名的神秘物体，描述模糊，似乎可有可无，通常只为证明一部电影的合理存在，就像《惊魂记》里被偷的钱、《39级台阶》里的机密情报、《夺魂索》里的酒瓶、《群鸟》里形影不离的情侣……

瓦尔特·古芬……

加百列呆坐在床上。他刚刚没有追问更多关于这个人的问题，以免徒增更多的疑问。但有一点是肯定的：就算他和某个女人在这个房间里安顿下来，但死鸟雨发生时，他绝对是独自一人醒来的，然后又睡了过去，然后又醒来。记忆简直一团糟，房间里没有任何女人或女人物品的痕迹。她到底是谁？去了哪里？她是自己开车来的？然后半夜自己离开了？

加百列努力回味着从刚才开始就强行植入大脑的场景：如果这位女性同伴就是岸上的尸体呢？年龄、金发……这个房间里曾经上演了一幕足以粉碎他记忆的戏剧。

假光正在他的眼皮上跳舞，保罗低沉的声音仍在耳边嗡嗡作响：你这个人太危险了，遇到麻烦时根本控制不了自己。X光片上断裂的骨头。拿着一根棒球棒。画面源源不断地涌来，他仿佛看见自己在昏暗的河边游荡，分不清是白天还是黑夜；他猛地站起来，就像突然从梦中惊醒。不！他不可能做这种事。

当然不可能，死鸟雨发生时，他还在旅馆里……

他把手伸向迷你冰箱——那里有这个房间里唯一能喝的东西——拿起一罐啤酒。之前，他已经喝光了两小杯低端威士忌。他没有家，没有妻子，没有女儿，没有朋友，只有头骨里的空洞，像一颗鸵鸟蛋。朱莉很可能已经死了，被殴打、被强奸、被谋杀？如果真的如此，他更没有喝醉的权利……

他极度渴望一支烟。该死的大脑！明天必须把手套箱里的香烟扔掉，免得一直被引诱；可他以前从不吸烟的。他目不转睛地盯着保罗送给他的纸板箱，拿出一沓文件，然后寻找自己的笔记本，那上面应该有他的调查记录；但没找到。或许也不至于那么糟：如果他在注意到某个重要细节后又在六七个月后返回旅馆讯问，那么相关信息一定会被记录在案卷里。

各种堆积如山的陈述和事实——是天堂也是地狱；是足以重新黏合他记忆碎片的亮光，也是彻底撕裂他内心深处伤口的黑暗。他深吸一口气，仿佛试图让无休止的呼吸陷入暂停，然后开始阅读。

14

加百列悲伤地盯着传单上朱莉的照片。

> 寻一名少女，十七岁半，身高 1.63 米，苗条纤细，运动型，深金色长发，蓝眼睛，右耳戴着一只金色环形耳环，脖子上挂着一个银色书状吊坠……

书……朱莉非常喜欢看书，尤其是侦探小说。她从十三岁就开始读这类小说，那都是加百列一本本从图书馆抱回来的。她常说案件调查就像下棋：两位棋手都在努力猜测对方下一步走向哪里。加百列想象着朱莉的房间，多年后，科琳娜会让它保持原样吗？还是在保罗的说服下清空了所有记忆？他为什么和科琳娜离婚？毫无疑问，对于两个被痛苦和心碎击溃的个体来说，或许很难放下二十多年的共同生活，但始终无法克服他们唯一的女儿失踪的悲剧。他们的家被永远摧毁了。

几张较新的传单让他的胃里打了个结：那些令人痛苦的标题——“自 2008 年以来从未找到”“三年来杳无音信”“只有你能帮助我们”，以及经电脑“老化”的“朱莉”的照片：

永远面带微笑。毕竟，积极正面的形象更容易引起共鸣。另一份文件里出现了一个协会的名字，是以他女儿的名字命名的——朱莉协会。索伦娜·佩尔蒂埃曾是该协会的会长兼财务主管，她既是加百列的同事，也是朱莉的教母。科琳娜并没有出现在文件里，加百列记得在女儿失踪的最初几周里，饱受抑郁药折磨的她基本是在床上度过的。

他一边看，一边抚摸着右臂上被抹去的文身印记。案卷里详细记录了警方的所有行动，并附有日期。加百列想象着同事们的辛苦调查和自己的种种努力。或许，当时为了避免胡思乱想，他不允许自己有太多空闲时间：制作横幅和T恤，在超市和高速公路休息区张贴海报，通过邮件建立互助链接，收取捐款……他还亲手写下了一句话，咒语般地散落在案卷的各个角落：*在某个地方，有人知道真相*。各种媒体见面会也都被详细地记录在册：《自由多菲内报》，RTL传媒，法国电视三台……还有为任何可能提供线索的人设立的热线电话。加百列用旅馆座机试了一下：号码已不存在。

朱莉的脸就这样传遍了整个法国。加百列和协会成员，包括女儿的朋友和团结的萨加斯居民，多次一起前往巴黎参加失踪儿童日的聚会活动。2008年、2009年、2010年……地址清单在他眼前徐徐展开——全部都是与他经历了相同悲剧的家长。但加百列完全不记得这些了，不记得这些人，不记得他们的样子，甚至不记得这类活动的具体情况。

他继续往下看着。2011年和2012年，警方没有任何行动。根据案卷记录，加百列在此期间利用假期去了伦敦，然后是蒙特利尔，积极组织当地失踪儿童协会的各种活动。报告还指出了这种活动的有效性——堪称“真正的战斗武器”和值得效仿的榜样。他盯着一份蓝色印刷品，上面排列着一张张曾经存在的青少年的脸——那些消失了的孩子。法国每年都会有成千上万名儿童失踪。

时光的流逝渐渐消磨了战斗力。协会成员从最初的一百零八人缩减到了 2011 年的二十三人，更少的媒体曝光和更有限的预算让案卷页面逐渐变成空白。加百列想象着当时人们的沮丧、失望和疲惫，以及那段希望彻底破灭并必须让生活重新开始的痛苦岁月。那些善良的灵魂已经行使了让自己不再面对痛苦的权利。

*在某个地方，有人知道真相。*模糊的人称代词，完美地总结了所有人的无能为力。加百列悲伤地放下啤酒。战斗是徒劳的，此刻他独自一人在旅馆喝着闷酒就是最好的证明。

他继续埋头于各种文件：总共近一千页的六百八十二份议事录，仅仅覆盖了调查的头四年，细致地追溯了日复一日的调查进展。

C1 区议事录显示了调查于 2008 年 3 月 9 日上午正式启动。加百列依然记得当时正是同事索伦娜在他眼前打印了这份申报文件：

> 2008 年 3 月 9 日上午 8 时 30 分，朱莉·莫斯卡托的父母抵达萨加斯宪兵队办公室。自前一天以来，他们和女儿彻底失去了联系。朱莉通常于下午

5点左右结束自行车训练后返家。鉴此，案件调查正式启动，以收集任何可能确定失踪原因的线索和信息……

从此，加百列有了四个身份：父亲、警察、受害者、调查员。一切都仿佛在昨天……靠在树上的自行车、刹车痕迹、遍布森林和山谷的扫荡式搜索。他当时的队长曾劝他不要参与调查，但没有用。加百列从不屈服，他的上司只好放手。

一页页记录再现了来自亲朋好友的反馈。最后一个见到朱莉的人是露易丝：周六一早，两个女孩在位于萨加斯郊区的露易丝家里复习功课，吃过用微波炉加热的乳蛋饼后，朱莉于下午2点骑自行车离开。她每逢周三、周六和周日下午都会去练习自行车，几乎雷打不动。加百列当时正在宪兵队，科琳娜则在十四公里外的一个病人家里。就连他们两个也提供了各自的不在场证明，对于失踪案来说，父母通常是第一嫌疑人。

他飞快地翻着页，最后停在了自己入住悬崖旅馆的日期上：2008年4月9日至10日。所以，这之后的信息对他来说都是未知的。他必须填补这个黑洞。

加百列激动得微微发抖：2008年4月17日，他曾在犯罪司法档案库中按“地理位置”搜索“萨加斯”，于是一个“嫌疑人”出现了：埃迪·勒库安特，三十二岁，当地居民，1997年曾因性侵未遂受审。案件发生地是尚贝里，一名年轻女子因在酒吧拒绝埃迪的示爱，随后被他跟踪，在步行回家途中再次被骚扰。女子大声尖叫，但他威胁着把她推进一栋大楼，用手捂住她的嘴。女人的裙子和衬衫被当众扯下，还好一群赶去参加聚会的路人看到了他们，埃迪仓皇逃跑。随后，警察毫不费力地在他的家中逮捕了他。

三年服刑期满后，埃迪离开了尚贝里，回到了距离萨加斯十公里的奥尼亚克，先是在镜湖水电站工作，后来被悬崖旅馆聘为清洁工。

加百列可以想象自己当时是多么兴奋，哪怕此时此刻，同样炽热的熔岩几乎将他吞噬。作为警察和第一发现者，他一定像蜱虫咬狗一样扑向了那个“嫌疑人”。埃迪认识朱莉，他们都在旅馆工作，或者至少曾在走廊上擦肩而过。于是，2008 年 4 月 20 日，警察突袭了埃迪的家。

加百列狼吞虎咽地看着。尽管搜查得十分彻底，但埃迪和朱莉的失踪没有任何联系。他的电话和电子邮件记录没有任何可疑之处，旅馆里也没有客人抱怨他有任何不当行为。根据调查记录显示，案发当天他一直在旅馆工作到晚上 8 点。他不可能绑架朱莉。

他继续探索着：听证会、摘录、总结、专家报告……证词中几乎贯穿着“可爱并讨人喜欢的女孩”“有时会发脾气的小妞”这样的句子。朱莉的老师都认为她是个好学生，她甚至在 2007 年暑期就完成了高中前三个月的课程，而且她的能力还远不止于此。在悲剧发生前，朱莉的成绩已经名列全班第五。可以说，这些来自曾和朱莉有过接触的亲朋好友的讲述，从多个角度还原了朱莉生活的全貌。

记录一页接着一页，数百份冗长艰涩的数据密密麻麻地涂黑了纸面。案发时所有离开拘留所的在押犯的行程都一一得到了核实。耗时数月的调查陷入僵局。

威士忌和啤酒开始让他感觉有点上头。此刻摆在眼前的几页文件让搜索目标变得更为明确：一，找到保罗提到的灰色福特车；二，自己在2008年深秋返回旅馆讯问的确切原因。

首次追踪到福特车痕迹的时间是2008年5月23日。当时距离绑架案发生已两个半月，警方查看了3月7日和8日位于萨加斯十公里处的A40高速公路收费站的监控录像。朱莉失踪当天，这辆灰色福特车曾于下午2点48分穿过里昂收费站，朝萨加斯方向驶来，然后又于下午5点57分从相反方向穿过萨加斯收费站，向里昂驶去。车牌是假的。现金支付。

加百列盯着一张附在记录后面的低像素照片，手有些发抖。从俯视角度只能看到车身，前挡风玻璃后面的情况一无所知。

假车牌，闪电往返，贴膜的车窗……毫无疑问，绑架他女儿的人就在这辆车上。

他一口气喝光啤酒，跪在地上，飞快地摊开所有文件，一页页按内容分类，尽可能收集灰色福特车的信息。警方随后在法国各地发出通告，但似乎为时已晚，追捕行动只能戛然而止于3月8日的里昂收费站。警方后来不断收到误报线索的电话和证词，不得不处理大量的虚假信息，承受了无数次希望燃起后又破灭的痛苦……

……直到2012年7月9日——五百页、四年之后——

一辆同款灰色福特车被发现于里尔附近的田野，车身已被烧毁。同样是假车牌，后备箱毯子下的备胎仓旁边堆放着另外三个假车牌，包括2008年在监控录像中看到的那个，由此与朱莉失踪案建立起了联系。

根据里尔警方的议事录，由于后备箱上留下了清晰可辨的指纹痕迹，焚车肇事者很快就被逮捕。两名年轻的主犯均来自鲁贝市，据供述是光天化日之下在一个商业区的停车场偷走了这辆车，那个商业区位于比利时的布鲁塞尔，毗邻法国小镇伊克塞尔。

绑架朱莉的汽车在比利时被盗，后来又被两个反社会青年在法国烧毁。加百列想起了保罗的话：自己曾经抛弃萨加斯，毅然去了北方。他想象着自己当时的状态……四年的调查毫无头绪，只能在绝望中爆发。为了抓住车主，也许他独自一人身穿便服前往伊克塞尔和布鲁塞尔附近调查？或者相反，他只是抛弃了一切，选择在远离萨加斯山区的北方坠入深渊，任由自己慢慢死去？

凌晨2点半。树叶在窗外翩翩起舞，加百列的大脑飞快地运转着。他在房间里来回踱步，手上拿着福特车的照片。他在努力设想一个场景：可疑车辆在离开三小时后再次从相反方向驶过高速公路；而当天下午，朱莉在森林练习骑自行车，反复往返于相同的起点和终点，最后在通往阿尔比恩停车场的斜坡上停下来；就在她准备再来一次时，她被绑架了。福特车司机很可能是提前埋伏在森林某处，强迫朱莉停车——“小姐？能帮个忙吗？”一个信号！朱莉突然刹车，把自行车靠在一棵树上。最后，绑匪强行将她拖到福特车边，或者成功说服她跟他上了车。

加百列可以想象女儿当时的恐惧，关闭的车门将她推入一个未知的世界。她被打了吗？被打晕了吗？她有没有大声呼救过？爸爸，救救我！我需要你！

可他并不在。

他俯下身，紧紧抓住文件，再也读不下去了。他太累了，爬上床，手里拿着一张传单，倒在床上，看着微笑的朱莉，手指抚过书状吊坠。如果这一切都没有发生，他本可以花更多时间陪伴她，一起骑自行车，享受她的存在，告诉她他爱她。可他从未这样做过。

加百列曾发誓找到女儿，但十二年后，他再次回到了起点，躲在这个阴森的旅馆房间。或许，失忆本身也是一种提醒，提醒他其实早已一败涂地。

15

宪兵队——曾承载了他的灵魂和过往的岁月——此刻就近在眼前。

加百列走进大门。没有人跟他说话，也没有人跟他打招呼，所有人都躲着他。他站在走廊上，看着窗外。一切都没有变:空气里的味道、吱吱作响的油毡、半开放的滑雪场（那里的雪鞋、滑雪杖和登山包仿佛在等待第一场雪的降临）。加百列继续往里走，在更衣室的储物柜标签上寻找着自己的名字，直到意识到自己的愚蠢，才关上房门，回到走廊上。

坐在索伦娜·佩尔蒂埃办公桌前的是个陌生人。加百列在曾经的办公室门口停留了两秒钟。透过百叶窗，他辨认出露易丝的对面站着一个人，背对着他。当那张脸转过来时，他的心猛地一跳——是科琳娜……那个瞬间变成前妻的妻子。

时光同样没有放过她——宽阔的前额、高高的颧骨、冰川般的眼睛，都在他的记忆中留下了深深的印记。

科琳娜也看到了他。她把手帕举到唇边，眼神中充满敌意，僵在原地盯着他。保罗一定跟她说过他回来了，但是怎么说的呢？渐渐平复的科琳娜低下头。她应该已经知道昨天发现尸体的事了，是来这里等结果的吗？确定那是不是自己的孩子？还有比这更糟糕的吗？

加百列的心情很沉重，不敢进去面对她。无论如何……怎么说呢？他已经不再爱她。保罗是对的，他们只是幸存者。他可以想象科琳娜在保罗被他殴打那晚所经历的地狱，她不想再见到他，他们已经离婚了……一切都结束了。

他继续往前走，途中遇到了本杰明·马丁尼——这位副手还一直抱着成为正队长的梦想吗？再往前，一台新式复印机，一台饮水机，然后是保罗的办公室。他没敲门就直接走了进去：办公家具和记忆中一模一样，只是多了些磨损的痕迹；垂下的百叶窗拉绳依然乱成一团麻。在加百列看来，这里只有电脑才算得上现代办公用品。

保罗的办公椅后面立着一块白板，上面吸着几块磁铁，旁边是可以俯瞰法医实验室的窗户。加百列注意到了一沓躺在白板沟槽里的照片，正面朝下：应该是刚刚从白板上取下来的。他把手里的档案袋放在办公桌上。

保罗上身穿着深蓝色套头制服毛衣，肩章上的条纹异常晃眼。此刻，他摘下眼镜，让加百列想到一位疲惫不堪的官僚；那个曾经眼睛里闪着光的老刑警已经不复存在了。

“今天早上，我和你的神经科医生谈过了，”保罗开口道，“所以这不是胡闹，我是说你的记忆，简直闻所未闻。好吧，除了死鸟雨，你这种类型的失忆还算是幸运。”

“你竟然去医院调查我？信任才最重要……”

“要知道，我们两个都无法再信任对方了，所以我必须弄清楚你到底在受什么苦。心因性失忆症？真是太令人惊叹了。”

“没错，令人惊叹。说说吧，你对旺达·格什维茨有什么看法？”

保罗起身去倒水，询问加百列是否需要。加百列拒绝了。保罗坐回到椅子上，打开一小瓶维生素 D，倒进水杯。

“旺达·格什维茨……看来你整晚都在看那些旧档案。我还以为把它们交给你，你会带着什么新问题出现呢，那都是老皇历了，你到底想说什么？”

加百列倾身向前，靠在桌子边缘。白板上方的时钟显示下午 2 点。

“那就让我来唤醒你的记忆吧。”

“这可不像失忆症患者说的话……”

“2008 年 4 月 9 日深夜，我去悬崖旅馆确认 3 月 5 日至 9 日入住的客人信息。名单上有一个女人，名叫旺达·格什维茨，从 2 月 24 日开房，一直住到我女儿被绑架的当天，也就是 3 月 8 日。她竟然在那个老鼠洞里待了整整十五天，而且是现金结算……”

保罗把嘴唇浸在浓郁的橘色水里，被眼前这个忘记了一切的男人深深打动。

“六个多月之后，由于缺少线索，我们决定分析我笔记本上的调查记录，逐一排查朱莉失踪时来过萨加斯的旅客身份，确认他们是否有案底，希望能看到一丝光亮……最后，我们锁定了旺达·格什维茨，这个女人在任何地方都不存在，一个虚假的身份。”

保罗把文件推回给加百列：

“但没有任何结果，我相信你内心深处也清楚这一点。旅馆老板并不记得这个女人，时间过去了这么久，旅馆并不只招待她一个人。旺达·格什维茨没有年龄，没有面孔，只是众多使用假名的房客之一，这在这类场所十分常见，总会有人出于各种原因不想留下真实身份。”

加百列打开档案袋，拿出灰色福特车的照片。

“好的，那我们继续。3 月 8 日下午 2 点 48 分，一辆挂着假车牌的灰色福特车出现在里昂高速公路收费站，仅仅三个小时之后，它又从相反方向原路返回。我女儿就在车里。”

“这只是假设，我们一直无法确认……”

“我知道，我们后来排查了前后两个月萨加斯收费站的所有通行记录，整整两个月的监控视频，没有查到这辆车的任何踪迹。所以，车主是怎么知道那个圆形停车场的？朱莉几周前才开始在那里训练，绑匪怎么可能无缘无故出现在阿尔比恩的斜坡，并在通往停车场的小路上撞到她？难道他事先就知道确切的地点和时间？光天化日之下没有比在那里行凶更好的地方了，绑匪甚至比我更了解朱莉的习惯。他们之前一定碰过面，保罗。”

保罗用食指摩擦着桌面。

“所以可以锁定两个显而易见的嫌疑人：首先是埃迪·勒库安特，他在旅馆工作，肯定认识朱莉。据说这家伙一向独来独往，平时只给他母亲和妹妹打电话，电脑里什么都没有，出狱多年没有出过任何差错，也没有客人投诉。一次都没有。”

“你的结论相当完美。埃迪很干净。”

“然后就是旺达·格什维茨，她曾在旅馆逗留了十五天，用现金结账，并在朱莉失踪当天人间蒸发了……”

保罗重新排列着桌上的钢笔。还是老样子，加百列心想。保罗一向对秩序感有着地狱般的痴迷。

“但旺达·格什维茨和那辆神秘的灰色福特车并没有关联，”保罗开口道，“我们的工作是寻找关联性，在某些调查条件下，我们甚至可能在不存在关联的地方看到关联，寻找到只是巧合的关联性……”

“别扯了，保罗，你真的相信这种鬼话吗？看着我的眼睛告诉我，你真的认为这只是一个巧合？”

保罗盯着他的眼睛。

“纯属巧合。”

“你撒谎，你从来不相信巧合。对你来说，世界上没有巧合。”

“现在有了。下一个话题。”

保罗在加百列面前摊开一张纸。

“这是你需要的地址：瓦泽姆，里尔的平民社区公寓，你已经在那里住了三个月。这是你母亲的地址：阿拉斯附近，贝居安修道院，距离你家四十公里。我们还找到了你母亲的电话号码，就在你手机号码的下方。如果你弄丢了手机，就去布兰奇街的手机店买一部新的，他们会用你的旧号码直接生成一张新 SIM 卡。”

加百列盯着那张纸。原来母亲就住在距离自己半小时车程的地方，那他为什么还要住里尔的平民社区？与福特车有关吗？保罗又递给他一张纸。

“这是身份证挂失单。我已经安排好了一切，你只要签个字就行了。这将有助于你完成某些重要任务，比如提取现金，你的车也不能靠氧气运转，它需要加油。”

加百列签好字，把纸折好，塞进夹克口袋。

“我……必须谢谢你。”

保罗站起身，凝视着窗外一千多米高空处的黑鸟云。那些鸟儿正不知疲倦地盘旋着。

“三天了，这些家伙叽叽喳喳，到处拉屎，但我仍然很着迷。你发现了吗？它们在空中组成的图案就像一件艺术品，偶尔会出现一个完美的数学符号——旋转的‘8’，代表‘无限大’。一种永恒的循环、事件的再度开启……不过，有一点很奇怪……”

他站在窗前，陷入沉思，继续说道：

“它们竟然出奇地协调，就像一个独立一体的存在，所有鸟都是几乎瞬间做出反应……但与其他迁徙种群不同，椋鸟的队伍里没有领袖。只要其中一只鸟转向或变速，其他鸟也会跟着做，类似一种联动……这也是昨天发生集体自杀的原因。黑暗中，它们迷失了方向。”

保罗深吸一口气，半靠在墙上。

“人类就不同了。我们生活在群体中，但仍然是自私的个体。你的再次出现并不会改变任何人，也不会改变世界。你知道法院的工作：无论怎么做、怎么说，都不会打动法官重启尘封的档案。一切都结束了。”

加百列明白，这位前同事根本不想解开他的疑问。他扫了一眼电脑左侧相框中的照片：科琳娜和保罗在小木屋后面的花园里吃饭，对着镜头微笑着。照片是谁拍的？毫无疑问，露易丝。一个幸福的小家庭……

保罗放下百叶窗。黑暗瞬间吞噬了办公室。

“现在轮到我了。我已经做过调查，所以，我们现在谈谈瓦尔特·古芬吧？”

16

加百列突然僵住了。保罗大声说道：

“首先，告诉我他是谁。”

“我不知道，只是一个名字。也许是一段记忆，一个我认识的人，但我不知道。”

保罗起身关上门，拨开开关，灯管立刻嘶嘶作响。

“你认识的人……好吧，无论是社会保障系统还是税收系统，瓦尔特·古芬都不存在。一个幽灵。唯一能查到的是驾驶执照和身份证，古芬拥有一辆奶油色奔驰车，和你的一样。”

保罗转过电脑屏幕。加百列盯着驾照上的照片：光头，戴眼镜，山羊胡，紧闭的嘴唇。

“堪称艺术品的假证件，”保罗继续说道，“但你改变得并不彻底。瓦尔特·古芬没有银行账户，没有护照，登记在册的家庭住址是你的。事实上，你的衣服、眼镜……你在伪装成一个不是你的人。我想，我需要一个理由？”

加百列困惑地盯着照片中的自己。照片是最近拍的，证件是三个月前印发的，当时他已经搬到了瓦泽姆。

“我只知道我前天晚上用这个名字住进了悬崖旅馆，”加百列解释道，“电脑是这么记录的。”

保罗眯起眼睛，仿佛盯着一个魔方。

“那我现在该怎么做呢？我，一名上尉，一名司法警察，面对一个拿着假证件的记忆模糊的前警察，不知道为了什么该死的原因回到了萨加斯……”

“随你的便。不过给我几天时间，我想弄清到底发生了什么。”

保罗露出疲惫的笑容。

“你根本不明白，加百列。我只能让你离开，让你带着你的疑问离开萨加斯，再也不要回来。当然，如果有必要的话，我们会联系你——对于那具河岸上的尸体。”

“你是说，如果那是我女儿……？”

保罗关闭屏幕窗口，假装没听见。

“目前只能说，一起肮脏的谋杀案会牵扯我很大的精力，请不要挑战我的耐心。还有一句忠告：忘了一切吧。我不能永远帮你擦屁股！”

保罗默默起身，向门口走去。加百列也跟着站起来，手里拿着档案袋。

“你为什么非让我离开这座小镇？为什么只给我九百页档案而不是全部？在我回来之前，你已经向所有人介绍了我的过去，所以大家才会像躲瘟疫一样躲着我。我太了解你了。你到底在隐瞒什么？”

“在这里侃侃而谈并不会让朱莉回来。时间不等人，加百列，请记住这句话，所以请原谅我还有工作要做。”

保罗变成了一座坟墓。加百列不再指望从他那里得到任何东西。

“我们一起长大，曾经是亲密无间的战友，是什么让我们走到了这一步？”

沉浸在工作中的保罗并没有回应。加百列沉默着，转身离开了。

17

从宪兵队出来后，加百列走进一家银行，是他以前常去的那家银行。据柜台人员说，他在 2012 年，也就是离职那一年将全部资产转移到了里尔分行，主账户存款超过 3 万欧元。这可是一大笔钱，但人寿保险从离婚那天起就终止了。2013 年，他的账户收到了一笔超过 12 万欧元的付款，无疑是科琳娜分给他的房款。

最近三个月的流水只有支出，没有汇入，多笔现金提取都是在里尔或布鲁塞尔进行的。是谁在取钱？加百列·莫斯卡托，还是瓦尔特·古芬？他想到了假身份证，那可需要一大笔钱……

他走进手机店，挑选了一部功能最简单的手机，但对他来说依然无比复杂。店员核实了他的身份信息，经过一系列电脑操作，短短二十分钟就为他提供了一部可以使用旧号码的新智能手机。店员还向他演示了拍照和 GPS 功能……加百列仿佛走进了另一个空间：这玩意儿快能自己煮咖啡了。

走出店门，他试着轻敲屏幕，终于拨通了母亲的电话——这对他来说可谓革命性的一步，但不知怎么，这样的动作让他感觉很熟悉。电话被转到了语音信箱，母亲颤抖的嗓音让他不寒而栗。他只好留言："妈妈，我是加百列……尽快给我回电话，我一切都好……还有……能听到你的声音真是太好了。"

他驾车穿过中心监狱。2020 年的犯罪、法律和刑侦技术都发展到什么程度了？被时代抛弃的加百列是 2008 年的居民，带着最糟糕的行李被时间旅行器直接推进未来。一个无知的幸存者。

他继续行驶了两公里，最后在一座小山前减速，慢慢驶近一处位于半山腰的普通住宅区。梯田上矗立着一排排房子，位置越高、房价越贵。他来到第一排一栋简陋的公寓前——混凝土立方体，漆成奶油色的灰泥墙，窗户两旁摆着红色和紫色的天竺葵——敲了敲门：上帝保佑，但愿索伦娜·佩尔蒂埃没有搬家。

当她如愿出现在门后时，他高兴得一把抱住了她，上下打量着对方。这位前同事依然不修边幅，时间也没有放过她：灰白色的头发乱蓬蓬地散落在秘鲁羊驼毛披风上，嘴唇干裂得像两颗红枣。

她咳了几声，邀请他进屋。是什么风把他吹到了一个退休不到一个月的老女人身边？加百列重启了最近几小时噩梦般的记忆，但他并没有提起那个和他一起住进旅馆的女人。索伦娜也听说了阿尔沃河岸的尸体，报纸上已经有了报道。

她倒了一杯李子酒，放在他手上，然后一口气喝光自己的。她盯着他看了许久，像是在拼命搜索着记忆。

"你偶尔会给我打电话，"她把杯子重重地放在桌子上，

"从我这里获取情报，以确定调查是否有进展……"

加百列敲对了门。索伦娜·佩尔蒂埃一直是他和萨加斯之间唯一的纽带。他喝了一小口酒，从昨天起，他就对酒精上了瘾——另一个旧的恶习？

"当然，保罗禁止我们给你消息，以防你再和我们联系。要知道，我一直反对你对他做过的事，但……朱莉是我的教女，我和你一起工作了二十年。你很正直，尽管有时候很奇怪。但对于我们这种工作来说，谁没有怪癖呢？她是你的女儿，你有权知道一切。"

她又给自己倒了一杯酒。房间里到处都是猫毛——扶手椅上的毯子、椅背上的衣服——这不禁让加百列想到了修道士般的生活。据他所知，朱莉的这位教母从未和男人谈过恋爱，宪兵队的人一直戏称她"铁娘子"。

"你跟我说起过旺达、灰色福特车……这些都是重要线索。显然，这个女人是来探路的，她和那个司机有关系。保罗和整个调查小组都铁一般地坚信这一点……"

加百列握紧拳头。所以，他的前同事撒了谎。

"看来你还没有找到其中的联系，"索伦娜说道，"也难怪，当时也是我先找到的关联。"

"什么关联？"

"旺达·格什维茨，这个名字没让你想起什么吗？"

他摇摇头。

"《一条名叫旺达的鱼》，一部20世纪80年代的电影，里面有一个叫旺达的女人，还记得吗？杰米·李·柯蒂斯扮演的。”

加百列只记得电影里一个男人从水族箱里抓起一条金鱼生吞了下去。

“有点印象。”

“旺达和她的同伙一起盗窃钻石，但她是主谋。大家都看过这部电影，却忽略了角色名：旺达。旺达·格什维茨……之所以没人注意到这个假旺达，是因为她想尽办法不引起别人的注意。旅馆当时不提供早餐，一楼房间门可直通停车场，无须经过前台。绝对的匿名者。她可能观察并跟踪了朱莉两个星期，甚至可能在大街、商店或游泳池旁与朱莉擦肩而过。谁会怀疑一个女人呢？那个星期六，她知道朱莉下午去骑自行车，便通知她在灰色福特车上的同伙，躲过众人的视线，实施绑架，最后离开小镇。一箭双雕，干净利落，天衣无缝。这就是我们当时假设的场景，但不幸的是，尽管大家历经千辛万苦，最后依然一无所获。一切都太迟了。时间在流逝，已经没人记得细节了。”

她叹了口气，盯着酒杯。

“调查没有任何结果。我猜，你应该记得埃迪·勒库安特吧……”

“是的，我昨天在旅馆走廊上遇到了他，一时没认出来。我本想今天早上去找他谈谈的，可他周六休息。”

“我们当时也认为他有问题。没错，线索显而易见：萨加斯人，1997 年某个晚上因一时冲动差点在尚贝里强奸一名女性。那家伙当时还不到二十岁，但始终是危险分子。好吧，这是我的想法……也是你的。”

“一直都是。”

“但不是他，加百列，案发时他一直在旅馆。我们仔细梳理了他的行动轨迹，搜查了他的房子、花园和地下室，但毫无结果。朱莉到底发生了什么？为什么是她？旺达到底是谁？没有人知道。你无法想象2015年协会解散时我有多难过。杰夫不想再当秘书，你也远走他乡，所有人甚至失去了呼吸的欲望,最后只剩下我们四个‘小矮人’。再没什么可找的了，也没什么可期待的。七年的时间……我带着失败的负罪感放弃了一切。朱莉是我的教女，对于警察来说，还有什么比中途离开战场、余生只能面对痛苦更糟糕的呢……”

加百列走过来，在她身边坐下，一只手搭在她的背上。他一直对她有种莫名的亲切感。窗台上的老猫咕噜咕噜地呻吟着。

“我知道你已经尽力了，索伦娜，你不需要自责。”

她垂下眼睛。加百列感觉到了她颈部肌肉的紧张。

“还有什么我应该知道的吗？”

她走到窗前，抱起猫，温柔地抚摸着。

“两件事。一是在我退休前几周，也就是今年八月底，你联系过我，让我在基因库里搜索朱莉和一个名叫玛蒂尔德·洛梅尔的年轻女子的DNA图谱，然后用邮件发送给你。”

“基因图谱？为什么？”

“你没有告诉我……说是不想连累我，声音怪怪的，似乎很不安，这让我很有压力。显然，一定有什么事情把你带到了布鲁塞尔。等一切都结束后，你必须向我解释。”

“什么事情？我要做什么？”

“我不知道。我本来想拒绝你，因为 DNA 和指纹档案的访问权限会被追踪，我不想惹上麻烦。但几天后，我还是给你回了电话。为了朱莉，也是为了你。”

“为什么是玛蒂尔德·洛梅尔？她是谁？”

“我在网上查过，这个女孩也失踪了，2011 年，在奥尔良，当时二十多岁，也就是朱莉失踪后的第三年。显然，她一夜之间无影无踪，没有任何活着的迹象。”

“和朱莉一样。”

“是的，和朱莉一样。但我只知道这么多了……况且我从没在我们的档案中看到过这个名字，所以我宁愿先不碰它，以免引起注意。”

加百列完全不记得了。他为什么需要女儿和一个陌生女孩的 DNA 图谱？图谱本身有什么意义？就目前而言似乎没什么用，而且最重要的是毫无方向。他去布鲁塞尔做什么？肯定与福特车在比利时被盗有关。无论如何，他对索伦娜提出的要求肯定不是微不足道的。他必须认真对待。

“你刚才说有两件事。”他提醒道。

“是的，第二件事，我一直很想告诉你，只是……我知道你迟早会大驾光临。当然，这会毁了我的职业生涯，保罗不会放过我的。总之事到如今，他爱怎么样就怎么样吧，我不在乎。况且这案子已经搁置了四年……从法律角度看一切都结束了；但你今天出现在我面前，失去了记忆，所以……”

加百列屏住呼吸，不安地在椅子上挪了挪身子。索伦娜凝视着自己映在玻璃窗上的倒影，抬起下巴，指了指下面的小镇。

“你看到昨晚的死鸟雨了吗？街上堆满了鸟儿的尸体，真是太疯狂了。它们让我想起了埃及十灾：‘青蛙上来，遮满了埃及地。’出自《出埃及记》第八章第6节……还有《圣经》里的经文，两座城市——所多玛和蛾摩拉——被一场大火焚毁，起因是那里的居民犯了罪。也许上帝是想惩罚萨加斯吧，惩罚这里曾经发生的悲剧。”

猫还在咕噜咕噜地叫着。一阵温柔的暖意笼罩了加百列——酒精、暖气、索伦娜的神秘论……她一直是个信徒，每个礼拜日都会去教堂祷告。

“这些粉红椋鸟来自乌克兰大草原，中途把巢穴建在城市边缘，以逃避天敌，然后直飞西班牙。我这辈子从没见过这样的场景，那些鸟儿就像龙卷风一样在头顶盘旋。邦迪整天在这里观察它们，昨天好像还流了口水，一定是在怨恨自己没长翅膀。”

她放下猫，转过身，像是下定了决心。

“你开车了吗？”

加百列挥挥车钥匙。索伦娜喝光最后一口酒，穿上十二年前的短大衣，裹上秘鲁羊驼毛披风——另类的混搭。

“走吧。”她脱口道。

“去哪里？”

“镜湖水电站。”

18

很快，奔驰车已经翻到山谷的另一边。瀑布在冷杉树间窸窸窣窣，路面被压缩成一条沥青带，几乎被岩石吞没。加百列不得不打开车头灯，车子仿佛沉入了小镇上空五百多米处的云层。

通往水电站的路牌已经消失多年。人们必须记住某个角落，才能在正确时间离开山口小径，经由一条几乎辨认不出的小路拐进森林。加百列小心翼翼地绕开旧车道上开裂的沥青痕迹。据索伦娜说，法国电力部门于 2009 年启动了旧水电站的拆除项目，计划原地建造一座更加现代化的新发电厂。镜湖水电站的历史可追溯到 1936 年，是法国最早一批利用水力发电的电力输送站之一。然而拆除工程只进行了六个月，就在当年的隆冬时节宣告中止，且从未恢复。没有人知道原因。

一个弯道之后，镜湖赫然出现在眼前。这个名字源自环绕湖岸的花岗岩壁投射在湖面上形成的镜面感，湖水周围矗立着或深灰或乳白的壮丽悬崖。在阳光充足且无风的天气里，靠近悬崖边甚至会让人产生一种不小心栽进无底洞的错觉。

但今天，这里仿佛只是一处被薄雾笼罩的黑色伤口。一公里后，加百列把车停在一座建筑物后面的停车场。建筑的外墙很高，大部分为玻璃铁框构造，屋顶露台完好无损，外部的架空结构、塔架和电线均已被拆除，三根巨大的高压管道从上方水池喷涌而出，跃过岩石，一头扎进混凝土墙面；再往上八十米就是几乎不可见的大坝桥面。加百列记得以前水电站运转时，悬崖上方汹涌的黑湖（另一个高海拔湖泊）湖水会根据实际需要被释放进入高压管道，以实现四台涡轮机同时启动，满足萨加斯居民的基本用电需求。

“第二件事就在这里。”索伦娜说道。

她不再多说，宁愿给他一个“惊喜”。建筑工地的金属大门自停工后就被上了锁，但挂锁已经坏了很多年，极有可能是被哪个喜欢探索废弃建筑的探险家暴力破坏的。

两人沿着刻有“镜湖水电动力”字样的山墙向水电站内部走去。这里的墙壁已经开裂，但彩色瓷砖仍完好无损，丝毫没有被破坏或盗走的痕迹。再往前，他们穿过与巨大发电机相连的涡轮机室——仿佛一只巨型蜗牛——水柱从底部喷涌而出，角落里的墙体向外渗着水滴。这座垂死的建筑竟然还有呼吸。

“太黑了，”索伦娜说，“应该带盏灯过来。”

“黑死病期间的必需品。”

“失忆者的只言片语倒是至理名言。”

索伦娜打开手机电筒。两人登上走廊尽头的螺旋楼梯，楼梯两侧围着铁丝网，台阶上锈迹斑斑。加百列想象着电力工人冬天在这里工作时的艰辛，除了震耳欲聋的水声，就只有无尽的孤独和刺骨的寒冷。走上楼梯后，他们刚要转向大厅，一股冰凉的液体直接喷射在脸上。索伦娜尖叫起来，双手捂住眼睛。加百列弯下腰，喉咙里仿佛着了火。

催泪瓦斯。

台阶方向突然传来金属的碰撞声：像是一块巨石滚了下去。加百列靠在楼梯栏杆上，剧烈地呕吐，头嗡嗡作响，视网膜仿佛碎裂一般；但这些并没有阻止他努力辨认出一顶黑色兜帽的顶部。他转过身，摸向跪在地上的索伦娜，她已经泪流满面。

加百列踉跄着下楼，任凭喉咙在呼啸，就像吞下一把钉子，耳边回响着鞋底踏在金属台阶上的咔嗒声。

来自大自然的新鲜空气，终于……加百列睁大眼睛，发现那个人已经到达雾气霭霭的湖边。加百列开始狂奔，愤怒远大于痛苦，心脏正在胸腔里爆炸。一百米后，他气喘吁吁地用双手撑住膝盖。一分钟后，森林深处传来汽车的引擎声，直到渐渐消失。

过了许久，加百列才平复下来，吐了口口水，极力摆脱嘴里的化学品味道，然后转身返回水电站。他竖起羊皮领子，把鼻子埋进夹克拉链下面。索伦娜正痛苦地蜷缩在角落里。加百列蹲下去，仔细看着她两只乒乓球般的眼睛。

“千万别用手碰。你看到了什么？看清脸了吗？”

“没有……你呢？”

“没看清，只看到了护目镜、兜帽、手套……一个能干的家伙，应该是事先把车藏在了附近。”

他站起身，仍然无法相信刚刚发生的一切。太快了。

“我们来这里干什么，索伦娜？”

她痛苦地指向大厅似乎没有尽头的远处。

“就在那边的墙上……”

19

在纵横交错的金属架构下，加百列小心翼翼地走上一条空中通道，脚下是那四台巨大的涡轮机。狭长的落地窗外，与陆地相接的黑色冰川湖清晰可见。袭击者有足够的时间和空间准备伏击。

很快，他的目光落在了右侧两根混凝土柱之间的墙壁上，那里用红漆写着几个字：

我知道她在哪里

加百列顿觉不寒而栗。文字下面是一幅精心绘制的红漆画，约五十厘米见方。他一眼认出那是朱莉的书状吊坠：封面的雕花，优雅交织的曲线。他转向靠在栏杆上的索伦娜。

“解释一下？”

她努力地调整呼吸。

“2017年年中……你的前妻收到了一封匿名信，信件寄自圣热尔韦……信封里是一张纸，一页被撕掉的小说……把其中圈起来的字母连在一起，可以组成一句话，我记得那是第112页……阿加莎·克里斯蒂的《十个小黑人》……组成的句子是：关键线索在镜湖水电站……于是，我们来到了这里，发现了你眼前的这幅画……还有其他文字，就在那边的墙上，按时间顺序排列……2018 年 4 月、2019 年 2 月……”

加百列震惊地往前挪着步，终于理解了保罗为何急于赶走他并阻止他与科琳娜见面，甚至拒绝给他完整的案卷。另两根混凝土柱间的墙壁上写着几组字母，从上到下分别是：

Ressasser

Laval

Noyon

Abba

Xanax

“这是什么意思？”

索伦娜慢慢地走过来，用食指尖抚过最后一个词，手指立刻被染上了红色。

“之前没有这个词，这是刚刚写上去的。”

加百列凑上去闻了闻，油漆还很新。

“这些词是回文，”索伦娜解释道，“正反读都一样。至于作者为何分几次来写下它们，目前还不知道。这些词本身没什么意义。Ressasser 是动词，Laval 和 Noyon 是城市名，Abba 是乐队名，至于 Xanax……我认为是一种抗焦虑药。”

“如果把字母打乱呢？也许能拼成新的句子？”

“没用。也难怪，这个列表可能还不完整。”

“没留下指纹吗？”

“没有。我们甚至联系了 Laval 和 Noyon 的警察，问了他们几个问题，但没什么发现。在我看来，这些回文可能是在描述一个人，一个喜欢 Abba 乐队并跟这两个城市有关系的人。也许患上了抑郁症，或者嗑了药……总之每个词都可能是线索。它们……”

加百列又读了一遍。

“你觉得这跟绑匪有关吗？”

“不好说。”

他转向右边，再次看向那句话，血液仿佛瞬间凝固了一般。

“我知道她在哪里……”他说道，“这句话是大约三年前写的。而今天，就在阿尔沃河边发现尸体的第二天，他再次出现，再次给我们留下了线索。”

加百列握紧拳头。刚才差点就抓住他！索伦娜靠在栏杆上。

“他可真是不客气。我的脸怎么样了？”

“就像把头塞进了微波炉。”

索伦娜轻轻地揉着眼睛。

“还有一件事。你的前妻后来又陆续收到了五封匿名信，邮戳显示来自不同的城市：夏慕尼、克吕斯、阿讷西……全部是退回信件，因此我们假定是同一个人，本地人。”

加百列的心脏在狂跳。

“还有其他小说吗？”

"有，全都是经典，柯南·道尔、阿加莎·克里斯蒂、莫里斯·勒布朗……惊悚片领袖，擅长操纵和伪装的大师。但通过比较发现，问题似乎并不简单，这些寄来的小说页通常都是谜底被揭开之前的那一页。"

一个受过高等教育的变态。加百列心想。

"露易丝很喜欢这种小说……"

"是的。"

"全都圈出了字母吗？"

"是的，用蓝色圆珠笔。把字母连在一起后总能组成一个句子：'我知道是谁干的''答案就在这几行''她的受苦是因为你的无知'。对方还强调了勒布朗《空心针》里的一段话：我为什么害怕？……就像一种压迫……空心针的冒险还没有结束吗？命运不接受我选择的结局吗？"

这些句子让加百列毛骨悚然。不断收到这种奇怪的信件，科琳娜当时的心情可想而知。他想起了她在宪兵队时的神态以及眼神中流露的恐惧，这些信只会一再让她想起朱莉，他们禁止她忘记。

"当然，我们后来调查了萨加斯所有书店的顾客名单，同样一无所获。即使是今天，我依然会在内心深处回味这些词……就司法程序而言，撕下来的书页、回文以及朱莉被绑架这三者之间并未建立起任何联系，所有假设都没有被落实。"

"怎么会……"

"回文事件发生时，失踪案已经被封存了一年，况且这些文字并没有提到朱莉，只是'她'，作者很可能只是根据当时传单上的照片画出了吊坠。科琳娜别无选择，只能以骚扰罪起诉某个无名氏。你知道这意味着什么，这种事从来不会被优先处理，随时都有可能被云淡风轻地淹没在山谷的犯罪浪潮下。”

加百列不知道该说什么。这太荒唐了。

“你也知道，加百列，我们都知道……司法就像个小脚老太婆，不能指望它朝夕之间就‘执行’或‘撤销’什么。我们只能先抓住在背后冷笑的人，找到关于你女儿失踪的有力证据，才有可能打动卡索雷特法官，让他同意将档案从柜子里拿出来。不管怎么样，保罗一直在战斗，他从没有放弃过。你了解他。只要一有时间,哪怕下班后,他都会调查这个案子。他宁愿没日没夜地泡在办公室，也不回家。他和科琳娜的关系不太好，这已经不是什么秘密了……”

加百列沉默着。他明白，只要朱莉生死未卜，科琳娜就不可能重建自己。

“……总之，和我们一样，保罗非常清楚这些线索之间的关联性，他正在努力寻找它们。相信我，他真的没有放弃。”

加百列回想起他在办公室和小木屋里见到的保罗——那些叹息声和老蜗牛般的表情。原来一切都是假象。保罗依然保持着猎人般的敏锐，就像第一天当警察时一样。他真是太会隐藏了……

索伦娜指着墙壁。

“我们的玩家代号是‘乌鸦’，他笔下的‘关键线索’就是需要解决的谜题，就像那些著名的侦探小说。他似乎是在挑战我们，高喊着‘你们会比我厉害吗’。不过，虽然回文调查没什么结果，但吊坠本身倒是给我们带来了新的希望。”

“什么希望？”

索伦娜的眼皮肿得更厉害了——视野范围变成了两条水平的缝隙。

“发现红漆画后，我们开始进一步了解吊坠。据露易丝说，朱莉曾提到自己是在小镇中心的金星珠宝店购买的吊坠，具体时间她忘了。但根据你前妻提供的相册，吊坠第一次出现在你女儿的脖子上是 2007 年 9 月，而朱莉的前一张照片拍摄于 2007 年 4 月，那时她还没有戴吊坠。因此，她很可能是在这两个时间点之间购买了它。”

“2007 年夏天……”

“是的。金星珠宝店已于 2018 年关门，但保罗想尽一切办法找到了当时的店主，店主声称自己从未拥有或出售过这种吊坠。朱莉可能撒了谎。”

加百列从没注意到过这个吊坠。朱莉经常自己买饰品。他抓紧栏杆，盯着下面的大涡轮机。

“是什么动机促使一个女孩对珠宝的来源撒谎呢？”

“偷的？会不会是偷来的？所以不能告诉任何人？吊坠十分珍贵，她想把它当作纪念品？一个爱情故事？我不知道。无论如何，有两点是肯定的：第一，红漆画的作者是在提醒我们注意一个之前谁都没有注意过的角度；第二，朱莉有一个秘密——一个从未向任何人透露过的秘密。”

“但即使这样也不足以将寄信人和我女儿的失踪案联系

起来吗？”

索伦娜摇摇头，擦擦脸上的泪水。

“卡索雷特法官是绝对的唯物主义者，他只看证据。按照他的说法，店主十年后的记忆很可能具有欺骗性。”

“欺骗性……”

“是的，但有关吊坠的调查让我相信那句话是真的，”索伦娜指着墙壁说道，“也就是那个刚刚让我们泪流满面的垃圾，可能真的知道你女儿在哪里，否则他为什么坚持来这里留下线索呢？可能是参与者？一个帮凶？或者证人？无论如何，他知道真相。这个混蛋知道一切，而且是本地人，在跟我们玩游戏，跟科林娜和保罗玩游戏，他想把他们逼疯。”

加百列掏出新手机，拍下墙上的画和文字。

“又是偶然吗？”他说道，“埃迪·勒库安特也在水电站工作过。”

“当然，我们也想到了这层联系。但如果是他在墙壁上写下那些字，你认为他会这么蠢吗？明明知道萨加斯一旦有案件发生，人们第一时间就会想到他？”

“我不了解他。”

“不，你很了解他，而且一直讨厌他，知道他比白痴还愚蠢。这家伙可没那么高的智商，不是那种喜欢做谜题和读侦探小说的人。还有，或许写下那些字的人就是想把我们引向埃迪·勒库安特，让我们迷路，看着我们犹豫不决，这是他游戏的一部分。发现这些谜题后，我们也找过埃迪，依照程序问了他几个问题。但不是他。”

“搜查过他的东西吗？”

“你是说针对埃迪·勒库安特展开新一轮调查吗？你在开玩笑吧？卡索雷特法官根本不会批准的，甚至还会让我们吃不了兜着走。他不断重申朱莉·莫斯卡托案与这件事是分开的，我们没有‘任何确凿且相关的证据’证明埃迪有罪。卡索雷特一向尊重公民自由，毫不含糊，你明白吗？”

“确凿且相关的证据……”加百列重复着。

他突然抓住索伦娜的手，把她拉向楼梯。

“无论如何，那家伙今天不上班，快给我他的住址。”

“不，加百列，我们甚至不应该出现在这里。”

“我完全可以自己找,但那太浪费时间了。快把地址给我，我去看看。刚刚袭击我们的人一定也受到了惊吓，我一眼就能看穿埃迪·勒库安特。”

“我不知道，我……”

“无论发生什么，你和我今天没有见过面，我们从没有来过这里。我先把你送回家，你不会有任何麻烦的。”

“我不在乎麻烦，我在乎你。我知道你是什么样的人，而且……”

“不会更糟的。”

在加百列钢铁般的意志面前，索伦娜终于投降:埃迪·勒库安特的家距离采石场四公里，位于奥尼亚克斯一侧的省道沿线。索伦娜坐上副驾驶座后，眼见加百列驾车一路狂奔，脸上再次浮现出十二年前跟踪狂般的表情；她有些后悔了。

把一头野兽扔进竞技场，注定只会以糟糕的结局收场。

20

手机响了。总算按下接听键。深呼吸。一个焦躁不安的“喂”。

“妈妈？是你吗？”

夜幕降临，雾气更浓了。加百列在精准的GPS的带领下，最终把车停在了采石场附近的省道边。车头灯光舔舐着挖掘机和起重机的轮廓，照亮了从地底挖出来的堆成原木堆般的岩块。母亲的声音温暖了他的心，她迫切地想知道他在哪里、是不是还好。

“听着，妈妈，我……没什么事，只是记忆出了点问题，我忘了很多事，包括我回萨加斯的原因。我现在就在萨加斯。”

“萨加斯？记忆？”

加百列简单解释了神经科医生说的“心因性失忆症”，并说自己昨天醒来后就没有了记忆。没关系，他会在萨加斯逗留几天，但他需要她帮忙回忆一下。没有任何过渡，母亲开始汇报自己的健康状况：她多次在家里摔倒，包括去年的髋部骨折。加百列很担心，但没有多说什么。

“我已经好几个星期没你的消息了，”她说道，“你的手机也打不通，等一下……”

他听见她在跟别人说话，可能是护士。门砰地关上了。

“上次见到你……我想想，是两三个月前？你突然来我这儿，在你房间的壁橱里安装了一个保险箱，还特意用螺栓固定在墙上，浇上混凝土，以防别人拿走。第二天，你又拿了几个包裹放了进去。”

“什么包裹？”

“你没说，我也没有钥匙，打不开保险箱。那箱子很结实，我完全不知道里面是什么。”

加百列扯扯脖子上的钥匙绳。

“还有什么？我……有女人吗？”

“女人？我不知道，你没和我说起过你的生活。你来我这里藏东西一定有什么原因。而且，我不喜欢你的光头，你以前的头发那么密。你只说你可能有答案了，知道我孙女发生了什么事……”

加百列的胃在发烫，他果然没有放弃。他把钥匙攥在拳头里。

“你一直在找一辆什么车，灰色福特？加百列，这么多年了……你平时四处打零工，只是为了糊口；但一到周末，你就跑去比利时的一个什么商业区，你说那辆车就是在那里的停车场被偷的，然后整日在布鲁塞尔的街道和周围的城镇晃荡。你睡在酒店或车里，四处打听，用相机拍照，给别人看朱莉的照片……上帝，你根本没有其他生活……”

加百列想象着自己在伊克塞尔商业区的商店门前徘徊，走过一条条街道，深信可以在那里找到绑匪。他盯着车头灯光下的挖掘机，然后是眼前通往黑暗的省道。

“玛蒂尔德·洛梅尔，你对这个名字有印象吗？我跟你提起过吗？一个二十岁的女孩，2011 年失踪。”

“没有。”

他再次启动引擎。

“好吧，谢谢你，妈妈。我这里有保险箱的钥匙。我很快就会回去的。”

他又和母亲闲聊了几句，然后挂断电话。过往的所有细节仿佛一张张拼图碎片，留给他更多的是困惑，而不是启示。保险箱里究竟藏了什么？他为什么如此激进地把它镶在墙上？而且为什么要把它藏在母亲家，而不是自己家？

十公里后，奔驰车驶入奥尼亚克斯。一片高山牧场中央矗立着一座幽暗的小木屋。他拐上一个斜坡，在 GPS 的提示下艰难地行进在泥泞中。左右两条小路都能直达那座孤立的房子，加百列选择了其中一条。当 GPS 显示距离目的地只有两百米时，他停下了车。

刚一钻出车厢，寒冷立刻攫住了他，喉咙深处依然残存着催泪瓦斯造成的刺痛。那些回文一直让他很困扰：为什么是 Laval 和 Noyon？为什么不是萨加斯[1]？三者不都是回文吗？“乌鸦”为什么非要一个个地按时间顺序写出来呢？

又一个斜坡，尽头是一扇紧闭的车库大门，再往上就是那座小木屋——木制台阶、木制阳台——仿佛一根正指向他

1 Sagas.

的充满责备的手指。

没有灯光。加百列穿过花园，围着小木屋转了一圈。外墙根上立着原木、木板和园艺设备。他开始寻找油漆罐，然后尽可能地凑近窗户。里面一片漆黑。他试着敲了敲门，没有动静。于是他用毛衣袖子包住右手，试着转动门把手；锁上了。最后，他只好绕到后窗：一种最常见的窗锁——只需微微用力就能撬开。

一分钟后，他走进客厅。

21

绑架……囚禁……谋杀……这些字眼不断地在脑海中盘旋，就像椋鸟。

十二年的调查，加百列是否即将揭开真相？朱莉和那个名叫玛蒂尔德·洛梅尔的失踪女子有关吗？他摸索着走进埃迪·勒库安特家的客厅，绷紧全身有些僵硬的肌肉，肢体仿佛并不听从大脑的指示。也许正是一系列事件把他带到了这里，就像一串串闪着白光的小水晶，给了他提示。

后窗锁的凹槽已经被破坏了，敞开的窗户让冰冷的空气直冲进屋里。当手机铃声在寂静中刺耳地响起时，加百列吓了一跳。是保罗。他飞快地按下拒听键。警察找他只有一个原因：岸边尸体的DNA有了结果。他的喉咙有些发紧，一边等待语音留言，一边在客厅里探索：挂在铝制衣架上的三角裤和袜子，茶几上的威士忌和空杯子，大门前方的格呢子拖鞋——一个独居男人的私密空间，全部生活都已被简化成了在旅馆收床单和扫厕所。

他来到电视柜前，打开抽屉。DVD被排列得井然有序，光盘盒边缘清晰可见。加百列借着手机屏幕亮光俯身看着：恐怖电影、战争电影、侦探电影。他从中抽出几张，意外露出下面的第二排 DVD：色情电影，经典老片，包括几张外国片，封面上印着：胶乳、受虐、控制……

他直起身，环顾四周，寻找书架或书籍：没有。索伦娜说过，埃迪不是那种会读侦探小说的人。但或许和 DVD 一样，这家伙只是善于隐藏。他继续翻找了其他抽屉，然后穿过客厅，发现一段楼梯，直通地下车库。他盯着手机屏幕，语音信息终于来了。他停在楼梯底部，调整呼吸，打开语音信箱：

是我，保罗。索伦娜·佩尔蒂埃刚来找过我。我知道你去了水电站，也知道了新回文和袭击。她说你打算闯进埃迪·勒库安特的家，这可不是拜访。她很担心你。别做蠢事，立刻给我回电话！

加百列收起手机，不禁有些埋怨索伦娜多管闲事。他走进车库，打量四周：墙上挂着一辆山地车、一根水软管和一把树篱修剪器，正中央放着一台除草机；这里没有汽车，只是一个仓库。加百列掀起盖在一堆原木上的防水布，发现地上堆放着几个大小不一的铁罐：色漆、清漆、白漆；刷子浸泡在溶剂油和浑水里，唯独没有红漆。他走近左侧摆放着工具的工作台，台面上落满了灰尘和锯末，地面上也是，旁边立着一个多抽屉大铁柜：周围的地板上散落着许多脚印。

堆叠的踩踏痕迹。

他抓起一副园艺手套，仔细盯着铁柜的抽屉把手：第四层灰尘最少。他戴上手套，拉开第四层抽屉，举起手机凑近。

朱莉的脸赫然出现在眼前。

三张很久以前的协会传单。加百列竭力让自己冷静下来——这些传单当时传遍了整座小镇，每家商店都有很多库存，埃迪肯定是随便拿了几张放在了这里。但新脚印的存在并不合理，这个男人为什么要在他女儿失踪十二年后重新频繁地打开这个抽屉？

外面突然传来汽车的引擎声，一道白光在车库门和地面之间的狭小缝隙里跳着舞。拉手刹，熄火。埃迪走上台阶，穿过前门：来不及从客厅溜出去了。怎么办？从车库离开？还是拿着手上的传单和对方对峙？

当五米外的锁芯传来响动时，加百列几乎停止了呼吸：埃迪正进入地下车库。他冲向后面的原木堆，猫腰躲在后面，拉下防水布。在塑料“面纱”的掩盖下，一道细缝足以让他窥见外面的一切。

眼前出现一个巨大的影子，光来自悬在工作台上方的夜灯。和在旅馆碰面时一样，埃迪弓着背，头沉在宽阔的肩膀间，穿着夹克的他看上去更加阴森可怕。一个食人魔。他锁上身后的推拉门，停在那个铁柜前，不安地盯着地面。加百列屏住呼吸——埃迪会注意到新脚印吗？

对方似乎并没有反应，只是背对着加百列，面对工作台，拉开铁柜的一个抽屉，停顿了几秒。加百列看不到抽屉，但他确信“巨人”手里多了一张传单。金属声。埃迪突然关上抽屉，然后又猛地打开，然后再关上，最后开始踱步，像是精神出了问题。一个精神病？他为什么如此紧张？他在想什么？五分钟的精神错乱后，埃迪终于关上灯，从距离防水布只有一米远的地方走过，出门，上楼。紧接着，楼上响起了音乐声。

加百列闪身出来。小木屋的主人似乎神志不清，难道是岸上的那具尸体引起了他情绪上的波动？加百列走回那个铁柜前，想进一步确认对方为何会有如此奇怪的举动。他轻轻地再次拉开第四层抽屉，一个物件正在手机屏幕下闪闪发光。他用戴着手套的手一把抓住它，几近崩溃。

链子末端挂着一本小书。

是朱莉的吊坠。

22

加百列握紧拳头。

链条是断裂的。暴力的画面顷刻间源源涌来。他仿佛看到埃迪·勒库安特在阿尔沃河畔压住了女儿的身体，拉下她的内裤，强奸她，压碎她的气管，把两颗子弹射向她，然后扯下她的吊坠，把尸体抛在下着死鸟雨的寒冷夜晚。这只怪物竟把吊坠当作战利品一般保存着，把自己关在这里，关在这个地窖，不断地重温过去。

一团烈火从加百列的脸颊蔓延至胸膛：埃迪·勒库安特就是杀害他女儿的凶手。他把吊坠放回原处，看向工作台，抓起一把锤子，调整呼吸，向楼梯口走去。他盯着通往楼上的黝黑肮脏的台阶，轻轻迈步，清醒地意识到自己的这场入侵很可能会以血腥屠杀而终结，但此时此刻，他已经无法控制自己……

重重的吉他声敲打着他的太阳穴，墙壁嗡嗡作响，光线随着前进变得越来越明亮。加百列用指尖顶开一扇门，来到走廊上，锤子在眼前乱晃。

刚一踏进客厅，一股巨浪猛地将他推向一侧的隔板，剧烈的震动让武器跳起了华尔兹。加百列几乎来不及反应：一个拳头重重砸在自己的脸上；第二拳则到达前额，头骨随即传来撕裂般的疼痛。他低下头，在几近眩晕中尖叫着顶住袭击者的胸部，将对方撞倒在地；接着却又被一股力量拖倒，撞上巨人的胸膛。他顺势顶住埃迪的下巴，对方开始哀号。

加百列不假思索地出拳，拳头乱砸向身下的肉体——几乎次次命中目标。当然，对方也不示弱，但加百列似乎感觉不到疼痛了。

“你杀了我的女儿！你杀了我的女儿！为什么？为什么？”

埃迪在狂风中逐渐瘫软下去，拼命地张嘴呼吸，牙齿上覆盖着一层红膜——

“你……什么都不知道……”

加百列一眼瞥见了掉落在左边一米远的锤子，他一把抓住它。敌人此刻已重新占据优势，翻身压住他，正用肘部攻击他的后脖颈。他发出崩溃般的咆哮。可就在这时，眼前突然出现了一块蓝布，是蓝色的派克大衣，然后是保罗狰狞的脸，最后，加百列发现自己被牢牢钉在了地板上，一把西格绍尔手枪在头顶闪着光。他被戴上了手铐，被人从地板上拉起来，压在墙上。保罗用双手扣住他的肩膀。

“该死的！你在玩什么？！”

后面的露易丝和另外两名警察扶着埃迪·勒库安特坐在沙发上。没有戴手铐。加百列的耳朵里不断地灌入几个词：闯入、盗窃、殴打。难道警察认为埃迪是受害者？加百列用夹克袖子蹭蹭嘴角上的血，喘着粗气，拼尽全力地说道：

“快……抓住他……他……他……杀了她……是他……杀死了朱莉……”

保罗转向同事，后者报告局面已经得到控制。露易丝戴上手套，开始检查埃迪所指的后窗，紧盯着被破坏的窗锁。保罗看向加百列。

“你知道你有多蠢吗？我不是让你离开吗？！是你让我别无选择的，我会以入室故意伤害罪拘留你。”

“我在地下室找到了那个……吊坠……朱莉的吊坠……”

保罗皱起眉头，盯着加百列。过去，他们曾有过无数次这样的对视。保罗瞥了一眼埃迪·勒库安特，后者正默默地看着他们两个，用手捂着嘴角处的纸巾。

“看住他们，我去地下室看看。”

埃迪猛地站起来。

“他们？包括我吗？受害者，我是受害者……”

“你有权保持沉默，”保罗回答道，“但先让我们完成工作，好吗？”

保罗谨慎地捡起锤子，塞进大衣口袋，走下楼梯。他用胳膊肘拨开开关，下意识地掀起那张蓝色的防水布，过去的画面瞬间重回他的脑海：十二年前，他曾搜查过这里……和加百列一起。他记得他们敲过这里的每一块墙壁和每一寸地板，甚至寻找过暗室—— 一个藏身之处。恐惧在胃里打着结，但当时没有任何发现。

他走近工作台旁的铁柜，心跳开始加速。就在那一刻，他意识到加百列是对的。一个物件正在积满灰尘的抽屉里闪闪发光……他把锤子放进角落，戴上手套，小心翼翼地抓起吊坠。

“这不是真的……”

23

被带进宪兵队后，加百列按照程序接受了指纹采集和个人物品检查，包括脖子上的钥匙。警察用棉签在他的口腔内壁提取了 DNA，一名法医当着保罗的面对他进行了脱光部分衣物的身体检查，医生并不认为加百列存在骨折或任何重伤。他的奔驰车已经被送到停车场。法院指定的律师将在第二天一早赶来听取证词。

三个多小时过去了，加百列一直在拘留室的四面墙之间思考。和过去一样，宪兵队有两间拘留室，每间都只有一块木板充当长凳或床……一扇镶着玻璃小窗的金属门是与外部世界的唯一联系……没有人来通知他结果。想当年，他曾把多少轻犯、醉汉和肇事逃逸者关进这个洞？如今，他居然坐在了门的另一边。

他揉着肿胀的左颧骨，仍然震惊于刚刚的发现：埃迪·勒库安特必须为出现在他家地下室的吊坠做出解释。不管怎样，加百列始终对保罗有信心，他不怪他把自己关起来，这可能已经是最好的结果了。保罗是一名优秀的刑警，经验丰富，一丝不苟，他知道如何让那个巨人破防。他会揭开真相的。

将近晚上 10 点，前队友终于来开门了：五官皱成一团，头发乱蓬蓬的，两颗玛瑙石般的眼睛下挂着大大的眼袋，鼻梁像刀片般锋利。加百列已经不再像第一次见到他时那般震惊，他接受了眼前这个被岁月吞噬的男人，深信他内心深处仍然是一名坚韧的军人。

“面对面，就你和我，没有讨厌的律师，只有两个终于彼此坦诚相待的前同事，你不会反对吧？”

加百列默默地跟着他回到一楼，办公室已空无一人。加百列注意到天花板上的一根灯管是黑的，如果在以前，他会笑出声来：宪兵队里的荧光灯管永远是记忆中的伤疤，是永远修不好的小物件之一。再往前，露易丝正站在茶水间的水壶前低头等待着。加百列每次看到她都会很心痛：多希望朱莉能出现在她身边啊。

“埃迪呢？”刚走进保罗的办公室，加百列便开口问道。

保罗示意他坐下。加百列一眼看到了堆放在电脑左侧的一沓厚厚的旧档案袋，上面落满了灰尘——应该是刚刚从文件柜里取出来的。保罗这次没有费心地取下白板上的照片，而是把它们整齐地排列在一起，仿佛一个无可挑剔的棋盘：被砸碎的脸……大腿上的淤伤……文身……鹅卵石上的肉体……右大腿上的死鸟……加百列确信，保罗想让他看到这些。

“他已经走了。”

保罗刚刚坐定，就冲着急于开口的加百列强硬地摆摆手。

“这是交易，明白吗？否则他会对你提起诉讼。”

“……交易？你就是这样和垃圾打交道的吗？”

"你入室袭击是事实，谁都不能视而不见，但我会和检察官谈谈，比如你的失忆，以及你不再完全是自己的事实……最后可能只会是一个简单的警告。当然，我不会提起锤子，你又打算用它来砸碎对方的膝盖吗？哪一边？这次是左边，还是右边？"

一场注定无法回避的噩梦。保罗指了指白板。

"河岸尸体的DNA结果在傍晚时分传回了警局。她不是朱莉，DNA也不在基因库里。就目前而言，她的身份仍然未知……"

加百列用拳头抵住嘴唇。希望还在，虽然很微弱，但一直都在。

"不过这并不能解决问题，虽然科琳娜总算松了口气，"保罗继续说道，"好吧，就像从厚重的乌云中透出一丝阳光，没有什么能真正地安抚她。无论如何，她希望你尽快知道这个消息。好的，这件事完成了。"

加百列轻轻地点点头。

"谢谢。"

"没错，其实我应该谢谢你——自从你回来之后。你不觉得吗？"

保罗用手背拂去其中一个档案袋上的灰尘。

"就目前来看，从尸体上提取到的DNA……比较复杂。阴道内的精液没有提供任何有价值的线索，对我们来说，它属于一个未知个体。换句话说，即使你怀疑埃迪·勒库安特，但他始终与这起令人发指的罪行无关，他没有强奸这个女人。

顺便说一下，当你出现在他家时，他正从电影院往家赶，电影票还在身上，虽然我们会进一步核查，但如果他说的是事实，他就不可能在你遇袭时出现在水电站。我们以你入室袭击为名搜查了他的房子，是的，这是个机会，但除了几张色情 DVD 外，什么都没有，没有任何奇怪之处。”

保罗转过身。

“我们在受害者的指甲和掌心处检测到了另一个人的 DNA，死者生前曾竭力自卫，严重抓伤凶手，因而在这些部位留下了凶手的皮肤碎屑和血液；在受害者大腿内侧的淤伤处也发现了相同的 DNA。但问题是，这些 DNA 虽然同样属于一个未知个体，但与阴道内精液的 DNA 并不匹配。”

加百列低下头，不确定自己是否听明白了。

“和两个人战斗？”

保罗摇摇头。“对于强奸本身来说，留在大腿内侧淤伤处的遗传物质应该属于强奸犯，因为他一定是通过武力强行进入猎物的身体。从逻辑上讲，如果第三个人存在的话，最多只是负责紧紧抓住受害者的脚踝，所以不可能在如此接近生殖器的大腿内侧留下遗传物质。这里就不细说我为何会否定两人轮奸的假设了。”

“反正我也不想听。”

“所以，我渐渐形成了一个假设，但恕我暂时保密。无论如何,调查还在继续,我们拭目以待。关于造成死亡的枪击，埃库利的报告数据显示，7.65 毫米口径子弹要比 9 毫米口径更为少见，弹道专家无法从中得到太多线索。”

说完他拿起脸部被砸烂的特写照片，盯着它。

“目前，我们还不能确定受害者的身份。虽然报纸广播都报道了此案，但警方一直没有收到失踪人口的报案，那个女人可能不是本地人。”

“吊坠呢？”加百列将重点集中在自己认为重要的线索上，“埃迪·勒库安特怎么会有我女儿被绑架当天佩戴的吊坠？”

保罗把一张照片推到他面前。

“哦对了，吊坠……我正想说说呢。我把它托付给了法医实验室，借口依然是你的入室袭击。我告诉他们这个物件是在你的口袋里发现的，你企图偷走它，抱歉，这是能启动DNA检测的唯一捷径。好吧，内部篡权，没人会管这种闲事的……如果吊坠是朱莉的，那么只要没被清洗过，即使多年以后，她的遗传物质仍可能被检测到。但无论如何，从纯粹客观的角度看，目前并没有证据表明吊坠就是你女儿的。”

“你竟然说这种话？”

保罗按摩着太阳穴。

“现在是讲求证据的年代，加百列。逼供、假设，所有这些以前常用的愚蠢手段都结束了。你今晚的闹剧已经毁掉了任何可能针对埃迪·勒库安特的法律诉讼，比如，他完全可以声称是你带着这个吊坠闯进他家的，然后把它放进他的抽屉，目的就是指控他有罪。诸如此类吧，你明白吗？但他这次并没有走到这一步，那家伙向来不按常理出牌。你想知道他对这个吊坠来源的说法吗？”

“你认为呢？”

保罗伸长脖子，看了看门外。露易丝刚刚在隔壁办公室坐下来。他叹了口气。

“我真不明白，她为什么就不能像其他人一样早早回家睡觉？看她在喝什么东西！马鞭草茶……她还不到二十九岁。三个月前，她告诉我她正和一个男人约会，我终于松了口气，感觉很欣慰，可那家伙……你知道是谁吗？大卫·埃斯基梅特，殡仪馆男人，一有自杀案件或老人去世就会在我们眼前晃悠的人。一个非正式法医助理。”

保罗拉下百叶窗帘。

“该死的……她就是喜欢变态，否则不可能会这样。我本以为随着年龄的增长，她会和我更亲近，但我不知道……就像她总是把她母亲的死归咎于我，责怪我没有尽力，可那是该死的多发性硬化症，我能怎么办？”

加百列不知道该说什么。保罗耸了耸肩。

“好吧，回到正题。据埃迪说，昨天早上，你们曾在悬崖旅馆的走廊上相遇，而你没有认出他，这是真的吗？”

加百列点点头，紧锁眉头。

“但他认出了你，尽管……（保罗用手整理了一下头发）据他所说，你看起来不太清醒，你以为自己睡在 29 号房，但其实是在 7 号房过的夜，以著名的‘瓦尔特·古芬’的身份。”

“你究竟想说什么？”加百列特别讨厌保罗此刻的表情，就像一个手握王牌的赌徒，随时准备击倒他，赢得所有赌注。

“他说，正是他在打扫你住过的房间，也就是 7 号房时，发现了这个吊坠。”

24

不要下沉。

加百列仿佛又被打了一顿，这次是用语言。

“吊坠……在我房间里？”

“没错，躺在床底下，链子断了，像是从某人的脖子上扯下来的，就像这样（保罗做了个手势）。”

“你相信他吗？”

保罗似乎没有听见。

“要知道……好吧，你脑子里总有个黑暗的角落认定埃迪并不无辜。据他说，他之所以把吊坠带走是因为他认出了它，想确认一下它是否真的属于‘那个我们从未找到的孩子’。他想起抽屉里的旧传单，像旧报纸一样被萨加斯几乎所有居民存放在地下室、箱子里和架子上——用来生火。总之，他比较了一下，看到了相似之处。他说在你闯进他家之前，他正犹豫着是否要把它交给警方。”

加百列猛地想起那家伙在地下室的奇怪举动，在铁柜前来回踱步—— 一个正被犹豫不决困扰的人？

保罗站了起来。

“那么，你怎么看待他的说法？”他问道。

“这不可能。”

“但就我个人来说，鉴于目前的情况，我认为他的话很有道理。”

“如果是这样的话，那十二年前，当那些混蛋把我女儿带上他们的车时，我就已经拿到吊坠了？”

“是的，或者是前天晚上陪你去旅馆的女人。”

一记右勾拳。再一记上勾拳。保罗没有闲着，四处窥探，提出问题……加百列抬起头，看着眼前这位高高在上、正襟危坐的警察。

“你为什么不告诉我那个女人的事？”保罗非常恼火。

“因为鬼才知道她是谁！特蕾莎修女？我不认识她！我醒来时房间里没有第二个人。可能就是她偷走了我的钱包和笔记本，然后拿走她的行李，开着她的车，消失了。”

“去哪里？回北方？你开着车来到萨加斯，然后让她在几个小时后自己开车离开？”

加百列耸耸肩，喉咙上的套索在不断收紧。保罗是对的：这是一个没头没尾的故事。警察拿起河岸尸体的照片，在他眼前晃了晃。

“你总能想起它吧。”

加百列盯着那张长方形的光面纸，真希望自己能想起什么，哪怕是大脑星图中闪过的微光，但什么都没有。他推开照片。

“你有我的DNA，那东西能代替我给你所有答案。好吧，埃迪·勒库安特逍遥法外，我却被扣留在这里，你满意了？

明天律师就来了……干得漂亮！”

两个人默默试探着对方。保罗把照片放回原处，仔细摆好，确保与其他照片对齐。

“你错了。你无法想象，你女儿的失踪至今都在折磨我，并永远改变了我们的生活。”

他按下那台旧咖啡机上的按钮，静静地站在原地，注视着慢慢流进玻璃容器的液体。

“我和科琳娜不断收到那些该死的小说页，哪怕最微不足道的，都足以对我们造成巨大的伤害。我们不知道‘乌鸦’想要什么，‘阿加莎·克里斯蒂’有什么意义？那个混蛋为什么要做这种事？你的前妻每一天都在陷入更深的懊悔和愤怒，除非知道真相，否则她不会痊愈的，你明白吗？”

他转向加百列。

“我内心深处总有一个邪恶的小声音，希望阿尔沃河岸上的尸体就是你的女儿，至少终于有了一个结果。我知道这很难面对，但总要有个结果。”

他叹了口气。

“你一直在调查，加百列，你从没有放弃过，吊坠的存在可以证明这一点……另外……”

他从口袋里掏出一个密封袋，里面装着一个黑盒子。

“把你的车带回来之后，我让两个属下检查了一下。他们找到了这个，就藏在副驾驶座下面，一个 GPS 追踪器。”

“我被监视了？”

“似乎是的。标准追踪器，上面没有任何指纹：它的主人非常小心。我不知道你卷入了什么事件，但看来你已经成功地在我们十二年前碰壁的地方制造了骚动。必须承认，你给了我很多惊喜：调查水电站，几乎抓到‘乌鸦’，闯进埃迪的家，找到吊坠……”

保罗把热咖啡分别倒进两个杯子。

“你不是凶手，加百列。你可能会伤害某个人，但你不会强奸，不会把树枝插入女人的阴道，然后用两颗子弹射她的胸部。另外，受害者曾竭力自卫，但法医为你开具的验伤报告显示：你的身体或脸部并没有抓伤。椋鸟从天而降时，你正在旅馆房间里，对吧？”

“是的，我可能睡着了，听到撞击声后醒了，独自走出旅馆，看到了那些鸟。当时外面还有其他客人，他们可以为我做证，其中一个人还说到了什么天相，然后……我就不知道了，应该是又回去睡觉了。”

保罗点点头，表示认同。

“你的邻居们证实了这一点，他们和你同时走出旅馆，当时是凌晨 2 点 10 分。”

加百列松了一口气。保罗往其中一个杯子里加了两块方糖，以前他都是喝黑咖啡的。

“不过，即使你说的是真的，一切也必定和你有关。都说‘静夜有助于思考’，所以我会再想想，如果这个夜晚能给我一个答案—— 一个正确答案，我会很乐意把你放了。”

他用食指摩挲着桌面。

“你是一匹狼，加百列，所以我想让你继续收集深埋在你头骨深处的线索。你一直带着那个吊坠，或者是那个女人。到底为什么？你找到你女儿或绑匪了吗？我希望你能继续追踪，并向我传递信息——所有信息。这样才有可能重启档案，永远地解决它。这就是我想要的，仅此而已。”

加百列第一次感觉到自己并非身处绝境。保罗指指那杯咖啡。

“还是黑的？”

“一样难喝吗？”

保罗微微一笑。

“无疑是萨加斯最难喝的咖啡，但这并不妨碍我们吞下它。是的，就像以前一样。”

加百列突然很怀念过去的日子。他喝了一口咖啡，喉咙里的热度让他感觉很舒服。

“此刻你的 DNA 拭子已经在鉴定人员的手里，我要求他们今晚就检测，包括吊坠。他们欣然接受，不得不承认，不是每天都能这么幸运。在一切变得明朗之前，我是不会放你走的。没记错的话，楼下的杂货店会营业到午夜，我现在去给你买个三明治回来，金枪鱼蛋黄酱？”

“总好过我自己跑一趟。”

“蛋黄酱不会很新鲜了，但应该没问题……你还是回楼下的拘留室吧，我知道那里不怎么样，但在宪兵队，那已经是我能提供给你的豪华套房了。”

25

保罗坐在电脑前陷入沉思，努力拼凑着加百列提供的拼图碎片。将近凌晨3点，自从发现河岸尸体以来，他一直没怎么睡过觉，反正也已经很多年没真正睡过觉了。

他戴上老花镜，在灯光下仔细阅读案卷。办公室里轻轻回响着管道的吱吱声和散热器里的水流声，保罗很喜欢这个狭小安静的空间，仿佛这层茧足以让他免受外界的伤害。

他集中精神。两天前，加百列来到悬崖旅馆，根据老板的描述和电脑记录，这位前同事自称是瓦尔特·古芬，然后从停车场带回一个神秘女人。罗穆亚尔德·坦雄记不清她的外貌了，只是一个三十多岁的金发女郎——与河岸尸体很像——她站得离前台很远，谨慎，沉默，显然并不喜欢那家旅馆。而同一时间，萨加斯……

在房间里安顿好后，加百列又和这个女人出去过吗？他们有两辆车吗？目前还不知道。把加百列的奔驰车带回警局后，两名警察曾试图在车内寻找女性头发或其他证据，结果发现了GPS跟踪器。

加百列为什么非要住在悬崖旅馆呢？附近本来还有更好的酒店，当然算不上高档，但总比那座陈旧的灰泥建筑更可取：

一侧是停车场，另一侧是高耸的悬崖。到底为什么？另据罗穆亚尔德所说，加百列曾特别要求住在7号房。非7号房不可。

那么，只能得出一个结论：加百列·莫斯卡托以另一个身份回到萨加斯是带着某种明确的目的的。根据神经科医生的说法，正是这个目的让他瞬间失去了记忆。

保罗无数次用笔圈出“悬崖旅馆”……十二年前，加百列在那里睡着了，当时他正在调查女儿失踪前后入住旅馆客人的身份信息。正是在那里，他首次发现了著名的旺达·格什维茨。

警报似乎响起！但保罗并没有抓住本质。他翻开案卷，寻找对旅馆客人名单的分析记录。他已经很多年没碰过这个案子了，但依然清楚地记得当年和加百列分享每一条线索时的兴奋，他们仔细核对过这份名单，最终发现旺达·格什维茨并不存在：如今柳暗花明——找到朱莉的希望被重新燃起。

案卷上写着：

旺达·格什维茨：7号房，2月24日入住，3月8日退房（朱莉失踪当日）。现金支付。

又是7号房。保罗感觉自己仿佛已经抓住了潘多拉盒子的钥匙，一个显而易见的事实进入他的脑海。他立刻打开电脑，重新审视加百列的假证件。

瓦尔特·古芬。

旺达·格什维茨。

相同的首字母，相同的旅馆，相同的房间，同样虚假的身份。

肾上腺素在飙升。保罗拿起手机，盯着在埃迪·勒库安特家中发现的吊坠照片。断裂的链子……打斗……滑进床底……他眼前仿佛正加速上演着一部无声电影，以至于几乎没有注意到出现在门口的露易丝。保罗靠在椅背上，双手捂住脸。难道……？

他抬起头，看向女儿。

“什么事？”

“我有一个发现，过来看看吧。”她挥了挥手，转过身。

“露易丝！等一下，露易丝，我想起一件事，你能再说一遍吗？那个关于袜子和凶手的逻辑？”

露易丝盯着父亲：他眼前的桌子上摆放着犯罪现场的照片，昏暗的办公室里，他就像一只潜伏在洞穴深处的兔子，眼神中仿佛燃烧着孟加拉大火。

“哦？终于对我的侦探剧直觉感兴趣了？好吧，我认为凶手把袜子塞进死后受害者的嘴里一定存在某种逻辑，这需要我们来解谜。我还说过，凶手犯罪时并不惊慌，尽管当时下起了死鸟雨，但他相当冷静。”

说完，她转身出去了，保罗站起来紧跟在后面。果然不出所料，他看得越来越清楚了。

清楚得令人眩晕。

26

露易丝几乎立刻坐回到椅子上，屏幕的白光反射在她因疲劳而发红的湿漉漉的虹膜上。

“加百列怎么样了？”她问道。

“正在拘留室的长凳上休息，就像被点 44 口径的左轮手枪爆过头，你觉得他会怎么样？”

露易丝无心回答，她有权不发表任何负面评论。她点击了几下鼠标。

“睡觉前想给你看看这个，一个新发现。我仔细研究了受害者的文身。”

“或许……”

“对于魔鬼来说，这很平常，”她自顾自地继续说道，“堕落的天使，邪恶的象征，圣经的内涵，一种精神错乱。尸体前臂文身清晰可见，更符合男性风格，她应该是想让我们一眼看出是在和谁打交道……”

保罗审慎地看着女儿。露易丝正打开第二张文身特写照，位于左臂肱二头肌。他突然有点好奇露易丝是否去过文身店，想象着她的臀部或其他身体部位画着一个十字架，上面缠绕着一条蛇。露易丝十几岁时非常叛逆——总是冲他大声喊叫，父女间根本不可能正常对话。

“著名的俄罗斯套娃，乍一看没什么特别，这种图案很时髦，人人都可能会有，但这并不意味着他们和俄罗斯有瓜葛。不过仔细观察后会发现，这个位置的皮肤肌理中暗藏着一把手枪，非常小，旁边的花瓣上有个骷髅头。”

保罗仔细辨认着细节，似乎并没有看出什么。女儿打开最后一张特写，就是那个占据尸体背部大部分的图案。

“这才是最令人震撼的，”她说道，“一个牛仔拿着两把左轮手枪，其中一把指向我们。虽然穿上衣服后并不可见，但这幅画气势磅礴，应该对她很重要。文身对于主人来说总是很有意义的，它们……”

“简短点吧，先说重点，已经凌晨3点了。”

露易丝叹了口气。

“先让我把话说完……起初我也不知道该去哪里找，但俄罗斯套娃提醒我是否应该深入研究一下‘俄罗斯’的象征意义……”

她打开一张照片：一个肌肉发达的男人，上身赤裸——一看就是那种谁都不想在走廊上碰到的暴徒——全身布满文身，脸上画着蜘蛛网。露易丝指着男人右胸上的牛仔图案，与尸体上的很像。

“这是松采沃兄弟会的典型花纹，”她调整呼吸，“也就是俄罗斯黑手党。”

保罗感觉脊柱上猛地穿过一股冰冷的水流。午夜时分，在法国萨瓦省中部山地宪兵队小小的办公室里，竟然出现了

“俄罗斯黑手党”，这很不寻常，也不太可能。露易丝倒是为自己的一针见血颇为得意。

“松采沃兄弟会就像只巨型章鱼，由遍布欧洲的数千个犯罪集团组成，足以渗透各种洗黑钱的分支组织，它……”

“我知道，贩卖毒品、走私军火、贩运人口、暗杀、绑架、网络犯罪……三四个人组成小团队，独立行动，隐匿在俄罗斯境内外的茫茫人海中，难以被识别……”

保罗倾身向前，像是要一口吞下女儿。他大脑的神经元在高速运转，几分钟前诞生的那个假设基本得到了证实。

“牛仔代表什么？”

“代表它的团队成员可以为钱甘冒任何风险，只要愿意，他们随时都是奔赴前线的玩家。”

“雇佣兵。”

露易丝沉入椅子，扭扭脖子，试图打开颈部肌肉的结。她收拾好散落在桌上的苹果皮，塞进一个塑料袋——宿舍公寓邻居家的那群母鸡又有的吃了。

“俄罗斯黑手党来萨加斯干什么？最近倒是常有入室盗窃案发生，但那更像是其他东欧国家的生意。”

保罗的手机响了。他接起电话，抬头看向窗外，注意到在夜色中发光的烟头。法医实验室的鉴定人员正向他挥手，保罗示意马上就来，然后挂断电话。

“什么事？”露易丝拉起派克大衣的拉链。

“有关吊坠的，我这就去处理。快去和你的男人约会吧，祝你们愉快！明天将会是漫长的一天。”

露易丝站在电脑前，打了个大大的哈欠。父亲在灯光下看到了女儿的黑眼圈——她已经长大了，那张脸几乎就是她母亲的翻版。

27

加百列跌跌撞撞地走下台阶，台阶直通地下，一眼看不到尽头。黑色狼头打火机的火焰被脆弱的琥珀色气泡包围着，微弱得让他感觉自己就像默默潜入深海的潜水员。微光下，两侧岩壁的粗糙表面仿佛煤层般泛着亮光。

加百列转过身，神情有些恍惚。真是太不可思议了：他知道自己在做梦，但他完全清醒。此刻，他知道自己正躺在萨加斯宪兵队拘留室的长凳上，甚至能听到自己的呼吸声。他从未有过这种经历，默默地告诉自己这不可能，但周围的一切都太过真实。他伸出左手，划过那簇火焰，火苗没有摇晃，他也丝毫感觉不到疼痛。

他真的在做梦。

加百列不知道自己为何身处黑暗，也不知道该做些什么。或许,这与大脑的失常和失忆有关。系统中的一个错误。他跟随着潜意识中再现的细节和足以感知到的能量——他能认出手里拿着的是奔驰车手套箱里的打火机，也能感知到空气中弥漫的潮气紧压在脸上——他决定继续前进。

墙壁间的距离越来越小，台阶也越来越窄、越来越高，甚至每跨出一步都不得不跳一下。大脑在努力辨别着鞋底传来的咔嗒声。这太疯狂了，他能够意识到梦境之外的所有念头——他正躺在长凳上思考：一旦睁开眼睛，一切都会立刻回到现实。他知道这一点，因为他无比清醒。

他必须抓住这个机会。这种体验或许是可以让他绕过失忆壁垒的唯一办法，去另一边，并不被在觉醒过程中与任何一种入侵展开搏斗的隐形守卫发现。此刻，那些守卫可能睡着了。

终于，他来到一处平坦的表面，脚下像是铺着一层黑沙。黑暗的拱顶向上伸展，巨大的树根冲破天花板，向下倒垂，被困入潮湿粗糙的岩石缝隙，仿佛一只有生命力的大手企图抓住他的头发。显然，加百列正在某片森林的地下移动。

象牙般的碎片在岩壁上闪着光。加百列打开打火机，发现那些竟是一块块断骨：胫骨、股骨、头骨，被惊人的力量嵌入岩石。他知道这里没有人可以控制他，但他仍然感到恐惧，呼吸在沉睡的胸腔里微微加速。他竭力保持冷静，以免被那些潜意识的守卫赶出领地。他必须探索至隧道的尽头，并反复告诉自己：没有危险，没有危险……

一阵模糊的声响从无尽的黑暗中传到耳边，听上去像是胆怯的猫叫；但越接近，越能确定那是人类的声音，一种高亢、缓慢、绝望的呻吟——来自女性或儿童。左侧岩壁的骨头碎片已被空空的相框取代：没有照片，没有图案，只有四块木头拼成的矩形，奇怪地粘在石头上。他甚至愚蠢地猜测：可能梦中根本不需要钉子吧。

一个声音在呼唤他的名字，仿佛危险而绵长的美人鱼的歌声，故意拖长最后一个音节，重复着：加百列——加百列——加百列——其中似乎混合了两种不同的声音，他确信其中一个是朱莉的。十二年了，他再也没有听过这个声音，但它竟然就在那里。她在呼唤他。

加百列开始狂奔，一种强烈的自由感和压迫感从体内喷薄而出。没有人逼他奔向那个声音，但他依然拼命冲向那里。他想知道那段失去的记忆究竟隐瞒了什么，他想知道全部真相，哪怕是震惊。他会再见到朱莉吗？他还能把她抱在怀里吗？

心脏——他真正的心脏——一直在加速。加百列能够感知到每一次脉动和太阳穴里汩汩流过的血液。一想到这场梦随时会中断，他就痛苦不已。他不知道在森林底下跑了多久，时间似乎被扭曲了：二十秒？一分钟？十分钟？他穿过羊肠小道，直到眼前突然出现一面巨大的镜子，挡住前方的隧道口。他慢慢接近那片光，银色镜面折射出了朱莉和一个陌生女子的脸。

他再也无法控制自己的情绪。镜子的另一边，朱莉伸出手，近在咫尺，却无法触及。她仍然穿着运动服，只是面容已经老了，金色卷发落在肩膀上，方正的下巴支撑着僵硬的五官，一双发黑的手上沾满了泥土。她恳求他帮帮她，把她从这个监牢里救出去。她绝望的哭声狠狠击中了加百列。再一次，他知道自己在做梦。一旦睁开眼，一切都会消失，因为现实世界中的朱莉根本不会在他身边，但他拒绝什么都不做。

“是你必须帮帮我，”他低声说道，就像镜子里的人能听到一样，“帮帮我，让我找到你。你到底在哪里？是谁把你关起来了？”

朱莉把手放在镜面上，然后又收回去，留下些许红色的印记：鲜血染红了加百列的手；他竟然可以触摸到镜子。另一个女孩一直蜷缩在一旁，此刻她站起身——身上穿着一件过膝的运动夹克——把朱莉拉了回去。

“放开她！”加百列咆哮道，“朱莉，不！别走！告诉我是谁干的！”

朱莉似乎再也听不到他的话，转过身，被那个女孩拖走了。彻底地消失，眼前只剩下几毫米厚的镜面。加百列尖叫起来，他想拥抱女儿，感受她的气味和温度，他要把她带走，把她从噩梦中解救出来。他重重地倒在镜面上，出乎意料地，他似乎穿透了某种物质，被自己的体重拉向深渊。

坠落吞噬了他。

加百列猛地坐起来，屏住呼吸，直到气管终于恢复通畅，大口地喘着气。

他张开一只手——那里似乎曾触碰过朱莉的血。他刚刚经历了一生中最不可思议的梦，一个始终清醒无比的梦。一切都是那么清晰。他揉揉眼皮，冲到门口，尖叫着保罗的名字。

远处响起开门声。露易丝穿着派克大衣，出现在小窗口的后面。

“我父亲刚走，发生了什么事？”

“我只是想请你帮个忙，你有手机吗？”

“有，但这里禁止打电话，你……”

“你的手机能访问互联网吗？”

露易丝点点头，但她不明白他想说什么。

“我需要你帮我查点东西。”

露易丝宝石般的眼睛里闪着光。

“好的，查什么？”

“玛蒂尔德·洛梅尔。我刚刚睡着了，她又出现了。最好能找到她的照片。”

她皱着眉照做。

“有很多新闻报道，等一下……失踪女孩……2011年……你为什么对她有兴趣？”

“我说过了，我梦见了她，我也不知道。”

露易丝狐疑地看着他，继续浏览手机。最后，她终于把屏幕转向他。

加百列简直不敢相信自己的眼睛：就是她！那个被困在镜子里的女孩。他结结巴巴地道谢，震惊地坐回到长凳上。原来那个梦不仅仅来自大脑的虚构，不，应该是他的大脑在反刍一段非常真实的记忆。

加百列确信：这张脸一定曾经出现在他的现实生活里，近到几乎可以触摸。一个女孩，比朱莉大四五岁或更多，这也在一定程度上解释了索伦娜·佩尔蒂埃所说的DNA图谱。

或许他已经成功地在某个地窖找到了蛛丝马迹？什么时候？重回萨加斯之前？三个月前？

他站起身，靠着墙壁，双手放在头上。梦里的险恶历历在目：被嵌入岩壁的骨头碎片、冲破天花板的巨大树根、一个变态的巢穴，一个囚禁女孩的黑暗王子……

他尽可能地集中精神，但无论怎样挖掘记忆深处，除了噩梦在大脑里播下的卑鄙的种子，什么都没有。

朱莉和玛蒂尔德还活着吗？她们正被锁在一个肮脏的地方，等着他去解救吗？

28

“来啦——快来温暖一下勇敢的夜班工人的心吧，天太冷了。”

保罗端着两杯热气腾腾的咖啡向等在外面的鉴定人员走去。只有不停地注入咖啡因才能保持清醒，在他看来，从昨天开始，白天和黑夜似乎就没有了界限。

塞德里克·达梅乌斯掐灭手里的香烟，皱着眉喝了口黑乎乎的饮料。每次见到他，保罗都能想起摩根·弗里曼。达梅乌斯是宪兵队里唯一的黑人鉴定员，他的孩子也是苏珊娜-布林小学唯一的黑人孩子，而他的妻子也是萨加斯医院唯一的黑人女性（助理护士）。达梅乌斯把剩下的半杯咖啡扔进垃圾桶，和保罗一起走进法医实验室的大楼。

实验室建筑本身远算不上宏伟壮观，但极具功能性和实用性。铺着米色油毡的走廊两侧分布着两间办公室和三间分析实验室，以及一间必须穿过气闸室才能进入的DNA检测室。保罗穿过狭窄的气闸室，注意到一个透明的大箱子里悬挂着受害者的外裤和内裤，部分布料已经被剪掉了。工作台上的基因扩增仪和热循环器正全速运转。

“电话里没和你细说，我们在内裤上发现了大量精液，与阴道内的精液同属于一个人。”

保罗站在窗前，陷入沉思。

“受害者被性侵后又穿上了内裤？”

“很有可能。”

一个新思路。这与岸边强奸后枪击致死的假设不一致。如果是先奸后杀，拉至受害者膝盖下的内裤不可能被精液浸湿，除非强奸犯拉下内裤射精后再次拉上并拉下内裤；这根本没有道理。保罗越来越确信性行为的确发生在枪杀之前，但两个行为是独立的。

“报告明天才能发给你，好吧……然后是……与吊坠接触过的生物物质，”达梅乌斯说道，“很幸运，我在附着于首饰表面的有机沉积物上提取到了 DNA。”

“加百列·莫斯卡托的 DNA 呢？”

“还在机器里，你说过把它排在第一位，保证在日出前拿到结果。加百列怎么了？他离开时我刚来宪兵队，不太了解他，我知道……你的腿……”

“这很复杂。”保罗说道。

达梅乌斯没有追问下去。两个人转进一个房间，巨大的金属柜里堆放着无数个大信封——萨加斯地区所有刑事案件的密封样本，包括因入室盗窃产生的碎玻璃片——以及各种试管、包装套件、垃圾袋卷……一张桌子上摆放着一组动物的下颌骨和骸骨——应该来自某个悬而未决的猫狗中毒案——桌子的另一端摊放着一块正方形的白色纱布，上面正是他们感兴趣的吊坠。

保罗从旁边的盒子里拿出一副乳胶手套。

“没必要戴手套，”达梅乌斯说道，“必要的遗传物质已经被提取完毕，你随时可以拿走这个吊坠。”

达梅乌斯扯起链子，把它塞到保罗手上，吊坠约三厘米高、两厘米宽、一厘米厚。达梅乌斯又递给保罗一个放大镜。

“制作工艺令人惊叹，虽然材质并不贵重，主要是银和黄铜，链子是锡的，但价值来自创意设计本身。纯粹出于偶然，当我用放大镜观察它时，意外地在书封部分发现了一个细节—— 一个圆形图案，你看。”

保罗仔细看着。尽管有放大镜的帮助，但他并没有发现什么奇怪之处。他摇摇头。达梅乌斯拿起一把金属尺，按压在圆形图案的表面，图案竟然原地凹陷了下去。

“一个机关？”保罗问道。

“你知道日本的机关盒吗？一种精美的小盒子，木片拼花工艺，必须通过一系列复杂神秘的操作才能打开，即按步骤在某些位置反复推拉木片，从而实现隐藏物品的目的。目前最精致的机关盒需要七十多步才能打开，而且必须按照某种特定的顺序。所以，这个吊坠不仅仅是一本书，而是一个受日本盒子启发的精妙机关。”

“你能打开吗？”

达梅乌斯微笑着点点头。

“我从儿时起就喜欢泡在跳蚤市场寻找谜题。不过这个吊坠并不像看起来那么复杂……只要找到机关,四步就足够了。”

说着他翻过吊坠，推入一小块浮雕，然后拉出另一处浮雕，最后用尺子按住封底上的最后一个按钮。

“一件美丽的艺术品，”达梅乌斯说道，“书的尺寸很小，因此精确程度令人难以置信，只有完全拆开才能看到里面的机关，也就是暴力破坏它。这可不是随便能从商店里买到的玩意儿，很罕见，也很昂贵，只有发烧友才配拥有，按照我儿子的说法，这可是‘海盗玩具’。之前为了演示，我打开过它，但没有碰里面的东西。”

“什么东西？”

“我就不破坏惊喜了……”

朱莉从哪里得到的这个吊坠？为什么要对来源撒谎？保罗既兴奋又焦虑，感觉自己就像在等待希区柯克电影真相大白的一刻，而眼前的吊坠就是《朱莉·莫斯卡托恐怖血腥历险记》中大名鼎鼎的“麦古芬”。

再按一次。封面完全弹开，只有边缘处连接着书脊。达梅乌斯打开了一个隐藏的空间，那个夹在他指间的东西很可能就是朱莉十二年前藏进去的宝贝。而今晚之前，还不曾有人发现它。

一张存储卡。

29

怎么可能——它在抖，它竟然在抖，该死的……保罗的手指抖得太厉害——咖啡因、肾上腺素——以至于他很难把那张微型 SD 卡插入读卡器。等到终于搞定了一切，他把读卡器接入电脑。此刻，保罗把自己锁进办公室，拉下百叶窗帘。除了接待处的值班警察，全宪兵队就只有他一个人。

他手上拿着的很可能就是朱莉·莫斯卡托数码相机里的存储卡。警方一直没有找到它，原来在这里！达梅乌斯说他没有碰过它，以免造成损坏。

屏幕上弹出一个窗口。卡片里有两个视频，一个拍摄于 2007 年 9 月 13 日，另一个是 2008 年 2 月 4 日，也就是失踪前一个月。保罗立即将文件复制到自己的硬盘上，生怕数据中途丢失，直到进度条到达 100%，他才松了一口气。数据转移出奇地顺利。

他咽了下口水，打开 2007 年 9 月的视频。十二年了，这张卡一直躺在吊坠里，任何原因都有可能导致它出现故障。然而当彩色图像在眼前滚动时，一道明亮的光掠过保罗的脸庞。

数码相机应该是被安装在自行车的鞍座上，画面有些模糊，左边是部分车把手。朱莉的山地自行车。保罗心想。天气晴朗，苏格兰松在视野中飞速掠过，森林、树尖上沙沙的风声、鸟鸣声。镜头再次移动，朱莉拿着背包出现了。保罗的心在收紧，他想象着如果让加百列如此突兀地再次面对女儿，他会有怎样的反应。

朱莉身穿短裤、荧光运动鞋和蓝色尼龙运动衣，摊开一顶小帐篷，在地上挖了一个约四十厘米深的洞，然后从背包里掏出一个小铁盒,放在地上。她解开挂在脖子上的吊坠（此刻就在保罗的键盘旁），跪在地上，在洞口处俯下身，把链子挂在指尖上。她哭了。保罗听到了断断续续的抽泣声，仿佛小动物的呜咽。

对朱莉来说，把吊坠放进铁盒似乎太难了。她重新把它挂在脖子上，把铁盒放进洞里，填埋好洞口，踩实土壤，将松针撒在上面。

接着，她来到一棵树下，用瑞士军刀刮掉一块树皮，在空白处画了一个清晰的“十”字。然后，她回到镜头前，平移相机：树，更多的树，一望无尽的树；一条小路，再往前是一个斜坡；一片巨石丛，其中一块足有两米高，就像史前的巨石柱。她对准巨石调整焦距，然后对着洞口位置拍下一个远景，她似乎想努力记住这里。

视频结束。

保罗呆坐在屏幕前。十二年前，一个满腹心事的少女埋下一个小铁盒,本想把吊坠放在里面,但最后还是决定保留它，并把存储卡藏在里面，留下记号以便日后能找到。

“朱莉，你究竟把什么托付给了森林？”

或许少女是想摆脱什么，没有成功，但必须确保日后有一天还能找回来，以防万一。*以防万一*？

保罗打开第二个视频：2008 年 2 月 4 日。时间显示在右下角：晚上 11 点 55 分。迥然不同的气氛：雨，黑夜，跳跃的画面，俯仰的相机，应该是某个人正拿着相机在户外拍摄。没有声音，细细的雨丝干扰着画面。一块抹布突然靠近镜头，黑屏，然后图像重新变得清晰起来。镜头正对准一扇窗户，窗帘紧闭，但有光线射出。镜头太近、太暗了，保罗根本辨认不出细节。

一分钟后，窗帘被拉开，释放出一道光。相机抖了一下。

保罗皱起眉头看着。镜头慢慢滑过窗帘间的缝隙，轻轻扫动了几下，直到聚焦在一个裸露的背上。窗外的雨淅淅沥沥，丝毫不妨碍镜头中出现一头金色的长发，流淌至一个女孩的腰部。一张床，女孩跨坐在一个身影上，从位置和角度都无法分辨出那个身影的具体形态。但一定是个男人。昏暗的橙色灯光来自床头灯。

背部耸起，头发翩翩起舞，年轻的女性肉体肌肤表面文着灼热的蔓藤花纹，身下的男人紧紧攥着床单。接着，突如其来的一动，金色长发脱离了头骨，向后滑下。女孩勉强抓住它，放回原处。一顶假发。

突然，两道白光照亮了玻璃窗，镜头里只剩下田野和土壤。摄影师一定正在快速移动，猫着腰，最后停下来，镜头里出现了汽车车轮。白光终于渐渐消失。一分钟后，镜头再次被拉起，直对前方。当保罗终于辨认出这里的地形时，不由得倒吸一口凉气。

悬崖旅馆。一楼。正对停车场的房间。

保罗的手指紧扣着鼠标。摄影师无疑被房客的到来吓了一跳，此刻正重新回到窗前。玻璃那边的两个人正在做爱。雨，破旧的旅馆，窗帘缝隙间的偷窥，一切都让人毛骨悚然。保罗感觉很不自在，但不能错过任何细节，视频背后或许隐藏着十二年前谜题的答案。

十分钟后，裸背的年轻女子起身，离开了画面。保罗凑近屏幕，发现女孩十分谨慎，尽可能地不被拍到脸。难道是大名鼎鼎的旺达·格什维茨？或者是朱莉？吊坠就是这个男人送给她的？或者是朱莉拿着相机？有那么一瞬间，他似乎看到露易丝在镜头后面。他摇摇头，立刻甩掉可怕的念头。

一道更加明亮的光冲进房间。床上的男人靠着床头，双手撑住床垫，额头上大汗淋漓，红润的脸上挂着灿烂的笑容。在视频结束前两三秒，镜头焦距被放大了。

当屏幕再次变黑时，保罗呆若木鸡。

这个男人，竟然是旅馆老板。

罗穆亚尔德·坦雄。

30

刹车。熄灭车头灯。

保罗把车停在旅馆停车场尽头的悬崖脚下。旅馆早上6点半开始营业，他可不想像牛仔一样在星期日的午夜突然闯进罗穆亚尔德的家——即使这种冲动极为强烈。他很清醒：加百列被拘留，在没有通知同事或上级的情况下，自己已经连续在入室袭击、吊坠检测以及擅自复制视频等问题上严重违规。从司法角度看，这张存储卡目前并不存在。

他把夹克盖在胸前，闭上眼睛。尽管有咖啡因作祟，但他几乎立刻昏昏欲睡，无数画面在眼皮下打转：河岸女尸支离破碎的脸……加百列·莫斯卡托迷茫的目光……朱莉在森林洞口旁哭泣……拱起的后背、跳舞的金色假发……视频中罗穆亚尔德灿烂的笑容……

砰——汽车后备箱被关上的声音——他猛地睁开眼睛。旁边一个人影上了一辆汽车，开走了。保罗看看方向盘旁的仪表盘：早上7点35分。他竟然睡着了。

弹丸般的日头碾压着山谷，右侧悬崖的石灰岩壁上反射着柔润的白光，山脊在浓雾中若隐若现。保罗走下车，感觉像是被锁进一个锡罐，后背撕裂般的疼痛。他靠着湿透的车身，揉着疼痛的膝盖，咬了咬牙。他真的老了，已经不适合做这种蠢事了。

他走进旅馆，径直来到前台——和昨天他来了解加百列的情况时没什么两样——热巧克力味直冲鼻孔，后面的房间里传来刀叉声。罗穆亚尔德正站在柜台后，惊愕地看着身穿制服、衣服凌乱、头发乱糟糟的保罗。

“我想和你谈谈，”保罗单刀直入，“如果可能的话，找个方便的地方吧。”

罗穆亚尔德转身走进后面的房间，和正在那里吃早餐的妻子说自己很快就回来，然后和保罗一齐穿过柜台后面的门，走进隔壁的会客室。他没有请警察坐下，自己也一直站着。

“是关于埃迪吗？他昨晚给我打过电话，请了一天假。据说有人企图抢劫他。”

“不，不是埃迪，是关于你。”

罗穆亚尔德一脸惊讶。保罗打开自己的平板电脑，用余光审视着对话者。

“你很了解朱莉·莫斯卡托吧？”

长久的沉默。

“朱莉·莫斯卡托？她……算是吧，她在旅馆实习过两个暑期。你一大早跑来就是要问我这个吗？至少十二年前了，而且……”

“我知道具体时间，她分别于 2006 年 7 月和 2007 年 7 月在这里打工，并曾于 2008 年 2 月，也就是她高中二年级时，在这里做过为期一周的短期工。我想她一定是一名优秀员工，才会让你为她提供这些特别优待。”

“优待？听着，我不知道你是什么意思，但我还有工作，如果你……”

“我们来看一部电影吧。但在此之前，你必须先告诉我，昨天下午4点左右你在哪里？”

——索伦娜和加百列被催泪瓦斯袭击的时候。

“在旅馆。你觉得我会在哪里？你下午2点左右来问我关于加百列的情况，我回答了，你甚至还讯问了我的客人。从那之后我哪儿都没去过，当时一直有人来办理入住登记，他们可以证明我的话……”

保罗紧捏着平板电脑。

“好吧，我相信你。”

保罗启动视频。罗穆亚尔德的脸开始渐渐变得惨白，喉结上下滚动着。最后，他无奈地按下停止键。就在那一刻，保罗确信他知道这段视频。

“你从哪里弄到的？”

“拍摄时间是2008年2月4日，很可能是用朱莉·莫斯卡托的数码相机拍摄，就在她失踪前一个月。图像中的这个男人，在你旅馆一楼的一个房间里和一个戴假发的年轻女孩发生了性行为，而且女孩完全知道自己被拍摄……你确认这个男人就是你吗？”

罗穆亚尔德微微点头。

“很好，谢谢合作，这对你来说也有好处。就目前看，我们有两个选择。第一，详细解释当时发生了什么，就现在，你和我之间，然后我会就此次非正式谈话做出后续行动的评估。第二，两个小时后我返回这里，你会因朱莉·莫斯卡托失踪案被拘留，司法程序正式启动。选一个吧。”

保罗在虚张声势。早已经没有什么“朱莉·莫斯卡托失踪案”了，甚至永远不会再有，只是罗穆亚尔德并不知道。

“我……我妻子还不知道这件事。”他结结巴巴地说。

“那么我建议你选第一个。”

“我……我也不知道该怎么说，已经很久了……该死的……”

他似乎很不安。保罗扶着他坐下，自己宁愿站着。

“一步步来吧，先试着回忆。首先，戴假发的女孩是谁？朱莉·莫斯卡托吗？”

罗穆亚尔德·坦雄局促地把手夹在两腿间，脸颊再次慢慢泛红。

“你也坐下来吧。”

保罗歪着头，对话者直视他的眼神仿佛在他脚下打开了一道深渊。

“拿着相机的……是朱莉，而那个戴假发的女孩……是你的女儿。”

31

那一刻，保罗真想砸碎对方的头——罗穆亚尔德·坦雄一定在撒谎！这个混蛋和一个女孩上了床，拍了一部令人作呕的电影；而当时作为调查的一部分，他竟然在警察的各种讯问下隐瞒了一切：朱莉曾在失踪前拍摄了一部以他为主角的肮脏的舞台剧。

保罗极力控制住自己，一动不动地站着，握紧拳头。罗穆亚尔德瑟缩在椅子上，仿佛一只生病的老狗，最后终于再次开口：

“那年夏天，也就是2007年，你女儿经常骑自行车来旅馆等朱莉下班，站在前台，我就和她聊上几句，然后看着她们两个一起离开，一对形影不离的同谋。日复一日，直到有一天朱莉对我说……那个……”

“继续。”

保罗语气冰冷。罗穆亚尔德继续讲他的故事：

“……她说我引起了她好朋友的注意，可我什么都没做，也很困惑，一个十六岁的可爱女孩竟会对我这样的男人感兴趣。后来，露易丝总是故意和我搭讪，直到和我调情。她当时一身朋克打扮，看上去比实际年龄大，但她终究未成年，我也结婚了，所以我不想再往前走了……”

罗穆亚尔德的手指纠缠在一起，就像个偷糖果的孩子。

“那年七月，露易丝和你一起去度假，我以为我们不会再碰面了，内心也感到一种解脱。但第二年一月的一天，她突然跑来旅馆，扔下一份暑期实习简历，声称也想赚点钱。她把我捏得死死的，上尉，我发誓。”

“继续。”

“简历只是借口，里面夹了一张纸条，说她会在第二天晚上午夜时分来旅馆找我，我要做的只是为她开门。就这样开始了，我们两个，在 2008 年初一个寒冷的冬天……”

保罗始终不敢相信这一切，但他能感觉到对话者的真诚。难道他这个父亲真的什么都没有看到和怀疑过吗？露易丝声称睡在加百列家的那些夜晚……但女儿从没提起过悬崖旅馆，更不用说实习了。

“持续了多久？”

“她……来过六七次，我起初也觉得不太对，但是……我被诱惑了。你也看了视频，看到发生了什么。她，我，另一个藏在外面，在我不知情的情况下偷拍……”

保罗点点头，催促他继续，大脑却在拼命赶走眼前这个恶心的大胡子和女儿上床的画面。

“当时我也没怀疑什么，但一周后，我收到了一封匿名电子邮件，其中包含一个附件，就像间谍电影一样，附件就是这个视频，”他指着保罗的平板电脑，“这个该死的视频，那两个小家伙……你女儿和朱莉·莫斯卡托，那个欣然接受我提供两次暑期实习的女孩，竟然把我当成猪一样勒索，还威胁要把一切扔给我的妻子，她们开口要价 5000 欧元！ 5000 欧元！你明白吗？”

保罗终于决定坐下来，右膝像遭到电击般疼痛。

“我们通过电子邮件交流了几次，最后我同意支付 2000 欧元，条件是必须收回原始视频，并销毁所有和那个夜晚有关的拷贝文件。我知道这很愚蠢，没人能保证一定会尊重交易原则，但……无论如何……故事没有了下文。”

“朱莉在你付钱之前消失了。”

他点点头。

“是的，她们本来要求我一个月内付清全款……但朱莉失踪后，露易丝也没了动静。我想，你女儿可能也在担心这件事被爆出来。”

保罗终于意识到这一切都是真的。回忆和画面不断涌来，一一印证着女儿多年来的奇怪举动。

罗穆亚尔德第一次勇敢地迎向他的目光。

“你可能不相信我，但去问问你的女儿吧，一切都是真的。当然，她肯定从来没有告诉过你这件事，她必须把这个秘密深埋心底，因为这没什么好宣扬的。至于我，当你来调查时，我满以为你会提起勒索邮件，也一定已经分析过朱莉的电脑；但恐吓信也可能来自其他邮箱，你可以去查查你女儿的电脑……”

保罗猛地站起来。局面已经发生逆转。他仿佛不再是自己，体内正升腾起一股熔浆。当年调查朱莉失踪案时，露易丝曾被讯问过好几个小时，她竟然一直保持沉默?！

“这件事也摧毁了我，我很害怕，”罗穆亚尔德继续说道，“害怕你来逮捕我。一个敲诈我的女孩一个月后突然消失了……还有比我更合适的嫌疑人吗?”

保罗沉默着。是的，他们早就追踪过朱莉的行动轨迹，包括所有认识朱莉的人。罗穆亚尔德和他当时的妻子，甚至包括埃迪·勒库安特，都不曾在星期六失踪日当天离开过旅馆。

“正因为如此，”罗穆亚尔德说道，“我过得并不好，没能留住第一次婚姻。我总是自责，这是肯定的，这两个女孩总是一起出现，她们不是天使！是恶魔！”

后门打开了，罗穆亚尔德的妻子不耐烦地出现在门口：丈夫的中途离开让正在吃早餐的她感到不知所措。保罗起身说“就快结束了”，门关上后，他威胁性地向罗穆亚尔德伸出食指。

“你要感谢我这身警服，否则我会一拳砸扁你的脸。不过我很快就会回来的，作为房客。”

走出旅馆后，保罗窒息得几乎想要尖叫，但他还是决定把满腔愤怒留给女儿。

32

上午 9 点。来开门的是大卫·埃斯基梅特，脚上踩着一只鹿皮拖鞋，另一只拿在手里，身上穿着熨烫整齐的白衬衫和米色亚麻裤，浑身香喷喷的，一头乌黑的头发整齐地梳到脑后。

“保罗？”

“我需要和我女儿谈谈。”

他不客气地径直走进屋里。尽管一夜未眠，露易丝此刻已经坐在厨房里咀嚼蘸着咖啡的黄油吐司。从厨房窗户可以俯瞰宪兵队的停车场，放在微波炉和水果篮之间的收音机正播放着猫王的热门歌曲。保罗走过去关掉收音机，露易丝疑惑地看着父亲。

“我想跟你谈谈，一对一。”

“不是吧！老爸，今天是星期日，现在才 9 点！你不能这样闯进别人家，而且……”

“没关系的，大卫不会介意的，反正我已经来了。”

大卫盯着保罗，本想开口责备对方擅闯民居，但最后只是俯下身，吻了吻露易丝。

“晚上见！今天轮到你在家睡大觉了。”

露易丝笑了笑。

两人简单地握握手，大卫关上门离开了。

“你为什么不喜欢他？”露易丝立刻反击，“大卫是个好人，他一直想和你谈谈，总有一天他会受不了的。”

“不是他这个人的问题……而是他的殡仪馆、他的事业，他迟早会把它传给他的孩子，就像他的酒鬼父亲传给他一样。你知道的，我无法接受我的孙子一生都忙着把萨加斯的居民放进棺材！”

“真是太有远见了……”

“好吧，这不是我今天来的主题。我刚从悬崖旅馆回来，见到了罗穆亚尔德。”

露易丝似乎没有听见，大口地嚼着吐司。保罗把一只手压在餐桌上，咖啡杯晃了晃。渐渐地，她的目光被推到自己鼻子底下的“一本书”吸引了过去，上面挂着一条银链子。

“这个东西里藏着朱莉的存储卡，需要我描述一下其中一部电影吗？”

露易丝仿佛被钉住一般，脸颊霎时红得像朵牡丹花。她慢慢地把吊坠拉到自己眼前，手指滑过那个秘密隔间。

“谁……都有谁知道？”她结结巴巴地说。

“除了罗穆亚尔德和我，没有人。暂时。”

露易丝突然站起来，转过身，靠着餐台，似乎无法面对父亲压向自己的目光。保罗沉默着。半分钟过去了，久得仿佛一个世纪。最后，保罗决定用一个简单的问题打破沉默。

“为什么？”

露易丝深吸一口气，慢慢地转过身。

“为什么？因为我们是十七岁的萨加斯女孩！这就是原因。萨加斯，爸爸，这里不是里昂，不是夏慕尼，不是克吕斯，而是萨加斯——只有罪犯、工厂、抑郁症和该死的黑死病，每天不得不吞下整瓶维生素，只为老了以后不被骨质疏松症困在轮椅上——这就是为什么！”

“你觉得这就能让你的行为变得理所应当吗？我不是说……你和一个比你大将近十八岁的老男人上床，尽管这也让我无法忍受——不知道大卫会不会赞同？但是勒索呢？！敲诈勒索呢？！”

露易丝用毛衣袖子擦擦模糊的眼睛。

“我知道已经于事无补，但……这是她的主意……”

“没错……她已经不能说话了。”

“前几次没有偷拍……起初只是……试验，我想……”

她沉默了，开始清理餐桌，仿佛保罗突然从房间里消失了一样。保罗一把抓住她的手腕。

“你到底想要什么？毁掉一个家庭？背着一个老男人的妻子在两个房间外和他偷情？是想惩罚我吗？惩罚我没有尽我所能好好教育你？到底为什么？说吧！解释一下！”

露易丝紧紧握着一把羹匙，指关节有些发白。

“和她一样。我只是想和她一样。”

保罗努力消化着新接收到的信息。“和她一样？你是说朱莉失踪时也在和某个老男人约会？”

“不是失踪时……是前一年，2007 年夏天。”

33

此刻坐在椅子上的露易丝筋疲力尽。保罗也一样。

“是的，朱莉认识了一个男人，爸爸，那个男人年纪很大，大概五十多岁。她没告诉过我他的确切年龄，但是……不知道为什么，我一直觉得他是五十多岁。”

保罗终于坐了下来。女儿的一个爆料就足以改变整个调查方向。

“你知道你在说什么吗？”

“所以我一直没说！你觉得呢？当时我也焦头烂额，毕竟我敲诈了罗穆亚尔德,我很害怕！也很羞愧！我从没想过……是的，那是前一年夏天的事了，很久了，和朱莉的失踪无关。当我意识到再也见不到她时，甚至没想过这二者之间有什么联系。”

她摇着头。

“我不得不带着这个秘密长大，你根本想象不到我有多少次想和你坦白这件事，但是……太难了，太丢人了，你会受不了的。”

保罗倾身向前，用最低沉的声音说道：“你必须告诉我你知道的一切，所有的一切。”

露易丝摇摇头。

“没了。那个人我也一无所知，不知道他是谁、从哪里来，也从没见过他，我那些回忆根本毫无价值，它不会把朱莉带回来的。”

“说说看。”

露易丝盯着远处，仿佛已经不在这里。

“那是 2007 年……七月初，朱莉在悬崖旅馆打工。我几乎每天骑自行车去等她下班，至少提前一个小时在前台等她。我很无聊，你当时忙于工作，早上去上班，晚上才见到我，甚至也不关心我白天做了什么，你根本不在乎我。”

“别把责任推到我身上。”

“这是事实。好吧，但不是重点。大概七月中旬到八月中旬时，我们和爷爷奶奶一起去度假，一个月左右，走之前朱莉还很正常。阿热莱斯，我们全家人一起，你还记得吗？”

保罗点点头。

“回来之后，我就迫不及待地去找她：她已经打完暑期工，开学前我们又可以泡在一起了。但她变了。她在和一个陌生男人约会，拒绝向我透露任何事。我只能猜到那个人不是高中生，年纪比我们大很多，也许谈论他们的事会给他带来麻烦。对朱莉来说，那是珍贵的秘密，一个禁忌，一个雷池，我觉得……她很在乎他……”

保罗简直不敢想象加百列听到这个消息后会怎么样，而眼下，他考虑的是如何帮女儿收拾这个烂摊子。

“她一般白天约会，如果她父母问起来，就说和我在一起，或者是去骑自行车，所以也没人发现什么不对劲。”

“那个男的是本地人吗？住在附近？来这里干什么？她都去哪里见他？”

“我说过了我不知道。她很保护他，胜过珍宝。到了八月底，我就很难再见到她，她也疏远了我。等到九月份开学时，我意识到必须停止打听和他有关的一切，因为只要一提，她甚至会翻脸。她被迷住了，成绩也一落千丈，她父亲还被叫到了学校……”

保罗的瞳孔在收缩。

“但加百列没怀疑什么，像所有人一样，以为朱莉只是迫于高三的压力。她在我面前也绝口不再提半个字，后来就过去了。几个星期后，她仿佛一下子变了，又变回了我一直认识的那个人。”

保罗回想起森林里的视频，朱莉哭了。

“吊坠是他送的吗？”

露易丝表示肯定。

“我们从阿热莱斯回来后，她就已经戴上了它。她很崇拜那个人。她跟她母亲说是在镇中心的金星珠宝店买的。我不知道那里面有机关，更不知道她把存储卡藏在了里面。这些年来，我一直害怕被人发现……”

保罗起身走到咖啡机旁，塞进一个胶囊，按下按钮。他努力想象着一个十六岁女孩和一个五十多岁男人的禁忌恋情。那个男人一直和一个萨加斯少女约会，在山峰和奇观面前海誓山盟、送她礼物……他甚至看到那个恶棍把吊坠挂在朱莉的脖子上，让她相信他们会永远在一起——只有生活在昏暗谷底、终日无聊的单纯女孩才会相信这种鬼话。然后呢？他突然离开了？把她甩了？

“该死的，露易丝，你有没有想过那家伙很可能是旅馆的客人？一个在朱莉打扫房间或吃早餐时偶遇的男人，然后勾引了她？或许……如果我们早点知道的话，完全可以核查2007年7月悬崖旅馆的登记簿，讯问罗穆亚尔德和他的前妻，找出陌生人的身份。而现在，一切都消失了。”

保罗拿起杯子，陷入沉思。

“如果那家伙跟福特车和旺达·格什维茨有关呢？如果他就是调查的关键呢？你当时为什么不告诉我们?！这个案子已经毁了大家十二年……而你……”

露易丝沉默着，掸掉食指上的面包屑。保罗把平板电脑放在她面前，播放了另一段视频。

“你知道那个小铁盒里装着什么吗？你认识这个地方吗？”

露易丝仔细地盯着画面，摇摇头。

“不知道，这里可能是她常去骑自行车的山路，可以去问问加百列，他们应该一起去过。”

保罗的手机响了，是达梅乌斯。他没有接电话，而是一口吞下咖啡。当他放下杯子时，手在微微发抖。

冷静。真的不能再喝咖啡了，否则他会死于心脏病发作。保罗看着女儿，那双眼睛里流露出恐惧。如果让科琳娜知道这件事，她一定不会原谅她的，他们两个也会分手。至于朱莉失踪案，一旦被重启，视频被曝光，露易丝无疑会被宪兵队开除……

一切都起因于这部十二年前的色情电影！

他转过平板电脑，将手指长按在视频图标上，直到出现一个叉号。旅馆视频顷刻消失在屏幕边缘。

露易丝默默地看着父亲，抿着嘴唇。她知道这个举动对于父亲来说意味着什么。

“我会处理存储卡，”他低声说道，“现在，我需要回去确保罗穆亚尔德保持沉默，无论如何这都符合他的利益，你也绝不能再向任何人提起你刚刚说的一切。”

露易丝慢慢地点点头，她已经说不出任何话。

“即使有一天朱莉和这个男人的故事重新浮出水面，你也什么都不知道。我们在阿热莱斯度假，那个夏天你几乎没有见过她，她当时很神秘……然后，你就不记得了，太久了。况且这么多年来，你竟然可以如此巧妙地向所有人隐瞒这个秘密，那就请继续吧。”

露易丝低下头。保罗朝门口走去，握住门把手，回过头看了她一眼，冷冷地说道：

“你不知道我有多么羞愧。”

34

在法庭指定律师在场的情况下，听取证词的环节在下午1点前就结束了。结束时，保罗当场宣布“加百列·莫斯卡托入室袭击案”撤诉，警方也正式取消对加百列的拘留。他让加百列在办公室等他，自己去把律师送到大门口。当他回来时，加百列正站在白板前。

“埃迪甚至没来得及开口，”保罗兴奋地说，“作为一名为被告辩护的警察，不是每天都能遇到这种幸运。坐下吧。”

加百列坐在椅子上，感觉整个后背被拘留室的长凳折磨得几乎断掉。在那个无比清醒的梦之后，他再也没睡着，心悸得只要一闭上眼，就能看到女儿的脸、听到她的声音，但他只能把一切藏在心底。他看了看右手边的办公室：和其他人一样，露易丝的办公桌前空空如也。显然，她并没有和她父亲提起过他半夜时的奇怪请求。

“我早上去拜访了卡索雷特法官，向他汇报了河岸尸体的调查情况，”保罗开口道，“星期日并不是理想的拜访日，但我还是阐述了选择合适的鱼饵对钓鱼的重要性，他认为我是对的……我们必须就你的情况做出决定，当然，他本来准备像愤怒的斗牛犬般扑向你，但当我把谋杀当晚可能发生的场景悉数讲给他听时，他知道如何听取我的意见，并且选择信任我。”

加百列揉着下巴上的胡子茬。保罗的脸也是胡子拉碴——他甚至没有为了见地方法官而特意刮刮胡子——看上去像个僵尸。

“从受害者阴道内提取的精液检测结果一大早出来了，结果显而易见：精液是你的，加百列。”

加百列头晕目眩。

“你知道 DNA 的力量，”保罗继续说道，“堪称‘证据女王’，在美国的一些州，它仍然握有生杀大权，没有折中选项。但仅仅因为在犯罪现场或尸体上发现某人的生物物质，就能判定他绝对有罪吗？这就是问题所在，也是刑警存在的目的。通过收集线索辨别真假，追溯死前所有事件的脉络……”

他撕下白板上的照片，摊放在桌子上。

“你，一名前警察，明目张胆地将基因证据留在犯罪现场，这能说明什么？我知道你失去了记忆，但你并没有变傻——至少，在我看来。”

他用马克笔在白板上写下几个大字：旺达·格什维茨。

“我们现在可以肯定，被扔在河岸上的无名女尸就是她。我会解释从昨天开始就一直在我大脑中运行的某个假设，请坚持听完，因为它值得一试。首先，让我重新走上正轨的人正是你——瓦尔特·古芬。”

“瓦尔特·古芬……”加百列茫然地重复着。

“我不知道谋杀是何时以及如何发生的，但请想象一下：

有一天，你终于找到了她，旺达·格什维茨，一个参与了绑架你女儿的女人，一个你多年来一直在追踪的女人。她本可以给你全部答案，但她真的知道朱莉在哪里吗？还是只是一个小喽啰？链条上的一个环节？时间过去很久了，这无助于你发现真相，那么此时你有两个选择：第一，把她逼入死角，殴打她，指望她开口给你新的线索；但这很可能搞砸一切，是的，埃迪·勒库安特就是最好的例子。第二，你会继续精妙布局，像蛇一样缠住猎物，悄悄潜入她的世界。”

保罗递给他一张照片——受害者裸露的背部。

“这名女子身上有俄罗斯黑手党的文身：一个牛仔，意味着她是雇佣兵，执行最底层的任务。她可能并不了解整个计划，这也是这些组织难以捉摸的原因。或者，十二年后，当时的团队早已不复存在。在这种情况下，成员四分五裂，重建各自干净体面的生活，彼此不再有任何联系。而你，必须在行动之前了解所有背景，因为你选择了第二条路。毫无疑问，殴打只会让一切进入死胡同。”

俄罗斯黑手党？加百列努力消化着新信息，仿佛一个被击中的球。那些垃圾怎么会对他的女儿感兴趣？他们把朱莉带到了哪里？他们在为谁效命？

在“旺达·格什维茨”的下方，保罗写下了“瓦尔特·古芬”，并圈出了各自的首字母：WG。

“你不能以真实身份接近她，这个女人可能早在2008年跟踪朱莉时就见过你，或者在电视或报纸报道中看到过你。于是，你为自己创造了一个新身份：光头，抹去手臂上女儿的名字，蓄起山羊胡，戴上眼镜。你的形象完全变了，加上你又老了十二岁，她不可能认出你。接着，你搬到里尔的平民社区，也许是为了接近她或完善自己的身份。而三个月前，你终于拿到了假证件，自称瓦尔特·古芬，首字母与旺达·格什维茨相同，可能是为了方便引诱她中计。这当然有风险，但你一向喜欢冒险。她玩了我们所有人，现在轮到你玩她了——直到玩死她。”

加百列猛地站起来，紧紧盯着保罗，陷入沉思，就像他们过去一样。

“你是说，我和参与绑架我女儿的女人发生了关系……”

“是的，这无疑比搬起石头砸自己的脚更糟糕，但你可能真的这么做了，这也是触及核心的唯一途径。”

“一个卧底。”

“是的，没错，所以才会有假证件，以防他们在你不备时靠近你或翻找你的物品。目前暂时无法填补这之后和你返回萨加斯之间的空白，但当你决定把这个女人带回到一切开始的地方时，说明时机已经到了。也许你的借口是在山区景观中度过一个浪漫的周末？就你们两个，奔驰车，高速公路，国道……然后，你们在午夜抵达了她十二年前住过的同一家旅馆，开了同一间房……不过，萨加斯的路标为何没有让她意识到这是个陷阱？或者她在最后几公里睡着了？总之，一旦她看清楚一切，她当时的心情可想而知！”

加百列无法证实这一切，但他知道保罗是对的。一切都天衣无缝。

“你们是在抵达萨加斯之前做的爱？还是出发前？还是在车里？在休息区？像一对恋人？新鲜精子的寿命很长，尸检无法确定十二小时内性交的确切时间。总之，接下来……”

保罗打开文件柜，取出吊坠。秘密隔间已经合上。

“……7号房里发生了激烈的对抗。”

加百列的眼睛里闪着光。

“是那个女人一直戴着它？十二年来，她一直戴着我女儿的吊坠？这就是埃迪在床底下捡到它的原因？”

保罗坚定地点点头。

“没错，你们发生了争执，你从她身上扯下吊坠，把她逼入绝境。我不知道她对你说了什么或具体做了什么，但也许就是那一刻，你被击倒了。吊坠、旅馆、旺达……所有这些对你的大脑来说都是强烈刺激。你彻底晕了过去？还是半清醒？旺达该如何理解眼前的一切？她意识到你失忆了吗？但有一点是肯定的，她必须尽快逃跑……于是她拿走了自己的行李，偷走了你的钱包，从直通停车场的门逃走了……”

“那扇门是开着的。我起床去看那些鸟时，门是开着的。”

“但她为什么不带走你的车钥匙呢？她打算如何离开这座小镇？在我看来，一旦遭遇突发事件，事件本身也就失去了实际意义。在紧急情况下，她不会做出完美无瑕的决定，这也是后来她嘴里被塞进袜子的原因。”

加百列皱着眉，翻找照片，盯着那张破碎的脸和塞在唇间的布料。

“什么意思？”

“袜子是她死后被塞进嘴里的。在我看来，那个杀掉她的虐待狂存心想嫁祸于你。”

加百列摇摇头。

“不明白。”

保罗把装有 GPS 追踪器的密封袋放在吊坠旁边。

“追踪器的主人……我尽量长话短说，他从北方尾随你而来，潜伏在你周围，可能是事先守在停车场？总之，在你昏迷之后，是他让旺达人间蒸发了。也许是旺达后来把经过告诉了他，或者凶手早就知道了你的真实身份，我不太确定。总之，凶手用自己的车把旺达接走了，并使她相信他是来救她的。他开车出发，寻找僻静之处，最后选定废物处理厂。在枪口下，旺达被迫脱下高跟鞋和袜子，光脚走在鹅卵石上。”

“凶手为什么这么做？”

“也许是疯子？极度兴奋，想在结束之前玩玩？我查过，俄罗斯黑手党的成员都是疯子，真正的精神病。无助的旺达开始奔跑，扭伤了脚踝，无处可逃。凶手强迫她吞下一颗象棋子——因为那是你女儿最喜欢的游戏，或者那只是他的游戏——然后向她开了两枪，再上演所谓强奸的戏码：堵住嘴、拉下内裤、大腿内侧的淤伤、阴道插入树枝造成出血；所有这些都在暗示一种暴力的性行为。就在这时，附近树上的椋鸟被枪声惊起，彼此相撞，时间是凌晨 2 点左右……”

加百列努力想象着当时的场景：四散惊起的鸟群，一个男人将一根树枝插入一个女人的身体。椋鸟没有阻止他继续犯罪，只是迫使他加快了速度，从而导致他出现了失误。

“而你当时正在旅馆，刚走出你的房间。我之前说过，7号房隔壁的客人可以证明你确实在旅馆。你应该感谢那些鸟，没有它们，事情对你来说可要复杂得多……”

保罗凝视着别处。几秒钟后，他继续说道：

“对于杀害旺达的凶手为什么没有立即杀死你，我认为只有一个原因，那就是他笃定你什么都不知道。你找到了旺达，但仅此而已。追踪旺达不会有任何结果，事实证明，你带她回萨加斯本身也恰恰说明你已经无路可走。凶手清楚这一点，所以猖狂地把旺达的尸体交给我们，而他本可以让我们永远发现不了她。”

“他根本不用干掉我，因为我会在监狱里度过余生。尸体上有我的精液，我会被逮捕。”

加百列把头向后仰去。

“真是太妙了。”

“卡索雷特法官也说过类似的话。但他仍然想要更多的细节、报告和证据来支持这种推论。不过加百列，所有这一切，包括谋杀、吊坠和水电站回文，都可能会被合并处理，从而引发朱莉案的重启。所以，我觉得有必要尽快派人去水电站，拍下最新回文的照片。”

加百列努力整理着信息。他想起母亲曾在电话里说：你只说你可能有答案了，知道我孙女发生了什么事。他到底做过什么？他盯着眼前的GPS追踪器，禁不住打了个寒战，反射性地摸了摸脖子：被没收的钥匙绳……藏在母亲家的保险箱……他被监视了吗？

保罗的声音把他从思绪中拉了出来。

“我现在需要知道你过去几周里做过什么，这个女人扮演的角色，以及你是如何找到她的。”

加百列点点头。

“我和卡索雷特说起了你的假证件，他立刻暴跳如雷，但他最终答应暂不追究。这并不意味着他会忘记这件事，当务之急是解决那个毒害这座小镇超过十二年的垃圾。我还有两三份文件要签，你可以离开了，成为一个自由人，准确地说是污点证人；但作为交易，你必须随时待命，为我们提供所需要的一切。我们会随时访问你的银行账户，查看你的订阅软件、互联网记录和手机通话记录。明天，你将返回里尔，继续你的探索，但必须将所有利于调查的线索及时告知我们。显然，如果中途记忆回来了，我们也必须成为第一个知道一切的人。你能接受吗？”

“当然可以，只要能帮我找到朱莉。”

“成交！”

加百列充满感激地看着这个坐在对面的男人——前朋友、前队友。

“你又救了我一命，其实……你不必这样。”

“这不是同情，只是为了真相，我只想知道真相。”保罗低下头，深怕暴露自己盔甲上的裂痕。“你昨晚没怎么休息，今早又受到一连串打击，不过……我还想再说一件事。”

在加百列的注视下，他操作了几个步骤，打开那本“书”。一个秘密隔间暴露在加百列迷惑的眼前。

“这……存储卡？”

“是的，是朱莉的。这个隔间的发现还要归功于法医实验室的鉴定人员。”

保罗把卡塞进读卡器，转过电脑屏幕。

“里面只有一个视频。你的女儿像是想努力记住某个地方，并在那里埋下了可能对她来说非常重要的东西，而且，她不希望有人发现那个藏东西的洞……”

加百列倾身向前，双手抵在桌子上，默默地盯着视频。当画面里出现记忆中的女儿时，他竭力忍住眼泪，看着女儿的悲伤和哭泣，仿佛读懂了她内心的痛苦。

镜头开始平移，加百列猛地站起来，瞬间忘记了过去数小时的疲劳。

“我知道这是哪里。”

“哪里？”

加百列摇摇头。

“你觉得我会让你一个人去吗？要想知道真相，就一起去。”

“好吧……不过别太高调，虽然现在队里人不多，我也不想被人看见我们在一起。你先去仓库取你的车，然后离开，一个小时后在距离悬崖旅馆一百米处会合。我们一起去挖掘记忆。”

35

十一公里。

在经过阿尔比恩的几座房子后，山这边的文明痕迹宣告终结。保罗的车开上一条土路，驶入了一片刚刚由绿变红的草地，肥肥的土拨鼠正忙着为过冬做准备。加百列盯着如剪刀般割开了天空的山峰，耳边响着收音机里传来的《监狱之门》。

“强尼死了，难过吗？本以为是致命一击，可三年后又领教了一次。双重打击。”

保罗顺着加百列指的方向转了个弯，汽车从一道斜坡上冲下，驶向红绿交织的落叶松林的锯齿状边缘。

“好事也有几件，2018 年法国夺得了世界杯冠军，还有……我也不知道。什么算是好事呢？从来没有什么一帆风顺，倒霉事总是无穷无尽：恐怖袭击、自然灾害、全球变暖、社会危机。哦对了，还有那些狗屁政治，好吧，这方面你一向都知道。”

加百列并不知道世界将走向何方。

“保罗，我很难过，也很迷茫，感觉自己就像个没有行李的游客，在萨加斯下了车，任由自己自生自灭。我的心里空荡荡的，没有记忆，没有感觉，可在那些不得不经历的岁月里，一定发生过许多艰辛和痛苦。你明白活在女儿失踪周年日是什么感觉吗？在没有坟墓的角落痛哭？我怎么能忘了这一切呢？”

加百列把头靠在车窗上，看着后视镜里的自己，想起了噩梦中的镜子。刚刚在悬崖旅馆附近等保罗时，他上网查了一下，兜兜转转地发现一篇文章，主题是：清醒梦。一种人类意识成功入侵潜意识的体验，迫使受到压抑的潜意识的大门在觉醒中被打开。加百列确信昨晚自己的潜意识一定遭到了入侵，才得以让他触摸到了某段埋在大脑深处的记忆。

“我唯一可以肯定的是，我从未停止寻找朱莉，”他说道，“我有种直觉，就像……它一直在我的血管里流淌。但除此之外呢？我是谁？平时怎么生活？未来能恢复记忆吗？能过上正常人的生活吗？”

保罗也没有答案。对他来说，加百列就像陨石般毫无预兆地降落在他的世界。

“你会想起一切的。”

一公里后，加百列指向一处凹陷的地面：那里有一条徒步小径。

“每次朱莉想谈谈心，就和我一起骑自行车去那里，她充满活力……如果我仅剩的记忆没有出现问题的话，那里起初是陡坡，然后是一段骑行路段，接下来地势变陡，直冲山脊，在转到另一道斜坡前就会看到视频里的巨石。”

保罗用肉眼测量了一下陡坡的落差：约八十米，应该差不多。他停好车，从后备箱里抓起背包。天空仿佛镀了一层水银，但一直没有下雨，加百列不禁有些担心——

“你的腿没事吗？”

“瞎子看得见，瘸子能走路，这是我说的。我知道的可比上帝多，总得试试吧？”

说完他背上背包，开始听手机里的留言——塞德里克·达梅乌斯终于完成了对吊坠的DNA分析。最后，他收起电话，示意加百列希望已经彻底破灭：基因物质浓度不够。

保罗抬了抬下巴，催促前同事走在前面。两个人一起潜入阴森的树林，把鼻子贴向满是泥土、树根和石头的陡坡小径。加百列好几次转过身：保罗已经落在了后面，但仍然努力跟着，时不时地揉揉膝盖，每块石头都让他痛苦万分。

这条小径没有名字，没有路牌，但加百列记得来过这里。朱莉曾在这里教他“花式”骑车：滑行、向后倾斜、斜面重心转移。

大约五十分钟后，两人终于跋涉到了史前巨柱前，大口地喘着气，喝下同一瓶水，额头上汗津津的。平复下来的保罗从包里拿出平板电脑，打开视频，最后站定在朱莉拍摄全景的地方。

加百列首先发现了那棵树，他用手指抚过“十”字，树皮的疤痕瞬间将他定格在2007年9月。他想象着朱莉就在眼前，用瑞士军刀划破树皮，他甚至听见了她的呼吸声、闻到了她的气味。她为什么哭呢？

加百列抓住绑在背包上的折叠铲，一口气挖下去——就像保罗说的：挖掘记忆。保罗在一旁戴上了乳胶手套。五分钟后，工具边缘碰触到了某种坚硬的表面，再一铲下去——一道细碎的金属闪光。

36

一个被埋了十二年的秘密盒子……

加百列跪下去，把盒子取出来，紧紧抓住它，掸掉上面的泥土，举到眼前。盒子已经严重生锈，但还没有腐烂，他们还有机会看到里面的全部。

两个人面面相觑，陷入沉思。保罗先用手机拍照，然后跪下去，用指尖轻轻拨动几乎腐化成铁屑的小挂锁。盖子被打开了，露出一个厚实的拉链袋，类似于冷冻袋那种。他把袋子拿到日光下。

里面是一个日记本，封面已经卷边，尽管有塑料保护，但似乎被时间磨损得相当严重。保罗递过来一副乳胶手套。加百列感觉喉咙有些发紧，用手轻轻抚摸着本子。

“放松点，”保罗提醒道，“别把纸弄碎了，不然可就彻底没戏了。”

日记本的纸张已经彼此粘连，有些甚至变得像莎草纸一样坚硬。朱莉显然是用钢笔写的，蓝色墨水已经氤氲或消失。开头几页字迹已几乎无法辨认，只能看出零星的词和句子。尽管如此，他们还是能猜出写在最顶部的日期。

“2007年7月17日……2007年7月21日……23日……”

加百列低声说道，“朱莉可能是从 2007 年夏天开始写这本秘密日记的，应该每两三天就写一篇。”

保罗伸出手。

“给我吧，必须把它交给鉴定人员。队里现在还没有专门处理文字痕迹的部门，但让他们先试试，如果还是不行的话，就只能交给埃库利了。”

“等一下……”

加百列努力破译着那些混在墨迹和湿渍中间的文字。

“……在他身边……，……期待我们的约会……，……猜他喜欢什么，他是一个谜……”

他抬起头看着保罗。

“上帝，她在谈恋爱。”

保罗沉默着。今早他就已经知道了。

“一段普通的夏日恋情吧？”他说道，“高中同学？住在萨加斯的朋友？对她这个年纪的女孩来说，这很正常。”

加百列摇摇头，靠着那棵树，坐在山坡上。

“不，朱莉以前也谈过恋爱，但从不会瞒着我们，没错，有的时间也不长，但那个夏天确实没有。这本日记上出现了很多次‘旅馆’的字样，虽然很模糊，但一定就是这个词。2007 年 7 月，朱莉只在悬崖旅馆打工，那个和她恋爱的人会不会是房客？不然她是怎么认识他的？”

加百列抬起头，凝视着被狂风搅动的树梢，瞳孔里闪着光。

“还有那个她声称自己买的吊坠，我现在可以确定，那一定是他送给她的，这也是她撒谎的原因。她竟然瞒着我们谈了一场恋爱？我们错过了什么，保罗？”

加百列的目光重新回到日记本上。一页页泛黄的纸张，皱巴巴的。其中一张纸上粘着另一张被裁剪下来的纸，上面画着一幅国际象棋棋盘图，棋子画得很规整，下面有一行标题：卡斯帕罗夫的不朽。

“这……不是我女儿的笔迹。”他喘着粗气。

“你确定吗？”

“非常确定，这几个字不是她写的。”

保罗很快发现加百列是对的。与前几页不同，这行标题是用黑色墨水写的，笔锋精致、优雅，且极有规律。

“朱莉说过那场国际象棋大赛的‘不朽者’，”加百列回忆道，“最出色的表演大师，足以被载入史册。”

加百列继续探索着，很快发现了几张用黑色墨水钢笔画的素描画，画工极为成熟。第一幅是连体人，两个男性双胞胎，胸骨处连在一起，其中一个面带微笑，另一个则留着黑色山羊胡——像个魔鬼。下面依然是那个陌生的笔迹：剑突联胎。接着是一幅极其复杂的迷宫，应该曾有人试图从里面走出来：一条蓝色的线在狭窄的通道里犹豫不定，转弯、转弯、后退。再往后是一句被朱莉抄写了几百遍的话：如何向死兔子解释绘画？

“这都是什么？太疯狂了。”

继续探索。另几幅素描画赫然出现在加百列的眼前：赤裸的朱莉，脖子上戴着吊坠，摆出各种挑逗的姿势——双腿分开，躺在床上；跪趴在地上，双手着地；被蒙上眼睛，慵懒地微张开嘴。这种黑色钢笔墨水显然质量上乘，完全经受住了时间的考验。也许来自印度。

“是她，是十六岁时的朱莉，我的女儿。是哪个变态混蛋画了这种东西？是哪个混蛋碰过她？”

保罗沉默着，站在一旁俯视他的肩膀。不过加百列并没有因为这些难以忍受的画面停下来，他继续翻页，出现了一个单词列表，交替用两种不同的笔迹写成，像是一种游戏，一个人写完答案后，由另一个人继续写。朱莉：anna；某人：rever。朱莉：pop；某人：snobons。朱莉：radar；某人：semâmes。等等。

“是回文。”

保罗的目光沿着斜坡一直向下，远处的树林仿佛一面无法逾越的黑墙。

“和水电站的一样，这到底是什么意思？”

加百列陷入沉思。保罗是对的，这到底是什么意思？日记本上的回文和水电站的回文，彼此相隔了十几年。

“也就是说，我女儿在2007年夏天遇到了一个男人，他以某种方式参与了绑架。这个男人和她一样喜欢国际象棋，写一手好字，玩智力游戏，擅长解谜，痴迷于精密逻辑；还是一个可以任意侮辱她的恶棍，是这个变态逼她这么做的吗？赤身裸体跪在地上？不得不服从？”

“只是几张素描画而已，我们还不能确定。”

“算了吧。如何向死兔子解释绘画？她为什么一遍遍写这句话？她为什么这么做？这是什么意思？一种惩罚吗？”

加百列盯着那幅连体人素描画，想象着一个成熟男人对一个年轻女孩的精神控制，操纵她、迷惑她，引诱她进入他的网。一想到女儿的纯真遭到了侮辱，他就怒不可遏。他极力保持专注：必须找出那个人的身份。

继续探索。又是几个单词列表，同样是交替的笔迹，主题包括侦探小说主角、著名罪犯、酷刑工具、致命武器、杀人方式——某人：吊死；朱莉：溺死。某人：勒死；朱莉：中毒……另一个主题列表甚至差点让他吐出来：处理尸体的方式——朱莉：埋尸；某人：焚尸。朱莉：喂猪；某人：索德宾。

“索德宾？那是什么？”

保罗摇摇头。加百列几乎可以确定这是一个相当谨慎且受过高等教育的老男人，一个足以诱惑朱莉的催眠者、支配者；那将是一颗多么肮脏的灵魂，才会引诱一个年轻女孩参与这种邪恶的游戏？

日记的日期分布在七月和八月之间。尽管纸张状况不佳，但加百列成功破译了一段邪恶的畸恋：基于屈服和操纵且充满激情。难道朱莉真的乐于从这个男人身上领略一种可以无视一切的禁忌吗？

无论怎么努力，日记本里始终找不到一个地名或人名。朱莉总是用人称代词称呼对方：“他……”，似乎生怕日记本日后会落到别人手上。她想保护他。他们都在哪里约会呢？多久约会一次？她怎么能把他们的关系藏得如此密不透风？

在最后几页，朱莉的语气明显变了。加百列尽量用想象力填补着缺失的文字：他的举动越来越奇怪……；他要我放弃一切，和他一起离开……；我一个人……；他吓到我了……。

日记本上的最后几行字清晰且完整：他总有需要解决的谜题。在他的迷宫里，他已经疯了……他总跟我说起杀人和腐烂的尸体。他很痴迷这些。我再也不想见到他了……2007年9月，具体几号已难以辨认，但一定在朱莉埋下铁盒之前。

加百列把日记本放在腿上，头靠在树上，抬眼凝视着落叶松的黑色树梢。

"是他，保罗，他就是幕后黑手。他想把她带走，但朱莉拒绝了。他接受不了，于是在几个月后绑架了她。灰色福特车，旺达·格什维茨，你跟我说过雇佣兵，那些黑手党就是在他的命令下行动的。"

保罗在斜坡上踱着步。十二年前，朱莉就是在这里留下她的自行车和数码相机后消失了。

"别急，好吗？我们还不能确定任何事。"

加百列似乎没有听见，沉浸在自己的推论中。

"索伦娜跟我说过'乌鸦'寄来的那些句子：我知道是谁干的。我知道她在哪里。这个'乌鸦'知道日记中的回文、吊坠和警方的所有行动，这些该死的回文都在指向同一个人。但我们该怎么做呢？"

他又想起了那些让人头疼的词：Ressasser、Laval、Noyon、Abba、Xanax。

"也许那个夏天，'乌鸦'看到过他们在一起？和他们有过交集？所以才能看到日记本上的内容？无论如何，他非但没有帮助我们，反而决定摧毁我们。他的动机是什么？愤怒？复仇？”

加百列的眼神里充满迷惑。保罗也一样。

“露易丝会不会知道什么？她们是最好的朋友，总在一起。”

保罗假装思考着，然后摇摇头。

“她从没跟我说过什么，不然你以为我挖不出线索吗？2007年，我和露易丝还有我父母在阿热莱斯度过了大半个夏天。如果朱莉和一个老男人发生了关系，我是说……如此复杂和离经叛道的关系，她肯定不会站在屋顶上大喊大叫的。她不是写了自己也被吓到了吗？可她从没和你提过，你，她的亲生父亲……这个秘密太不光彩了。”

保罗没有说错。那个人可能恐吓过朱莉，逼迫她保持沉默。

“无论如何你还是问问她，”加百列说道，“还得去问问罗穆亚尔德·坦雄。即使是没有纸质记录的老皇历，但某些细节可能会让他想起什么，况且……”

保罗伸手拿过日记本。

“我知道该怎么做。”

他把日记本放回塑料袋，拉上拉链，放进背包。加百列从地上站起来，注意到从大腿上飘下一张小小的蓝色矩形纸板，落在落叶松针上。

“是什么？”保罗凑过来问道。

“公交车的票根，应该是夹在日记本里的。”

加百列仔细看着。

“萨皮涅尔站。还是四张票。”

“萨皮涅尔、萨皮涅尔……”保罗努力搜寻着记忆，“那应该是通往山口的最后一站，距离水电站约两公里。发电厂关闭后不久，大约是2009年到2010年间，这条公交线路就被取消了。当时的终点站是黑湖，那个位于大坝顶部的水库湖，距离这里十五公里。但朱莉去那里做什么？那里什么都没有。”

“一定有理由的，这可能就是所有问题的答案。”

37

无声无息，两个人追随着朱莉的脚步，开着车沿萨加斯上空七百多米处的一条蜿蜒小路行驶。黑死病依然在这里盘踞。

加百列仿佛看到女儿正走在前面：纤弱的身影、修长的双腿，就在那里，刚刚下车；公车在一个路堤上转了个弯，响着喇叭开走了；然后，她继续一个人步行。十二年过去了。

加百列观察着四周，车轮下的沥青路和路旁的植被间有一条碎石带，左侧是山坡，右侧是森林，其余则是绵延数千米的荒野。*你要去哪里呢，朱莉？*再往前一百米，落叶松间的碎石土路被一块锈迹斑斑的铁板挡住了，“私宅”字样已几乎无法辨认。加百列想象着女儿瘦弱的身影曾从这里走过。

两个人默默地下车，查看了废弃的房屋。回到车上后，他们再次陷入沉默。对于加百列来说，每次看到前同事艰难地在土路上跛行，他都无数次地想要告诉对方：他很后悔自己在那个清算之夜的冲动。但一个人该怎样忏悔自己不记得的事呢？过去的终究过去了，道歉无法抹去一切，记忆的黑洞不会改变他曾经犯下的错。

十一月的寒意将无尽的森林变成了无边无际的阴影，细窄而繁密的黑色树干仿佛将汽车裹进了一个未知、狂野且充满敌意的气泡。

加百列想象着女儿走在路边，背着背包，穿着运动鞋，就像梦中一样：她偶尔扯下松树的棘刺，嗅嗅，吹一口气，然后继续上路。就这样，你在这里度过了一天，然后回家，把自己锁进房间，像所有怀春的少女一样，偷偷地写日记……

再往前，土路绕过左侧的冰斗，眼前赫然出现一幅令人叹为观止的壮丽景观。八十米之下就是犹如镜子般的镜湖，远处是被困在灰色中的山谷。

石头和坑洼让汽车的时速只能维持在十公里左右，两三分钟后，前方又出现一座被遗弃的房子，隐没在杂草丛生的车道尽头。没有大门，只有破碎的百叶窗帘和窗户，裸露的屋顶构造清晰可见。

“这里有人住吗？”加百列问道。

“不知道，我甚至不知道这里有一座房子。”

以防万一，两人还是下车查看了一下：房子里空无一人，地板破烂不堪，天花板随时都有倒塌的危险。如果朱莉是在萨皮涅尔站下的车，余下的路程只能步行，所以目的地应该不会太远了，但愿不是这个废墟……

两个人开始沿着土路向前走，经过黑湖、堆石坝的边缘和一座立方体维护建筑，高压管道就是从这里通向老水电站。如果不算这种人工建筑，这里还算是散发着自然之美的胜地：群山环绕着一望无际的湖水，当春天的第一缕阳光到来时，融化的浮冰从这里倾泻而下，松林间流水潺潺……

保罗喘着粗气，叉着腰，站定后抬手指向十米外矗立在森林中的一座小木屋。土路在木屋前消失了。这里应该是附近唯一能住人的地方，石板瓦屋顶几乎垂到地面，百叶窗紧紧关闭。

两个人慢慢靠近小屋：只有一扇窗户，玻璃上落满灰尘，看不清里面的情形。主屋右侧有一个工具棚。

保罗敲了敲屋门。加百列紧张得几乎窒息，仿佛又看到了可恶的素描画，全裸的女儿被印度墨水画在纸上，被那个疯子逼着走迷宫，那些恐怖画的作者会住在这里吗？

没有回应。保罗再次敲门，这次是用拳头。

“国家宪兵队！请开门！”

右侧工具棚上的挂锁是开着的，加百列走过去，直接推门而入，用胳膊肘拨开开关。天花板上亮起一个光秃秃的灯泡，通道上散落着几件工具和一辆没有轮子的赛车。他掀开铺在地板上的不透明防水布，下面是一罐封着口但明显使用过的油漆：血红色的液体从边缘处往下淌着——新油漆，刷子仍被浸泡在切成两半的矿泉水瓶里，瓶里的水已经染成了红色。

加百列注意到工作台上方的软木墙上用钉子钉着一张全家照，相纸已经泛黄：一个男人，一个女人，一个不到两岁的孩子，微笑着站在湖岸的沙砾中。旁边则是上百张混在一起的其他照片，其中夹杂着朱莉失踪案的传单和剪报：“萨加斯失踪案悬而未决”“一年后案件陷入僵局”“朱莉·莫斯卡托的结局是什么”。棚屋主人特意把这些文章剪下来，仔细按顺序钉在墙上，并在某些文字下面画了线，甚至痴迷地用笔圈出了女孩的脸。

加百列屏住呼吸，他认识这一家三口。突然身后传来一阵吱嘎声，保罗默默地走了进来，发现了油漆罐，然后是墙上乱七八糟的照片。

“这不是真的。”保罗惊讶地低声说。

他指着那对男女中间的孩子。

“是大卫！我女儿的男朋友！”

他震惊地靠在工作台的边缘。透过敞开的棚屋门，他看到了停在木屋后面的汽车。显然，露易丝的男朋友就是“乌鸦”。真正的背后一刀。

此刻，加百列正翻看一本埋在塑料储物柜深处的精美相册。

每页的凹槽上都插着一张彩色照片，质量上乘的光面相纸。第一张是一个男人，上半身盖着一块专门用于外科手术或尸检的蓝布，被黑色伤口贯穿的下巴上绑着黑色绷带，以确保嘴巴闭合，几乎不可见的鼻翼泛着青紫。加百列立刻想到一具死于意外的新鲜尸体。

他继续翻页：股骨疤痕的特写照片，张开的嘴巴似乎正在尖叫；一只皮肤呈现紫色大理石纹样的男性右脚从白布下露出；一名女性大腿上的马头状胎记；一只涂着指甲油的年轻女性的左手，悬在钢桌上方的手腕动脉已被切断——自杀。

全部是尸体照片。它们从哪里来？大卫·埃斯基梅特喜欢给殡仪馆的死者拍照吗？这些照片似乎并不光明正大，尸体像是被小心翼翼藏了起来。身份无从辨认。

“混蛋！”保罗大吼一声。

加百列合上相册，点点头，示意自己必须出去透透气。他刚一跨出棚屋门，大卫·埃斯基梅特恰好正跳上棚屋前的两级台阶，和他撞了个正着。当保罗的目光与大卫发生胶着时，后者的世界开始崩塌。保罗挥舞着武器。

“你这个白痴！大卫！”

逃跑者并不理会谩骂。他一身连帽衫、旧运动服、黑色运动鞋，大跨步地沉入森林。

38

悬浮在空气中的水珠仿佛钻石般紧粘在衣服上。加百列很快超过了保罗，他尽可能地张大嘴，吸入新鲜空气，哪怕心脏正在胸膛里燃烧。这一次，他决不会放手。那个正在逃跑的恶棍就是水电站的袭击者，他知道朱莉在哪里，也许就是他伤害了她。这是加百列唯一知道女儿下落的机会，他宁死也不会让对方逃走。

逃跑者正在落叶松间仓皇逃窜，像一名障碍滑雪运动员。加百列不停地跳跃，用手掌撑住树干，在枯死的松针上滑行。前方突然出现一片深蓝色的湖水——仿佛一只看向虚空的眼睛。猎物向右一闪，沿一道碎石坡向下，降落在灰色的砾石岸上。他转过身，发现追赶者正从山顶狂奔而下，眼看就要追到岸边。他知道自己被困住了，但他只能沿着湖岸继续奔跑。

加百列终于意识到逃跑者的目标是大坝。跟在后面的保罗正怒吼着难以理解的语言，鲜血汩汩地涌向他的太阳穴，耳边的嗡嗡声吞没了一切。他痛苦地小跑着，跛腿隐隐作痛，不断地被脚下滚动的砾石绊倒，摔在地上，然后重新站起身，不顾肌肉的灼痛继续小跑。

五十米后，逃跑者爬上一架金属梯，跪爬几步后，站起身，张开双臂，开始在只有十厘米宽的横档上缓慢移动，就像一个笨拙的钢丝人，身子来回摇摆着。

一根混凝土细线，悬在生死之间。

梯子的横档已被冻成了冰。刚爬上去，加百列就急切地直起身，挥舞着双臂保持平衡，一只脚在前，另一只脚在后，两侧是虚空，下面则是通往水电站的三组高压管道。

大卫慢慢地瞥了一眼身后，脸上写满恐惧。此刻，追赶者与逃跑者的距离只有不到十米。

“滚开！”大卫尖叫道，“再往前一步，我就跳下去！”

加百列不得不停下来，喘着粗气，周围的一切似乎在扭曲——他有些眩晕。大坝的尽头靠在山体一侧，大卫是不可能从对面逃走的。保罗已经痛苦地赶到湖边，站在远处，紧紧地盯着大卫。

“我们马上撤退，好吧？一切……都听你的，但是……别干蠢事，大卫。”

保罗向加百列做了个手势。加百列小心翼翼地爬下梯子，回到湖边。保罗示意他站到自己身后。惊慌失措的大卫在梯子上危险地摇晃着。

“我不想进监狱。”

他哭了起来。即使在下面，保罗依然能看到他的身体在颤抖。

“不会的……你不会进监狱的，”保罗调整呼吸，“总能……找到解决办法的，好吗？”

“什么办法？你会放过我吗？”

“为什么不呢？只是……在墙上涂鸦而已，那些小说……寄信，都算不了什么。想想露易丝，想想我的女儿。”

大卫摇摇头。

“我不在乎你女儿。”

然后，他看向加百列：

“抱歉，我并不想针对你。”

最后，他慢慢地将身子倾斜向虚空，双腿弯曲，双臂向前展开。加百列绝望地尖叫起来：

“告诉我她在哪里！求求你，告诉我，我女儿在哪里！我找了她十二年！哪怕是尸体！”

但那个人再也看不见他们了，甚至再也听不见他们的声音。他在自己身上画了个“十”字，身体慢慢向前倒去。加百列发出长长的嘶吼，与大卫的尖叫混合在一起，回声久久地回荡在山间，直到一片寂静。

保罗爬上梯子，往下看着……

大卫·埃斯基梅特不过是一具脱节的尸体，搁浅在了距离水电站几米远的悬崖底部的岩石上。

39

残忍。眼前的场景过于恐怖。

过了好一会儿，保罗才爬下梯子，浑身发抖。他在岸边来回踱步，眼睛盯着地面，然后一把抓住加百列的衣领，又推开他。

“我们干了什么？我们干了什么？”

“我们什么都没干，只是……”

“闭嘴！让我想想。”

保罗一屁股坐在鹅卵石上，双手抱头，他已经想象到露易丝知道这件事时的惊恐。真是一场噩梦。

他凝视着大坝、湖泊和落叶松林的曲线，刺骨的风在耳边疯狂呼啸，死亡的裹尸布像一层荆棘铺满了肩膀。寂静的空旷中，他再次站起来，转过身，探查着此刻突然充满敌意的大自然：一座冰川的顶端，没人会踏足这里的秋天。一公里外刻着“私宅”的牌子，没有目击者。

猛地，他大踏步地朝砾石斜坡走去，并没有理会站在一旁的加百列。两个人一前一后来到小木屋前，保罗戴上手套，小心翼翼地擦拭着屋门。

“朱莉 2007 年来过这里！”加百列说道，“大卫也参与了！

我们必须进去看看，必须……”

保罗再次抓住他的衣领。

“然后把我们的DNA留得到处都是吗？你是不是疯了？是我女儿的男朋友死了！你不是警察，只是平民，这次调查并不合法。如果有人知道我在没有任何司法程序的情况下来到这儿，监察总署会把我置于死地，那可是大麻烦，我会被开除甚至毁掉整个职业生涯。至于露易丝，显然，她和我的父女情也会走到尽头，我可不想因为你的疯狂失去一切。”

说完他转过身，看向大卫·埃斯基梅特的车。到这里之后应该先绕着木屋转一圈的，而不是直接把自己困在棚屋，是他搞砸了一切。

“我很快就会回来，正式的，一切按程序来。但在那之前，我们要先想想如何摆脱麻烦。”

保罗走进棚屋，找到一块抹布，擦去所有他们可能留下的痕迹。

“我会嘱咐鉴定人员对这里不那么挑剔。”

加百列也拿起一条旧毛巾，开始擦拭工作台，然后是相册，最后走出了棚屋。保罗把挂锁放回原处，两个人迅速穿过树林。一上车，保罗就抓起放在后座上的拉链袋。

“我们身边不能出现这种东西，一旦把这个日记本带回宪兵队，里面的内容、这间小屋以及大卫的事统统都会暴露，我们必然会引起怀疑，得赶紧把它扔掉。”

加百列从他手中夺过日记本。

“不可能！我留着吧。我们不能没有它。”

保罗努力调整呼吸，必须冷静下来。

“好吧，好吧，但你不能透露出去半个字。至少把票根给我吧，它们对你没用，必须让它们消失。那些票根只会把我们和萨皮涅尔联系起来，萨皮涅尔和这座小屋是绑在一起的。”

加百列走下车，把票根放在地上，从口袋里掏出打火机，点燃。他凝视着打火机上的狼头图案，深吸一口气，仿佛又看到了梦中的自己。

“……怎么了？”

加百列摇摇头，用脚踢散灰烬，回到车上。保罗启动引擎，喉咙有些发紧，眼睛紧盯着后视镜，生怕突然冒出个徒步旅行者吓他们一跳。

“我现在就把你送回旅馆附近。从那里开始，你继续开你的奔驰车，回到你的舞台，去补洞，去搞定一切。这段视频必须上交，以免给人藏着掖着的感觉。也许这里早晚会被锁定，那样的话也只能顺其自然，任由他们挖掘真相。至于我，必须让自己忙起来，否则我会发疯。我先回宪兵队完成那些没时间处理的文件，再派人去水电站给那些回文拍照，明天早上就去。今天不太合适，我……”

由于车速太快，车头猛地撞上一块岩石。

“该死的……”

保罗刹住车，下车检查轮胎状况，然后回到车上。

“谢天谢地，没有爆胎。”

他的眼睛再次聚焦在路面上，脸色像牛奶一样白。

“只要借口来这里调查回文，就能从水电站后面发现尸体，到时一定会有人看到大卫，然后展开调查。我的推论是自杀，这也是事实。没错，就是这么回事，是悔恨把他逼上了大坝……”

“悔恨，是的，他是自杀的。”

“我们会出现在他家，搜索那座该死的小屋，然后确认他就是‘乌鸦’，也许还有更多。”

加百列盯着保罗，他知道“更多”意味着什么。

“告诉我这个方案没什么问题，告诉我这个大胆的计划是可行的。”

加百列开口道：

“当然没问题。大卫从他的小木屋里走出来，关上门，爬上大坝，跳了下去。”

汽车开上了主干道，一路向萨加斯驶去。保罗再次看向后视镜，没有人，他稍稍松开了紧抓方向盘的手。

“到了之后，你先回旅馆，回到你的房间，然后禁闭。记着没有什么日记本，朱莉说的 2007 年的男人也不存在。没有爱情故事，没有情人，明白吗？”

“好的。”

“你明天早上必须回到北方继续寻找线索，不要给我发信息，什么都不要发，一两天之内我会和你联系。当务之急是在我们被关进监狱之前，你先远离我和这座小镇。”

加百列点点头。

“我会照你说的做，但我必须知道调查进展，所有进展。你的事就是我的事。”

“这算什么？威胁？”

“确切地说是合作，你还有很多东西可以失去，我反正什么都没有了。不管你喜不喜欢，我们现在正式联手。”

40

保罗回到空荡荡的办公室，筋疲力尽。

他感觉自己就像一只被困在池里的鱼，浑身无力。女儿的情人，不管是否有罪，都是因自己而死的。他擅自抹去存储卡上的证据，破坏了重要线索，职业生涯似乎岌岌可危，而所有这一切竟然都是在二十四小时内发生的。

幸运的是，下午这段时间没人会注意到他不在宪兵队。除了值班警察，没有人工作。况且今天是周末，本来就来去自由。到目前为止，还没有人报警说大坝那里有人掉下来。他可以趁空当休息一下。

科琳娜打电话来问他什么时候回家，他像往常一样推说工作太多了。他处理了几个文件，耳边一直回响着大卫的哭声——那是真正的生命绝唱。这个男人平时住在殡仪馆楼上的公寓，但整栋建筑都是他的。那黑湖附近的小木屋又是谁的？家族遗产？大卫的父亲几年前因酗酒把枪口对准了自己的左太阳穴，至于大卫的母亲……在大卫年幼时就去世了。

无论如何，即使被强烈的欲望不断地啃噬，保罗依然没有对朱莉 2007 年夏天去过小屋的事实展开任何调查。不能留下痕迹。不管怎样，第二天就会真相大白的。要耐心。

他再次想起朱莉的日记本，还有那些谜题、素描画、奇怪的词句，以及那幅连体人画和下面的文字：剑突联胎。他从文件柜里拿出一本旧词典。

【畸形学术语】剑突联胎怪胎，由两个从胸骨顶端至脐部相连并共用器官的个体所构成的怪胎。参见【暹罗双胞胎】。

剑突联胎……素描画的作者想表达什么？一面善、一面恶？朱莉的情人是双面人吗？一个拥有较高社会地位和完美生活的男人，同时又是一个策划绑架并从父母手中夺走年轻女孩的可怕的变态？

保罗坐在椅子上，陷入沉思。露易丝难逃其咎，但她不幸爱上了一个渣男，这个多年来通过匿名信折磨科琳娜的男人，不断唤起她对失踪女儿的恐怖记忆。也许他从一开始就掌握谜题的钥匙，却向所有人隐瞒了这个可怕的秘密。

大卫的最后一句话仍在保罗的脑海里回响。我并不想针对你。他在跳下去之前这样对加百列说。为什么这么说？如果跟加百列无关，难道他是在暗示科琳娜？为什么？大卫怎么知道回文和日记本的？他和跟朱莉约会的男人有什么关系？那个男人显然比朱莉大得多……

是大卫的父亲吗？

深思熟虑后，保罗认为这个假设太荒唐了。去世前几年，大卫的父亲绝不是一个讨人喜欢的情人——被酒精消耗殆尽，也不具备画迷宫的智商。朱莉不可能爱上这样的男人。

将近晚上 10 点，保罗回到了阿尔比恩的木屋，脑子里一片混沌。他极度渴望从科琳娜那里打听一下大卫的过去，但又不想引起任何怀疑。

他坐在餐桌旁，毫无胃口。妻子并没有在桌旁等他，而是在客厅的沙发上看连续剧，腿上盖着一条毯子。鸡胸肉和豌豆已经冷了。当她说要去睡觉时，他并没有试图挽留。五分钟后，科琳娜默默地出现在厨房门口。

“我们两个，一天也说不上几句话。你没日没夜地待在办公室，比以前还忙，即使在家，你也不想开口……”

“这个案子比较复杂。”他用叉子尖推着一颗豌豆。

“这不公平，”她回答道，“已经好几个月了，你一直这样。”

她等待着保罗的反应，等待着他的答案；可他一动不动。她走开了。保罗坐在桌旁，盯着叉子，再也吃不下去。

他在客厅沙发上躺下来，伸了个懒腰，壁炉里跳动的火苗仿佛会催眠。跟加百列一样，他和科琳娜的夫妻关系也在慢慢死去。她无法从失去女儿的痛苦中恢复。朱莉的缺席是癌症，同样在无情、缓慢、狡猾地间接杀死并摧毁他。生活在一辈子都无法卸下的沉重包袱下，他们的关系只会越来越疏远。保罗责怪自己再没有力气周旋下去了。

自从加百列回来后，萨加斯众多古老肮脏的秘密陆续浮出水面。朱莉和神秘情人、罗穆亚尔德和上床女孩、露易丝和敲诈勒索，现在是大卫，名单上的下一个会是谁呢？

保罗一直在思考。露易丝和殡仪馆的员工都将接受讯问。

警方会调查大卫过去几周的精神状态，露易丝会发誓他绝没有自杀倾向，他们正计划一起生活……但保罗手里有证据：大卫就是“乌鸦”，并拍摄尸体照片，这些都足以证明他的自杀行为合情合理。大卫再也无法忍受这种生活，为自己的行为和愚蠢感到悔恨，结束生命是唯一的出路。他确信卡索雷特法官会毫不犹豫地接受这些有力证据。警方也会牢牢驾驭调查方向，同时尽可能地放过他女儿，毕竟她承受着双重打击：情人竟然是“乌鸦”，而且死了。

早上 6 点半，科琳娜开始了一天的忙碌。保罗故意等她吃完早餐并出门后，才从他蜷缩的毯子下坐起来。那一刻，他讨厌他自己。

早上 8 点，他赶到宪兵队，朝已经坐在办公室的女儿点点头，然后在自己的办公桌前安顿下来。她一定在设法联系大卫，因为昨晚她应该在大卫家过夜，她一定很担心他。

直到 9 点左右，他才开始上演自己卑鄙下流却必不可少的剧本：他让副手本杰明·马丁尼和自己一起前往镜湖，让塞德里克·达梅乌斯开着另一辆车跟在后面，任务是提取墙上涂鸦者可能留下的指纹。露易丝没有说什么，也没打算跟着，所以保罗并不感到为难。他必须不惜一切地让她远离死亡现场。

保罗把车停在水电站大门前，让同事们先行一步，自己则故意去后备箱拿相机；达梅乌斯提着工具箱跟上马丁尼。保罗暗暗祈祷他们其中一个能尽快发现尸体。

策略果然奏效。马丁尼一转到工厂后面就尖叫起来。保罗急忙跑过去，肾上腺素开始飙升。他注视着那团以时速一百公里撞向岩石的肉体，头部已四分五裂，四肢严重骨折，周围汩汩地流着鲜血。太讽刺了，他们甚至还想让大卫来收拾残局，他不会接电话了，理由很充分。

一大早深受刺激的马丁尼僵在了原地，达梅乌斯默默地把工具箱放在脚边。保罗小心翼翼地靠近现场：一幅毛骨悚然的波洛克的画。

保罗抬起头，望向天空，努力辨认着大坝的边缘。

“他是一心赴死的。”

两名属下盯着他，嘴边呼出一团团蒸汽。必须谨慎，不能说得太多，也不能做得太多。没有热情，没有暗示，一切只是遵照程序。保罗转向他们，从口袋里掏出手机。

“我通知检察官。”

“三天内死了两个，”马丁尼说道，“你觉得这跟河岸谋杀案有关吗？”

“我们的山谷自杀率可是无人能及的，尤其是黑死病期间。在我看来，这家伙应该是自己跳下来的，不过先不要预设任何结论。先去把相机拿过来，等待增援的同时我们先尽快完成自己的工作。注意岩壁，必要时做好标记。真是太糟糕了，俗话说福无双至、祸不单行……”

两名警察开始行动，保罗则走到一旁，打了几个必要的电话：法医、尸检、毒物检测，所有可能通知的部门……当他挂断最后一个电话，凝视着无比血腥的现场，不禁默默地告诉自己：这将是他一生中最糟糕的一周。

41

露易丝裹紧派克大衣，和同事们一起在停车场下了车。保罗一边迎向她和年轻的布吕内，一边指向头顶的大坝。

“那个人应该是从上面跳下来的，我们去看看吧。”

露易丝转头朝现场张望。两名鉴定人员正在马丁尼的陪同下向工厂后面走去，后者将全权负责协调整个搜证行动。保罗已经在车旁等着，前后车门大敞四开。露易丝按压住好奇心，钻进车厢，坐到后座上，布吕内刚一坐上副驾驶座，保罗立刻启动了引擎。

“能确认身份吗？”露易丝问道。

保罗把空调暖风开到最大，从山顶吹来的湿风刺穿了他的骨头，但疼痛远不如自己的谎言来得更猛烈。

“不能，从八十米的高空坠下，简直不可饶恕。”

汽车来到主干道，一路向山口驶去。保罗紧张地瞥着后视镜。露易丝正一脸严肃地敲着手机屏幕，她一定在担心始终没有消息的大卫，这或许也是好事，可以降低打击的强度。再往前两三公里，保罗嘱咐大家仔细看路，确保从正确的小径接近冰川。最先看到“私宅”牌子的人是布吕内。

汽车从废弃的房子前经过，继续开了大约一百米后就停了下来。鉴于路况，大家后面只能步行。三个人默默地走着，沿着通往黑湖岸边的小路，一直来到那架金属梯下面。保罗一把抓住梯子横档。

“戴上手套！”

露易丝边说边挥舞着一副乳胶手套，眼神里充满责备。保罗抓住手套，一口气爬上梯子，把手伸向布吕内手里的相机。

“给我吧。”

保罗瞄准目标，按下相机快门：梯子、混凝土边缘、下方粉碎的尸体，以及在尸体周围忙碌的“小蚂蚁”。然后，他爬下梯子，让另外两个人轮流上去查看。

“有什么想法吗？”保罗问正爬下梯子的露易丝。

她想了很久，双手插在口袋里。湿气正一缕缕地溢出森林，蔓延至黑色的湖面。

“那个人爬上梯子，在令人眩晕的高度行走了大约十米，然后跳了下去。有一点是肯定的：他一心赴死。”

“以前有人从这里跳下去自杀吗？”布吕内插话道。

“据我所知没有，”保罗回答道，“从山谷中的任何一座桥上跳下去都比走到这里省事：先找到正确的小路，然后还要步行一段距离。换句话说，这需要自杀者在自杀过程中抱有钢铁般的意志。或者，他住在附近？”

露易丝把大衣领子拉到鼻子下，默默地走向森林，警方刚刚在那里发现了一座小木屋。保罗默默地跟在后面。

该发生的迟早会发生。

露易丝敲了敲门。保罗戴上手套，直接推门而入。

"有人吗？"

一股余烬的味道，还有木材的爆裂声。客厅中央摆着一张巨大的木桌——可能直接来自森林。地板上铺着兽皮，壁炉两侧的墙壁上挂着动物半身像和古董步枪。最引人注目的是藏书—— 一排排彩色书脊在实木书柜中彼此压合，巨大的书柜占据了从地板到天花板的整整两面墙壁。

露易丝并不关心那些书，她的目光被沙发牢牢吸引了：一件白衬衫、一条米色亚麻裤子，地上放着一双鹿皮鞋。她的表情仿佛暴风雨前的天空渐渐变暗，就像正被成千上万只无形的昆虫叮咬、刺穿——对于这样可怕的时刻，相信有人已经领教过了，但有些人仍然无法想象。

露易丝拿起那些衣服，闻了闻。

他的气味。他的香水味。

她无法遏制地流下眼泪，踉跄地向后退着，昏昏沉沉地撞上巨大的木桌。桌子中央放着一沓 A4 纸、一支蓝色圆珠笔、几个信封和一盒乳胶手套。完美的"乌鸦"专用品。

"上帝啊。"保罗叹了口气。

露易丝猛烈地摇着头，结结巴巴地重复着"不，不，不是他，不是他，不是他"，然后哭着冲向外面，跑进森林。

"露易丝，等一下！"

她没有听到他的话，保罗立刻把车钥匙递给一头雾水的布吕内。"她一定跑去看尸体了。看着她，说服她上车，好好照顾她。记得让马丁尼和达梅乌斯过来，一切从这里开始。"

42

冷静。必须保持冷静。

屋里只剩下保罗一个人，他走近木桌，盯着那沓 A4 纸，纸面已微微泛黄，是手写字……写得很漂亮，笔锋精炼，黑色墨水。无疑，这是朱莉情人的笔迹。最上面一页纸的右下角写着一个数字：491，下面一页纸上有几个字母被蓝色圆珠笔圈了出来。这一次……大卫正准备向科琳娜发送一条新信息。

趁其他人还没到，以防万一，保罗在房子里转了一圈。厨房里的冰箱插着电源，里面还有食物。客厅里没有电视或电脑。浴室里陈列着最基本的洗漱用品。沿走廊的两间卧室里弥漫着一股霉味，但很干净，床铺整齐。其中一间房的床头板上挂着十字架，保罗猜想大卫最后应该是睡在这里的，因为床单被塞进了洗衣袋。

衣橱里挂着几件衣服：旧牛仔裤、运动服、格子衬衫。保罗停在床头柜前，上面摆着一个精美的相框——房间里唯一的个人物品。照片上是一个三十多岁的金发女人，五官和大卫很像，应该是他的母亲。

保罗仍然无法确定这座小木屋是否属于大卫·埃斯基梅

特，也许是大卫自己买的，也可能是从他父亲那里继承的第二套房产。真的有人在2007年夏天安排朱莉和某个人在这里约会吗？他回到客厅，塞德里克·达梅乌斯、本杰明·马丁尼和三十多岁的朱利安·贝尔热刚好走到门口。

“我女儿怎么样？”他问道。

“布吕内在照顾她，”马丁尼回答道，“她好像崩溃了，我们也不清楚发生了什么事。”

“非常凑巧，自杀的人可能是大卫·埃斯基梅特。”

“那个……殡仪馆的大卫·埃斯基梅特？”

“没错。而且，显然他就是‘乌鸦’。”

男人们面面相觑、目瞪口呆。保罗命令马丁尼立即启动司法程序，朱利安·贝尔热开始现场搜证。

达梅乌斯负责提取门把手上的指纹——里里外外——并对木桌上的物品进行取证。三张黄色编号牌分别放在A4纸前、信封前和圆珠笔前，各自拍照后，达梅乌斯把圆珠笔和A4纸分别放进两个透明密封袋，以备提取任何可能留下的乳突纹痕迹。

保罗站在巨大的书柜前，一眼看到了侦探小说。这里绝大多数都是这类书，一共多少本？上千本？不过保罗从未见过大卫看书，女儿的这位男朋友也从未表示过自己喜欢看书，尤其是侦探小说。他把游戏隐藏得很好。

书按照作者姓氏的首字母顺序排列。保罗站在字母L前，莫里斯·勒布朗，抽出《空心针》，封面上亚森·罗平一脸严肃地看着羊皮纸上的密码。他翻到第187页——科琳娜收到的那一页，被撕掉了。然后是阿加莎·克里斯蒂的《十个小黑人》：第112页，也一样。

所以，大卫·埃斯基梅特就是在这里主持了“寄信仪式”，也是在这里写好匿名信，随机寄往某个遥远的城市，最后信再退回到萨加斯。

可与此同时，他还和露易丝上床，还有谁能比羊圈里的狼更了解案件的进展呢？他利用了她，从来没有爱过她。我不在乎你女儿。

“队长？”

达梅乌斯和马丁尼召唤保罗过去，鉴定人员将一个装着A4纸的密封袋递给他。

“如果把这页纸上圈出来的字母连起来，可以组成一句话：本书将提供你所有问的答案。我猜他是想写‘问题’。”

“很奇怪，漏掉了一个字，”马丁尼惊讶地说道，“他为什么不写完整呢？”

“那个把自己撞向石头的家伙一定很古怪……490……这是什么？手稿的页码？”

达梅乌斯点点头。

“这是倒数第二页，应该是一个结局，在埃特勒塔的悬崖，离著名的空心针不远。”

“《空心针》。”保罗喃喃地说。

“一份十一页的手稿，从第481页到第491页，一个故事的结尾。”

“手稿的其他部分应该还在这座小屋里。”

保罗匆匆浏览着其中几页A4纸，发现有几个带下画线的词，很可能是作者自己标记的：Xanax。水电站墙上的回文之一。

他放下A4纸，心里充满疑惑……他突然想起朱莉的吊坠，那个神秘情人应该就是这些手稿的作者，难道和文学界有关？一个作家？

保罗仔细阅读了最后两页，气氛、用词、结局，风格……应该是一部侦探小说。手稿原件的其他部分很可能被大卫藏在了这里。本书将提供你所有问题的答案。

贝尔热打来了电话。保罗让达梅乌斯继续留在小屋取证，自己则在马丁尼的陪同下冲向工具棚，棚屋的门敞开着。

贝尔热正站在一面软木墙前，盯着那些层层叠叠的照片。保罗假装第一次来到这里的样子，大声发号施令，让贝尔热在取下所有照片之前先拍照留证，并佯装检查那本尸体相册。

马丁尼一脸厌恶。

"只拍死人吗？真是变态！"

"把这些都带回去，"保罗把相册递给马丁尼，"这里不需要提取指纹了，已经有足够证据证明大卫就是'乌鸦'，我们现在需要确认的是这座小屋是否属于他。"

马丁尼毫不犹豫地点点头。保罗正要离开，贝尔热在后面叫住他：

"这张照片……有点奇怪，被钉在一篇报道的下面。"贝尔热说着递给他一张照片。

保罗仔细看着：萨加斯医院，十几名护士站在急诊室门前，其中一个人手捧着一块石板，上面写着“1989 年 6 月”。大卫似乎很讨厌照片中最左侧的女人，她的脸被刮划得很厉害，几乎变成矩形光面纸上的一个洞。

“后面有名字。”年轻的贝尔热说道。

就在那一刻，保罗感觉喉咙发紧，他把照片翻过去，几乎窒息。

名单中的一个名字被红笔圈了出来，与前面脸上有洞的护士正好对应：科琳娜·茹尔丹。

他妻子婚前的名字。

43

长长的黑色剪影渐渐消失在后视镜里，山谷赶走了群山，随着时间的流逝，田野被拉得越来越长，显得沉闷而疲惫。

必须在日出前离开萨加斯，加百列很焦虑，他不再做清醒梦，潜意识里不再有裂痕，一切都被重新锁上了，那短暂的一夜变成了一堵无法穿透的墨水墙。从现在起，他全部的生命就只剩下这辆车和一个几乎空空如也的运动包。周围是虚无的黑暗，是未知，是像沙子般渐渐从指间滑落的世界。萨加斯就像一个来自久远时代的老妇人，却让加百列感觉莫名的舒服，即使被剥夺了记忆。

在前往里尔之前，他打算先去奥尔良，玛蒂尔德·洛梅尔九年前就是在那里失踪的。在通宵翻阅纸板箱档案时，他在一张纸上发现了当年所有受害者亲属的地址和联系方式，这些人还成立了协会并定期参加失踪儿童日的聚会活动。

其中就包括皮埃尔·洛梅尔和乔西安·洛梅尔夫妇。途经里昂时，他拨打了这对夫妇的手机，可惜号码已不存在，加百列想直接上门碰碰运气——只要洛梅尔夫妇没搬家。他必须搞清楚自己为什么需要他们女儿的DNA图谱，以及他梦里的那张脸到底来自哪里。

加百列中途把车停在一个高速公路服务区，给车加油——他有点担心自己付款时会出错，甚至想到了会不会根本付不起油费——最后，他坐在车里吞下了一个羊角面包（同样价值不菲）。

上午10点左右，他抵达奥尔良郊区。如果GPS可靠的话，这对夫妇就住在城区西部，距离卢瓦尔河仅几百米，一条单行道的两旁点缀着成片的奶油色外墙和彩色百叶窗。

停好车后，他站定在一扇沉重的木门前，塑料门铃上粘着一张纸卡，上面写着：乔西安·洛梅尔和皮埃尔·洛梅尔夫妇，中间名被红笔涂掉了。加百列按了一下门铃，本以为这个时间不会有人，但里面突然传来了响动，只是迟迟不见有人来开门。他继续等待着。

“滚开！”突然传来一个女声。

接着是拉椅子的声音，电视机的音量被调大了。加百列再次敲门，把嘴唇对准门框说道：

“我是加百列·莫斯卡托，来自萨加斯，是2008年3月8日失踪的朱莉·莫斯卡托的父亲。”

寂静。门被慢慢拉开一半，门后出现了一张脸：眼睛充血、双颊凹陷。尽管头发蓬乱、神色黯淡，但看得出这是一个漂亮的金发女人。她显得很局促，努力挺直了身子、抬起下巴，显然喝酒了。

“有事吗？”

“能问你几个问题吗？关于玛蒂尔德的。”

乔西安·洛梅尔的眼睛里闪过一道火花，加百列意识到他们应该早就相识。女人把他让进屋，拖着脚步关掉电视。屋里弥漫着烟味和脏盘子的味道，客厅桌子上放着一瓶半空的伏特加，餐盘下压着烟头，上面堆放着铝箔包装的药片和前一天吃剩的晚餐。屋里到处贴着一个年轻女子的照片——家具、墙壁。加百列注意到壁炉上方镶着一个相框，里面没有照片，只有一句话：在某个地方，有人知道真相。相框右下角嵌着一朵蓝黄相间的小花。他转向洛梅尔太太。

“这句话是……”

女人站在房间中央，抱紧双臂，似乎很冷。

“从你那里偷来的。每天我都告诉自己，是的，即使直到今天，也一定有人知道真相。一个男人，或是一个女人，此时此刻，可能已经有了自己的房子、工作和生活。”

加百列看着这位母亲，眼前的女人已被痛苦和时间侵蚀，直至被拖进酒瓶底部。自己这些年也一直是这种状态吗？沉沦到与世隔绝的地步？若一个人失去了自己和周遭的一切，这也难怪。

“你的女儿……还没有消息吗？”乔西安·洛梅尔点燃一支烟。

“没有……已经十二年了。”

“我是九年零九个月，在这一点上，你比我坚强。”

她想笑，却引来一阵咳嗽。香烟从她的唇间滑落，她又把它捡起来。

“请原谅，屋里有点乱，我没想到会有人来。”

“这次冒昧拜访是因为……我的记忆出了点问题，很严重，”加百列解释道，“说实话，我甚至不知道我们是否认识对方。我在努力填补过去的空白，收集信息，无论如何，即使找不回女儿，也至少能把我的记忆找回来。”

加百列在对话者眼中看到了一丝同情。女人去厨房煮了两杯浓咖啡，两个人在布满油脂和酱汁渍的沙发上坐下来。乔西安仔细打量着加百列的脸，盯了许久，这让两个人都有些不自在。她喝了口咖啡，手中的杯子微微抖动着。

“记忆，你指……什么？是一种病吗？”

“不全是，一种神经学上的问题，很复杂。”

她指了指那部固定电话。

“谁知道哪个更糟呢？沦为困在过去的囚徒，还是彻底忘记一切？我甚至一直留着那条电话线，即使过去了这么久，我依然告诉自己电话会响，玛蒂尔德可能在电话的另一头。”

一个救生圈……绝望者仅存的希望。

“现在回答你的问题吧，”她继续说道，“我们早就认识了，没错，还说过几次话，每年都会在巴黎的失踪儿童日活动中见面，和其他人一起把勿忘我的种子撒在圣日耳曼森林，因为那里不会有人打扰它们生长。‘勿忘我’是花名，象征着‘永恒的爱’，你还记得吗？”

加百列摇摇头。

“我们最后一次见面是什么时候？”

乔西安·洛梅尔猛吸了几口烟。几秒钟后，她答道：

“应该是2015年，从那以后我再也不参加那些该死的活动。照片上那些孩子的脸，那些被排在一起的名字，包括我女儿的……那没什么用，并不能带回我们的孩子。”

加百列不知道自己后来是不是也不去巴黎了。

“你认为我们两个女儿的失踪之间有关系吗？”他问道，“有没有可能发生过让这两个案子关联到一起的事？”

“关联？怎么可能？你知道每年有多少人失踪吗？为什么希望它们之间有关联？”

加百列看着乔西安身后玛蒂尔德的照片：圆润的脸颊，闪光的绿色虹膜，坦率的笑容，是个充满活力的年轻人。和自己梦里的一样，也许还要年轻一点。他的目光又回到女人身上，她正激动地掐灭烟头，突然露出怀疑的神色。

“这很难讲，因为正如我说的，我不记得了，”加百列继续说道，“可当我重新打开装满档案的箱子，审视过去所做的所有努力时，当我看到你的名字和玛蒂尔德的名字时，我的内心发生了微妙的变化。我也不知道那是什么，你女儿的失踪似乎在我脑海里占据了特殊的位置。”

洛梅尔太太的眼睛亮了起来。

“你有线索吗？”

加百列并不想提供虚假的希望，他甚至不知道自己在寻找什么。

“因为记忆问题，目前还不可能有什么线索。但我想和你谈谈玛蒂尔德，或许你的故事能引发我记忆的共鸣。我们必须试试。”

女人放下杯子，不停地舔着嘴唇，像是有一只看不见的昆虫正在困扰她。她猛地站起来，拿起那瓶伏特加。

“来一杯吗？”

加百列拒绝了。对话者似乎很失望，她给自己倒了一杯，吞下一大口，表情立刻舒展了。

“玛蒂尔德那年刚刚过完二十岁生日，她……很开朗，每个人都喜欢她，真的，我这么说不是因为我是她的母亲，她真的是一个好女孩……”

加百列默默听着对方痛苦地回忆着自己的女儿。

“……她在奥尔良大学读法律，平时和我们住在这里。我们实在没办法在城里给她找个住处，既然每天都能回家，住宿又有什么意义呢？这也是一个正当理由，好让她在彻底飞走之前多和我们生活在一起。我丈夫一直很害怕，害怕她哪一天就离开……”

女人滚动着手掌间的玻璃杯，不再像起初那样充满戒备……

“一年四季，她每周都会去河边跑步至少三次。如果是夜跑，她还会戴上发光臂带。总之，没有什么能阻止她……”

女人目不转睛地盯着酒杯，眼白上布满血丝。

“2011 年 2 月 3 日下午 5 点左右，她独自出去跑步，天空下起了雨夹雪，但她并不在意。我待在家里，我丈夫在电脑公司工作。从那以后，我们再也没有见过她……”

她喝了一口伏特加。失踪时间总会被亲人铭记在心，因为它介于消失之前和消失之后，失踪者最后的微笑、姿势、话语，都成了最后的回忆。

“四名预审法官和几十名调查人员轮番上场，个个咬牙切齿，但他们终究在2015年10月宣布结案——根据《刑事诉讼法》第175条。几行法律条文就赋予了他们活埋我们的权利，从此翻开新的一页。我们无能为力，撕裂的伤口重新被撒盐。在法律眼中，我的女儿已不复存在，就像一件丢失的物品。”

四年的法律诉讼，就这样宣告结束，加百列不知道自己当年是怎么活下来的。他点点头，表示理解。

“所以，调查一无所获……一直没找到任何线索吗？”

“没有。警察讯问了几个目击者，那晚确实有人看到有个女孩带着发光臂带在河岸跑步，但仅此而已。天很冷、很黑，还下着该死的雨夹雪，警察首先想到了意外坠河，在数千米的河岸和水道旁搜寻了好几天，没有找到尸体……”

她无奈地摇着头。

“最糟糕的是，我们不知道发生了什么。事故？谋杀？绑架？她受伤了吗？我们没有得到任何答复，那些带走我女儿的人从此变成了我们生活的掘墓人。”

她把杯口放在唇间，清空了液体。对于朱莉的失踪，加百列和宪兵队至少还有骨头可以啃——旺达·格什维茨、灰色福特车——但对玛蒂尔德来说，什么都没有。

“她总是沿着相同路线吗？”加百列问道，“我是说，跑步。”

“你的问题为什么总是这么复杂？相同路线又怎么了？你想得到什么？我们从没去过你所在的萨瓦省，两个案子之间相隔了五百公里和整整三年。我女儿和你女儿没有任何共同点，除了喜欢运动—— 一个你所谓的‘标准’。我们最多见过四次面，你甚至不记得我们种下了勿忘我，所以是你大脑深处的某段记忆把你推到我家的吗？你到底发现了什么？”

加百列再次在对方眼中看到了危险的火苗。他已经后悔了，后悔来这里搅动过去的泥潭。他在这里找不到什么，找不到任何东西可以解释索伦娜所说的 DNA 图谱或他的噩梦。他尴尬地站起身。

“很抱歉打扰你。”

乔西安·洛梅尔也站了起来。

“很抱歉，是的，每个人都很抱歉。”

她转身去厨房扯下一张便利贴，写下自己的手机号码，把纸折好，放在加百列摊开的手掌上。然后，她合上他的手，把自己的手压在上面，凝视着眼前的男人。她纤细的手指紧紧地捏着他，一股奇怪的暖意瞬间涌上她的胃，她的脉搏在加速。加百列僵在了原地。

“如果愿意的话，你可以再待一会儿，我们再谈谈。”

“我得回去了……”

她尴尬地收回手。

“好吧，但请随时打电话给我。如果有任何消息，任何关于我女儿的消息,希望你能告诉我。别丢下我,好吗？拜托，把我从这个地狱里救出去吧。”

加百列把纸条塞进口袋。刚刚那一刹那，他们都被在彼此间涌动的电流干扰了。他终于迈步来到门口，偶然注意到挂在衣帽架旁边墙上的相框：玛蒂尔德穿着两件式泳衣，站在室外游泳池旁边微笑着，太阳镜卡在鼻头上，浑身洋溢着青春和美丽，晒得黝黑的左大腿上有一处明显的棕色斑点。

加百列凑过去仔细看着。

“这个斑点……”他指着照片说道，“是胎记吗？”

乔西安·洛梅尔小心翼翼地取下相框。

“她很喜欢拍照，就像电影明星。那时她十七岁，在韦基奥港，是的……韦基奥港……”女人叹了口气，“如今，一切都是那么不真实，仿佛过去的岁月不曾存在过。不过，你为什么对胎记感兴趣？”

“因为……它唤醒了我的记忆，我女儿也有一个，”他撒了谎，“在右肩胛骨，形状有点像瓜德罗普岛[1]。一只蝴蝶。”

洛梅尔太太点点头。

“我女儿的胎记有一个名字——乌拉西，取自那匹曾四次夺得美洲杯大奖赛冠军的著名赛马。她的胎记形状很容易辨认，是一个完美的马头。”

1　法国海外省，位于加勒比海的一个蝴蝶形状的群岛。

44

“你终于来了，快关上门。”

科琳娜在午休时间赶到了宪兵队——应保罗的要求。保罗让她坐下，她意识到事情有些严重，立刻坐了下来。保罗决定开门见山：

“大卫·埃斯基梅特死了，从黑湖大坝上一跃而下。”

科琳娜缩了一下，把头转向右手边。透过降下四分之三的百叶窗帘，她看到露易丝在办公桌前支着胳膊肘，迷失在思绪中。

“这不是真的……”

“一场悲剧，但这是事实。”保罗追随着她的目光。

“她还好吗？”

“我让她回家，可她宁愿待在这里。可能也没那么糟，她应该会反省自己怎么会被迷住，两个人才交往三个月而已。她很坚强，没事的。不过目前复杂的是，她意识到自己可能和最大的敌人上了床。”

科琳娜一时分不清眼前的人是谁。一个父亲？一个丈夫？一个在走流程的警察？处理着一件自杀案？

“什么意思？”

“大卫·埃斯基梅特就是‘乌鸦’，他在黑湖附近有一座小木屋，并在那里完成了寄信行动。显然，他没有告诉过任何人。”

科琳娜本该可以松口气，但一种莫名的紧张感让她僵硬的脊柱保持着警惕，仿佛通过某种不知名的方式，她一直早就知道罪魁祸首的身份。

“他工具棚的墙上挂着大量和朱莉失踪有关的剪报，其中夹着一张家庭照片，”保罗继续说道，“幼时的大卫·埃斯基梅特和他的父母……这让我们确信，‘乌鸦’的确和朱莉绑架案有关：大卫·埃斯基梅特知道内情。但他为什么知道以及如何知道的，目前尚不可知。我和卡索雷特法官谈过了，鉴于这些新线索，他决定考虑重启朱莉案。”

科琳娜捂住嘴巴，差点哭出声。

“他会批准提供全部预算和技术支持，这是个好消息。”

她点点头，擦去眼角的泪水。

“是的，是的，真是一个好消息。”

不过，保罗并没有给她太多时间享受这一刻，他把一张装在密封袋里的照片推到她眼前。

“在他的棚屋里，我们发现了这个。”

科琳娜看着那张照片：护士、医院、石板、1989 年以及自己被刮花的脸。她仿佛突然看到了时光泡沫从记忆深处升起，最后在脑海中破裂。

“上帝……三十多年了，这不可能。”

保罗倾身向前。

“是的，没错，说说吧。”

“你打算把我的口供拿去存档吗？”

“如果我说我不会，那是在骗你。”

科琳娜犹豫着，啃咬着手指甲。

“我当时二十多岁，刚刚成为一名护士，那时还没遇到加百列……一名妇产科护士。见鬼，我……从没把这件事告诉过任何人。”

沉默再次笼罩办公室，蔓延了无尽的几秒钟。

“这很重要，科琳娜。”

“我……我当时被安排跟一个名叫沙尔多的前辈一起工作，”她终于开口，“帕特里克·沙尔多医生，萨加斯的风云人物，纵横医学界几十年，以铁腕著称。每个人都很怕他，他自命不凡，弹指间就能成就或毁掉你的事业，鄙视其他所有成功人士的陈词滥调……”

她睁大眼睛，仿佛再次回到了医院大楼。

“那天晚上，他本来有个手术，子宫切除手术，患者就是凯瑟琳·埃斯基梅特，大卫的母亲。沙尔多当时状态并不好，不仅反常地迟到了，还冲我们大呼小叫，所有人都挨了骂。按理说，他当时的紧张状态并不适合做手术。后来我们才知道，原来他那天赌输了马，他的赛马在赛场上摔成重伤并被枪杀，导致他损失惨重。”

“但他还是做了手术……”

“是的，在很糟糕的气氛下，不过一切似乎很顺利。可当患者被带出手术室、准备送回病房时，她的脉搏开始加速。

事发时沙尔多已经换好便服，最后不得已在紧急状况下重新打开了患者的腹腔，发现已经开始大出血，腹腔里积满了血液。我们花了很长时间才发现问题出在小肠上，很可能是手术过程中被不小心刺穿的。技术细节就不多说了，总之凯瑟琳·埃斯基梅特在十五分钟后死于心脏骤停，直接死在了手术台上……”

科琳娜的声音在发抖。她要了杯水，保罗递给她后靠在窗边的墙上。窗外的椋鸟不见了，那团巨大的黑云已经在黎明的第一缕曙光中继续向西迁徙了。

“事后沙尔多把所有人扣留在了医院，直到院长半夜赶到。一切都发生得太快了。当时有人提出最符合利益的做法是在死亡报告中阐明手术是在最佳条件下进行的，最后是某些并发症导致了患者的死亡，任何情况下都不应该提及外科医生在精神紧张的状态下进行了手术。”

她摇着头。

“这么久了，我……我还记得凯瑟琳的丈夫一直在病房里焦急等待，他的儿子坐在他的大腿上。大卫·埃斯基梅特当时还不到五岁……当那个混蛋沙尔多来宣布这个消息时，克劳德·埃斯基梅特完全蒙了，非常难过，他甚至没有意识到，自己只能在为尸体防腐的钢桌上见到妻子了。”

保罗想象着那恐怖的一幕：丈夫给自己的妻子做防腐处理。毫无疑问，他后来也一定注意到了手术过程中人为造成的小肠创伤。

“他曾试着以过失杀人罪起诉，”科琳娜继续说道，“但已经来不及了。在调查委员会面前，我们个个都是听话的好学生，团结紧密，一遍遍重复相同的话术……那些事先在医院商量好的花言巧语。最后，这次事故以‘无过错外科手术’的判决结果草草了事。”

无过错外科手术……保罗并不确定那是什么意思，应该相当于一个人只是无意中扣动了扳机。

“这次事故之后，沙尔多离开了萨加斯，去其他地方继续成就他的职业生涯，完全没有受到惩罚。克劳德甚至没得到一分钱的赔偿……而我，也不得不一直忍受良心上的谴责。但我能做什么？谴责医院的黑手党行为？我当时还年轻，我只想保住工作。我不想以卵击石。”

她把照片还给保罗。

“我从没想过那些信竟然与这件事有关，已经三十多年了。”她重复道。

保罗颓然地坐在椅子上。

“大卫·埃斯基梅特在没有母亲的陪伴下长大，”他低声说道，“这么多年来，他亲眼目睹了父亲在酒精中沉沦，直至死去，而父亲的死很可能就是这场医疗事故的直接结果。朱莉的失踪是他发泄仇恨的机会，你不幸被选为适时报复的对象，为混蛋医生买了单。”

保罗的语气让科琳娜不寒而栗。她看着他，就像一个人眼睁睁看着绳子断掉的小船被洪水冲走。那一刻，她知道他们的夫妻关系再难恢复了。保守秘密固然痛苦，但揭开秘密则意味着天崩地裂。

“他对我的女儿做了什么？”

“目前还不知道，但他在留下的线索中声称自己知道她在哪里。我们也认为确实如此。”

“为什么？”

“他当时很可能目睹了某些场景，但始终守口如瓶。一张脸、一个身份、一个车牌，总之是可能让我们找到真相的线索。他难以承受这一切，最终结束了自己的生命。”

保罗叹了口气。*在与谎言的伟大博弈中，获胜者是……*

“目前我们正在搜查他的小木屋，试图弄清它与朱莉的关系。可以肯定的是，大卫病态地痴迷于某种事物。我们在他家搜到了一本相册，里面是各种尸体部位的特写照片：手臂、腿、躯干。有的死于事故，有的死于自杀，很可能来自他殡仪馆的防腐室，我们会继续调查。”

“上帝啊……”

“另外还有一份手稿，只有最后十几页，应该是一部侦探小说，很可能不是他写的。大卫正是打算利用这份手稿的其中一页向我们发送新信息，宣称这份手稿中包含了所有问题的答案。我们正在寻找其他部分，全稿共大约五百页。”

科琳娜轻轻地点点头，仿佛看到了一本被诅咒的邪恶之书，里面详述了女儿所遭受的苦难。她站起身，挎上包。保罗绕过办公桌，一把将她抱在怀里。

“谢谢你，愿意勇敢地讲出这个故事，至少我们现在有进展了。”

她挣脱他的怀抱。

“这件事也折磨了我很多年，几乎快要忘了。据说时间可以战胜一切并治愈伤痛，或许有一天，我也能从朱莉失踪的伤痛里痊愈。”

她看了看表。

“我得走了……代我问候露易丝，如果愿意，她可以回家睡。”

“一定转达。”

临走前，科琳娜转过身。

“如果你晚上能早点回来……”

两人的目光只交会了一秒，科琳娜已经得到了答案。

她转过身，离开了。

45

乡间小路。

加百列把车停在距离奥尔良十公里的田野边，俯下身对着一条水沟狂吐不止，他觉得自己就要被刚刚的发现彻底击倒了。

大卫·埃斯基梅特的相册里有一张照片：女性大腿上的马头状胎记。加百列难以想象这只是一个巧合。这么说的话，尽管令人费解，但大卫的确亲眼见过2011年在奥尔良失踪的玛蒂尔德·洛梅尔的尸体：被放在一张可怕的钢桌上，被拍照，然后照片被塞进一本堆满类似恐怖记录的相册。

加百列艰难地直起身，想象着大卫·埃斯基梅特俯身在玛蒂尔德的上方，让她的部分身体“永垂不朽”。大卫还做过什么？接下来呢？把她埋了？烧了？

他不敢再想下去，一头扎进驾驶室，让车轮在沥青上滚动，奔向目标，以免被痛苦折磨至死。他想起乔西安·洛梅尔的恳求，她的家庭和生活被永远毁于一旦，没有爱，没有信仰，没有信念，只能等待一个永远不会打来的电话。*谁知道哪个更糟呢？沦为困在过去的囚徒，或者彻底忘记一切？*加百列不可能像她一样认命。任何一种结局都可以，但不能是这样。

加百列不顾约定，拨通了保罗的手机。语音信箱。他留下了三个字：回电话。

下午3点左右，里尔的轮廓赫然在一个街区外露头，就像印在挡风玻璃上的一道细细的混凝土波浪。火车站被困在商业大厦之间，扭曲的道路上塞满了车辆，汽车的喇叭声此起彼伏，加百列对这里几乎一无所知。母亲在父亲去世后一直被困在北方，当时的他和科琳娜已经在萨加斯组建了家庭。离婚后，他来到了这里，可眼前这座带有强烈佛兰德斯[1]风格的城市，却让他的心空荡荡的。

瓦泽姆区。色彩的大爆炸。路旁中餐馆的招牌，空气里的烤肉串味，夹在两家手机店或杂货店间的小咖啡馆，新鲜蔬菜溢满了菜市场的摊位，一个家伙正在金属的碰撞声中挥舞着砍肉刀。人们大呼小叫，汽车引擎阵阵轰鸣，各种噪声不绝于耳。加百列对这个混合了黄、黑、白皮肤的旋涡感到陌生，但他告诉自己，对于一心想要隐匿于尘世的人来说，这里倒是个不错的选择。

他找到一个停车位，提着运动包下了车，走上一条街道。周围的人窃窃私语，纷纷把目光投向他，一个提着袋子的老妇人甚至冲他点点头。跟着GPS一路前行的加百列感受到来自周遭的“监视”，他认识这些人吗？跟他们说过话吗？

保罗一直没有回消息。加百列走进一座古老建筑的门厅，

---

1 泛指今比利时东佛兰德省和西佛兰德省、法国加来海峡省和诺尔省、荷兰泽兰省。

将钥匙串上的一把钥匙插进锁孔。成功了。根据前同事提供的地址，他住在 23 号公寓。他先检查了一下邮箱，一眼看到白色的长方形盒子上写着“瓦尔特 · 古芬”，不禁感到一阵寒意，里面只有一堆传单，他随手扔进垃圾桶，来到二楼，忐忑地站在“家门”前。很奇怪，他竟然有种侵犯陌生人隐私的感觉。

另一把钥匙被塞进锁孔，非常匹配，但旋转得并不顺利。他来回拧动钥匙，花了五分钟才破坏性地打开了门。当他看到眼前的一切时，终于理解了其中的缘由。

他的家被洗劫了。

46

一片狼藉。地板上的抽屉，散落的沙发靠垫，翻倒的桌子。加百列惊讶地走进卧室：一样的烂摊子。这套两居室公寓遭到了一次大洗劫，不过电视还在，扬声器和电脑也在角落里，所以不是常规的入室盗窃，制造这场混乱的人正在寻找某样东西。

加百列坐在床上，抚摸着挂在脖子上的钥匙。他从口袋里掏出女儿的日记本，默默地翻着页。那些刺眼的画面再次让他热血沸腾，他的目光扫过朱莉试图解开的迷宫，然后是那个连体怪物——著名的剑突联胎，仿佛又看到那面将朱莉和玛蒂尔德困在洞穴深处的镜子。她们近在咫尺，他却什么都做不了。一切都是那么匪夷所思，太疯狂了。

他猛地站起身，用尽全力将收音机时钟砸向墙壁，发出一声嘶吼。有那么一瞬间，他极度渴望逃跑，直接从窗户上跳下去，那样一切就简单了，一劳永逸地结束所有，而不是徒劳地做无谓的战斗。他来回踱着步，为自己的记忆和灵魂感到愤怒，正是它们偷走了自己十二年的生命，并拒绝归还给他。

一阵歇斯底里后，加百列恢复了平静，陷入沉思。不能报警，一旦被发现假身份，这里的家伙可不像保罗那样乐于助人。除非是被关进监狱或精神病院，否则他无论如何都无法向警察解释最近几天的疯狂经历——必须另找出路。

他重新观察这间小小的公寓：总共三十平方米左右，没有装饰，没有风格，一切只是最基本的必需品，家具无疑也是房东的。他开始简单地清理现场，摆好桌子，一眼瞥见了香烟盒和酒瓶——威士忌、朗姆酒——然后捡起散落在地上的几张纸，发票抬头是古芬的名字；不幸的是，始终没有找到身份证。他打开电脑，尝试输入了几个密码，都没有成功。靠运气是不行的，和记忆一样，电脑的硬盘驱动器被锁住了。

他走进窄小的厨房，打开冰箱，拿出一包火腿，仔细看了看酸奶罐上的日期——冰箱里没有食品过期，所有迹象都表明他在前往萨加斯之前就住在这里。公寓是什么时候被“造访”的？在旺达·格什维茨死前还是死后？

卧室的衣橱也被毫不客气地搜过了。他整理着衣物，发现了几件女人的衣服：蕾丝内衣、白色和粉红色的真丝睡衣，还有香水味。旺达一定来过这里，就睡在这张床上。

他找出一件蓝色T恤、一件黑灰色高领毛衣、一条干净的平角短裤和一双袜子，走进洗手间。这里也有女人存在的痕迹——玻璃杯里的两把牙刷、染发洗发水，他真的和那个毁了他一生的女人住在了一起。他无法想象自己每次拥抱她时的心情——与魔鬼共舞。

他洗了把脸，久久地凝视着镜子。灰白的短发茬立在头皮上，嘴角周围的胡子乱蓬蓬的，看上去像个惯犯。他抓起剃须刀，混合着泡沫剃掉了山羊胡，下巴上立刻显出刀刻般的皱纹。

是他。加百列·莫斯卡托，五十五岁。就是他。

他用指尖抚过自己瘦削干枯的脸颊，在眼底深处找到了那个从未改变的“加百列”—— 一个准备愚公移山的父亲，尽全力找出真相，找出伤害朱莉的人，永不放弃。一定就是那些畜生洗劫了他的公寓，把一具尸体扔在阿尔沃河边，并千方百计地陷害他。他想起了大卫·埃斯基梅特，想起了尸体照片，想起了水电站墙上的回文。在这场对弈中，所有棋子究竟是如何布局的呢？

他来到窗前，谨慎地拉开窗帘，看向街道、汽车、行人——那些完全掌握着自己命运的人。而他，这个混迹其间却无法从噩梦中解脱的迷路者，决心与罪恶战斗到底。

加百列不知道自己将去向何方，但此刻，他明白：北方的探索之旅必须从母亲那里开始。

47

大卫的殡仪馆就坐落在萨加斯公墓正对面的街道上，两边是酒吧和鞋店。这座立于大理石基座上的大型石砌建筑，一楼为主营业务区，大卫·埃斯基梅特平时从后门进出，几乎不经过正门。

保罗在大卫的夹克里发现了一串钥匙，他用其中一把打开殡仪馆的正门，与年轻的布吕内走进主楼；宪兵队其他成员此刻还在继续搜索小木屋。保罗让殡仪馆的一位员工先在楼下等他，他稍后会再来讯问。

另一把钥匙打开了楼上一间古老的公寓：地板吱嘎作响，老式软垫墙，质朴笨重的实木家具——真不知道它们当初是如何被搬进来的。自从父亲去世后，大卫应该从没装修过这里。

保罗扫视着客厅，没有发现书柜。他来到走廊，经过一个洗手间，第一间卧室已经被改造成书房，墙上杂乱无章地排列着几张照片：大卫的父母、幼时的大卫、大卫和露易丝（在河边或田野里散步）。保罗咬了咬牙。显然，大卫没有留下任何可能牵连自己的痕迹，并尽可能地向露易丝隐藏了自己的另一面。

保罗拿起电脑旁的高档数码相机，浏览着存储卡上的照片：同样没有异常。大卫已经抹去了那些可怕的画面。

他转向属下。

“把电脑、相机和平板全部带走，需要对硬盘进行分析。”

说完他走进另一间卧室。一想到露易丝曾和那个精神病睡在这张床上，保罗不禁打了个冷战。他走近可以俯瞰墓地的窗边，寻找着前妻的坟墓，目光迷失在远处的灰色墓群间。大卫就是在这些风景和死者的陪伴下度过了日日夜夜，令人毛骨悚然……

他看了一眼壁橱，发现了一个金属保险箱，里面的纸张被活页夹和标签纸整理得井井有条。很快，他找到了税单，果然不出所料，黑湖小木屋的主人就是大卫。

“把这些文件带走！”保罗大声说道，“仔细筛选上面的内容，最好找到那份该死的手稿。我先下去了。”

在楼下，保罗找到那位名叫德尼·于龙的殡仪馆防腐师，他年近六十，已经为埃斯基梅特家族效命了二十五年——先是父亲，然后是儿子。于龙似乎仍然沉浸在老板突然离世的震惊中。

“太突然了，”他把手插进口袋，“昨天他还在，今天就去世了。他为什么这么做？”

“这就是我们调查的目的。你知道大卫在大坝附近有一座小木屋吗？”

于龙过了好一会儿才从思绪中抽离出来，回答道：

“是的，我知道，那是大卫从他父亲手里继承的遗产，他父亲从他祖父那里继承了它，大卫的祖父曾出资修建水电站和其他设施。出于实用性考虑，大卫平时就住殡仪馆的楼上，但偶尔会去小木屋，我从没想过他有一天……”

“他父亲克劳德平时住在这里吗？还是那座小屋？”

“住在这里，克劳德先生更喜欢把小屋租给那些喜欢安静的游客。不得不说，那可是黑湖附近最漂亮的小木屋，这份小生意让他赚了不少钱。”

“通过房屋中介？”

“房屋中介？这里哪有那种东西，不，是灰色业务，但从没出过问题。克劳德先生甚至会在面包店和商店张贴小广告，上面有他的照片和电话号码。”

确认2007年的租客名单并非易事，但保罗似乎越来越笃定当时可能发生的场景：与朱莉有着禁忌恋情的男人从大卫父亲手里租下小木屋，也许这个人曾经住在悬崖旅馆，之后才开始寻找更舒适的住所，于是看到了小广告，离开了罗穆亚尔德·坦雄的旅馆，住进小木屋，并邀请朱莉在那里约会——尽可能隐秘地约会。

“我知道已经过去了很久，但2007年夏天，也就是朱莉·莫斯卡托失踪前一年的夏天……你对小木屋的租客有什么印象吗？一个艺术家，或者作家……？”

德尼·于龙似乎并不想绞尽脑汁。他耸了耸肩，立即回答道：

“一无所知，我从没听说过什么作家。你为什么想知道这个？这和大卫有关系吗？”

“调查的本质是挖掘线索，我们需要确认看似自杀表面的背后所隐藏的真相，你明白吗？”

于龙点点头。保罗实在愧疚于这种冠冕堂皇，他觉得自己就是一名出色的演员。

“我们去看看尸体准备室吧。”

德尼·于龙带领保罗拐进楼梯左侧的走廊，推开了一扇后门，打开灯，走下三级台阶。两人穿过一间气闸室——这里挂着连裤服、口罩和帽子，保罗注意到了储物柜里的蓝色衣物和床单。

“穿上这个吧，”于龙递过来一双鞋套，“虽然现在没有死者，但还是要注意卫生。”

于龙单腿站立，灵活地套上鞋套。保罗则无奈地坐在了凳子上。

“这里有多少员工？”

“五名，只有两名防腐师，就是大卫和我。他虽然是老板，却不擅长文书和销售工作，大家都说他更喜欢防腐。”

“所以他经常亲自操刀？”

“这取决于‘经常’的定义。这里不是每天都有尸体，最忙的几周里他可能做两三次，其余的都是我来。”

保罗痛苦地站起身，双手捂着残废的膝盖。两个人穿过沉重的水密门，走进准备室。这是一个没有窗户的房间，室温不超过10℃，天花板很低，光线昏暗，看上去更像个诊所，面积大约十五平方米，各种装置一应俱全：大型水槽、排水虹吸管、通风系统、仪器灭菌高压釜、排水设备。一切都经过严格的消毒处理，一尘不染。保罗注意到了两个半开的停尸抽屉——空的。他走到房间正中央的不锈钢桌旁，一动不动地站在那里，陷入深思，最后，他转向对话者：

“尸体通常是怎么运来的？”

“通过入口旁的车库，直接进入走廊，那里配有担架，以便最后几米的运送。防腐工作结束后，尸体会被转移至停尸抽屉，等待家属认领。”

“尸体会在这里过夜吗？”

“是的。如果运送时间比较晚或赶上周末，我们通常会把尸体放入冷藏箱，等到第二天才处理。”

保罗用手指抚过冰冷的钢桌，凝视着那两个放置在角落里的可疑的冷藏箱。他走过去。箱内温度是由恒温器控制的，箱口向外散发着比其他区域更浓烈的尸味。

“接下来希望你能如实相告，你的老板在处理尸体时，有没有显露过对死者的某种迷恋？”

“迷恋？什么意思？”

“他会给尸体拍照吗？或者以非专业的方式触摸它们？他有没有让你感觉不舒服？”

于龙的脸涨得通红。

“你以为我们是疯子吗？还是变态？当然没有，这里从没发生过这样的事！大卫是专业人士，非常尊重死者，否则他也做不了这份工作。”

保罗的确冒犯了对方，但他来这里不是讲究礼仪的。他打开手机相册，递到防腐师眼前。

“我一般不会轻易提出问题。这是我们在小木屋旁的工具棚里发现的照片，被整齐地放在相册里，大概有三十张，你看看吧。”

于龙戴上挂在胸前的眼镜，渐渐皱起眉头，两条灰色的眉毛在大大的镜框后面拧在了一起。他用食指滑动着屏幕。

“上帝……”

“在你看来，这个房间符合照片中的背景吗？”

“很难讲。我们的确有这种床单，但任何一家治疗室或停尸房都会有。钢桌部分看不太清楚，除了尸体，其他都太模糊了。我不能确定任何事……但这到底是什么？”

保罗开始踱步。

“很可能是大卫独自在这里时拍摄的，比如晚上。他完全可以从楼上直接下来，不会有任何人打扰，他有充分自由的空间……”

于龙彻底败下阵来，靠在墙上，目瞪口呆。

“请仔细看看这些肢体、细节和伤口，”保罗继续说道，“你觉得眼熟吗？以前见过有这些特征的尸体吗？不一定是最近的。慢慢来，这非常重要。”

于龙重新调整鼻梁上的眼镜，仔细盯着每一张照片。最后，他摇摇头。

“很抱歉。”

保罗拿回手机。

“接下来的几天里，你会随时接到宪兵队的传唤，把刚才的话落实到纸面上。别担心，只是一个手续，殡仪馆的所有员工都要去，以便进一步了解你的老板。”

德尼·于龙点点头，垂头丧气地走出准备室，就像一名昏昏沉沉的战士。保罗独自站在通风口的轰鸣中，鼻孔里充斥着医疗用品的气味。有那么一瞬间，他仿佛看到朱莉正赤身裸体地躺在钢桌上，四肢张开，身上布满死亡的痕迹。

他急忙关掉灯，走了出去，脊柱上似乎穿过一股冰冷的水流。

48

无数个凄凉的白色拉丁十字架一直延伸至无限的远方，阿拉斯国道一侧的田野毗邻着一处军人公墓的墓园。这里曾经是火热的前线，也是哀悼的战场，更充满了第一次世界大战血腥屠杀的记忆。

加百列的内心也有一场战争—— 一场属于自己的战争，一场与记忆黑洞和绑架女儿的凶手对抗的残酷战争。手机突然响了，是保罗。

“为什么找我？只能我给你打电话！”他说道。

加百列把车停在路边。

“听着，回北方之前我去了奥尔良，另一个失踪女孩的母亲乔西安·洛梅尔的家。”

“奥尔良？另一个失踪女孩？你在说什么？”

“两个月前，我曾让索伦娜在基因库中调取朱莉和一个名叫玛蒂尔德·洛梅尔的女孩的基因数据。我不知道自己为什么提出这个要求，这也是我去见玛蒂尔德母亲的原因，希望弄清楚一切。2011 年的一个晚上，她的女儿在卢瓦尔河边跑步时失踪。调查一无所获，但我看到了那孩子的照片，听着，她的大腿上有一个胎记，形状像马头……”

“大卫相册里的那个？”

“一模一样。”

沉默。加百列可以想象这番话掀起的风暴：瞒着上司擅自行动的索伦娜，两起绑架案之间的交集，被卷入肮脏阴谋的大卫……保罗低沉的嗓音在听筒里回响：

“即使是真的，即使这个玛蒂尔德死了，即使大卫让她在相册中永生，但这和朱莉有什么关系？你为什么需要她和朱莉的DNA？”

“完全不记得了。可能我在北方找到了某些线索，从而建立起了二者之间的联系。还有，我在里尔的公寓被洗劫了，闯入者可能在寻找某样东西，应该是被我藏在了我母亲家的保险箱里，我现在正赶往那里。你有什么新发现吗？”

“一切都在按步骤进行，各自推进吧，回头再说。小心点。有消息再打给我。”

加百列挂断电话，重新启动引擎。和保罗一样，他也无法完整地拼起拼图，但愿母亲能给他更多的答案。

地平线开始被阳光涂上重彩，奔驰车在讷维尔-圣瓦斯特以北的一条横向小路上驶离国道，终于，那座悲伤的小镇渐渐开始露头：一样的小房子，一样的灰泥墙，一样的暗红色屋瓦。一切都仿佛被冻结了，毫无生机。当汽车驶上小镇街道时，加百列似乎闻到了死亡的气息。

他敲了敲门，喉咙有些发紧。门缝里出现一双宝石般的蓝眼睛，让尼娜取下安全链，打开大门。加百列眼前出现了一位饱受岁月摧残的老人：即使眼神依然如初，身体却枯萎成了一根树枝，瘦长的双手，关节突出的胳膊肘，头发似乎一夜变白，一绺绺地贴着头皮。曾经那么在意外表和穿着的母亲……此刻竟然驼着背，拄着一根拐杖，站在他面前。

加百列温柔地吻了她，然后冲向洗手间，默默地流下眼泪，用拳头抵住嘴唇。他感觉自己就像一个囚犯，刑满释放后重获自由，重新面对一张张沧桑的面孔、一个个不同的世界，并终于意识到那段迷失的岁月已经让自己再也无法回头。

他揉揉眼皮，调整呼吸，走出了洗手间。让尼娜正在加热一锅韭葱汤，小厨房里只有一台微波炉、两个电炉电热板和一台冰箱。透过窗户可以俯瞰田野和远处的矿坑，阳光下闪过的一个个光影仿佛中国的皮影戏表演。

“遇到麻烦了吗？”母亲把两只碗放在桌子上。

“没事，妈妈，还是记忆问题，但医生说一切都会好起来的，很快。”

加百列喝了口热汤，吞下一片涂着黄油的面包。胃里的些许暖意减轻了精神上的痛苦，他终于可以这样和母亲慢慢聊着，终于可以松口气了。他不能总像小偷一样，目前最重要的是找回过去、重建记忆。他终于可以存在，终于有人能跟他说说他的过去了。

据母亲说，搬去里尔之前，他曾在阿拉斯郊区租过房子，离这里不远。是他把母亲安置在了贝居安修道院，并承担了部分医疗费——通过自动转账。在打了几份零工后，他在一家建筑公司工作了近一年，之后连招呼都没打就搬去了里尔。

母亲再次证实了她在电话里所说的：自从加百列辞掉工

作搬去里尔，她几乎没有见过他，除了安装那个保险箱。当时她已经注意到了他外表的变化和紧张的情绪。

吃完饭后，母亲把他带进他的卧室，指了指壁橱。

“就在那儿，你的箱子，很重，当时是用一辆手推车运过来的，还让邻居的儿子帮了忙。”

加百列拉开壁橱门。保险箱高约五十厘米，被几颗螺栓拧在混凝土砖墙上——绝不可能被移动，更不可能被搬走。

他跪在地上，解下脖子上的钥匙，探查着钥匙和锁孔的匹配度。他的血液几乎要凝固，母亲的肺在身后吹着“口哨”。

里面有两个包裹：一个大的，不透明包装，斜放在隔间里，显然是一幅画或一个画框。他把它放在床上，并没有打开，而是返身去查看另一个包裹：一个标准的牛皮纸信封。当他从里面拿出印有“加百列·莫斯卡托”字样的护照、身份证、信用卡和驾驶执照时，他长出一口气：他终于再次成为了自己。

还有另一个信封。加百列从里面取出四张两两装订的A4纸，最上面两张纸上印着两组图谱，标记着复杂的数字和符号，下面是他亲笔写的两行字：

玛蒂尔德·洛梅尔DNA图谱，索伦娜于2020年8月30日发送。

朱莉DNA图谱，索伦娜于2020年8月30日发送。

“这是什么？”母亲问道。

加百列默默地沉思了许久。

“没什么，技术数据而已，三个月前萨加斯的前同事发过来的。”

他继续低头查看下面的两张纸，紧张得不得不在床上坐下来。依然是曲线图谱，但内容不同，同样是他的笔迹：

> 互联网私人实验室反馈DNA图谱1，采自某血液样本，2020年8月24日。
>
> 互联网私人实验室反馈DNA图谱2，采自某血液样本，2020年8月24日。

震惊。采自某血液样本的DNA图谱竟然与警方的DNA数据完全匹配。

也就是说，在向索伦娜·佩尔蒂埃索取DNA图谱的六天前，加百列就已经把女儿和玛蒂尔德·洛梅尔的血液样本送进了一家私人实验室。

49

保罗关掉车头灯，下了车。太阳落山后，大卫·埃斯基梅特小屋的四周弥漫着恐怖电影般的气氛。白天眼花缭乱的风景此刻隐匿在松树的阴影下，群山的锯齿形轮廓仿佛深海居民的下颌，正在周围慢慢收紧。黑湖的水面就像一只爬行动物的眼睛，警惕地看着一切。

保罗借着手机亮光取下门上的封条，走进小屋。他拨开开关，天花板上的灯泡照亮了毛绒动物玩具的玻璃眼睛，这里光线太暗了。

宪兵队在这里搜查了整整一下午，并没有发现手稿的踪迹。布吕内在大卫位于市中心的公寓里也没有任何发现。

保罗拒绝接受这条线索就此止步，也不甘心无法解开大卫·埃斯基梅特留下的谜团。丢失的手稿必然藏在某个地方，必须想方设法钻进那个从大坝跳下去的人的大脑，才有机会找到解决方案——哪怕是初步的。

房子里干燥而寒冷，保罗把手放在嘴边哈着气，在客厅里来回踱步。朱莉和陌生人的爱情曾在这里上演，保罗越来越确信那个人是一位侦探小说家，朱莉崇拜的眼神里挂满了星星。他能想象到一个小女孩的心态：痴迷于侦探故事，终于有机会和一位杰出代表相遇，得以窥探创作的秘密。作为一个在萨加斯长大，整日面对无聊的旅馆工作和无趣假期的女孩，仅是如此就足以实现奢侈的梦想——谁能不被诱惑呢？

作家……听说这些人都是在与世隔绝的地方想象和写作，为了汲取灵感，他们常常将自己隔离数周，还有比这里更合适的地方吗？

他扫视着客厅，想起了日记里的素描画：赤身裸体的朱莉，沦为个人欲望的牺牲品。那些变态的游戏、令人作呕的列表……一切都无比真实地发生在这座大山的中心。他又想起了女孩在 2007 年 9 月写下的最后一句话：在他的迷宫里，他已经疯了……

保罗仔细阅读了最后十一页手稿：黑暗痛苦的文字，埃特勒塔悬崖上的悲惨结局。一个没有光明和未来的结尾，一次毁灭性的打击。他不是这种文学流派的粉丝，但仍然觉得以如此冷酷的方式结尾是极其少见的：读者不需要看到希望吗？即使是一部黑色小说？

他猜想着隐藏在这位作家背后的黑暗、焦虑和痴迷，也许作家已经无法区分真实和想象，不断地在现实世界里复制幻想。保罗走到大木桌前，坐在大卫·埃斯基梅特昨天坐过的椅子上，凝视着那些圈出的字母：本书将提供你所有问题的答案。

一个闪光。也许大卫并不是在说手稿？而是一本书？本书将提供你所有问题的答案。

本书……？如果目标不是一沓 A4 纸，而是一本已经出版的书呢?

他突然转向巨大的书柜，要想找到与手稿对应的书，必须先找到作者。只有确定作者的身份，才有可能窥见那个变态而隐秘的杀人计划。

50

加百列头晕目眩。世界突然变得轻飘飘的，几只黑苍蝇在眼前翩翩起舞。

他躺在床上，脑海里闪过一个个画面，母亲的声音像是从很远的地方飘过来的。

“我没事，”他结结巴巴地说，“我只是太累了，妈妈。”

两分钟后，眼前的云层消失了。他坐起来，给自己倒了杯水，仍然心有余悸。血……这是否意味着女儿还活着，就像梦里暗示的那样？他或许救不了她，甚至看不见她，却设法找到了她的生物物质。在哪里找到的？如何找到的？那玛蒂尔德·洛梅尔呢？

当他再次意识到母亲的存在时，她正在壁橱前低头盯着那几张纸。

“这是什么？为什么上面有我孙女的名字？加百列，你对我隐瞒了什么？我想知道。”

他从母亲手中接过纸，放回信封里，把她带回客厅，扶她坐在沙发上。

“我也不知道我在找什么，妈妈。先让我一个人静静，好吗？”

回到卧室后，加百列撕开了另一个包裹。再次目瞪口呆。

一张油画。画布上是两张脸，一张脸是正向的，另一张脸则完全颠倒：头顶着头。哑光白的皮肤，画布表面干涩的颜料似乎被动作猛烈的调色刀碾出一道道裂纹，与深红色的颈部血管形成鲜明的对比。脸颊、前额、颧骨处散布着深褐色的凹痕，背景是一个黑色拱顶，巨大的树根冲破天花板——就像噩梦里一样。

其中一张脸是朱莉。她的女儿：惊恐的目光，锋利的唇线，眼睛像碎玻璃般闪着光。一个比自己记忆中年长的朱莉，一个二十出头的女人，二十二岁，或二十三岁。

苦涩的胆汁瞬间涌上喉咙，女儿的脸仿佛一记重拳打在加百列的肚子上，令他窒息。他把画布颠倒过来。毫无疑问，另一张脸是玛蒂尔德·洛梅尔，黑色的长发像蜘蛛网般散落开来，和朱莉的头发紧紧粘连在一起。她看上去十分害怕，在害怕某个人吗？

一个疯子的作品。整张画布向外散发着极具穿透力的恐怖气息，让他想起了戈雅最黑暗的作品，却轻易诠释了他那个清醒的梦：两个女孩，被囚禁在镜子里——原来是被囚禁在一张画布里。布景、气氛……一模一样，他的噩梦准确复制还原了这幅画。

他开始寻找签名，画布的右下角有一处几不可见的微痕：A.G.。加百列的双腿不停地打战——这位怪物画家面前是否存在过真实的模特？真实的朱莉和玛蒂尔德？画是什么时候画的？跟大卫·埃斯基梅特及其肮脏的照片有关系吗？

两个相隔数年被绑架的女孩，被同一个恶魔艺术家所俘虏，这简直让加百列难以想象。他用手指抚过女儿的脸；颜料的涂层很厚，摸上去疙疙瘩瘩的。当他的食指落在她的颈部时，这种感觉被放大了——那是一种真实的肌理感。他紧紧地盯着那里的深红色涂层，颜料像是被刮掉了一点点，似乎……

加百列移动视线，在玛蒂尔德·洛梅尔的颈部发现了同样的痕迹。他用指甲尖抠下一点点颜料——或许他几周前也这么做过——小心地捻在指间，轻轻地摩擦着，直到固体颜料在加热作用下再次变得微微黏稠。

他吸了吸鼻子——气味、颜色、质地……

毫无疑问。是血。

51

保罗仿佛灵光乍现一般站在巨大的书柜前，但愿和手稿对应的那本书在大卫的藏书里，这很有可能。他深吸一口气，决定有条不紊地按步骤进行：一本本查看出版日期，首先放弃 2007 年以前的出版物，挑出 2007 年以后法国作家的书放在地板上，然后逐一翻看每本书的结尾。

幸运的是，这种方法得以筛掉了大部分作品。克劳德·埃斯基梅特似乎十分热衷于盎格鲁 - 撒克逊文学：康纳利、埃尔罗伊、哈米特，以及法国或比利时作家的经典著作：布瓦洛 - 纳尔瑟加克、勒布朗、西姆农……十五分钟后，符合标准的对象已经摞起了一米高。一小时后，高度又增加了两倍。还剩下半个书柜，其中有些新书是大卫在克劳德死后添加进去的，全部是侦探小说。

保罗有些疲惫。他摘下眼镜，揉揉眼睛，确信自己的方法是对的，哪怕手稿的开头从未在这里出现过，或者已经被烧毁或扔掉。夜已经深了，此刻回去陪伴科琳娜或许更明智，以免婚姻触礁。他走到水龙头旁喝了口水，用水泼了泼脸；右腿一直疼得厉害，像被人钉进了一把钉子。

但本能驱使他回到了书柜旁，继续筛选。突然，他的目光被一个书名吸引了。

《塞诺内斯》[1]。一个回文。

他把那本小说抽出来，仔细端详着冰冷的蓝色封面：一条沥青路，沉入一片令人眩晕的松树林。封面下方写着：惊悚小说。

封底是内容简介：

> 2008年秋。塞诺内斯，这座拥有一万五千名居民的山谷小镇，此刻正陷入恐慌：一名九岁男孩的尸体被发现在水电站的大涡轮机中，此案同时让人回想起了二十五年前一起悬而未决的谋杀案。伯纳德·米尼尔中尉及其团队即将开始一段漫长的地狱之旅，追捕一个无情的杀手、一只无形的怪物。他将带领队员从阿尔卑斯山区深入苏格兰高地。

保罗屏住呼吸，翻到书的最后一页，但随即感到泄气：结局完全不一样。

他合上书，陷入沉思：塞诺内斯、出版时间、水电站……保罗拒绝相信如此多的巧合，这本书一定是某种源头：书的作者很可能受到了萨加斯及附近地区的启发，甚至曾经来过这里实地考察。

保罗开始寻找作者照片，没有找到。小说家的名字是凯

---

1 *Senones.*

莱布·特拉斯克曼，据简介，他已创作了十几部小说，其中大部分以伯纳德·米尼尔中尉为主角。

凯莱布·特拉斯克曼……保罗从未听说过这个名字。是个法国人？这个姓氏意味着应该有盎格鲁-撒克逊血统，但也可能是个假名。手机在这里没信号，无法搜索互联网，只能呼出电话——看来有时候还是老功能管用。

他抬起头，看向书柜，发现了更多的“凯莱布·特拉斯克曼”。在收集了尽可能多的作品后，保罗坐到了木桌前。看来这是一位特别多产的作家。

大多数封面都透着黑暗、神秘甚至可怕，内容简介下面的媒体评论写着：不眠之夜大师、悬念巅峰、恐怖的建筑师……看来，凯莱布擅长悬疑惊悚小说，每本书都是大部头，最薄的也足有四百页。在其中一本书的封底上，保罗找到了答案：“凯莱布·特拉斯克曼”是一位居住在法国北方的作家的笔名。

保罗分别查看了每本小说的出版时间、内容简介和最终结尾，其中有一部名为《未完成的手稿》的小说，书名似乎跟目前的线索产生了奇怪的共鸣：警方不是也只找到了一份手稿的结尾吗？

混乱的天空和汹涌的大海，以灰、蓝、绿为主色的“凯莱布·特拉斯克曼”几个字大大地嵌在封面上。小说出版于2018年，克劳德·埃斯基梅特去世之后，所以，这是他儿子大卫的藏书。

封底的内容简介着实让保罗大吃一惊。故事开头讲述了在后备箱中发现了一具女尸，最重要的是，一名十七岁少女在北方海滩被绑架。与朱莉同龄。

保罗把书翻到最后，手指因紧张而发抖。小说一共四百七十三页，比手稿少了一些，可能是因为版面不一样——保罗认为自己找对了方向。

他一口气吞完最后一章，书里的结局与手稿上完全不同，但角色名字（琳妮·摩根）和最后摊牌的地点（埃特勒塔悬崖）完全一样。

不再有任何疑问：大卫·埃斯基梅特的这份手稿正是出自凯莱布·特拉斯克曼之手。

他必须看完整部小说，才有可能挖出作家隐藏在文字背后的险恶秘密。

他还有一整晚的时间。

52

跳动的火苗在壁炉里噼啪作响，混合着白蜡木、橡木和松木的柴火不停地爆裂，发光的萤火虫气若游丝地画着“之”字，直到一头撞进熔岩般的余烬。

保罗坐在家中的扶手椅上，埋头看着《未完成的手稿》，翻过的每一页都像一把刀子刺进心脏。他全神贯注地读着，专注于不可思议的情节，以至于当一只手落在肩膀上时，他吓了一跳。科琳娜出现在身后，缩在一件蓝色的刺绣睡袍下，两个大大的黑眼圈承载着无尽的烦恼。

“露易丝睡着了，我让她吃了安眠药，很有效。”

“好……”

保罗看了看表，已近午夜，他丝毫没有注意到时间的流逝。

“我去睡了。”科琳娜说。

“好的。”

她叹了口气。

“就算你不喜欢说话，但真不打算告诉我发生了什么吗？你连晚饭都没吃，宁愿躲在这里看书也不想和我聊聊，我再也受不了了，保罗。”

他把小说放在茶几上，旁边是一个笔记本和一支笔，眼睛里闪烁着疲倦，但也夹杂着兴奋。

“是发生了一些事，科琳娜，很重要，我们已经等了十二年。但我不知道结果会怎样，应该会很难，是的，很难面对，但真相总要来的……”

她拉紧睡袍的衣领。保罗把目光投向那个封面，盯着暴风雨前的天空。

“和那座小屋有关吗？那本书？”

他点点头。

“朱莉提起过侦探小说家吗？凯莱布·特拉斯克曼？故事很扭曲，总让人感到不安，比如谋杀、绑架……”

科琳娜耸耸肩。

“不知道，我不记得她说过，为什么这么问？”

保罗站起身，把她拉向走廊。

“跟我来，我想给你看样东西。”

两个人默默地经过露易丝睡觉的房间，推开朱莉的卧室门。一切还是老样子，科琳娜每个星期都会除尘，一丝不苟地让所有东西保持原样。保罗来到书架前——那是加百列亲手制作的一个漂亮的橡木柜子——从儒勒·凡尔纳到斯蒂芬·金，大约上百本。

保罗指了指左下角。

“她收藏了三本凯莱布·特拉斯克曼的书。”

他一本本拿起来、打开。每本书的第一页，也就是有书名的那一页，都被撕掉了。

“我刚刚查看了一下，她只会对这位作者的书这么做。”

“我……不明白。”

“在我看来，这一页上应该有他的亲笔签名。”

科琳娜接过书，随便翻了翻。

“亲笔签名？她从哪里弄到的？怎么弄到的？萨加斯的书店应该从没来过什么作家。还有，你为什么和我说这个？”

“我认为，这个凯莱布·特拉斯克曼与朱莉的失踪有关，这位颇受欢迎的惊悚小说家甚至在很大程度上参与了绑架。我非常确定。他在《未完成的手稿》中也承认了这一点，当然不是直接承认的，而是以密码和谜题的方式，这些绝不是巧合……他似乎是在忏悔。水电站的回文、信件、小说——这一切都是相互关联的。”

科琳娜的嘴唇在发抖。

“这怎么可能？”

泪水瞬间涌上她的眼眶。保罗抱住她，抚摸着她的背。

“一切都会弄清楚的。这个凯莱布可能很久以前来过萨加斯，隐姓埋名，作为普通的旅行者，后来从大卫父亲那里租下小木屋，用于创作，这也解释了为何会在那里找到手稿。如果他之前住过悬崖旅馆，那应该和在旅馆工作的朱莉相遇过，而且……也许他们之间发生了一些事。我是说，比较感性的事，而大卫·埃斯基梅特就是目睹这一切的见证人。”

他迎上妻子的目光，那一刻，他意识到她就像水晶般脆弱不堪。

“凯莱布·特拉斯克曼已经死了，但他的儿子还活着，”

他自信地说道，“他一定知道什么。”

“死了。”科琳娜机械地重复着。

“是的，三年前，他朝自己的脑袋开了一枪。《未完成的手稿》的序言里说，这是他的最后一部小说，序言是他的儿子写的。这个回头再说吧，你好像有些站不稳，你刚才吃了多少安眠药？”

“两颗。阿普唑仑[1]。”

这药是她多年来熬过大多数夜晚的“鸡尾酒”，保罗甚至不再感到惊讶。他把她抱到卧室的床上，拉起被单，之后吻了吻她的脸颊，凝视着她。有多久没有这样温柔地看着她了？他内心深处的某些东西终究没有彻底死去。

他蹑手蹑脚地离开房间，来到走廊上，途中探头看了一眼露易丝。她正蜷缩在被子下，头沉沉地压着枕头，睡得很香、很平静。他轻轻关上门，回到客厅。科琳娜、露易丝——他生命中仅存的一切，他没有权利把生活搞砸。

凯莱布的小说静静地躺在茶几上，美丽的银色字母似乎正随着火苗起舞。他拿起来，仿佛抓着一件邪恶的巫器。是的，它是邪恶的，在成千上万读者眼前掠过，却没有一个人看穿它背后隐藏的秘密。

谁都没有看出来：这本书是一次忏悔。

保罗靠在椅背上，继续阅读。凌晨3点，他终于吞噬了最后一个字——作家儿子的结局，然后又读了一遍父亲的原

1 Xanax.

稿。当翻到手稿的最后一页时，他的手不停地发抖，最后，他不得不冲到酒柜前，给自己倒了杯威士忌，一饮而尽。

上帝。

在和凯莱布对峙的这几个小时里，他浑身冰冷。

保罗立即给加百列发了一条信息：

今早醒来后的第一件事是去买书：凯莱布·特拉斯克曼的《未完成的手稿》，然后立刻开始读。我现在把在大卫的木屋里找到的原稿结局扫描后发给你。凯莱布就是我们要找的人，一位侦探小说作家。听着，加百列，从序言开始读，你会明白一切的，但一定要读到最后。这太不可思议了。我会进一步核实作家的儿子是否还住在北方，如果是的话，我明天就赶过去。阅后即删。

53

尽量保持敏锐和清醒，加百列默默地沉入了第一页——凯莱布·特拉斯克曼的《未完成的手稿》：

序言

让-吕克·特拉斯克曼

就是前一个词：剑鱼。

这是我父亲凯莱布·特拉斯克曼小说的开场。我是在阁楼深处的一个纸板箱里找到这份手稿的。他有一个令人讨厌的习惯，就是喜欢把所有东西堆放在一起。这捆A4纸已经在箱子里藏了一年，箱子被放在温暖的天窗下——去年夏天，法国北方的美丽日光常常从天窗倾泻而下。我父亲从未向任何人透露过这份手稿，当然，那是他独自一人在面朝大海的别墅里写的。在那十个月里，我的母亲正在医院里慢慢死去，最终被阿尔茨海默症吞噬。

这个故事，没有书名，没有结尾。不过据我估计，在近五百页的手稿中，应该只缺失了十页。这本身并不是什么大事，但对于一个文学流派来说，却是一场灾难，因为父亲已经成为这个流派的最杰出的代表之一。父亲的悬疑惊悚小说让成千上万的读者为之战栗，我手里握着的可能是他最好的作品之一：扭曲、迷宫、极度痛苦、黑暗。书中的女作家琳妮和我父亲有着同样的写作风格，这深深地吸引了我，同时也提醒我，父亲的书是一面镜子，折射出了他最深切的恐惧和最糟糕的执念。我认为，只有当他把恐惧倾倒在纸上时，他才能与自己和平相处。而“恐怖”，在这部小说里，也有着“特拉斯克曼式”的信仰。

所以，你会说，那著名的结局呢？看在上帝的分儿上，那个一切都该被解决的结果呢？凯莱布·特拉斯克曼，一个擅长操控阴谋诡计和宏大结局的王者，为什么没有给出最终答案？他为什么没有完成他的第十七本书呢？

我本以为他应该是在母亲去世后停止了一切，并打算只留下手稿；也许他已经知道自己会在三个月后用一把枪打爆自己的头。又或者，他只是没能完成他的故事。是的，如果不是手稿中的某些元素一直在对抗以上种种猜测，一直在我耳边提醒我“父亲从一开始就知道不会完成它”，那我本来还能相信这些。就像“没有结局”本身就是情节的一部分，是“凯莱布·特拉斯克曼式”的谜题，是他死前的最后一击。

然而，你们当中最具“笛卡儿思维模式”的人会想：他为什么坚持写一本没有结局的书？为什么花近一年的时间建造一个明知道永远不会有屋顶的房子？同样，正如我现在所写的，这才是一个真正需要解决的谜题，也注定是一个更加隐秘的疑问。

当他的“御用编辑”埃弗利娜·勒孔特意识到这份手稿的存在时，她先是欣喜若狂，但当读完手稿，发现它只是一个毫无效果的魔术时，她陷入深深的绝望。如果没有凯莱布·特拉斯克曼的华丽结局，出版一部他死后的小说仍然不可想象，尽管我猜他的许多读者仍会对它十分着迷。

接下来是理论阶段，思想的对抗，只为试着解决我父亲留下的种种谜题。我们在巴黎办公室进行了长达几个星期的头脑风暴。每次开会，桌旁都围着十几个人，一遍遍地阅读手稿，仔细剖析每一页，以便理解我父亲为什么用回文，以及为什么在全篇散布他对数字的痴迷。

每次遇到极其困惑和怀疑的时刻，大家就像雕塑一样盯着对方。小说一开头就引起了冗长的讨论：“就是前一个词：剑鱼。”为什么这么说？它真正的含义是什么？相信我，现在出版社里没有一个人不知道剑鱼是一种小型淡水鱼，因尾鳍形状而被称为

“持剑者”或“佩剑者”。这将对你有很大帮助，不是吗？

然后，有一天，认识他三十多年的埃弗利娜终于给出了终极答案。

是的，终极答案。

她终于找到了钥匙，察觉到了我父亲扭曲的大脑中不可调和的机制。如果仔细想想，这个结局其实显而易见，所有元素都已经展现在眼前，从第一个词到最后一个词。但在高超的驾驭技巧下，“显而易见”有时最难以察觉，这就是天才的凯莱布·特拉斯克曼。

剩下的，就是把这个结局写出来。大家把目光投向我。我没有我父亲的天赋，但作为一个当之无愧的继承人，我曾在几年前出版了两部朴实无华的侦探小说。所以你会发现，小说的结尾部分有一个注释，它标志着我拿起笔的那一刻。你还会注意到故事中有一些带下画线的词和其他重要元素，它们依然保持着原样。你手里拿着的这个故事，就是我去年夏天发现的手稿。

在书写结局的过程中，我们仍会不断面对疑问，或者不得不展开想象。很难知道我父亲到底想去哪里，以及他打算如何结束这个故事。面对原著无法填补的空白，我们不得不做出选择，做出可能不是作者的决定。为了衡量这项任务的复杂性，可以试想一下没有脸的蒙娜丽莎，你要被迫画出那张脸……无论如何，希望我的结局能满足你的期望，我已经尽了一切努力。

为了保证对凯莱布的尊重，以及尽量保留原著精神，你会发现这个结局非常必要。只要在阅读过程中保持专注，对于那些势必在中途遇到的种种疑问，答案就在书里。

啊，最后一件事。我想到了凯莱布最狂热的读者，他们可能会对这个序言本身持怀疑态度。我猜他们的理由是：这些话完全可以是凯莱布·特拉斯克曼自己写的，他有能力做出这样的事。序言是故事的一部分，这意味着凯莱布也可能通过掩饰自己的写作风格书写了结局。这是你的权利，我永远无法证明事实并非如此。但最后，没关系。小说是一场幻想游戏，一切都是真的，也是假的，只有阅读的那一刻，故事才真正开始。

你即将读到的这本书（你还没有开始吗？），书名是《未完成的手稿》。这是我的主意，整个出版社都同意了。别无选择。

54

保罗按下了“瓦尔特·古芬”旁边的对讲机按钮，然后以最快的速度拖着残废的腿上了二楼。事实证明，这栋公寓毫无魅力，楼梯间的灯也是坏的。跨进公寓后，加百列用尽全力“关”上门——他会尽快给锁匠打电话的。保罗站在门口，腋下夹着凯莱布·特拉斯克曼的小说，带肩章的毛衣已经换成了拉链式羊毛夹克，下身是条牛仔裤。

“看过了吗？”保罗的语气有些急。

加百列朝客厅桌上的那本书点点头。

“两个结局。”

加百列神情阴郁，眼圈也比平时更黑了——睡眠不足的典型表现；鉴于导致虹膜变红的毛细血管的数量，保罗怀疑他昨夜哭过。警察迅速环顾了整个房间：气温低得像个停尸房，由此不难想象加百列在这里的生活——重回萨加斯和失忆之前的生活。

“有水吗？我一口气开了八个多小时的车……”

加百列给他倒了杯酒，看着对方一饮而尽。这位前队友赶了七百多公里只身来到这里，一名真正的战地警察。加百列本来也是如此，可他失败了。

“马丁尼还在调查，”保罗像是读懂了他的心思，“路上我给法官打了个电话，详细解释了以大卫和凯莱布为核心的最新发现。我也鼓励他尽快读完小说，这样才能更好地理解整个故事的含义。现在警方一致认同了一种最具可能性的假设：2007年夏天，凯莱布从大卫父亲那里租下小木屋，用于创作，并在那里和朱莉发生了恋情；六个月后，这位作家策划了绑架。宪兵队现在等于已经知道日记本上的线索，几乎和我们拉平了。”

说着他脱下夹克，搭在椅背上。

“目前一切就好办多了。当然，我没有提起相册中的胎记可能属于另一个失踪女孩，因为这就绕不过你知道那本相册的事实，我不想冒任何风险。我也不能让人联想到大卫死亡当天你曾出现在小屋，更不能让人质疑他的自杀。从严格意义上讲，目前大卫的死因仍然是萨加斯的经典死法：自杀。没办法，我们只能利用他来保护其他所有人。在我看来，最重要的是朱莉，是凯莱布·特拉斯克曼。我会随时通知你接下来的进展。”

加百列点点头，然后冲走廊方向扬扬下巴。

“我先给你看几样东西。”

他带着保罗走进自己的卧室。那幅画被摆在床中央，旁边散落着几张纸。在强烈的日光下，那两张惊恐的脸和彼此纠缠的头发似乎正飘浮在画布上，就像两个要把看着她们的人变成石头的美杜莎。

“上帝……是朱莉？”

“朱莉和玛蒂尔德·洛梅尔。”

两个男人紧张地交换着眼神，努力在对方的眼睛里寻找着不可能的答案。

“我觉得这幅画的颜料里掺进了她们的血，”加百列开口道，“八月底，我曾把血样送进一家私人实验室分析。这也是我让索伦娜搜索她们DNA图谱的原因，目的就是比对。结果，图谱完全相同。”

和加百列一样，保罗抠下一点点干裂的深红色颜料，仔细凝视着指尖上的微小碎片。

“她们的血？”他重复道，“这太不可思议了。”

“只是某些部位。我之前一直把这幅画藏在我母亲家的保险箱里，而这大概就是那个闯入者在寻找的东西。”

两个人继续审视那幅画。

加百列努力调整呼吸，以免再次崩溃。

“她们的表情里有深深的恐惧，”他说道，“这意味着她们受到了伤害。做这事的疯子不只把她们当作模特，他甚至夺走了她们最宝贵的鲜血。”

加百列犹豫着把手伸进口袋，摸到了玛蒂尔德母亲留给他的便利贴。他昨夜考虑了很久，回想起蔓延在他们之间的电流，以及她把号码递给他时恳求的神情。但他不会给她打电话的。有什么意义呢？生活在无知中总比面对怪物好得多。无论如何，这两个女孩的绑架显然是有关联的。

加百列指着画布的一个角落。

“这里有一个几乎看不到的签名，A.G.，是缩写，非常小。”

“所以，画出这两张脸的人不是凯莱布·特拉斯克曼。”

“也不是大卫·埃斯基梅特。”

“你还记得是怎么拿到这幅画的吗？”

加百列从床上抓起一张银行账单，递给保罗，上面用笔圈出了几个小字。

“8 月 10 日，我曾在比利时一家名叫‘雅各布之家’的古董店花了 380 欧元。我在网上查过，‘雅各布之家’距离布鲁塞尔车站不远，类似二手店。那里可能会有线索。”

保罗放下账单，调查进展开始让他感到不安。

“我先把这幅画送去法医实验室，你的银行账单和发票也得给我，好让我们了解你过去这几个月的生活。”

两个人默默地回到客厅，在餐桌旁坐下来。加百列拿来两罐啤酒和一包薯片。是的，他或许已经忘了破碎的过去，但绝不可能忘记眼前这位战友默契的眼神，就像一簇火苗，鼓励他继续战斗下去；还有那些被锁在办公室里的无数个长夜，两个人忙得焦头烂额。他们仿佛又回到了过去。

保罗递给他一张照片。

“现在，我们说说凯莱布·特拉斯克曼吧……”

55

“我终于找到了他的照片，是从 1993 年出版的一本书的封底上剪下来的，他当时三十五岁。这个男人真名叫克里斯蒂安·拉瓦什，‘凯莱布’是他的笔名……”

加百列盯着保罗递过来的照片。1993 年，三十五岁……那么他遇到朱莉时已经四十九岁了。

“显然，尽管凯莱布·特拉斯克曼取得了巨大成功，但他非常注重隐私，就跟他最后一部小说的女主角琳妮·摩根一样。网上没有任何关于他的信息，我还是在报纸上找到了几篇文章。在为数不多的几次采访中，他也只谈工作，从不谈论个人生活。他不允许任何人给自己拍照。他似乎很困扰，总是反复提到一个事实：如果不把那些黑暗的故事写下来，他可能会成为罪犯。这不像是在开玩笑。”

照片上留着一头黑色长发的男子戴着一副大眼镜，浅色镜片把脸切割成了两半，山羊胡被修剪成一条线，与近乎病态的白色皮肤形成鲜明的对比。他的脸占据了镜头的四分之三，表情冷漠，似乎在躲闪。

“罗穆亚尔德·坦雄看过这张照片吗？”加百列问道。

“看过，就在我出发之前，但他显然不记得他了。这也难怪，谁会一直记得这种老皇历呢？据我所知，当年没有人知道萨加斯来了一位大作家。凯莱布没有大张旗鼓，而是选择隐没在人群中……经过警方电话核实，正如那篇序言所述，这位作家于2017年去世，死于自杀，没有争议，就在距离他家四百米的海滩，头部中枪。当时有两名正在散步的目击者。鉴于面部损毁情况，他的儿子已经无法辨认其身份，但DNA可以证实一切。案子就这样匆匆了结：他的妻子在他自杀前几个月去世，凯莱布一直饱受抑郁症的折磨……就这些。”

保罗把食指压在小说封面上。

“《未完成的手稿》出版于凯莱布死后，故事发生在2017年底，其中提及的时事新闻和刑侦技术都能证明小说是在那段时期写的，而不是2007年。他的儿子在序言中说他父亲并不想写完结局，但我们知道原始结局在哪里。”

“大卫·埃斯基梅特的小屋。”

“没错。他的儿子被迫写了一个结尾，但肯定不会和他父亲的一样。不过，他还算精彩地破译了他父亲预设的各种谜题，从而完成了一个连贯的结尾。”

保罗喝了一口啤酒。

“很难解释大卫是如何得到手稿的，但有一点可以肯定：他故意播下线索引导我们找到《未完成的手稿》，就像作者写这本书时一直试图以隐蔽的方式揭示自己对朱莉的失踪负有责任。从某种意义上说，这部小说是凯莱布·特拉斯克曼死后的忏悔，一种将自己的罪行微妙地传递给读者的方式，但读者并没有注意到。的确太不可思议了。”

一阵沉默。保罗清清嗓子，继续说道：

“这个故事很复杂，手稿套着手稿，真正的俄罗斯套娃，暗示了凯莱布极其扭曲和饱受折磨的精神状态。”

“一个精神迷宫……”

保罗拿出笔记本。

“是的，可以这么说。不管怎样，我还是列出了书里的某些元素，包括内容和形式，它们足以表明凯莱布参与了绑架。首先是内容。《未完成的手稿》是他众多作品中少有的独立故事，人物角色从未公开出现过。十七岁的女孩萨拉·摩根，一天晚上出去跑步时一去不回，就像朱莉一样：年龄相同、体形相近。而故事中的那位老作家，凯莱布则塑造了一个饱受精神折磨并犯下可怕罪行的恶魔：绑架、变态、谋杀。比如这句：它也是强奸杀人犯的长篇忏悔，阿帕容多次犯罪，却从未被抓住，于是他决定在晚年通过一部小说坦白一切。”

保罗把手摊放在书上，以强调自己的观点。

“但小说中的虚构却是现实中的事实：一旦了解整个故事，就会发现凯莱布唤起的是他真实的个性、内心的恶魔及其对犯罪的嗜好。他以外科手术般的精准度描述了某些令人毛骨悚然的场景，让人身临其境。还记得朱莉日记本上的连体人吗？那个怪物。那就是他——披着正常人的外衣制造邪恶。他的自杀并不是因为他妻子的死，也不是抑郁，而是……”

“……因为他在现实中所做的一切。”

保罗摇摇头，再次看向笔记本。

“他还提到了‘卡斯帕罗夫的不朽’，这个元素在整个小说情节和追捕凶手的过程中占据了极其重要的位置。别忘了，小说开头就出现了挂着假车牌的灰色福特车，后备箱里有一具女尸，那正是用来绑架朱莉的车。”

加百列也注意到了这些细节。怎么可能不注意到呢?《未完成的手稿》已深深嵌入他的骨髓，尤其是除了保罗所说的，故事中的男主角也失忆了，和他一样。

加百列沉默着。保罗继续滔滔不绝：

“但这个故事并不是你女儿的故事，警察的调查也跟我们完全不同,书中是发生在格勒诺布尔附近的谋杀案。事实上，这个故事只是采用了这类流派小说的叙述模式：绑架，谋杀，制造悬念。但仅凭这些元素，也就是说，仅凭案情本身，很难百分之百印证凯莱布有罪。毕竟，任何人都可能关注到被媒体大肆报道的朱莉失踪案，然后借此编造出一部小说。但就我而言，还有形式上的细节……”

他打开书，翻了几页，停在有下画线的页面上。

“Resasser，Laval，Noyon，Abba，Xanax……类似水电站墙壁上的回文统统被画了下画线。他儿子曾在序言中承认，自己也不知道父亲为什么会以这种方式强调回文。凯莱布·特拉斯克曼不是一向喜欢制造幻觉和魔术效果吗？*我把一切都给你看了，只是你没有看到*。通过聚焦于回文，凯莱布·特拉斯克曼无疑是将矛头指向另一个回文——萨加斯。当然，这是隐形的，只有通观全局才能理解局部。凯莱布是伟大的战略家，他想要传达的是一种几乎无法令人察觉的加密的忏悔。所以他使用了各种技巧，一旦这些技巧被破译，就会得出某种形式的真相：他是一起可耻罪行的制造者。”

“还有角色名字。”

保罗激动地点点头。

“你也注意到了吗？朱利安·摩根、朱迪丝·摩德罗伊……名字和姓氏的前两个字母都是‘Ju Mo’，也就是指‘朱莉·莫斯卡托’。类似的其他细节还散布在整本书中，比如被盗汽车的车牌号：JU–202–MO；以及小说开头那句令人费解的话：就是前一个词：剑鱼。你明白那是什么意思吗？”

加百列摇摇头。

“前天我查了一下词典，当时本来是想弄清‘剑突联胎’[1]一词的确切含义，”保罗解释道，“可我发现词典中排在‘剑鱼’[2]前面的一个词就是‘剑突联胎’，所以，‘就是前一个词：剑鱼’是指‘剑突联胎’，也就是朱莉日记本上的那个双头怪物，一个面带微笑，另一个是魔鬼。”

“一个象征，”加百列说道，“每个人内心深处都有邪恶的一面……”

“没错。凯莱布·特拉斯克曼甚至还在小说结尾处引用了‘剑突联胎’，也就是说，他始终不断地在书中利用这个矛盾的存在。从某种程度上讲，他想让别人看到自己在《未完成的手稿》中隐藏的罪恶，但并没有人看到它。该死的，这太无耻了。所以我认为，凯莱布·特拉斯克曼在2007年夏天隐姓埋名地住进大卫的木屋，目的就是构思创作《塞诺内斯》，

---

1 Xiphopage.

2 Xiphophore.

这本书于次年出版。塞诺内斯是一个虚构的城镇名，从各方面都和萨加斯很像。起初，他住在悬崖旅馆，在那里遇到了朱莉，然后改在黑湖木屋定居。在那里，他继续和你的女儿保持秘密恋情。他们一起经历了精神和肉体的冒险，但结局很糟糕。也许是疯了，凯莱布竟然想带走朱莉，她拒绝了……在木屋里，他任由体内不断出现的恶魔无休止地折磨自己。他忘不了她，迷恋她，想把她留在身边，想让她属于他。”

“所以，六个月后，他下令绑架了她。”

“没错。多年来，凯莱布·特拉斯克曼一定借创作之机建立了强大的人脉：警察、法官，以及与之相反的和他有过交集的人渣，其中就包括旺达·格什维茨团伙，为钱不择手段的雇佣兵……”

加百列努力拼凑着剧本，试图与《未完成的手稿》建立起联系。这部小说有多大程度的自传性？被绑架的女孩萨拉·摩根的命运是否自始至终都起源于朱莉？

“如果这一切都是真的，”他说道，“那玛蒂尔德·洛梅尔呢？她为什么也在这幅画里？还有大卫的那些变态照片？”

“还不清楚，加百列，关于照片和画仍然是个谜。不过同事们在网上查过了：让-吕克·特拉斯克曼在序言中提到的那座海边别墅，也就是他找到他父亲手稿的房子，也是小说中琳妮·摩根的房子，它真的存在……和我一样，你也肯定发现凯莱布总是在书里强调那座别墅的孤立性，他说即使有人在里面尖叫，也不会有人听到。”

加百列默默地点点头。眼前的保罗一直都是他认识的那个斗士：深思熟虑、身先士卒、全心投入……

“据他儿子说，凯莱布在开枪自杀前把这份手稿藏在了阁楼深处，那么，当时朱莉还在吗？她还活着吗？类似娜塔莎·卡姆普什案[1]的结果足以证明，就监禁时间而言，没有什么是不可能的。而在原始结局中，凶手在与女主角摊牌时说过……他很喜欢被自己囚禁的女孩。”

保罗拿出原始手稿的复印件，指着他画线的文字。

“这里有一句话：*她激起了我从未有过的感觉，也许是因为基因，所以我一直把她留在家里，关进一个特殊的房间。我没有伤害她，只是现实逼迫我不得不放弃她，把她交给可以照顾她的人……*”

加百列点点头，不过谜题还没有结束。这期间到底发生了什么？朱莉为什么和另一个失踪女孩出现在一幅画上？是什么触发了作者的自杀？凯莱布在长时间监禁朱莉后又将她交给了一个俄罗斯人吗？让后者来结束一切？

保罗看了看表。

“快 5 点了……今早离开萨加斯之前，我拿到了凯莱布儿子的地址。我想开诚布公地去探探底，看能不能从中得到什么。必要的话我会找当地警察协助，启动司法程序，然后突袭并全面搜查凯莱布的别墅。”

保罗拿起最后一片薯片。

“最好能当场让他交代一切。他家距离这里约十公里，纳

1 1998 年，年仅十岁的奥地利公民娜塔莎·卡姆普什被电信工程师沃尔夫冈·普里克洛皮绑架，八年后逃出魔掌。

税证明显示，他仍然是他父亲那座著名别墅的主人。”

说完他站起身，穿上羊毛夹克，挥了挥手：

“去拿个垃圾袋吧，最好把画包起来，以防万一。等我回萨加斯时再来把它取走。至于你，先去布鲁塞尔的古董店，试着弄清这幅画的来源，但别做傻事：一旦查到什么，不管是什么，别纠缠下去，尽快把线索发给我。届时可能还需要比利时警方的参与，但目前，你的联络人只能是我。”

加百列打开橱柜，指指客厅的角落。

“如果不介意的话，今晚……这里不是很大，但有沙发和……”

“当然不介意，但我打算挪用一下公款，去找个酒店开个房，发票就是完美的证明，证明我们之间没有任何形式的联系，你和我的距离越远越好。我明天再回来。”

加百列在画被包起之前拍了一张照片。看着女儿的脸消失在黑色塑料后面，悲伤瞬间涌上他的眼底。“她死了，保罗，已经没什么可质疑的了。”

保罗把画塞到床底下。是的，朱莉很可能已经死了。怎么可能还活着呢？昨夜他遇到了一部此生中从未遇到过的最黑暗的小说，《未完成的手稿》是对光的否定，是足以吞噬一切的黑洞。他没有力气安抚身边这个垂头丧气的男人，一味地给他希望就等于在欺骗他。

他深情地拍了拍他的背，就像一个老朋友一样。

56

绿色的布里戈德高尔夫球场一派生机盎然。让-吕克·拉瓦什，别名让-吕克·特拉斯克曼，就住在里尔东部阿斯克新城的时尚社区，毗邻高尔夫球场，一座单层别墅被一扇沉重的锻铁门与外界彻底隔开。保罗站在门外，想尽一切办法提醒对方自己的来访,但门上没有对讲机。他不想就这样放弃:让-吕克肯定在家，车道上的汽车和别墅内的灯光足以证明。于是他直接翻过格栅，潜入景观花园。

他一边走，一边坚持不懈地大喊“国家宪兵队，请开门”，希望对方能屈尊出来迎接他。不过，虽然已经事先做过各种设想，但当让-吕克突然出现在眼前时，保罗依然觉得对方比自己想象中苍老得多:稀疏的金灰色短发,没有胡须的下巴，皮肤松弛的颈部，黝黑的肤色一直蔓延到指尖——这说明他最近刚刚度过假，要么就是故意把自己晒黑的。面对对方自带优越感的上下打量，保罗感到非常厌恶。

“有什么事吗？”

保罗给他看了警察证。

“萨瓦省萨加斯宪兵队司法警察拉克鲁瓦上尉，此次拜访是来请教几个关于你父亲的问题。”

让 - 吕克·特拉斯克曼瞥了一眼保罗手里的书和档案袋，把手搭在门框上，挡住大门，唇角微微翘起，露出一口闪光的白牙。

“关于我父亲，该说的都已经说了。如果还有问题的话，去问律师吧，或者问问你处理自杀案的同事。”

“我并不想去找律师和警察，我只想和他的儿子谈谈。当然，我也可以坚持向预审法官申请自由听证，这完全取决于你。只要你不介意，我会按规矩来：请求法官将你传唤至距离这里七百公里的法院办公室。”

让 - 吕克犹疑地摆弄着手机，最后默默闪到一边。保罗跟随主人走进了偌大的客厅——开放式厨房、加热式复合地板、大凸窗。保罗瞥了一眼书柜，随处可见的“凯莱布·特拉斯克曼”以及用各种语言印刷的书名。

主人邀请他坐下，但并不打算请他喝一杯。

“希望速战速决，说实话，我正在写下一部小说。”

保罗坐在沙发边上，倾身向前：

“一个谋杀或绑架故事吗？像你父亲一样？”

“这真是对侦探小说最拙劣的总结。”

“没错，我不是文学鉴赏家……好吧，现在说说我为什么来到这里。首先，你对‘萨加斯’这个地名有印象吗？”

“没有。”

保罗把警察证放在羽毛造型的茶几上，把食指压在上面。

“你并没有努力回忆，让 - 吕克先生。萨加斯是一座山城，是的，它并不迷人，但 2007 年夏天，你父亲可能在那里度过了一段时光，远离人们的视线，目的是寻找创作灵感——应该是《塞诺内斯》吧。‘塞诺内斯’和‘萨加斯’都是回文，就像《未完成的手稿》里经常提到的。不知道你是否了解你父亲的那次长途旅行呢？”

保罗观察着对话者的反应，哪怕是最轻微的，但对方没有流露出丝毫的慌张。

“完全不了解。我从千禧年代初就搬到了巴黎，从事音像行业。我们几乎碰不到对方，我和父亲的关系也不好。我出生时他才十七岁，在那个年纪，他肯定还没做好当父亲的准备，所以时常有意无意地埋怨是我毁了他的青春……”

他没有说完后面的话。

“当我还住在家里时，他就经常会消失几个星期去做研究或调查，但从不说去哪里。有时是和巴黎警察一起探险，有时是潜入布列塔尼区深处参观古老的灯塔。所以，那座小镇，萨加斯？可能去过吧。我真的一无所知。”

“你母亲知道吗？”

他摇摇头，懊恼地抿住嘴唇。

“你似乎并不了解我家的情况……从2002年开始，我母亲就被困在位于香槟沙隆的疑难病患者病房，由于四十岁时陷入了无休止的戒断和持续的抑郁症，她开始不停地撕扯自己的头发和皮肤，甚至到了危及生命的地步。没有什么能够治愈她。在生命的最后十五年里，她几乎一直被绑在床上或穿着束缚衣，这是以防她自残的唯一方法。如果你想就此寻求解释，好吧，没有，用最简单直白的话来讲，她疯了，纯粹的，只是疯了。”

保罗皱起眉头。

“但在《未完成的手稿》的序言中，你说……”

“我并没有撒谎，只是措词不同。序言中说（他拿起那本书）：当然，那是他独自一人在面朝大海的别墅里写的。在那十个月里，我的母亲正在医院里慢慢死去，最终被阿尔茨海默症吞噬。这二者并不排斥。我母亲的确死在医院里，死于阿尔茨海默症……总之对于像她这样的人来说，这是一种福气。她忘了我们，忘了自残，她的失忆意味着彻底的自由。”

像她这样的人。让-吕克的语气里似乎毫无同情。无论如何，眼前这个家伙的生活的确充满了戏剧性：一个被病魔带走的疯母亲，一个用枪爆自己头的父亲，而他自己更是顺理成章地继承了一座近百万欧元的大房子。

“所以，自从2002年以来，你的父亲一直是欧蒂湾别墅的唯一居民……”

“精彩的推理，”他不无讽刺地答道，“不过要知道，即使周围簇拥着温暖的家人和想利用他名声赚钱的混蛋，我的父亲也始终是个孤独者。他无法忍受这个世界。对他来说，最深的痛苦是失去创作灵感，他说……只有孤独才能缓解这种伤痛。好吧，不过在我看来，你还没有告诉我你出现在这里的原因……”

客厅里只亮着一盏小照灯，丝毫阻挡不了黑暗的降临。保罗递过去一张朱莉的照片（来自案卷），脖子上戴着那个吊坠。

“你见过她吗？”

让-吕克·特拉斯克曼盯着照片，保罗则盯着他。作家的目光始终不带任何感情色彩。

“没见过。是的，没见过，她是谁？”

他似乎并没有撒谎，保罗开始触及问题的核心。电击时刻到了。

“她的名字是朱莉·莫斯卡托，2008 年 3 月 8 日在萨加斯附近森林里骑自行车时失踪。十二年后的今天，根据现有证据显示，我们有充分理由怀疑你父亲参与了绑架。”

男人猛地站了起来。

“绑架？我父亲？你在说什么？”

“那是著名的 2007 年夏天，你父亲在萨加斯山区的一座小木屋里，与这个当时只有十六岁的女孩有过一段秘密恋情。他想带她回北方，但女孩拒绝了。六个月后，女孩消失，被强行塞进一辆灰色福特车。我们有足够的理由相信，那些绑匪是遵照你父亲的命令行事的。”

让-吕克瘫坐在椅子上，仿佛霜打的茄子。保罗再次拿起《未完成的手稿》。

“所有这些都出现在了他最后一部小说中：角色名字、事件、双关语……一切都能让人联想到萨加斯和朱莉·莫斯卡托。这些黑暗的文字是他亲自写下的，也是他的忏悔。”

“不，不……你没有权利这样闯进我家，跟我说这些废话，尤其是我父亲已经去世了。这些都是虚构的，是惊悚小说，毫无疑问，那不是现实，书里的故事证明不了什么。”

"除非与犯罪事实有如此多的共同点。"

"没人跟你说过吗？小说家也会受到新闻的启发？他们在警察局和法院都有'线人'，有时那些故事比生活本身还要写实！"

让-吕克坚定地来回踱着步，就像一个慷慨陈词的辩护律师。

"为了创作，我父亲会翻遍警察局的案卷，搜遍医学博物馆，找遍停尸房。如果让他和一个死人睡在一起，只要有助于他了解尸体的冷却速度，相信我，他会欣然接受的。他痴迷于黑暗、犯罪和尸体腐烂的方式，那些都是他的可卡因，你明白吗？所以这部小说，别告诉我仅仅靠它就能给他定罪。"

保罗不能告诉他朱莉日记本上的内容，因为这会涉及日后将不得不把它写进档案，进而危及他和加百列的安全；但他依然有杀手锏。

他从档案袋里拿出一沓纸。

"这是复印件，原件在警局，你看看吧。"

让-吕克愤怒地接过那些纸。随着阅读的推进，他不禁张大了嘴巴。

"这是我父亲的笔迹……这……是《未完成的手稿》的真正结局？！"

简直难以置信。他的目光在最后一页徘徊着，像是发现了巨大的宝藏，清澈的瞳孔上反射着一行行文字，从一段到另一段。保罗料到了这个新发现足以让他兴奋，但更多的恐怕是震惊。

兴奋之后，让-吕克的脸色再次变得阴沉。

“这些手稿……是在哪里找到的？”

“萨加斯，那座被你父亲用来消磨时光的山区小屋。它们本来落在了某人手里，这个人知道你父亲有过秘密恋情并参与了绑架，他甚至想把结局寄给我们。正如你所看到的，他圈出了某些字母，把它们连起来后会得到一句话：本书将提供你所有问题的答案。”

保罗陆续拿出了大卫·埃斯基梅特寄出的其他信件。

“三年多以来，这个人一直给我们寄匿名信，声称他知道发生了什么……你面前的这几页纸来自某些侦探小说，其目的正是想引出一个人：凯莱布·特拉斯克曼。”

让-吕克再也无法掩饰激动的情绪，手中的纸张不停地抖着。他把它们放回桌上，眼神迷失在远处。最后，他坐下来，怔怔地盯了保罗十秒钟，就像一个刚从麻醉剂中醒来的病人。

“我马上就回来……”

说完他站起身，消失在走廊尽头。保罗趁机环视了一下客厅——没有家庭照片，极简主义装饰风格的书柜，看来这位作家并不喜欢他父亲的书。一分钟后，让-吕克再次出现，把手里的一个档案袋递给保罗，然后在对面坐下来。

“打开看看吧。”

警察掀起纸板盖，里面是几个信封，上面写着凯莱布·特拉斯克曼的名字，封口已经被裁纸刀裁开。他抓起其中一个信封，取出里面的东西。

印刷纸张。

在保罗火热的注视下，一张张被撕下来的小说页以及被蓝色墨水圈出的字母映入了眼帘。

凯莱布·特拉斯克曼也收到了匿名信。

57

加百列一路都在听收音机里的新闻，虽然大部分都听不太懂。奔驰车一头扎进黑夜，穿过无聊的田野，行驶在无尽、笔直、单调的比利时高速公路上。根据互联网搜索结果，“雅各布之家”每天下午 2 点开始营业，晚上 11 点关门，周日休息。

橙色的光束像节拍器的指针掠过背景中冶金工厂的轮廓，烟囱向天空喷射出蓝绿色的火焰。加百列知道此次旅程很可能将他推向地狱最深处的恶魔，一旦踏上比利时，他将彻底沉入自己支离破碎的过去。

晚上 8 点左右，汽车在暴风雨抵达前渐渐接近布鲁塞尔市区。在交通拥堵的环形公路上胶着了半小时后，加百列开始沿着夹在高塔和镜面酒店间的内置铁轨线向城北开去。人越来越稀少，最后一班省级列车扔下几个疲惫的乘客，阴郁的剪影切割着车站的混凝土墙壁，夜晚的人们像吸血鬼般重新夺回了领地。

加百列完全不记得自己来过这里，但他并不想深究记忆，总之，这片土地对他来说就像月球表面一样陌生。他把车停在一个出租车站附近，裹着夹克下了车。

北风呼呼地吹过灰色的钢架结构，猛烈摇晃着电缆，火车站附近一向毫无魅力可言。一百米后，在 GPS 的引导下，加百列拐入阿尔肖特街，顷刻间感受到了蔓延在人群中混合着性爱的铜臭味。几辆汽车缓慢地挪着步，闪烁的车头灯光喷洒向行人，最后停在穿着高跟鞋的剪影前：几句对话后，车门砰地关上，引擎声迷失在黑夜中，连同带走了爱抚魔鬼的承诺。

三十秒后，一个皮肤白皙的性感女人朝加百列紧贴过来，嘴里介绍着一系列有偿服务。女人看上去只有二十岁左右，斯拉夫口音，典型被贫困盘剥的现代囚徒，在乡下时被承诺将在西方国家拥有工作、家庭、婚姻和美好的生活；可一旦来了，却只能被迫在街上游荡，遭受殴打，被老鸨威胁，被剥夺所有的证件。

再往前，一群衣不蔽体的女孩正在粉红、淡蓝、绿色的橱窗前跳舞，恶魔在一旁赞美或加入；潮湿的后屋里，两具皮肤松弛的肉体紧紧粘在一起。几个男人在街对面闲逛，嘴里叼着烟，或靠在墙上，或沉入黑暗的影子：这些皮条客正盯着他们的“牲口棚”，此刻他们把目光投向加百列。加百列立刻低下头，快步走过，仿佛一粒不小心落进润滑良好的机器里的沙砾。

三百米后，他拐上一条笔直的街道，忍不住加快了步伐，几乎被让人窒息的焦虑感摧毁。那一刻，他想起了汽车座椅下的追踪器、被洗劫的公寓，以及河岸上残缺不全的尸体。凶手一定正躲在某个地方，也许正在监视他。

身后似乎有动静——加百列左转前向后瞄了一眼，然后立刻开始狂奔，径直冲到一座建筑的门廊下。拐角处出现一个影子，正朝他的方向走来，犹豫着匆匆向另一条街走去。真的被跟踪了吗？他耐心等了五分钟，最后终于确信没有危险：怎么会有人跟踪自己呢？

他走上繁华的主干道，经过一排排商店和摆满小饰品的橱窗，其中大多数已经拉下卷闸门，只有食品店还在营业。行人们行色匆匆，沉默地把鼻子埋在围巾下。

终于，他来到一个灰头土脸的小门脸前，门前的橱窗里堆放着各种奇奇怪怪的物件：缠绕在微型梯子栏杆上的蛇，雕刻着羊羔和婴儿的木雕，吸血鬼工具包，漂浮在浑浊液体罐子里的小龙，几幅群魔乱舞的恐怖油画：长着水母头的女人，扭曲的森林；一只张开血盆大口的恶犬，嘴里插着一根树枝……“雅各布之家”属于那种无法被归类的杂货店，网友称其为“珍品屋”。

显然，他找对了地方。他环顾四周，试着推门而入：里面比他想象的大得多，纵深很长，光线却很差，当然也可能是为了营造一种气氛。加百列感觉自己仿佛正潜入一个疯狂收藏家的阁楼，一种混合了“正常”和“异常”的地方，就像著名的鸭嘴兽——长着鸭嘴、海狸尾巴和水獭腿。

一个收藏家模样的男人从后面的房间里走出来：六十多岁，身材瘦削，上身穿红色高领毛衣，下面是卡其色灯芯绒裤子，薄薄的上嘴唇几乎无法覆盖住牙床，门牙向前支着，像是随时准备去刮盘子。他向来访者挥挥手，站在柜台后面继续看杂志，像只疲惫的老石像鬼。加百列走了过去。

"你好，我去年八月在你这里买过一幅画。"

"什么画？"

加百列打开手机相册。店主绕出柜台，凑到他身边，仔细看着。当他认出那幅画时，不禁用一双漆黑的眼睛盯着来访者。

"哦，原来是你？你的光头……我都没认出来。你那时有头发，还有点粗鲁。好吧，我可以告诉你，但你不记得吗？"

"是的，我的记忆出了点问题，你能告诉我当时发生了什么吗？"

男人指指后面的房间。

"稍等一下，我正往模具里加热蜡……好像烧焦了，我可能忘了关开关，马上回来……"

这么说的话，加百列在成为"瓦尔特·古芬"之前的确来过这里。此刻，他在各种堆积和悬挂的小物件之间踱着步。空气里弥漫着单宁、皮革和漆木味，每个物件似乎都在讲述着自己的故事：从哪里来？属于谁？为什么被主人买下后又被处理掉了？它们都有一段过去，他的画也必然如此。一定有个出处。

店里摆放着各种风格的油画，加百列特意在每幅画前停住，仔细寻找签名，但都和那幅朱莉的画不一样。

店主从后面的房间里走出来，站在他眼前，用毛巾擦着手。

"来吧……"

他把加百列带到店门前，指着橱窗里的一个角落。

“那幅画之前一直放在那儿。大约三个月前，你突然出现，冲到画前，连招呼都不打就打碎了玻璃窗，一把抓住它，放声痛哭。但你很快就不哭了，因为我来了，你一把抓住我的衣领，把我狠狠压在墙上，差点抡起拳头打我。你说你想知道这幅画是从哪里来的。”

加百列可以想象自己当时的状态——十二年后，在距离萨加斯如此遥远的比利时，他猝不及防地在人行道旁看到了女儿变老的脸。他猜得到那是一种怎样的情绪——兴奋、恐惧、愤怒。

“画是从哪里来的？”

“从一个有钱的寡妇那里买的，她丈夫死后，她卖掉了大部分藏品。如果我没记错的话，那位老人死于心脏病。寡妇还在专业媒体上刊登了广告，于是我去找她，看看有没有能看中的物件。”

店主抬手指指店里。

“你也看到了，我一向对奇奇怪怪的东西感兴趣——自然、科学、民族志。当然，那些比我先到并和她熟识的买家早就挑走了最好的。我没有更多选择，但这幅画，它……似乎散发着一种病态美，与我的世界完美契合。而你出现的时候，它已经在我的店里待了至少四年。”

四年……这么糟糕吗？女儿和另一个被绑架女孩惊恐的脸就这样暴露在所有人眼前，竟然没有一个人发觉它与法国的一桩陈年旧案有关吗？店主开始在电脑键盘上弹钢琴。

“当你确定我只是一个买家或经销商并与画本身毫无关

系时，你冷静了下来。还好，你的力气真是太大了，差点就把我给杀了……”

他紧张地笑笑。

“然后你就向我解释了你歇斯底里的原因：画里的女孩是你失踪多年的女儿，用你自己的话来讲，她是在伊克塞尔被一辆偷来的车掳走的，而那个把她和另一个女孩当模特的画家肯定与绑架有关……”

他点击鼠标，舌头舔过上牙床。加百列继续追问自己还和他说了什么。

“当然，你还告诉我，就是那辆车把你引到了比利时和伊克塞尔附近。在偌大的布鲁塞尔……你多年来一直在地狱般的北区晃悠，这里充斥着卖淫、犯罪、黑手党……你带着女儿的照片走遍阿尔肖特街和城市里最肮脏的角落。幸运的是，一天晚上，一个妓女认出了你照片上的脸——不是现实中，而是在我店铺的橱窗里……”

加百列终于知道了真相。这么说，他碰到这幅画完全是偶然，没有任何事先计划，而正是这个发现触发了后来的一切。他放大手机上的另一张照片。

“你看看，这幅画上有一个签名，A.G.。你认识这些字母背后的画家吗？”

“你已经问过我这个问题了。不，我不认识。”

男人在一张便利贴上写着什么，继续说道：

“不过卖画的主人肯定知道，所以，跟三个月前一样，我把她的地址写给你，她可能也在期待一个六十多岁男人写给她的第二张字条。另外，你的记忆……很严重吗？”

加百列看着便利贴上的字：

西蒙娜·赫梅利尼克，兰斯贝切。

“非常感谢。虽然我忘了以前见过你，但至少我还活着。兰斯贝切……在哪里？”

“从这里出发约半小时的车程，位于布拉班特省瓦隆大区的森林边上。那里是富人区，巴洛克式建筑，不过西蒙娜·赫梅利尼克的庄园是新艺术运动风格。好吧，如果她还住在那里的话。就像我刚才说的，那是四年前的事了，这种房子对于一个单身女人来说太大了……”

店主小心翼翼地调整着加百列身后的昆虫标本框架，然后冲刚刚进店的一对哥特式打扮的情侣伸长脖子。他一边示意自己马上就来，一边低声对加百列说道：

“不得不说，在你第一次来访之前，我就觉得这幅画很奇怪。”

“为什么？”

“它被摆在那个庄园的一个大房间里，躺在寡妇计划出售的众多物件中间。当我跟她说我只对这幅画感兴趣时，她二话没说就把它塞给了我，让我赶紧离开。你知道吗？她竟然没向我要一分钱。”

58

保罗的目光久久停留在从档案袋取出的信件上。

让-吕克·特拉斯克曼说道："我是在父亲去世几周后发现了它们。当时，我经常往返别墅，整理他的遗物，处理遗产税。这些信就藏在他书房的保险箱里，从2015年直到他去世，定期从法国东南部的任意城市寄过来。和你的那些信一样，同样来自侦探小说的某一页，圈出字母，'我知道你做了什么''总有一天所有人都会知道你是多么可怕的怪物'……"

保罗仍沉浸在震惊中。

"你父亲没有报警……？"

"显然没有。他把它们藏了起来，没有告诉任何人。"

看来大卫·埃斯基梅特是双线作战。他并不满足于用谜题折磨科琳娜，还打算让凯莱布·特拉斯克曼为伤害朱莉付出代价，甚至也许正是他的威胁才导致了作家的自杀。

让-吕克接过手稿。

"所以，原始结局确实存在，他真的完成了他的故事。一切都清楚了……另外，还有一件事，有一次我去别墅，也就是发现这些信的两周前，有人进过那所房子，后窗被打破了，但显然没偷走任何东西。警察来调查过，没什么结果。当然，鉴于那座别墅的特殊结构……”

“为什么？有什么特殊？”

对话者呆呆地盯着手稿，若有所思。

“没什么。其实，我并不是在阁楼里发现手稿的，之所以在序言里那样写，只是想激起书迷的幻想。要知道，从尘土里挖掘出来的旧手稿，被堆在纸板箱深处，这会让故事更畅销……”

一切都是为了钱，保罗心想，哪怕死亡。他忍住厌恶感，点头示意对方继续说下去。

“其实，手稿是和恐吓信放在一起的。我父亲一直用传统方式写作，他讨厌电脑，坚持手写，且从不备份。从我儿时起他就如此：每写完一章，就把手稿和其他写好的部分一起锁进保险箱。可以想象我发现手稿时的心情……一部来自我父亲的原创，但他始终守口如瓶，这不太像他。”

他冲着手稿复印件点点头。

“我想，它可能是我读得最快的一本书了，故事套着故事、饱受折磨的角色、各种谜题和悬念……这也是他最好的故事之一，可能也是最黑暗的。所以，当我发现缺少结局时，那种感觉就像当头一棒，就像……”

“没有脸的蒙娜丽莎。”

“是的，没有脸的蒙娜丽莎。接下来你就知道了，我都写在了序言里。许多读者批评我的结局过于开放，但那是因为他们没有破解出我设置的谜题。为了模仿喜欢在故事结尾制造悬念的父亲，我把答案藏在了小说的最后一句话里：只要把每个词的首字母连在一起，就会得到答案，但是……（他拿起手稿）我的结局和他的很不一样。好吧，我是说，我的结局当然也不算光明，但与我父亲的相比，简直算不了什么。我至少留下了一半机会让读者去选择善或恶，从这个意义上说，我做得更好。”

保罗似乎看得越来越清楚了，一幅新的拼图正在完成。

“所以他写了结局，只是最后几页不在保险箱里，”保罗自己总结道，“但既然你可以把他的写作习惯透露给我，说明这并不是什么秘密……后来他自杀了，萨加斯的‘乌鸦’通过媒体知道了你父亲的……我想，媒体应该报道过你父亲的死吧？”

“当然。”

“于是，‘乌鸦’决定去拜访别墅，也许是想更多地了解朱莉·莫斯卡托的命运。他打破后窗，搜查了房子、抽屉、保险柜，先于你发现了手稿，并把结局带走。多年以后，我们在他的木屋里找到了它……”

一阵沉默，两个人都陷入了深思。保罗确信自己已经掌握主动权。让-吕克似乎受到了沉重的打击，一只手放在额头上，看似头痛不已。保罗突然冒出一个念头，他打开手机相册，把手机递给对话者。

“我们从‘乌鸦’那里查获了一本相册，里面有一些照片——尸体不同部位的特写：四肢、鼻子、下巴。你刚说你父亲搜遍了停尸房和医学博物馆，那么，这些变态照片会不会是他的？也一起被‘乌鸦’偷走了？”

让 - 吕克瞄了一眼屏幕，把手机还给他。

“他写作、画画，但据我所知，他不拍照，或者至少不拍这种像素的照片。他需要的是艺术品……”

保罗有些失望，他随即指着那包信。

“你父亲是用一把左轮手枪自杀的，几周后你发现了这些信，你不觉得恐吓信可能与他的自杀有关吗？”

“是的，当然，我想到了。”

“那为什么不把它们交给警察？”

让 - 吕克有些措手不及，他耸耸肩。

“木已成舟。我父亲早就决定自杀了，这显而易见。”

说着他打算从档案袋里拿出其他信，保罗阻止了他。

“没必要给我看所有信，”保罗说道，“你真的不想知道他为什么会收到这些信吗？他为什么做出如此激进的决定？他到底做错了什么？”

没有回答。

“我们一直在寻找朱莉·莫斯卡托，已经十二年了，我告诉你，警方是绝对不会放手的，我们会彻底挖掘过去，包括凯莱布·特拉斯克曼及其周围所有人。我们会搜查滨海贝尔克的别墅，直到找出真相。如果你还有什么要说的，最好趁现在。”

让 - 吕克思考了几秒钟，看了看手表，站起身，指着走廊。

“给我两分钟，我去关掉电脑和灯。你介意晚上开车吗？”

保罗摇摇头。

“那就走吧，去海边，去别墅，离这里大概两小时的车程。

至于那些尸体照片，是的，我没说实话，我的确在我父亲家里见过，如果说是‘乌鸦’在入侵那天带走了它们，也不是不可能……”

最后，他用阴沉的目光盯着保罗。

“你会看到真实的凯莱布·特拉斯克曼，也就是我父亲，他有多么扭曲……”

59

潜藏在黑暗里的赫梅利尼克庄园气势磅礴，高高耸立在黑色森林的巨颚面前，两座尖尖的塔楼与光秃秃的树梢齐平，氤氲的灯光笼罩着庄园内的景观花园和观赏池塘，仿佛一团蓝色的云雾。

加百列停好车。已经是晚上9点了，庄园的大门仍然开着。他想来碰碰运气，省得第二天再从里尔开车过来。

“有事吗？”

见他步行靠近正门，一个男人从左侧的附楼里走了出来，介绍自己是负责维护该物业的工作人员。

加百列简单解释了自己刚从法国来，想和庄园主人谈谈她曾处理掉的一幅画。当对方断然拒绝他去打扰自己的老板时，他把手机递过去，上面是那幅画的照片。“告诉她这很重要，我是这幅画中一个女孩的父亲，她会明白的。”

男人犹豫了一下，拿着加百列的手机走进主楼。不到五分钟后，他返回来邀请加百列跟他走。当他关上身后的大门，来访者被独自扔进了一个偌大的客厅，地板装饰着马赛克，墙壁似乎覆盖着一层金箔，一扇天窗刺破圆顶天花板，那些生动的油画不禁让加百列想到了佛罗伦萨的宫殿。

一个坐轮椅的女人出现在门口的大理石柱廊旁。加百列曾设想这里的女主人应该是一位极有教养的资产阶级贵妇，皮肤被整容手术拉得紧紧的；但眼前却是一个被时光过度雕刻的女人：满头白发，瘦削的肩膀上裹着灰羊毛披肩。对于如此巨大的房子来说，她显得过于渺小了，这不禁让他想起了科琳娜——总是弱不禁风地扶着椅子。

他走过去和她握手，对方淡褐色的眼眸里充满了询问，脱口而出的第一句话就是：

“你的女儿……找到了吗？”

加百列的胃里打了个结，或许他的大脑已经忘了眼前的女人，但内心却对她油然升起了一种莫名的亲切感。

“还没有。”

她抱紧双臂。房子里很冷，冰凉的空气仿佛倔强的鬼魂，眼前这个孤独的女人就像被冻在了这里——尽管壁炉里燃着火，但这座价值数百万欧元的庄园对她来说不过是一座巨大的坟墓。

在简单解释了来访原因后，西蒙娜·赫梅利尼克投给他一个更像是怜悯而非惊讶的眼神。她推动轮椅操纵杆，进入客厅，给自己倒了杯酒，然后递给他一杯。加百列接了过去。

沙发旁的圆架上放着水晶威士忌酒瓶，旁边是一本夹着书签的书：《天上再见》。显然，这是女人今晚的第一杯酒。

“你想找的‘A.G.’，全名是阿韦尔·盖卡。”

“你认识他吗？”

“他是我的丈夫。”

木柴的噼啪声打破了周遭的寂静。加百列差点把酒洒在地上，这个消息让他有些猝不及防。西蒙娜·赫梅利尼克指着客厅另一头书柜旁的一幅油画：监狱的庭院，光线的明暗对比，一个男人倒在地上，双手被绑在背后，头颅几乎被切断，被一个刽子手抓在手里。

“《被斩首的圣施洗者约翰》，那是我丈夫花几万欧元从一位著名英国画家那里买来的，米开朗基罗·梅里西·达·卡拉瓦乔的完美复制品。你看，画家甚至复制了卡拉瓦乔的签名，与原件一模一样，就在烈士喷出鲜血的脖颈处。‘来自米开朗基罗’，是这样写的吗？但据说卡拉瓦乔从不在自己的作品上签名，只有这幅画例外，或许是想表明自己在现实世界里不断流血的生活吧……”

加百列并不精通艺术，但女人的话让他想起卡拉瓦乔的确是以“擅长表现谋杀艺术”而著称的画家。

“亨利是这位意大利神童画家的绝对崇拜者，”她继续说道，“以至于他的笔名‘阿韦尔·盖卡’也与‘卡拉瓦乔’有关……”

加百列喝了口酒，感觉自己仿佛站在一道深渊的边缘。必须放松下来，否则他会彻底倒下。他走近那幅画，听到身后传来椅轮滚动的声音。他果然看到了那个签名。

“……我丈夫的作品与卡拉瓦乔无关，但始终与死亡有关：摧毁肉体的方式，将形式腐化为虚无。亨利一直喜欢画死去的动物，一场残酷的狩猎以及被狼狗撕碎的猎物。他了解尸体分解的过程，深谙如何延迟死亡并让肉体受伤。这也难怪，他精通有机化学……”

她摇摇头，厌恶地皱皱鼻子。

“你真该看看他画画的样子，用调色刀、画刷甚至木头、金属片碾碎颜料，尽一切可能地突出受伤后翻卷并血迹斑斑的皮肤。也许只有画画才能驱除他内心的恐惧，向世俗展示生命的真谛。四年前，他终于在一个网球场上结束了一切，没有痛苦，有人说这是一种美丽的死，他当时七十岁。”

女人的目光落在那件复制品上。

“我讨厌他的所作所为，那让我感到恶心；可他的画却大受追捧。显然，似乎每个人都很需要它……无论如何，我不能和他谈论他的事，包括他的画，这会让他大发雷霆，因为那是他的私人领地。他甚至从不让我进他的画室。（她紧张地笑笑。）一扇永远锁上的门。混蛋。”

“我的女儿……去过画室吗……？”

“抱歉，我对那幅画了解得并不多，你第一次来时我也解释过了。几周前，你来和我讲述了你的遭遇，并指责我丈夫做了一些可怕的事，你也是因为生气才会那么说。”

她晃动着酒杯，凝视着里面的酒精，让自己的影子在琥珀色的液体表面跳舞。

“那两张脸估计是来自网络吧，可能是哪个网站。绑架案早就公开了，她们的脸很容易被找到。你上次离开后，我在网上搜索了一下，到处都是她们的照片和报道。我丈夫永远有颗好奇心，他喜欢从周围的世界汲取灵感，各种肮脏的新闻让他着迷。让一张脸变老并不复杂，任何画家都能做到。

我知道这很恶心，但也许那两个女孩只是他多年来的幻想对象，想通过画布让她们永生？”

“但那两张脸，一定在他眼前真实地出现过。”

“我不打算再重复同样的对话了，我……”

“上次拜访后不久，”加百列打断了她，“我回去刮下了一点画上的颜料，并把它们送到一家私人实验室。那是血。DNA 结果表明：你的丈夫比卡拉瓦乔走得更远，他是用我女儿和另一个失踪女孩的血完成了他的作品，别告诉我你不知道这件事。所以，我不得不再次回到这里，把事实告诉你。”

她疯狂地摇着头，似乎在竭力对抗眼前的打击。

“血？上帝啊……你……确定吗？”

“DNA 图谱不会说谎。”

“我发誓我不知道，直到再次见到你的今天。”

加百列盯着她。眼前这个被困在轮椅上的女人似乎很真诚，包括她的震惊。他到底该不该回来呢？为什么不干脆让警察去调查那个鬼画家的过去？

“不管怎样，你的丈夫的确与这两名失踪女性有关。而这幅画的卖家告诉我，你当时二话不说就把画塞进了他手里，像是急于摆脱它，甚至没向他要钱。你一定知道某些事，但拒绝告诉我。拜托了，你必须帮助我找到真相。”

加百列乘胜追击。女人沉默了很久，一口吞下威士忌，熟练地转动轮椅，把空杯子放在桌子上。

“好吧，请跟我来。”

60

毫无疑问，这些动作她一定已经做过上千次：努力爬上挂在楼梯栏杆上的电动座椅，然后按下遥控器按钮。加百列和她一起踏上了宽阔的实木台阶。

“亨利不只是一位画家，他的另一个重要身份是伟大的实业家，接受过高等教育，在化学行业颇有建树。当众多大型工程项目结束后，他会着手收购那些陷入困境的公司，帮它们重回轨道，然后再转售出去，这让他积累了大量的财富。他已经拥有了一切：金钱、名誉、权力，时常在欧洲各地旅行，流连于雪茄俱乐部，其余时间则去博物馆闲逛，进入艺术圈，直到滋生出画画的欲望。”

一面是商业，一面是艺术。同一个人的两张脸，这让加百列想到了凯莱布的剑突联胎。

女人悲伤地看着他。

“他在那一边，而我在这一边……被排斥在他所有的领地之外。每次他大半夜从哪个聚会或酒店回来，我只能假装看不见。应该是某个志同道合的小团体吧，才会让他甘愿把自己锁进画室，宁愿描绘那些恐怖，也不愿和自己的妻子在一起……”

她叹了口气。

“对于大房子来说，最大的好处恐怕就是让住在里面的人几星期都碰不上面，两个人没有爱，甚至不睡在一起。他不离婚的唯一理由就是不得不保护好他的经济帝国。”

加百列抬起头。楼梯间的墙壁上挂着一幅巨幅肖像画，占据了画布四分之三的“亨利·赫梅利尼克”正在盯着自己。这个男人身穿一件厚重奢华的皮大衣，站在森林雪地中间，左侧是一座小木屋，两只手紧握在身前，一根手指指向地面，表情冷漠得像个猎食者，上唇微翘—— 一副傲慢的统治者形象。

“他喜欢独处，”女人说道，“那座小木屋也是他的。自从迷上波兰喀尔巴阡山省的毕斯兹扎迪山，他每年都去那里猎几次狼。他的父母来自克拉科夫，这也是他强调自己出身的方式。当然，我已经很多年没有参与了。对于残疾人来说，下飞机后步行到小屋的那段土路真的太不容易了……”

她坐在轮椅上，仿佛沉浸在了过去的深渊中。

“我应该把这幅肖像画也处理掉的，但我做不到，就像……他的眼神一直在阻止我。”

加百列久久凝视着那幅画像：这个垃圾已经带着秘密离开了，甚至没有遭受任何痛苦。

他们终于来到顶层，另一辆轮椅正在那里待命。电动座椅停稳后，女人熟练地把自己挪上普通轮椅，准确地重新定位双腿，操纵操作杆，启动轮椅。

他们走过一排排房间：卧室、浴室，最后停在走廊尽头一扇紧闭的门前。

“这间画室是他的巢穴，就像我说的，他每次离开都会锁门。但我偷配了钥匙，偶尔进来看看，只想知道他的大脑里到底出了什么问题。”

女人打开一个杂乱无章的小空间：破碎的颜料盘，敞开的颜料罐，调色板上干裂的颜料，混合色水粉管，成堆的纸张，各种破损、染了色、皱巴巴的照片；桌上堆放着脏兮兮的烧瓶和化学品罐子——这里更像是一个积满尘土和垃圾的杂物室。天花板很低，与整座庄园的浮华形成了鲜明对比。

加百列不得不承认：盖卡不可能把朱莉和玛蒂尔德带到这里，他是在别处画的她们。

“你碰过这里的东西吗？”他问道。

“没有，什么都没碰过。我想亨利可能需要这种混乱吧，一种破碎的视角，就像贾科梅蒂和雕塑。他去世后，我只是把这里的画卖掉了。我想尽快处理掉它们。”

她指着一个角落。

“你的画当时就放在那里，那些废金属板中间。显然，他很在意它，一直保存着……（她盯着加百列，抱紧双臂。）我是说，这里也有其他脸，很多，女的、男的、献祭的、受伤的——个个都是病态画布上的常客；还有那种颜料，深红色的颗粒……它们紧紧盯着你的眼神只会让你毛骨悚然……《恐怖的脸》，这是我给那些画起的名字。有时，我偷偷溜进来后会发现之前的有些画不见了，但你女儿的画，一直都在。”

“其他的脸呢？”

“我想应该是还给脸的主人了吧。”

“他一共画过多少幅？”

“不清楚，二十幅左右？要知道，你上次来后没几天就发生了一些事……因为我对你和我说的事感到很不安，所以有点失眠，于是我就去找布鲁塞尔桥牌俱乐部的几个朋友闲聊……我之前从没和她们提过我丈夫的画，但其中一个人说她曾在她的一个朋友家里见过这种画。”

加百列的血液在上涌。

“十月份的一个下午，我让司机开车送我去了她朋友家。那幅画就挂在她朋友丈夫的书房里，那个男人是位富有的商人……那的确是亨利的画，一张年轻的脸……阴郁而冰冷。据我朋友说，它已经挂在那里很多年了，也不知道画是从哪里来的。”

“她朋友的丈夫还活着吗？”

“是的。”

“能告诉我她的地址吗？”

“距离这里三十公里左右，下楼后我就把地址写给你。你觉得……那幅画里也有血吗？”

“恐怕是的。”

她缩了一下，仿佛一只即将被烧死的蜘蛛。她开始害怕那个曾经是她丈夫的人。

“总之，看中你那种画的人，除了那个古董店主，后来还有一个奇怪的女人，很年轻，有文身，东部口音……起初我还以为她是波兰人，后来才知道是俄罗斯人。波兰人不会用卷舌音。”

昏暗的房间里，加百列屏住呼吸。旺达……

“她说她听闻亨利的死讯后，想来看看我是否还留着那些画，就是那些脸，还说她的一个朋友愿意花大价钱全部买下来。我告诉她，如果一个星期内再来的话，应该还有最后一幅。可当她发现你的那幅画被一个古董店主买走并且没有留下任何联系方式时，她显得非常紧张。最后她给我留下了她的名字和电话号码，并嘱咐我及时和她联系，以防其他画再被买走。她说她叫旺达。”

“旺达・格什维茨。”加百列虚弱地说道。

“没错，就是这个名字……至于你，比那些人晚来了四年，但腋下夹着的正是她当年寻找的画，我把这些经过告诉了你，就像现在一样，于是你要走了这个旺达的电话号码。你现在还要再来一次吗？我留着呢，在笔记本上，去一楼……”

她叹了口气。

“你此刻出现在我面前，问我这些问题……简直就像一次回放，只是三个月前你并没有提到画里的血……只说我的丈夫可能卷入了一起肮脏的案件，那些脸……以及他对死亡的迷恋……上帝啊，这到底是怎么回事？”

加百列已经成功串起了一切。他夏天在古董店的发现把他带到了这所庄园，然后他找到了旺达。刚才西蒙娜・赫梅利尼克说起旺达时，他能想象自己当时无比紧张的心情：十二年了，他终于找到了那个在悬崖旅馆留下虚假身份的房客。旺达必然成为他泄愤的对象：让她开口，找到朱莉。

于是他改变了外形、身份，打乱自己的世界，他宁愿自己顺藤摸瓜，也不想让警方介入调查，后者势必会拉长战线，自己也会错过太多信息。他想掌控一切。

女人正在一张纸上写着什么，然后撕下来放到加百列的手中。

“这是我的电话号码，你可以随时给我打电话，如果……你查到了什么。”

加百列点点头，把纸条塞进夹克口袋。在女主人的授权下，他开始搜查这间画室——当初第一次来时可能并没有这么做，因为他当时一心想去找旺达。她那里还有另一幅画吗？加百列摆弄着桌上的瓶瓶罐罐和皱巴巴的照片。

“那些脸都是在这里画的吗？”他问道，“我是说，你见过他在这里动笔或完成绘画吗？”

“没有，我也不太清楚。我每次进来时，那些脸好像都已经挂在了画架上，或者即将被挂在画架上。不过……你觉得他会在哪里画呢？”

加百列沉默着。他意识到此刻有必要和保罗取得联系，保罗会通知法官，法官会联系比利时司法部门。即使两国的司法制度有所不同，但司法程序并不会因此而简化。在再次沦为旁观者之前，他决定独自一人走得更远。这个女人会提供她那个朋友的电话号码，还有地址，那个人的家里很可能有阿韦尔·盖卡的另一幅作品。

他刚想走出房间，堆放在角落里的一块约二十厘米见方的铁板引起了他的注意，那上面刻着一个名词，像警钟一样突然在他的脑海里响起。

索德宾。

铁板混放在其他金属板中间，锈迹斑斑，坑坑洼洼，表面沾满了油彩，看上去十分陈旧。但它似乎让他想起了什么，他努力集中精神，总觉得在哪里见过这个词。

“这是什么？”他转向女人。

他把铁板递过去，无意间擦过女人冰凉的手。

“索德宾……那是我丈夫买下的一个化学品仓库，本打算重新运营。他在千禧年代之初收购了一批地皮和仓库，但由于缺乏盈利点，那些仓库很久没人管了，员工也早就被解雇。十年前他还在报纸上刊登过声明，现在那里应该是一片荒地了。我也不知道他有没有变卖过仓库里的东西，他的生意对我来说很复杂，都是律师和经理在打理。”

加百列猛然想起了朱莉的日记本：她和作家的游戏，那些列表。那位作家曾经写下“索德宾”——处理尸体的方法。

一股冰冷的水流瞬间穿过脊柱，能量正从他的五脏六腑汩汩地向外流出。在一位比利时画家的画室里，凯莱布·特拉斯克曼的幽灵竟然以最出乎意料的方式再次浮现。

“你丈夫认识一个名叫凯莱布·特拉斯克曼的人吗？一位法国侦探小说家。”

“亨利交往的人很多，艺术圈和文学圈的都有。他肯定认识很多作家，但具体是谁我就不清楚了。我说过，他生命中的这部分我无法靠近。”

加百列的大脑在剧烈燃烧。凯莱布、赫梅利尼克，也许还有其他人，就像以某种未知形式高度运转的机械齿轮。他们两个有什么关系？齿轮是如何组装的？他盯着那块铁板上的金色字母。

“索德宾在哪里？”

“蒙斯附近的乡下，法国边境，不过那里现在只剩下荒野和废弃的厂房，没有比那里更荒凉的地方了。”

西蒙娜仿佛突然看见一只从动物园里逃出来的野兽。加百列·莫斯卡托再次变成了第一次来访时扑向自己的老虎，挥舞着爪子—— 一只正苦苦寻找幼崽的大型雄性动物。

“那就更简单了。”

61

她跑过海事医院——恐怖电影的完美场景——走过独眼巨人般的灯塔，房车公园里还有十几辆房车被困在船坞和沙墙之间。车里闪烁的灯光表明，尽管温度低得难以置信，但仍然有人坚定地选择搁浅在海岸上。

保罗正跟随失踪的萨拉的脚步走过《未完成的手稿》里的布景。灯塔，崎岖不平的柏油路，吹在挡风玻璃上的狂风。盎格鲁 - 诺曼式别墅的巨大轮廓仿佛一尊石像，迷失在滨海贝尔克沙丘的中央，与世界彻底隔绝。一个没人能听到尖叫的地方。

保罗刚把车停在让 - 吕克・特拉斯克曼的保时捷后面，加百列的信息就来了：

我有了旺达的手机号码：07XXXXXXXX。画那幅画的人名叫亨利・赫梅利尼克，笔名“阿韦尔・盖卡”，著名的 A.G.，四年前去世，是名实业家，可能早就和凯莱布相识。稍后解释。

保罗凝视着手机屏幕。凯莱布：一位法国作家；赫梅利尼克：一位比利时画家、实业家；旺达：一个需要通过手机号码被确认身份的俄罗斯黑手党成员；而最终把这三个家伙串联起来的竟然是朱莉和另一个失踪的女孩……

加百列就像扯出了一根意大利面条，后面还会有什么？保罗回消息说自己这边也有了进展，现在正要去凯莱布·特拉斯克曼的别墅，晚点再回电话给他。他把手机装进口袋，跑向正等在门口的让-吕克。海湾深处吹来的强风扼住了他的喉咙，进门前，他快速瞥了一眼左侧在远处涌动的城市灯光，眼前则是那张墨色的大嘴：英吉利海峡。

让-吕克拿着手稿复印件，砰地关上身后的门，打开灯。突然出现的场景让保罗十分惊讶，室内风格与小说中的盎格鲁-诺曼式住宅完全不符：半圆形前厅，低矮的圆形天花板，仿佛一个洞穴；六扇紧闭的房门有规律地依次排开，每扇门上都亮着不同颜色的灯泡。

“选一个吧。”让-吕克邀请道。

保罗试着转动左边一扇门的把手，面前赫然出现一堵墙，墙上画着某种致命生物——可怖的脸，尖尖的牙，蛋形头骨，正用刀片般的手指割开一个裸体女孩的喉咙，一双恶魔般的眼睛里闪着蟑螂壳的光。

“这是我父亲的命运，”让-吕克开口道，“自从我母亲被困在医院，他就放肆地允许自己被恶魔附身……”

在另一扇门的后面，保罗看到了同样令人震惊的画面：一种软体生物，长长的手臂，富有弹性的皮肤，正用一根木桩击打一个老人的前额，背景是一只黑天鹅，飘浮在云层上。

“谋杀总是以各种形态困扰着他，出没于他的作品和别墅的各个角落。暴力而神秘的死亡就是他创作的动力。”

保罗突然想起凯莱布的采访：如果不把那些黑暗的故事写下来，我可能会成为罪犯。

“他希望这座别墅就像他自己，”让-吕克继续说道，“从外表看无可挑剔，稳稳地扎根于沙丘；但内心，其实是……黑暗的……可以说，此刻你并不在他的家里，而是在他自杀前的大脑里……”

两人开始沿着一道狭窄的走廊前进，脚下是黑色的混凝土地面，左右两侧分布着若干紧闭的房门，门上画着巨大的书封图案，全部是凯莱布的书。保罗突然想到一种怪异的酒店走廊，希区柯克风格，也似乎理解了让-吕克的话：他们此刻正沉入小说家曲折的大脑。他总觉得那个留着山羊胡、戴浅色眼镜的恐怖作家会突然从什么地方冒出来勒死他。

经过“《塞诺内斯》”，穿过“《镜子里的脸》”，两人来到一间没有窗户的房间。壁龛上摆着奇奇怪怪的小物件，线条扭曲的家具总能让人联想到熔化的塑料，一张造型复杂的沙发旁边是个令人费解的巨大书柜——“站”在天花板上，冲破地心引力，悬浮在空中，上千册书被牢牢地固定在各自的位置。“应该是粘上去的，或者用螺栓拧紧了。我也不清楚用了什么技巧，但显然那些书不再具备阅读功能。不得不承认，效果很惊人。”

保罗沉默着，感觉这些稀奇古怪的家具随时都会掉下来压扁自己。他无力地走出房间，外面依然是许多门。但有多少是错视和假象？背后可能只是个死胡同？

“我父亲是在2003至2004年间启动了改造别墅的工程。他找来了巴黎北区最优秀的建筑师，以及数十名工匠和艺术家。随着时间的推移，他把四百平方米的别墅变成了一座真正的迷宫。我父亲执迷于逻辑、幻觉和复杂的机制，那些齿轮让他着迷，就像魔术一样……”

他走进另一扇门，又是一条走廊：无数的出口、直角转弯、45度角转弯……墙壁上挂着各种疯狂的画和彼此粘连的剪报：“一名八岁女孩在韦尔东峡谷溺水身亡”“维勒班特汽车与货车相撞，造成两人受伤”。上千篇新闻报道堆叠，构成一张不可思议的星图，其中某些句子甚至被马克笔画了线：尸体发现的环境、犯罪现场的描述、法医收集的线索。保罗确信只要仔细寻找，一定会找到有关朱莉失踪案的报道。

两人就这样上上下下地走过了三段台阶——依然没有任何变化，他们还在一楼。保罗迷路了，他完全能想象大卫·埃斯基梅特进入这个疯狂空间后的困惑。最后，让-吕克在一条走廊上停下来，这里的墙壁上贴满黑白与彩色照片。他似乎在寻找什么，然后犹豫着后退了一步，指着其中一张照片。

“在那儿……”

那是一个男人，张着大嘴，下唇压在尸检钢桌上，犬齿和门牙全部断掉，脸部左侧的蓝色床单优雅地向镜头方向延展，营造出一种与观察者的亲密感。

“跟你给我看的照片很像吧？”

保罗仔细看着，应该不是大卫相册中的那张，但一定是同一个场景。他扫视着墙壁，这些尸体照片——有些显然是暴力事故的受害者——更多呈现出一种令人作呕的特写角度：脸上插满长针的行乞者，被吊在绳子末端的狗，几十只鸡爪试图抓住耶稣受难像，以及各种可怕的生物——躯干人、双体人、巨人……还有一个坐在大象鼻子上戴着礼帽的小矮人。

“应该还有更多，”让-吕克说道，“但有些已经不知去向，看，这面墙的空白处还残留着胶水痕迹，你那些照片应该就来自这里……”

让-吕克是对的。不过，大卫为什么要带走这些照片呢？对死亡的特殊爱好？打算个人收藏？保罗仔细看着那些照片：四肢、腹部、背部，被刻在光面纸上，全部是特写镜头。

“可你说过，这些照片的拍摄者并不是你的父亲，那会是谁呢？”

“不知道，我甚至不知道这些是不是出自同一位艺术家。从主题看，有点犯罪的味道，但也有当代的艺术气息。我父亲很喜欢摄影，经常在各种博物馆或画廊订购照片，这座别墅里也随处可见来自世界各地的摄影作品。”

保罗用手机拍了几张照片。两个人继续前进，走进一间书房—— 一个囊括了世界刑侦技术发展史的展览馆：陈列在架子上的淡黄色头骨，骨架上的黑线和数字，墙上的人体测量海报：流行于20世纪的罪犯面部特征——眼距、鼻长、额高，用于帮助判断人类的犯罪倾向。

落地书柜的左侧立着一台古老的刑具：沉重的大木椅，

座位上的金属尖端，用于固定手腕和脚踝的厚皮带。椅子上落满灰尘，但表面曾经上过漆——应该是为了装饰这台可怕的机器。保罗莫名地感觉很安慰，好在自己没用过这种东西——至少过去几年没用过。

站在背后的让 - 吕克似乎读懂了他的心思。

“从我有记忆开始，那把椅子就一直在那里。当这座别墅还算正常的时候，我就很害怕来这个房间。看到那些罪犯的脸了吗？他们的历史甚至可追溯至贝蒂荣时代——刑侦技术创始人之一，还有……”

他指着一排脏兮兮的小娃娃——用黄麻布、纱布、胶布和缝纫线缝合而成，眼窝晦暗，就像从哪个古老的洞穴里挖出来的，沾满肮脏的有机物：泥土、泥浆、白垩……

“从我小时候他就开始做这些东西了，甚至给它们起了个名字：尸娃娃。为什么这么做？我也不知道，可能是他的脑子出了什么问题。我讨厌这些东西，坚信它们会在半夜自己移动或搬运物品。显然，我父亲从没做过任何让我感到安慰的事，相反……他甚至在他的第一本书《沙的幽灵》中提到了它们。”

“所以你觉得他冷酷无情。”

“没错。我宁愿死也不想和他一起生活……我母亲过去常说日后想被葬在墓地，她是一名虔诚的天主教徒，每个礼拜日都去做弥撒。可我父亲竟然把她火化了！后来我才知道，他还特意分析了母亲的骨灰，以确定人类骨灰的特征。从那天起，我更厌恶他了。”

凯莱布·特拉斯克曼真的险恶到不顾妻子的意愿，而只求满足自己的好奇心吗？保罗打了个寒战。别墅里没有小说家的照片，也没有任何家庭记忆的影子，这更让他觉得寒冷。凯莱布·特拉斯克曼究竟是怎样一个人？

房间里有张宽大的书桌，看似是由某种珍贵的木材制成，上面的东西摆放得整整齐齐：一叠白纸，笔架上挂着几支笔，古老的地球仪，玳瑁台灯。让-吕克从书架上取下几本书，后面的墙壁上赫然出现一个保险箱，门半开着。

“这就是我发现手稿和那些信的地方。”

保罗凑过去看着，保险箱里已空空如也。旁边的书柜上摆放着各类书籍——医学、解剖学、法医学、有机化学，怪物百科、法学、恐怖电影史、艺术及绘画专业书，仅从封面就能看出全部与死亡有关。

保罗转向对话者，打开自己手机里的相册，找到那幅朱莉和玛蒂尔德的画。

“阿韦尔·盖卡，或者亨利·赫梅利尼克，你有印象吗？一位比利时画家，擅长画憔悴的脸……”

让-吕克摇摇头。

“抱歉。”

说完，他站定在圆形落地窗前，灯塔的光照亮了他暗淡的五官。“另外，我还想跟你说件事……多年来，一直困扰我的并不只是那些挂在墙上的照片……”

62

西蒙娜提到的富商名叫克鲁瓦西耶，曾对大量园区进行商业投资，20世纪80年代后期因投资法国葡萄园成为千万富翁。克鲁瓦西耶今年七十五岁，似乎还没有退休。在互联网的搜索中，他的名字与赫梅利尼克毫无关联。

在给保罗的短信中，加百列并没有提到他今晚就会去拜访这位企业家，更没有提到他还打算去索德宾。绝不能让司法程序拖他的后腿，他必须独自行动，不受任何限制。

克鲁瓦西耶的别墅位于布鲁塞尔乡村，虽然远不如比利时画家的庄园那般华丽，但同样气势磅礴：远离街道，没有邻居，煤气灯光笼罩着巨大的花园。显然，今晚别墅里有客人：两辆保时捷、一辆奥迪和一辆宾利SUV正停在车道上。

加百列把车停在一堵矮墙旁，径直走到大门前按下门铃。他并没有费心地整理皮夹克，也知道自己挂着一张疲倦不堪的脸，看上去就像个令人讨厌的傻瓜；但这些并不重要。他必须耐心等待，等待克鲁瓦西耶亲自来开门：拧在唇角的雪茄，西装，领带，灰白头发，黝黑的皮肤——克鲁瓦西耶正用一双明亮的眼睛注视着他。

“哪位？”

“一位正在寻找女儿的父亲。我想和你谈谈,有关亨利·赫梅利尼克。”

主人皱起眉头。

“赫梅利尼克？他不是已经去世了吗？你不觉得现在太晚了吗？还是快点离开吧。”

“你和他很熟吗？”

主人后退了一步，准备关上大门，却被加百列粗暴地一把推开。他直接跨过门槛，克鲁瓦西耶的脸顿时惨白得像被人从头顶撒下一袋面粉。和这个瘦巴巴、细脖子、骷髅手、黑眼睛的家伙相比，加百列高出整整二十厘米。他大步走进客厅，发现三个同样头发花白的男人正在一团烟雾中围坐在牌桌旁。

“快滚出我的房子！”主人重复道，“否则我立刻报警！”

加百列把手机屏幕推到主人的鼻子底下——朱莉和玛蒂尔德的画。

“认得吗？”

克鲁瓦西耶转向朋友们，其中一位老者站了起来。

“快报警！”

加百列此刻距离牌桌只有两步之遥，他在那位老者面前伸出一根威胁性的食指。

“试试看,我会把你的头砸向那些筹码。坐下！别做傻事！顺利的话，几分钟后你就会忘了我。”

加百列的威胁奏效了，老者顺从地坐下去，其他人也一动不动。

“所以，你认得这幅画吗？”

“我真的没什么印象，”克鲁瓦西耶冷冷地答道，“你到底想干什么？”

“你的书房里应该有一幅画吧？阿韦尔·盖卡的画。”

克鲁瓦西耶的右眼皮反射性地抽搐着。

“那怎么了？那幅画怎么了？”

“你难道不知道吗？”

克鲁瓦西耶不解地摇摇头。加百列的额头开始冒汗，仿佛被愤怒的恶魔附了身。他此刻的表情一定很狰狞，因为克鲁瓦西耶正劝说客人们保持冷静，推说这只是一场误会，一切都将很快解决。然后，他带着加百列一齐穿过一个巨大的房间——高高的雕花天花板，墙壁上装饰着大师画作——走进庄重肃穆的书房，这里摆放着各式各样的小雕像、面具、天文仪器。克鲁瓦西耶指了指书柜右侧的墙壁。

“就在那里，你说的画。”

画框足有一个成年人那么高，两盏柔和的射灯完美地照亮画布：一张二十多岁的年轻脸庞，两只圆圆的大眼睛里充满恐惧，下巴和右脸颊部分凹陷，脖颈处的皮肤表面呈现出由肌腱和肌肉组成的红色网格，仿佛被酶溶解了一样。加百列不认识画上的人，纸板箱的档案里应该也没有，但这并不意味着没有犯罪。画面背景依然是悬挂在拱顶上的巨大树根和石墙。他走过去，抚摸着画布，作品的署名是“A.G.”。他抠下一点点颜料，身后的克鲁瓦西耶立刻发出抗议。

加百列把手指放在鼻孔下轻轻捻着。

“肌理……？气味……？”

“住手！不管怎么说……”

加百列一把抓住主人的衣服。

“你了解这幅画吗？这张脸是谁？”他怒吼着，几乎失去耐心。

老人的衣领绷得紧紧的，脑袋就像一个随时会跳起来的香槟塞。

“我不知道，上帝，几年前，我和赫梅利尼克有生意上的往来。他是一位令人敬重的商人，我很欣赏他，所以一直保持着联系，每年共进两三次晚餐。有一天，他告诉我，他也是一位画家，于是就把这幅画送给了我，没有别的了。”

加百列突然放开他。

“是他送给你的？……不是你自己要的吗？你没付钱吗？是他亲自过来把它送给你的？”

“没错，一份礼物。”

加百列真想一拳打爆对方的头。赫梅利尼克死了，克鲁瓦西耶也不肯说实话，除非他真的一无所知。也许那位实业家只是以向富人朋友赠送被绑架的脸来获得变态的乐趣？他走到书桌前，拉出一把皮椅，坐下来，指着前方三米处的画。克鲁瓦西耶一动不动。

“我很喜欢那两盏射灯，对于一幅不是你主动索要的画来说，这可是很奢侈的设备，况且它与这里的装修风格并不匹配，对吧？铜质望远镜，美丽的乌木雕像……你为什么不把这幅恐怖画藏起来呢？把它挂在如此显眼的位置，应该是有什么特别的原因吧？”

“当然，你根本无法理解艺术的复杂性。我没有什么要说的，我不知道你想要什么。”

加百列站起身，再次逼近他。

“相反，我相信你很清楚我想要什么。看，这是我的女儿，”他再次拿出手机，“2008 年 3 月 8 日，她失踪了，另一个女孩在 2011 年也遭受了同样的命运，她的母亲此时正处在自杀的边缘。”

他把屏幕靠近克鲁瓦西耶，压在他的额头上。

“赫梅利尼克，那个和你相处愉快的变态朋友，曾用她们的血画了这些画。她们的血，你明白吗？他对这幅画上的这个孩子也做了同样的事。你每天都会盯着它吗？盯很久吗？而这个孩子却被那个混蛋从父母身边夺走了！”

加百列一步步将他逼向书柜。

“当你一个人待在这个房间时，你会玩什么？会挣扎吗？会幻想那些孩子的悲惨命运吗？会因为拥有这幅画而觉得自己无所不能吗？你当然知道……告诉我，该死的赫梅利尼克对她们做了什么？！告诉我她们在哪里？！”

商人急切地摇着头。

“你疯了，”他低声说道，“完全疯了。”

一声尖叫从加百列身后传来。

“我报警了！他们马上就来！”

一位老者出现在门口，手搭在门框上微微发抖。

加百列阴鸷地看了一眼克鲁瓦西耶，取下画框——没有人过来阻止他：眼前这个破坏宁静之夜的入侵者此刻就像一头竞技场上的疯牛。

“你很快就会为此买单的，”加百列警告道，“你会付出代价，直到生命的尽头，你和你们这些有钱的无赖。”

他夹住画框，迅速扫了一眼书柜：只有皮革精装书，没有凯莱布·特拉斯克曼的小说。他穿过客厅，消失在了门外，就像出现时一样出其不意。

没有人去追他。

63

让-吕克静静地透过舷窗般的窗子凝视着黑夜，灯塔有规律地扫射着光束，柔和的沙丘若隐若现。

“父亲去世后，我一直很好奇这座别墅的布局。尽管我在这里探险了数百次，但它的结构仍然是个谜。好吧，我一直没找到装修计划书，所有地方都找遍了，丝毫没有这类文件的痕迹。我甚至找过当时的建筑师，但他已经去了纽约，也从不回复我的邮件。在我看来，他一定被事先嘱咐过不能透露任何有关别墅装修的事，甚至可能已经特意销毁了所有文件。”

让-吕克将一支细细的香烟塞进唇间，点燃，淡淡的英国烟草味开始在空气中蔓延。

“所以我请了自己的建筑师和测量师，花了几个星期才算搞清总共两百米长的走廊和四百四十四扇门。这里只有一个客厅、一个厨房、一个卫生间和一间书房，而这些房间加起来的面积总和是六十五平方米。考虑到别墅的总面积，这个数字显得很荒谬。我父亲拆除了其他所有房间，用隔断遮挡住大部分窗户，将整座别墅打造成了一个迷宫。虽然所有的门看上去都一样，但其中只有四十四扇门可以通向其他走廊或这四个房间……”

令人眼花缭乱的数字，却足以强化凯莱布的个人形象—— 一个令人不安的危险分子。保罗无法理解这座别墅的逻辑。

“但这还不是最让人头疼的部分。别墅只有一层，没有地下室或阁楼。从外围测量的建筑面积是两百八十八平方米，至于使用面积，考虑到墙壁和隔板的厚度，最后测得的地板面积为两百八十平方米。这就没有问题，奇怪的是，别墅真正能使用的实际面积却只有一百八十九平方米，专家经过反复测量和计算，证实这座别墅的确凭空少了十九平方米。”

灯塔的白光扫过保罗的脸，照出他眼睛下方的两个黑袋子。

“什么意思？”

让-吕克没有回答，只是邀请保罗继续跟着他走。两人再次沉入诡异迷宫的深处：涂鸦墙、蜿蜒的走廊，向左转，再向右转，似乎又把他们带回了原处……让-吕克的声音一直在前方回响，保罗有时甚至根本看不到他的身影。

“我父亲一向多产，直到去世前，他已经出版了十六部长篇小说和无数短篇小说，甚至为几十部系列电视剧写过剧本。他从没像生命的最后阶段那般疯狂地创作，越来越复杂的情节，越来越宏大的布局，仿佛只能不停地写啊写。有些作家或许可以在过度创作中茁壮成长，但有些则会跌入深渊，艺术会让他们窒息，直到完全占有并摧毁他们。这就是他。你知道吗？艺术家的自杀率往往是普通人的三倍，他们会全力以赴地‘爆炸’、崩溃、酗酒、吸毒、毁灭家庭，直至对自己和他人施暴。就像许多艺术家一样，我的父亲也开始摇摇欲坠，直到结束了自己的生命。当警察进入这座别墅时，你无法想象他们的表情……”

有那么一瞬间，让-吕克似乎迷了路，转身退回到另一条路上。最后，他在一扇门前站定，打开门，一幅阴森恐怖的画渐渐浮现：剑突联胎——和朱莉日记本上的一模一样。

他试着用拳头敲打墙壁的不同位置。

“能听出来区别吗？”让-吕克问道。

“这里有点空，”保罗说道，“应该是一条通道。”

“一条秘密通道。整座别墅里只有这一条。”

让-吕克将食指插入魔鬼面孔的左眼。轻微的咔嗒一声后，隔板分开了，同时点亮了一个灯泡。空间异常狭窄——只有约三十厘米宽——两边的墙壁也不再平行，而是彼此越靠越近。再往前三米的墙壁挂钩上挂着一把钥匙，让-吕克取下它，塞进前方一扇沉重木门的锁孔。

两个人迈步走进一个奇怪的T形房间，仿佛一块巧妙嵌入的俄罗斯方块，墙壁上包裹着黑色蜂窝状吸音泡沫。一个小小的空间，就像一个舒适的阁楼，包含了卧室区、浴室区、客厅区（一把扶手椅、一台电视、一个书架）和厨房区。厨房区的篮子是空的，没有做饭或加热设备，只有一台没插电的冰箱。

保罗震惊地转过身，用手扶住墙，“朱莉就被锁在了这里……”

书桌上摆着一盘国际象棋，一场对弈正在进行中。

让-吕克抱着双臂，站在那里。“应该不会，当初发现这里时建筑师也在场，从那之后我什么都没碰过。冰箱是空的，床铺就和新的一样，墙壁上也没有任何污迹或划痕，这说明没有人长期住在这里……”

他坦率而坚定地盯着保罗，以显示自己的真诚。

“这里很可能只是我父亲满足幻想的空间，没有任何实际用处。或者他只是偶尔把自己关在这里，也许这是他让自己和世界完全隔绝的方式，如果愿意的话，你甚至可以把他想象成困在迷宫中央的牛头怪。”

他指向那个棋盘。

“没有什么能阻止他与自己对抗。白棋与黑棋。善与恶。剑突联胎……”

让-吕克筋疲力尽地坐在扶手椅上，展开手里的手稿，久久地盯着。保罗任由寂静吞没一切，仔细打量着这个房间：大概十五平方米，没有窗户，没有任何逃生的可能。彻底的绝望……他几乎不敢想象朱莉在这里的生活。凯莱布·特拉斯克曼竟然把她囚禁在了这个邪恶的迷宫。囚禁了多久？就她自己，还是和玛蒂尔德一起？她看到过阳光吗？闻到过大海的味道吗？最重要的是：她现在在哪里？

还好加百列不在，不然他一定会发疯地扑向让-吕克，然后勒死他。保罗极力克制住愤怒，转向他。

“你应该报警，应该给警察看那些恐吓信，他们会采集DNA样本，所有线索都会被存入档案并引起我们的警觉，进而引导我们做交叉比对。然而相反，你宁愿保持沉默，害怕调查会揭露一切。我明白，你父亲的书还在卖，而且比你卖得多……你不喜欢他，但喜欢他给你带来的财富。”

让-吕克盯着棋盘，双手抱头，一动不动。

“现在该怎么做？”

“做从一开始就应该做的事，提出所有必须回答的问题，然后搜查这座疯人院。这里曾经囚禁了至少一名年轻女子，她此刻正在某个地方，或者早就已经死了。如果为了寻找她的尸体而有必要将这里夷为平地，我保证我们会毫不犹豫。”

64

加百列正马不停蹄地在比利时蜿蜒曲折的乡道上越陷越深。汽车拐上一条没有路灯的二级公路，随即彻底迷失在黑夜中，前方就是距离法国边境二百米的蒙斯。离开帕斯卡尔·克鲁瓦西耶家半小时后，天空下起了大雨。雨点像碎石一样砸在汽车上，雨刷器全速运转，逼迫他必须集中十倍的注意力。在 GPS 的指引下，加百列疯狂地赶路，紧张和疲劳重重地压在肩膀上，在颈后形成一个反射弧，但体内的大火却一直在熊熊燃烧——未来总会有时间休息。

过去的几小时仍然让他心有余悸，他知道越往前走，谜团就会越多。凯莱布·特拉斯克曼和亨利·赫梅利尼克之间有什么关系？两位艺术家似乎都对病态有着特殊的痴迷，但究竟是什么呢？克鲁瓦西耶知道那幅画的真正来源吗？加百列很困惑，时间的流逝对他来说很不利。他快被逼疯了。

GPS 指示他在一条好不容易才辨认出的道路上左转，继续行驶了一公里后，车头灯前出现一片高高的带刺铁丝网，那边就是著名的索德宾化学品仓库。建筑两侧入口处分别安装了滑动格栅门，上面竖着尖刺和刀片，很明显，这里禁止所有好奇者进入。铁丝网上挂着一块印有危险化学品标志的牌子，同时写着：危险、封闭及受监控场地 / 私产 / 严禁擅闯，否则起诉 。

加百列把车停在格栅门前，没有关掉车头灯。倾盆大雨模糊着周围的世界，他知道自己正身处偏僻之地，或者更确切地说，正游荡在一片荒野上。天边没有一丝光亮，文明的第一道痕迹远在十公里之外。死一般的寂静，周围只有蔓延至沥青开裂处的茂盛无序的植被。

加百列把夹克拉链拉到下巴，仔细辨认着眼前的混乱。他试图滑动格栅门，但它被一把巨大的 U 型挂锁锁住了。他盯着那把挂锁，不同于锈迹斑斑的格栅和铁丝网，表面竟然没有生锈。格栅的那一边就是隐约的蛇形管和巨大仓库的黑色轮廓。

他沿着铁丝网向右走，脚下一片泥泞，冰冷的雨水顺着脸颊流下来。他到底在做什么？虽然有些许的兴奋，但朱莉日记本上的内容已经过去了十二年，或许在这个废弃的旧仓库里什么也找不到了。

可他依然向前走着，被一种无法解释的力量所驱使。他寻找着铁丝网上的断裂处，哪怕是侵蚀造成的小小的穿孔；但没有。跨过格栅门是不可能的，安装在柱顶装饰球上的尖刺和刀片就像军用武器，足以切开他的血管。最后，他返身回去，从奔驰车的后备箱里拿出千斤顶，像疯子般砸向那把 U 型挂锁。过于猛烈的反作用力几乎震碎了他的脊柱。

他以为永远不会成功了，但几分钟后，挂锁终于屈服。加百列胡乱地用雨水冲刷着手上被磨破的伤口，关掉车头灯，偷偷地溜进仓库区。在经过一个废弃的检查站和一座数米高的储藏室后，他看到了四个顶着纺锤轮的垂直圆柱体，周围是一根根四处攀爬的管道，梯子在一面面钢墙上奔跑，各种陈旧的彩色标牌已难以辨认：化学符号、禁止标志，似乎代表着万物都可以被清空、清洗、回收，直至剩下最后一个化学分子。

加百列不知道自己在寻找什么。他经过两个固定在混凝土底座上的灰色水箱，朝一座距离纺锤轮约二十米远的仓库走去。仓库铁门旁堆放着几个大桶，门上挂着一把U型挂锁，与格栅门上的一样——禁止进入；就连后面的卸料区也被一扇金属闸门保护着。千斤顶再次出场。浑身酸痛的加百列已经被雨水淋得湿透，他感觉无比沮丧。

但必须打起精神，他再次开始打铁。为了给自己鼓劲，他在内心告诉自己所有磨难都只是为了消磨他的意志，阻止他实现目标。但他的目标是什么呢？

五分钟后，成功了。加百列精疲力竭，全身肌肉疼得几乎瘫痪，他甚至已经感受不到雨水的冰冷。至少是一场胜利。迈步走进那座黑暗的建筑时，他打开了手机电筒，每走一步，地上金钻般的尘土就跟着翩翩起舞。

他扫视着这个空间和这里的墙壁——没有监控摄像头，“入口”标志的绿灯阴森得吓人。他走过一个建在水泥砖地上的敞开式活动房（里面是空的），渐渐沉入仓库深处。眼前出现了一条宽阔的走廊，然后是一条约十米高的蜂窝式通道，加百列开始在没有尽头的蜂巢里“进化”。一个个六边形隔间里排列着不同颜色的大桶，一眼看过去足有数百个。

他仔细观察着这些大桶，几乎和他一般高，桶盖上封着桶箍，说明严禁打开。加百列用拳头敲了敲，其中几个是空的，这算幸运的。事实上，对于那些装满液体的大桶来说，桶上的标签已经足以解释一切:绿桶是氨水,红桶是氢氧化钠，黄桶是盐酸；至于黑桶，鉴于回声更沉闷且更有气势，应该是氢氟酸，世界上的最强酸之一 ——不是那种被稀释后等待出售的商品，而是浓度极高的化学强酸溶液，足足数千升。

还有比这更好的毁尸工具吗？这里的某些溶液足以在不到一天的时间里将人类肉体分解到最后一个细胞。到那时，就没有什么被掩埋、被焚烧或被扔进大海的尸体，而是成了有机物，从地球表面被彻底抹去，不留下一毫克 DNA。

凯莱布·特拉斯克曼深知这点，这位住在距离此处一百公里的著名作家曾把这里列为“处理尸体的方法之一”。

加百列感到一阵恶心。他无法相信朱莉曾被带到这里，他们……他不敢想到那个词，但它依然不断猛烈地捶击着他意识的边缘——

溶解。

65

加百列小心翼翼地继续前进，脑袋里嵌着那个可恶的词。赫梅利尼克和凯莱布已经带着秘密离开了人世，他们将永远不会为自己的罪行付出代价。但加百列会继续追查下去，找到所有与女儿苦难相关的责任人，无论距离多么遥远。

手机电筒的光照亮了另一条过道，两侧排列着一个个小隔间，过道中央停着一辆电动叉车。叉车司机像是突然消失了，只剩下两个货叉舔舐着地面。加百列走到叉车前，如果这座仓库已经被废弃，那这台机器为何还在这里？他用手指抚过驾驶座的表面，没有灰尘。显然，这辆车最近被使用过。

紧张感开始升级。他一动不动地站在原地，屏住呼吸。自从踏上布鲁塞尔的街道，他就深感危机四伏。雨水无声无息地敲打着房顶，过道上的大桶和死气沉沉的气息终于让他松了口气。是啊，这里怎么会有人呢？周围没有任何可疑车辆，仓库是从外面反锁的，来的路上他也反复看过后视镜，在乡下开车是很难被跟踪的。

他再次看向叉车，又抬头看看天花板。那些立在过道上的大桶曾经装满极其危险的化学品……他逐个敲打着——梆——梆——空的。全部是空的。这辆叉车到底是做什么用的呢？

埋尸，焚尸，喂猪，索德宾。

仓库的另一端有个黑色塑料帘门，拉开后，加百列发现自己来到了卸料区，也就是他在外面看到有焊接闸门的地方。这里应该是从货车上安全装卸大桶的区域，空中悬挂着带铁钩的链条，起重滑车、绞车、液压夹具像魔鬼的武器般堆在地上。右边立着一个足有两米五高的巨大圆柱形有机玻璃容器，上半部分装有一个水龙头。手机电筒的光照亮了帘门旁边的一个角落，地上堆放着绳索、数十个手提油桶和两块黑色的防水布。

走近后，加百列才意识到那并不是防水布，而是两个尸袋——并排放在地上，拉链一直拉到顶部。鉴于形状和厚度，毫无疑问：里面有尸体。

他近乎虔诚地跪下去，仿佛一个疲惫不堪的徒步旅行者，已经穷途末路，但绝无回头的可能，因为回头要比继续前进更加艰难和痛苦。一股刺鼻的味道扑面而来：70% 浓度酒精？应该不是，而是一种更刺鼻的气味攫住了他的肺。他的右手抖得厉害，以至于不得不用左手握住右手腕，才勉强抓住第一个尸袋的拉链。金属尖齿分开的噪声几乎让他崩溃。

眼前出现一个女人：头发和眉毛全部被剃光，眼皮下垂，滑石粉般惨白的皮肤，高高的前额，突出的颧骨，方下巴。不是朱莉。他松了一口气，但立刻想到了东欧人。他用食指轻触尸体的手臂——塑料般的皮肤。猛然间，他辨认出了那股气味：福尔马林。这个五十岁左右的死亡“生物”像是从标本池里捞出来的。

加百列把鼻子埋进湿漉漉的夹克领子，转向第二个尸袋。就在这时,仓库深处传来一声金属的刮擦声,他立刻关掉手机,站起身冲向帘门,藏在后面等待着。蜂窝式通道、深邃的过道,一切都被淹没在黑暗中……加百列睁大眼睛，努力捕捉着最轻微的光亮，耳朵拼命专注于雨水打在房顶金属板上的节奏。他屏住呼吸，窥伺着任何一丝异常的变化。没有。没有人。

不能放松警惕，那个把尸体扔在这里的人随时都有可能回来。一分钟后,他回到尸袋旁,用手捂住嘴,拉下第二个拉链。这一次，福尔马林中混入了新鲜的尸味。

另一具女性尸体，受损更为严重。毛发全部被剃光，同样无法辨认，身高、年龄与第一个大致相仿，左乳不见了，取而代之的是一道可见的烧蚀性疤痕。加百列拿出手机拍下各个角度的照片，闪光灯划过黑暗：两张没有眉毛的脸，仿佛恐怖面具般被固定在手机内存中。他环顾四周，迷惑于这些尸体出现在这里的原因：它们从哪里来？是谁把它们扔在这里的？与失踪案有关吗？与朱莉有关吗？

狂风让房顶的金属板发出阵阵呻吟，大雨瓢泼而下，仿佛一只在头顶炸开的巨大水晶杯。加百列在湿漉漉的衣服下瑟瑟发抖,恶劣的天气似乎也在见证他此时此刻的愤怒、悲伤、焦虑和混乱。

他决定给保罗打个电话。这一次，他迫切地想以极其透明的方式坦承自己的推论。比利时警察必须介入这个肮脏的故事。

突然，又一声金属的刮擦声。一股电流从头窜到脚趾。一个危险信号。

他跪在地上，转过头，几微秒后便意识到了发生的一切：一条挂着铁钩的棕色长链从黑暗中一跃而起，画出一道完美的抛物线，淬炼的钢铁猛地来到他左太阳穴的高度，本能的条件反射得以让他躲过了那道疯狂的轨迹。

接下来，一股巨大的冲击力将他推倒在地，一个拳击手打出一记上勾拳。

他意识中的最后一点记忆，就是自己的脸颊紧紧地贴上了松弛的尸肉。

66

午夜时分，欧蒂湾仿佛一口地狱般的墨水井，水流声从石头相互摩擦的细微沙沙声中微妙地渗出。在这片巨大的海滩上，无论身处哪里，潮水都足以在几分钟之内包围你、抓住你，把你拖入大海，耗光你所有的力气，直到彻底窒息。

三年前，凯莱布·特拉斯克曼就是在这里向自己的头开了一枪。此刻，保罗凝视着一望无际的海面，把手机听筒紧紧地贴在耳边。灯塔的光每扫过一次，就用好奇的眼睛迅速勾勒着周围的素描像。从这个角度看去，白天应该可以清晰地看到躲在沙丘背后的作家别墅。而对于前来呼吸新鲜空气的徒步者来说，这里是一个天然的避风港：海水、宁静、大自然……可又有谁能想象到那座别墅里的恐怖呢？那位小说家正沉入绝对的黑暗，仿佛神话里的怪物在迷宫中徘徊？

“吵醒你了吗？”

“不，爸爸，没关系。”

“别告诉我你还在办公室。”

“是的，我睡不着，也不想回家，我在这里感觉很好。”

保罗叹了口气，坐在一块岩石上。海豹低沉的咆哮和哀号穿透夜色传到耳边。刚才在堤坝对面的海王星酒店安顿下来后，有人告诉他，附近的沙洲上已经定居了五十多只野生海豹，而几公里外的索姆湾可能更多——大约四百只。

“你那边怎么样？”

“有点进展，布吕内……参加了尸检。毒物检测没有异常，只发现了抑郁药成分。据大卫的主治医生说，他多年来一直服用地西泮。他从来没有告诉过我，我毫不知情，他的员工也没注意到任何异常举动，他看起来很……正常……”

*正常，保罗心想，也许比疯狂更糟糕。*至少，大卫能看到自己的疯狂。

“马丁尼明天会联系你的，”露易丝继续说道，“目前我们依然认为他死于自杀。”

保罗闭上眼睛，这句话让他感到很欣慰。

“好的……”

露易丝似乎在走动，保罗猜她应该在茶水间泡茶。

“至于那本变态相册，接受讯问的殡仪馆员工并没有注意到大卫有过什么奇怪举动，”她说道，“而且就目前而言，鉴定人员也没有在他的电脑或手机里发现任何东西。他可能已经删除了所有证据，并且……”

“那些照片来自凯莱布·特拉斯克曼的家。大卫是双线作战，他也给作家寄了恐吓信。”

“什么……？”

“凯莱布死后，他来拜访过他的别墅。可能是为了寻找朱莉的踪迹？我还不清楚。他偷走了那些照片，连同《未完成的手稿》的最后几页。我还发现了一些其他线索，卡索雷特法官都已经知道了，他会去找地方法官的，地方法官会联系贝尔克警察局并要求对方介入。这里的警察认识凯莱布，他们曾调查过他的自杀案，一两天之内就会来搜查他的别墅，同时进行痕迹检测，这样我们也就不至于走冤枉路。”

“你都发现了什么？”

保罗有些犹豫。一阵狂风吹来，他缩了缩脖子。尽管冻得瑟瑟发抖，可他依然喜欢空气里海盐和海藻的味道。

“告诉我，爸爸。”

“一个隐藏的密室。那位小说家可能囚禁了朱莉，可能几个月，甚至几年。”

长长的沉默，保罗感受到女儿的悲伤和愧疚。他揉了揉眼角，被裹着一团雾的冷风吹散了眼泪。他站起身，沿海边走着，周围是彻底的黑暗，死气沉沉，他感觉自己仿佛正走在一根悬宕在悬崖边的绳索上。

“听着，露易丝，就像我上次说的……我没有别的意思，我只是生气。”

“不，你是对的，如果当时我不选择沉默，你们会一路找到凯莱布，找到朱莉，也许她会回来，回到我身边，而且……”

“一切都过去了，谁都无法再回头。大卫也一样，他本可以开口，他知道真相，但他宁愿满足于复仇。你也是害怕……所以请接受我的道歉，原谅我这些年来一直没有做好一个父亲。忘了过去吧，我会尽力让一切好起来，和你一起，和科琳娜一起。我们很幸运，还能守在一起，还有什么比一家人健康平安更重要的呢？”

保罗知道，现实中的自己永远不会像现在这样赤裸裸地面对女儿，就像他可能会给科琳娜发短信说“我爱你”，却始终无法当面对她说出这句话。即使在电话里，即使在给露易丝打电话之前，他也从没想过自己会说出这些话。他突然觉得自己卑微而可怜。

“没错，没有什么比这更重要了，”露易丝说道，“我得挂电话了，手机快没电了，我忘了带充电器。随时联系吧，明天见？”

“明天见。”

保罗叹着气挂断电话：露易丝依然喜欢找各种借口终止父女间的谈话。他又拨打了加百列的手机，仍然是语音信箱。该死的，他为什么不接电话？保罗没有留言，而是回到堤坝上，脑海中再次闪过《未完成的手稿》，一瘸一拐孤独地走在昏黄的路灯下。

疲惫的海浪勉强拍打着堤坝。贝尔克像一头死鲸，沉入深渊。

保罗输入门禁密码后穿过空荡荡的酒店大堂。已经十一月了，还有谁会来这种地方睡觉呢？像他一样背井离乡的人？患者的家属？就连萨加斯的酒店都有可能人满为患，为什么贝尔克的酒店偏偏冷冷清清呢？

他径直走向自己的房间。从这里的窗户似乎可以俯瞰到大海，但那也可能是垃圾填埋场，反正黑暗中的二者没有任何区别：不见一丝光，也丝毫没有能证明水域存在的光反射。只有一片无尽的黑色沙漠。

从“迷宫”走出来后，保罗一直毫无胃口。此刻，饥饿开始召唤他，他从迷你冰箱里掏出一堆垃圾食品——花生、巧克力……然后坐在床上吞下了它们。下午茶是薯片，晚上依然是薯片……对于赶时间的人来说，这是一种最佳快餐。他干笑了几声，打开一罐啤酒，冲眼前的白色墙壁举起杯。

“致所有背井离乡的人！”

接着，他打开笔记本电脑，开始在谷歌上仔细地搜索。他先输入了几个关键词：摄影师、当代艺术、象鼻子小矮人，然后点击图片，很快就找到“迷宫”里那个戴礼帽的小矮人。其他照片也陆续弹了出来：行乞者、被吊死的狗……

他点击狗的照片，然后打开一个个链接，意外发现了一篇博客文章。原来这张照片来自一本名为《启示录》的书，2012年出版，好评如潮，书中介绍了一位名叫安德烈亚斯·阿贝热尔的摄影师，并同时附上了他的部分摄影作品。

据文章作者称，安德烈亚斯·阿贝热尔是一位著名的当代越界摄影家。所谓“越界”，是指热衷于任何令人震撼且违背道德的事物。这些艺术家试图让“性、疾病、异类”成为人类世界的永恒，蔑视一切宗教禁忌，致力于将自己的作品变为“一种精神食粮”奉献给公众。这篇文章并没有提到更多细节，但保罗知道自己找对了方向。书中的某些照片和作品名可谓令人震惊且充满挑衅，比如《尿液基督》展现的是一个被浸在一杯尿液中的十字架，而摄影家的目的就是让天主教会各种利润颇丰的“生意”蒙羞。

保罗故意略过了那些深奥的解读，他的眼里只有一杯浸泡着塑料十字架的尿。他返回首页，输入“安德烈亚斯·阿贝热尔”，原来这位摄影家拥有自己的个人网站，维基百科上的资料也很丰富。

安德烈亚斯·阿贝热尔，1967年生于鲁昂，长着一张不成比例的脸：水牛般的额头、下垂的左眼睑、玻璃球般的圆眼睛、扁平鼻，外加不足一米六的身高—— 一个奇丑无比的家伙。

他一直活跃于纽约、伦敦、柏林和巴黎的摄影圈，声名显赫，经常在世界各地举办巡回摄影展，签过名的作品原件价值连城。据网页上的介绍，安德烈亚斯十岁时得知祖父约拉姆·阿贝热尔是奥斯维辛集中营的幸存者，而且曾是犹太人特遣队的一员，即大名鼎鼎的“焚尸炉特遣队”。这个组织的成员全部是囚犯，被迫参与屠杀，主要任务是将犹太人扔进焚尸炉……他们是秘密搬运工，彼此间不得有任何接触。约拉姆后来成功偷拍了五张毒气室的照片并藏了起来，甚至在获释后将它们带出了集中营。

年幼的安德烈亚斯·阿贝热尔无意中发现了这段极度恐怖的记忆，他的祖父在日记本里写道：“我本可以像许多战友一样扑到电线上死去，但我最终活了下来。”“对于我们这种工作来说，如果第一天没有疯，接下来也就习惯了。”

据说，那一刻让安德烈亚斯·阿贝热尔遭到重创并伤痕累累，他似乎瞬间自动继承了某种精神遗产，仿佛可以深刻体验到人类暴行在成千上万受害者身上制造的创伤。从此，他开始利用艺术将自己内心深处的痛苦投射向整个世界。

保罗继续输入关键词：系列 / 收藏 / 展览，并逐一浏览各个网站。这位摄影家的系列主题影展似乎无穷无尽：暴力史，1986 年；焚烧教堂，1988—1990 年；深渊，1992 年；变形，1994 年；人类的错误，1995—1996 年……不到三十岁的安德烈亚斯·阿贝热尔居然能精准地捕捉到因创伤、虐待、畸形或遗传而被摧毁的尸体所带来的恐怖，用可耻的暴力将这些可怜人冻结在镜头前。他希望借此让观众深受震撼，甚至受伤，将他们拉出琐碎平庸的生活，扔进恐惧，并告诉他们这种恐怖是存在的，是现实生活的一部分，它们必须被展示出来。

安德烈亚斯·阿贝热尔还多次在采访中提到有朝一日会创造出最极致的越界艺术品，并由此为其所有作品做出一个必然的结论：它们可以在观众面前呈现“死亡”的不朽。他力求抓住那些不可思议的瞬间——错位的肉体、衰竭的器官、不再膨胀的肺，甚至声称自己正认真考虑举办此项展览的计划，文章下方的链接更是与一个网络摄像头相连，镜头对准一面墙壁和覆盖着白布的地板—— 一个呈现其终极艺术品的秘密场所。保罗点击链接，注意到屏幕下方有个集成计数器：约 100 人在线，这些人正在耐心等待摄影家直播一场死亡。

终极艺术品……

保罗简直无法理解这个疯狂的世界。他仔细看着那些照片，模特们的脸上或严肃或深沉或愤怒，被放大在一张张黑白相纸上。这种系列展览只会在网站上显示十余幅摄影作品，如果想观看其他作品，必须购买书籍或亲临现场，照片下方还附带了展览日期和场地列表。

保罗吞下一把花生，舔舔嘴唇，继续搜索。浸没，1999年；阴暗的光，2001年；耶路撒冷，2003年……当他看到“停尸房，2010—2016年”时，他立刻停止了咀嚼，开始疯狂点击鼠标。

该系列展览只在网站上显示了两张照片：一只老人的手，呈紫色，放在腹部，指甲微长，弯曲的指间滑下一个十字架；一个女孩的躯体，身下压着一个黑莓色钱包，肿胀的脚踝血肉模糊，细小的黑色静脉蔓延成一张神经元网络。保罗一眼看到了这名溺水者身下的蓝色床单和钢桌。

保罗立刻抓起手机，翻看着大卫相册中的照片——并不一样。但尽管只是摄影艺术的门外汉，他依然能在构图、灯光和场景氛围中感受到那位摄影家的存在……难道大卫的照片来自安德烈亚斯·阿贝热尔的“停尸房”？

保罗感觉自己离目标越来越近了，就像挖沙时挖出了某样物体：要想一窥究竟，必须擦拭侧面和底部。他紧张地回到首页，尽可能地收集“停尸房”的展览信息。途中，他无意间看到了一篇安德烈亚斯·阿贝热尔的演讲，其中说起这位摄影家的灵感大多来自泰奥多尔·热里科和19世纪浪漫主义运动中极力倡导的“死亡”魅力。

相机对我来说就像画家的画布。被遗弃在解剖台上的尸体，陷入死亡的沉睡，拥有一种极其罕见的美，那是在其他任何地方都找不到的美——珍贵且转瞬即逝，是一具尸体所散发出的令人难以置信的魅力。紧握的手指、嘴唇的弧度、眼睑的重量——我们甚至可以借此分辨各种疼痛。我喜欢看到观众在我的作品前驻足，看着他们的脸在陌生的艺术品前扭曲，然后喃喃自语：这个女人是怎么死的？是什么夺走了她的生命？她的一只臂膀从法医的帷幔上垂下来……

法医的帷幔……什么乱七八糟的？！保罗继续浏览文章，努力将注意力集中在照片的来源上，这才是他最感兴趣的。

对于共展出三百多幅摄影作品的“停尸房”系列展览，我有必要特意提到一位专业人士，是他愿意为我打开停尸房或法医机构庇护所的大门，这并不容易。这些尸体承载着可怕的悲剧，其中一些甚至仍然是法律追诉的对象。法医科学家从不喜欢分享秘密，像狼一样保护着自己的领地。但我的死亡之旅之所以能得以实现，正是归功于这位杰出的向导所给予我的充分信任。受害者将始终保持匿名。此系列展品跨越了一段漫长的创作旅程——2010 年至 2016 年，在法国某个独一无二的神秘场所。显然，我也会对此守口如瓶。

独一无二的神秘场所……保罗有些兴奋：挖掘“停尸房”

似乎就能找到尸体的来源。有没有可能是某位可疑的法医将玛蒂尔德的尸体放进了他的抽屉，然后被毫不关心尸体身份的阿贝热尔拍摄了照片？无论如何，那位法医一定知道尸体的来源，那具印着马头形胎记的尸体应该不难辨认。

他仔细查看了“停尸房”的展览场地—— 一份无穷无尽的列表。尽管此类展览起初引起了巨大争议并被某些国家禁止，但近年来诸多博物馆和美术馆竟然竞相抢购这位艺术家的作品：纽约的杰克·沙恩曼画廊、阿姆斯特丹的马歇尔摄影博物馆、那不勒斯的阿方索·阿蒂亚科画廊……成千上万的观众痴迷于阿贝热尔的作品。

保罗的目光突然锁定在巴黎的“东京宫”，尤其是那个日期：2020 年 10 月 19 日至 12 月 19 日。“停尸房”系列展览竟然将在这座著名的当代艺术博物馆展出两个月。

保罗简直不敢相信自己的眼睛。一个意外收获——或许在那里可以验证胎记照片是否来自阿贝热尔，如果答案是肯定的，他就会得到一个法医的名字。他又打开一灌啤酒，以示庆祝。接下来的任务已经一目了然，但随之而来的兴奋并没有持续太久：或许这条路的尽头只有更多的痛苦和荒凉。

他再次试图联系加百列，依然没有成功。凌晨 1 点，他留下了一条语音信息：

我在贝尔克的海王星酒店。尽快给我回电话，哪怕是凌晨 3 点。你的沉默已经开始让我担心。

67

昏昏沉沉，加百列的身体仿佛正被一匹疾驰的马猛踢。他想睁开眼睛，但只有右边的眼皮听话，另一边则紧紧地黏在充血的视网膜上。

疼痛之后，他开始辨别一种气味。喉咙像是遭到了腐蚀，每次呼吸都仿佛被火焰喷射器点燃，肺里的最后一个肺泡似乎也被灼伤了。

幻象终于出现——如此的不真实和恐怖——那只能来自噩梦的最深处。透过对面的有机玻璃圆柱体表面，他似乎看到了一些闪光的碎肉，正紧扒着一块骨头，仿佛附着在岩石表面的海藻；成千上万的小气泡像一只只贪婪的小螃蟹，不断吞噬着肌腱、钙质、脂肪、角蛋白……一张脸就这样凭空消失了，然后是头骨，然后是躯体。冰冷的仓库里仿佛升腾起一团炽热的火焰。

一具尸体正被高速溶解……正常的右眼球开始在眼窝里打转，加百列发现自己是站立的，双手被绑在背后，身上缠着一根铁链——稍微一动，生铁就会深深嵌入皮肉。他试着动了动双手，手腕被一对管夹扣住了，另一端连接着一条环链。他的身体可以自由地前后摆动，但终会被铁链送回起点。

一个木偶。

有机玻璃圆柱体中的液体渐渐变成了深棕色。左侧一个黑色大桶敞着口，桶盖被放在地上；另一个黑色空桶悬浮在空中，被困在液压钳口中间。电动叉车影影绰绰地立在偌大的仓库中央，黑暗中闪着两盏小车灯，将微弱的光束投射向这恐怖的一幕。

外面，大雨倾盆，墙壁微微颤着。加百列不知道自己被困在了这里多久。突然，金属的刮擦声让他惊醒，头顶似乎有凉风吹过。他抬起头，发现那具失去左乳的女尸被绑住了双脚，大头冲下，腰间缠着朱莉和玛蒂尔德的画，被几层厚厚的透明胶带固定住，女尸垂下的手臂来回摆动着——来自正平行移动的滑轮。天花板上的绞盘正沿着钢梁的轨道慢慢滑行。

直到这时，加百列才发现隐藏在叉车前灯后面的人影，正在操纵控制杆，紧贴在脸上的防毒面具在黑暗里反着刺眼的光。那个人朝加百列扔过来一个黑色的立方体，弹跳着落在加百列的脚边——GPS 追踪器。

“小心点，”一个带有俄罗斯口音的声音响起，“当初我把第二个追踪器藏在你的车底下，就是为了防止第一个被发现……你可真是我见过的最麻烦的调查者，我当初真该和旺达一起在旅馆房间砸爆你的头。”

“我女儿在哪里？”

加百列艰难地开口。左脸一定肿得很厉害，但他并不觉得痛苦。恐惧使他麻木。

“旺达那家伙已经和组织断交了三年。她渐渐安分下来，但从没逃脱过我监视的眼睛。我对出现在她周围的所有人都保持着警惕，你是其中一个，我暗中跟踪过你，调查后发现你竟然在刻意伪装自己。而当我发现你带她回到萨加斯时，一切都显而易见了，你是她们其中一位的父亲。”

“她们是谁？你为什么要这么做？”

“因为有人付钱给我，这是我的工作。”

男人专注于手头上的事。他的脸上戴着一张双筒面具，手上戴着一副黄色长手套，身上穿着蓝色大褂，仿佛一只可怖的大蚂蚁。空中的裸尸来回摇晃着，就像一个不可思议的钟摆。

“苛性钠会把你的肉体变成肥皂，但对骨骼不起作用。氢氟酸就强大得多了，它喜欢钙，足以消除一切痕迹。大桶里的储量还相当充足，我们还有很多工作要做，时间还长……”

说完，他像操作抓娃娃机一般把尸体引向圆柱体上方，升腾的酸雾毒害着大气。他在耐心等待尸体停止摇摆。

“我刚刚从你家回来，拿走了那幅画。赫梅利尼克死后，旺达不得不想方设法找回那些画，我们可不想让那些东西拖后腿。太敏感了，你明白吗？但那个该死的古董店主竟然在我们之前把画带走了，你又找到了他……是我们搞砸了一切，所以现在必须扫尾。”

他推动控制杆。那团白色的肉体平稳地下降至圆柱体中：手臂，头骨，然后是整个躯体，在嘶嘶声中慢慢下沉，就像一罐晃动后的苏打水被突然打开。“小螃蟹”迅速蔓延至皮肤的每一平方毫米，开始它们可怕的工作。加百列差点吐出来：那团有机物质就这样渐渐在眼前融化，肉体已经变成奇形怪状的脂肪球。

“赫梅利尼克的死丝毫没有影响这座仓库的运行，他甚至把钥匙留给了我。那家伙太讨人喜欢了……要知道，这里可是世界上最好的清理站，看……”

被完全浸泡后不到两分钟，绑住尸体双脚的绳子就只剩下了一小截。加百列剧烈地咳嗽着，呕出一口胆汁。他刚想睁开眼睛，下巴就受到了攻击。面具男人一把抓住他的衣领——对方的个子并不高，但像一头发疯的野兽，金色短发整齐地向后梳着，仿佛顶着一只八爪章鱼，蔓延的蜘蛛网文身咬掉了脖颈的一部分，左脸颊上残留着新鲜的疤痕，可能来自死在岸边的旺达。

“你不是那种会放弃的人，混蛋，当我发现你再次出现在北方时，你知道吗？我不得不中断我所有的工作。尽管旺达的尸体上到处都是你的精液，你居然还是设法逃脱了警察的追捕，就像一头该死的灰熊，顽抗到底。”

又一记凶猛的耳光。加百列尝到了嘴里的血腥味，他一口啐在对方的脸上。面具男人用手背擦了擦，缓慢地露出鲨鱼般的笑容。

“你的女儿，被我扔到车上时，表现得还不错。在把她交给收件人之前，我玩了她一下。”

“我会杀了你！”

“杀了我？还是把你浸入酸液后再吹牛吧。我会从你的头顶开始，把你固定在铁钩上，一点点浸入酸液，直到看到你的头骨内部。我会再把你吊起来，一遍遍地将你浸入、吊起，直到你的整个头骨被腐蚀殆尽。你想象过被强酸咬伤大脑的感觉吗？哦对了，我还有一样东西给你看。”

说着他从大褂口袋里掏出加百列的手机，开始播放保罗的语音留言。

我在贝尔克的海王星酒店。尽快给我回电话，哪怕是凌晨3点。你的沉默已经开始让我担心。

“海王星酒店……啊，等处理完你之后，我就去杀了你的同事。接下来就是你的老母亲，我会把一壶滚烫的开水直接倒在她的脸上，然后打断她的手骨和脚骨……”

加百列想扑向他，但男人像斗牛士一样躲开了。他收起手机，向仓库角落走去，声音迷失在黑暗中。

加百列剧烈地挣扎，想要挣脱锁链，但他被勒得太紧了。

“我马上就会回来的。强酸吞噬一具尸体需要大约十个小时，直到消化掉最后一克肉。每人三百升强酸是最理想的剂量，请相信我的经验。那个圆柱体的总容量是一千升，但这里只有两个大桶。不过别担心，我还有很多工具把你变成稀粥。”

当面具男人再次出现时，手里多了两个空的手提油桶。他把它们放在大桶旁边。

“在法国，这被称为‘无尸体谋杀’。没有尸体，就没有受害者，他们变成了……（他在空中挥挥手）一缕空气……”

然后，他在加百列面前停下来，挥舞着一把手枪。加百列认出那是老式的“马卡洛夫”。俄罗斯武器。

“一把好枪，不是吗？无处追踪，无迹可寻，哦对了……还有假车牌，我的后备箱里多的是。我没有证件，没有手机。一个陌生人，一个幽灵。没有人知道我是谁，也没有人能追查到我。如果有人过于好奇的话——砰！放松点，朋友，祝你好运。”

男人往返几次，最后把数十个手提油桶堆放在一起。

“酸的神奇之处在于它不会腐蚀塑料。一具尸体总共需要六个手提油桶的溶液。打开水龙头，用强酸将它们一个个灌满，然后洒向大自然的角角落落：下水道、河流，甚至厕所。这就是你的结局。你会成为一堆垃圾，像该死的肥料一样长眠于地下。”

加百列一阵头晕，还好有铁链的束缚才没有倒下。他想象着朱莉、玛蒂尔德和其他许多人，就这样永远地消失了，被这个疯子彻底地从地球上抹去。

“反正你迟早会杀了我，不妨说说你对我女儿做了什么。”

俄罗斯人没有理会，只专注于自己的工作：在加百列和圆柱体之间降下绞盘钩，然后找来一根新绳子。

“可能你不会相信，但我真的没对她做什么，”他眯起眼睛盯着有毒的酸雾，“我只是一个使者。你的女儿，只是我送给收件人的特殊包裹，其余的就只能交给别人了，我什么都不知道。这是他们的秘密，明白吗？但我想，她可能没多久就死了。”

“混蛋。”

男人露出大大的笑容，解下仍挂在绞盘上的绳子碎片，扔进不透明的圆柱体。接着，他在新绳子的末端熟练地打了个水手结，既快速又专心。加百列必须找到出路：他不想死。不应该是这样的结局。但他看不到任何逃生的可能，如果还算有一点点希望的话，那就是在把他挂上绞盘扔进圆柱体之前，刽子手不得不先松开他的手腕，所以在某个时刻，对方将不得不打开连接环链的管夹。

“刚才消失的那两具尸体是谁？”

“我不知道，也不在乎。你闭上嘴。”

男人又对加百列一阵拳打脚踢，把他打得半死，然后抓住他的双腿，抬到臀部高度，将他的双脚绑在绞盘上。接着，男人推动控制杆，绞盘开始上升。头冲下的囚犯渐渐升起一米高，双臂后仰，肩膀几乎脱臼，被悬荡在环链和绞盘之间。加百列疼得被泪水模糊了双眼。必须耐心等待：一旦刽子手用钳子割开管夹，他便毫不犹豫。

终于来了，就在手被松开的那一刹那，加百列仿佛一条出水的鳟鱼，扭过身体，一把抓住俄罗斯人的面具，将对方的脸拽向自己，用力扯住对方的面具下颌带，拳头向途经的第一块肌肉组织俯冲下去。接着，加百列撕下了对方的一只耳朵，把坚挺的下颌带使劲勒进刽子手的皮肤，准确地定位在喉结上方，用力勒住对方的气管。

面具男挥舞着双手，试图抓住下颌带，脸憋得紫红，呻吟着前后踉跄，身体撞上了圆柱体。他用尽全力地想要抓住加百列的头，力量丝毫不见减弱。

很难说这种对峙持续了多久，肯定是数不清的分钟。当加百列意识到那头受伤的水牛已经毫无还手之力时，自己也几乎瘫软下去。水牛还在试图抵抗，但在加百列的重压下只剩下缓慢地扭动身子。俄罗斯人晃晃头，想试着从下颌带里挣脱出来，但两只胳膊突然垂了下去，双腿一软，倒向地面，身体卡在一直不肯放手的加百列的胸前。

加百列终于放开下颌带，男人的眼珠已经鼓出眼窝——仿佛两口鲜红的血井，下颌反射性地松垮下去，切断的舌头被一根细细的线吊着。

加百列双脚悬空，试着慢慢降低身体，让脖子和肩膀先着地，然后用双手撑住地面，调整呼吸，吐出一口血肉的混合物。一分钟后，他终于跌倒在地面上，解开了脚上的绳子。

加百列强忍疼痛，站起身，心脏似乎正在嗓子眼里收缩。刽子手一直瞪着他，脸上盖着恐怖的面具。他开始搜他的身。这个男人没有撒谎：没有银行卡，没有收据，没有停车罚单，甚至没有一张纸。

加百列拿回自己的手机，转过身，双手压在额头上，肺部在剧烈地灼烧。他杀了人，当然是正当防卫，但此刻躺在他脚边的尸体上布满了他的指纹和DNA。

他紧紧地盯着俄罗斯人。

“我不会为你坐牢的。轮到你了，垃圾。”

他用绳子绑住俄罗斯人的双脚，用手机拍了一张照片——这是俄罗斯人留在加百列手机里的唯一痕迹，外加那两具被溶解的女尸。接着，他试着操纵控制杆，很快就掌握了窍门。他先用钩子抬起尸体，然后将尸体移向合适的位置。最后一个短促的推杆动作，他把俄罗斯人扔进了圆柱体。

“为了朱莉。你这个混蛋。”

“小螃蟹”立即开始工作。加百列的虹膜上反射着复仇的光芒，而刽子手的虹膜则渐渐消失在棕色的泡沫中，直到留下两个大洞。加百列呆呆地站在那里，一动不动，喘着粗气。接下来该怎么办？

他找来一块抹布，擦拭了控制杆，然后把管夹和 GPS 追踪器统统扔进圆柱体，打开水龙头，排出强酸。“小螃蟹”渐渐爬上地面，在冰冷的混凝土上跳着舞。按照这种速度，圆柱体数天后就会清空里面的一切——足以消化掉俄罗斯人——而那些不断溢出的“糖蜜”所形成的巨大湖泊足以让任何现场取证变成不可能。加百列想象着出现在这里的警察的表情——他们迟早会来的，一个月后、一年后……

他终于来到了外面，雨依然扫射着建筑物的墙壁，雨滴在水坑里飞溅。他浑身湿透，一瘸一拐地找回那把坏掉的挂锁，然后跑向停在格栅门附近的俄罗斯人的货车，拍下假车牌。为了不留下任何指纹，他没有碰过任何东西，直到冲回自己的奔驰车。

肺一直在奇怪地嘶嘶作响，一定是被酸雾灼伤了。加百列放下车窗，他急需晾干皮肤，让新鲜空气输入气管。后视镜里映出一个可怕的镜像：整个左脸已经浮肿发紫。

五分钟后，加百列再次回到那条穿过田野的小路，把挂锁扔进路边的水沟，踩紧油门。必须尽快逃走，必须不惜一切地离开这个被诅咒的国家。他拨通保罗的手机，后者几乎立刻接起电话。

“该死的！你到底在搞什么鬼？”

“听着，只有我们两个知道赫梅利尼克，绝不能把我的短信内容告诉任何人。”

“你知道现在几点吗？明天再说吧。”

“不，你必须立刻删除那条信息，不再有赫梅利尼克，不再有比利时。现在……出了点问题。绑架朱莉的那个人，也就是开着灰色福特车的绑匪……不是他死……就是我死。”

“绑匪？他死？你是说……？”

“是的，此刻，他正在强酸中溶解。”

68

保罗屏住呼吸，趿拉着印有酒店 logo 的海绵拖鞋，把加百列带进大堂。将近凌晨 4 点，海鸥凄凉的叫声扫过空荡荡的街道，天空刮起了西风。

“上帝啊……”

眼前的这位前队友已经几乎直不起身，一只手紧抓着夹克领子，浑身颤抖。整整三个小时的车程，加百列好几次差点昏过去，左耳和太阳穴上沾满了干涸的血迹，手肘下夹着从帕斯卡尔·克鲁瓦西耶那里抢来的画。

保罗默默地把他带进浴室，帮他脱下套头衫和鞋子，拿出一件浴袍，打开了热水龙头。站在水流下的加百列忍不住发出满足的呻吟。他抬起头，迎向花洒，水打在脸上有些疼，但他还是张开发炎的下颌，想让水冲走喉咙深处的血腥和酸味。他还在，他还活着。地狱的幸存者。

他尽可能轻地用肥皂擦拭着身体，注意到了一个五十五岁男人的灰白色胸毛、关节粗大的手肘和淤青的双手。他太用力了，紧紧勒住俄罗斯人的下颌带，以至于弄伤了自己的手掌。*为了朱莉，他想，一切都是为了她。*

他钻进浴袍。保罗正在外面等他，手里拿着那幅画，看到他后，忍不住上前查看他太阳穴上的血肿和肿胀的眼皮。

“一个被击倒的拳击手？还是去医院看看吧。”

“不用，没事的，这次应该没骨折。还是尽量别去医院了，免得引起注意。”

“告诉我发生了什么，从头到尾。”保罗在床边坐下。

加百列也坐下来，皱着眉，浑身酸痛。他从几个月前的故事开始讲起：发现灰色福特车后，他一直在伊克塞尔附近调查，那幅画将他引向了画家亨利·赫梅利尼克，又名阿韦尔·盖卡，一位富有的化学实业家，死于心脏病。最后，他说到了将他引向旺达的寡妇西蒙娜。

“我找到了旺达，但她已经退出了黑手党，于是我计划进入她的生活，以寻找机会搜查她家或相关资料，但始终没有任何发现，也许这就是我决定把她带回萨加斯的原因——唤起她的记忆，逼迫她说出绑架后的一切。但我们一定发生了冲突，而且……就在那一刻，我受到了毁灭性打击，瞬间崩溃，失去了记忆。”

加百列用食指尖抚摸着自己肿胀的眼睛。

“从一开始，那个俄罗斯人就盯上了我，第二个追踪器被藏在我的车底下。当他发现我回到北方时，便一直追踪我，打算彻底干掉我。”

保罗轻轻摇头，震惊于两个追踪器的存在，而他的属下竟然没有发现。

“昨晚，我终于找到了我去年八月买下那幅画的古董店，再次去了盖卡遗孀的家。相比第一次拜访，我这次掌握了一个新线索。盖卡似乎很喜欢把那些可怕的画送给和他一样富有的朋友。于是我去拜访了其中一位，七十五岁的帕斯卡尔·克鲁瓦西耶，你手里的这幅肖像画就挂在他的书房。但他声称对画里的模特一无所知，也许他说的是真话，也可能在撒谎，他不可能什么都不知道。但无论如何，画中的年轻人也失踪了，和朱莉一样，和玛蒂尔德一样，可能还有其他人。盖卡这次同样在颜料里掺了血。”

两人重新看向那幅画，保罗莫名地感到很不安。这个孩子是谁？什么时候失踪的？在哪里失踪的？他转过头，看着加百列。

“说说俄罗斯人吧。”

“好。我在盖卡的画室里发现了一块旧铁板，上面刻着‘索德宾’，这让我把它和朱莉的日记本建立起了联系。你还记得吗？凯莱布·特拉斯克曼曾在一份列表上写过这个词，让尸体消失的方法。”

“是的，我记得。”

“索德宾是一家存放超危险化学品的旧仓库，我去那里调查时，俄罗斯人从天而降。你看……”

加百列打开手机相册——俄罗斯人断掉的舌头、鼓出的眼球。保罗皱皱鼻子。加百列继续展示了被强酸溶解的肉体，最后是尸袋中的两具尸体。

“我赶到那里时，这两具尸体已经躺在仓库的角落里，毛发全部被剃光，包括头骨，应该是被装进尸袋前剃的，我也不确定，而且一直被浸泡在福尔马林溶液里。那家伙正是利用废弃仓库中的上千桶强酸处理掉了尸体。显然，盖卡生前为他提供了进入仓库和获取强酸的通道，这种情况已经持续了很多年，他们一直在圆柱体里溶解尸体。”

保罗试图把拼图碎片放到正确的位置，但无济于事。

两具福尔马林尸体又是谁？也是被绑架的人吗？

“这个变态后来竟然还去了我家，取走了朱莉和玛蒂尔德的画，并当着我的面把它扔进了强酸。他差点杀了我，我别无选择，只能把他扔进圆柱体。”

保罗开始在房间里踱步，双手压在额头上，努力克制住尖叫的冲动，直到渐渐平复下来。

“留下一个被警方追踪的风险吗？”

“没错，警察可能会发现那里，但那可不是一时就能查明白的，除了假车牌的货车和装满肮脏液体的圆柱体，那里连一个人类细胞都找不到。那些被溶解的尸体……我以前也没见过……就像被水溶解的阿司匹林药片……”

加百列陷入沉思。如果自己没有在最后的仓库搏斗中占据上风，接下来会发生什么？此刻可能正被悬挂在圆柱体上方，被化学物质剥去了一半头皮。

“警察或许会找到寡妇西蒙娜，问出关于索德宾的事。最坏的可能就是她记得我的来访，然后警察会来找我。但我完全可以说我从没去过索德宾，我们今晚的谈话也不存在，你什么都不知道，也不必担心你的未来。”

“不必担心……好吧，你现在对宪兵队的一名军官说你用强酸溶解了一个活人，然后劝我没有理由去担心？”

保罗就像深陷一场无法自拔的噩梦。从第一次撒谎的那一刻起，为了避开严格的司法制度，他就已经把脚踩在了危险的齿轮上。加百列知道这一点。从现在开始，他们唯一的出路就是尽量保持冷静。

“好吧，让我们来梳理一下，”保罗喃喃地说，“现在已经不能让比利时警察掺和进来了，太冒险了，那意味着我将不得不向宪兵队正式报告你杀了人或你曾经出现在国境之外。所以没有盖卡，没有索德宾，没有俄罗斯人，什么都没有，忘掉一切……”

加百列机械地点点头。这是唯一的解决办法。

“我们可以说旺达的手机号码来自你公寓的一张纸，那样我就有理由要求手机运营商确认她的身份。至于这幅画……有没有可能被主人举报？”

“那他只会自找麻烦，保持沉默是他最好的选择，因为除了抢画，他对我一无所知。”

“所以这幅画不应该存在……也就意味着没有提取 DNA 的可能，也就彻底没有希望找出画中的这个人。幸运的是，我还没有和宪兵队提起过它，否则我该怎么解释画的消失呢？该死的，加百列，你真是麻烦透了，你明白吗？”

加百列没有理会前同事的埋怨，转头拿起一粒花生放进嘴里，可他立刻就后悔了，俄罗斯人的拳头一定击中了他的牙床。

“凯莱布那边怎么样？”

保罗定了定神，开始讲述自己这边的进展：作家收到的恐吓信，作家的迷宫别墅，大卫·埃斯基梅特偷走了手稿的最后几页，变态相册中的照片，最后就是那些照片的来源。

“安德烈亚斯·阿贝热尔目前正在巴黎办摄影展。如果方向没错的话，我应该会追踪到玛蒂尔德·洛梅尔的尸体并确定涉案人员的身份。但我做这些都是合法的，所以并不想让你出现在这条轨迹里，明白吗？”

“那你打算怎么和法官解释那个胎记？是我去找洛梅尔的，是我把它们联系在一起的。”

“当然可以说是你发现的，因为你虽然失忆了，但心里还有一个‘玛蒂尔德·洛梅尔’。我给你看过大卫的相册，去你公寓取资料时，你偶然看到了那个胎记……”

“天衣无缝。”

“明天一早，或者更确切地说，再过几个小时，你必须回到你的公寓，去医院看病，然后彻底删除手机里的照片。你该安静一下了，加百列，否则你会死在路上，最好的结果是筋疲力尽，最坏的则是被子弹打爆头。”

加百列不得不承认他是对的，于是点点头。

“凯莱布的家里……有朱莉的痕迹吗？”

保罗严肃地看着他——纸终究包不住火：“小说家很可能……把朱莉囚禁在了那里。”

加百列像是没有听见，弓着背，抱着肩膀，唇角微微发抖；但这些细节足以证明他仍然高度紧张且无比清醒。

“回去之前，我想去看看那个房间……”

说完他低下头，又猛地抬起头，红红的眼睛里充满疑惑。

但令人惊讶的是，他并没有对作家儿子表现出任何出离的愤怒或说出任何攻击性的语言，只是沉默。今夜，他已经没有力气战斗了。

“不让比利时警方介入并不意味着我们会停止调查，”他喃喃地说，“俄罗斯人一定是为某个人效命，背后还有主谋，保罗，他们必须付出代价。”

保罗拉过椅子，在加百列对面坐下。

“俄罗斯人那里还有什么线索吗？”

加百列摸摸浮肿的眼皮，眼球下方仿佛藏着一个弹簧。

“没什么了。显然，他只负责绑架，起初由旺达协助，后来很可能是独行侠。他的另一个工作是……把尸体浸入索德宾仓库的强酸。盖卡知道这件事。”

“凯莱布显然也知道，而且早在 2007 年就知道了。这么说这两个人彼此非常熟识，都知道尸体被运往仓库意味着什么……但如果是凯莱布把朱莉囚禁在家里，为什么画她的人是盖卡？”

“两个人在分享恐惧，然后各自行动。这些家伙和我们不一样，他们是异类，思考方式与常人不同，我们根本猜不出他们的动机。”

一阵沉默。同谋犯罪吗？保罗挥了挥手，像是试图抓住某个困在意识里的念头。最后，他按住太阳穴。

“毫无头绪，还是睡觉吧，你最好在这里休息几个小时，床垫很宽，还能凑合。”

说完他去把“请勿打扰”的牌子挂在了门把手上，然后去浴室换上浴袍，回到加百列身旁，垂着肩膀坐下。

“一周前我根本无法想象和你这个混蛋同床共枕……现在，我们两个竟然穿着浴袍，就像两个做海水浴的老人。”

69

加百列独自向停在堤坝上的自己的奔驰车走去。巨大的海湾散发着美丽的忧伤，海水已经退却很远，远得几乎看不见。灰色的天空与灰色的大海激烈相撞，两种灰的混合犹如南方的蓝一样强烈刺眼，与狂野古老的蛋壳色沙滩形成了鲜明对比。

加百列停下脚步，凝视着远方的银色地平线。冰冷的海风吹拂着他僵硬的左脸，让大脑陷入一种莫名的焦虑。他刚刚参观了那座“疯人院”：没有尽头的走廊，凯莱布·特拉斯克曼精神错乱的本色，以及那个可能囚禁过朱莉的秘密房间。他直视着作家儿子沮丧的目光，内心却似乎无力发起任何攻击：殴打解决不了任何问题，只会造成更多麻烦。

他继续往前走，经过两辆警车，径直向灯塔走去。保罗正等待司法程序的启动，北方的同事们会调查并搜索那座迷宫，用若干设备探测别墅周围，寻找一具或多具尸体。这需要几个星期的时间，但加百列知道，他们挖不出朱莉。她很久之前就不在这里了。

真正的线索只在保罗手里：那张胎记照片。但愿它真的来自安德烈亚斯·阿贝热尔的相机。加百列强忍住立刻冲向巴黎东京宫的冲动——保罗已经为他承担了太多风险，也答应他会随时通报进展。一旦从阿贝热尔那里获得线索，哪怕最细微的，保罗知道接下来该怎么做。

他凝视着大海，尽量不去惊扰在沙滩上蜷成一团小毛球的鹬。他永远不知道朱莉在这里经历过什么。她等了多久？等着他来救她？可他一直没有出现，他没能救出她。

更遗憾的是，此刻他只能乖乖回到里尔的瓦泽姆区，回到他的公寓。俄罗斯人这次小心翼翼地为他关好了门，没有破坏任何东西。

加百列联系了一位锁匠，后者不到一个小时就到了。看到加百列脸上的伤痕，他默默地干了活儿、拿了钱，然后旋风般地消失了。加百列吞下两粒止痛药，在脸颊和太阳穴处涂抹上药膏——这些都是他在浴室的小药箱里找到的。他用力按压着眉骨，剧烈的刺痛提醒他自己居然还活着——多么美好的劫后余生啊。他重重地倒在床上，身体仿佛一下子从过去几天的高度紧张中抽离出来，沉沉地陷入无梦的睡眠。

下午2点左右，他醒了，起身去冰箱里翻找，掏出一袋真空火腿和胡萝卜碎，囫囵地吞了下去。应该尽快去买点吃的，还要尽快打电话通知房东公寓更换了新锁，然后，他会继续查看纸板箱里的档案，捕捉过去的记忆。毫无疑问，他必须去找份工作了，银行账户的余额不会永远是正数。但一个混沌的大脑该如何承担一份工作呢？简历上应该写什么？一名前警察？前调查员？曾任职萨加斯宪兵队，曾住在阿尔比恩的小屋，这就是他生命的全部，他的前半生……

他环顾这个破旧的房间，没有色彩，没有装饰，没有过去，没有未来，一个单身男人的完美底片。他已经开始为接下来的几周感到焦虑：日子要怎么过呢？忙着赶路或躲过暗杀至少可以让他没有时间去反刍。有什么比一个人呆坐在桌旁，面对着一堵墙更糟糕的呢？空气里只有叉子落在盘子上的声音？这也是他从未停止寻找女儿的原因，探索和追求是可以让他活下去的火种。如果没有某个幻想中的目标，他最终会变成玛蒂尔德的母亲。

想到这里，他从口袋里掏出那个便利贴，上面写着乔西安·洛梅尔的电话号码。他一直无法忘记她的脸，强烈地想给她打个电话。但理由呢？告诉她她的女儿被一个虐待狂扔到尸检台上拍了照？告诉她一个疯子用她女儿的血画了画？加百列无力地把纸揉成一团，扔进垃圾桶，努力回想着自己在那些被遗忘的岁月里是否拥有过爱情。除了旺达，他还认识别的女人吗？

他起身把盘子放进水槽，拿起手机，迫切地希望保罗能发条消息过来：他到巴黎了吗？能找到那个摄影家吗？能知道法医的名字吗？加百列愤怒于自己只能回到这里，一无是处，而保罗却在战斗。他在房间里踱着步。不行，得让自己忙起来，他打开笔记本电脑，点开互联网浏览器。即使被关在家里，也一样可以尝试着在凯莱布·特拉斯克曼和亨利·赫梅利尼克之间建立联系。也许谷歌会帮他找出真相，比如两个人发生交集的方式、地点？

他分别输入“凯莱布·特拉斯克曼、亨利·赫梅利尼克”

和“凯莱布·特拉斯克曼、阿韦尔·盖卡”，均没有任何结果。网上没有任何两个人在一起的照片，也没有同时引用他们名字的文章。在虚拟世界里，他们就像教皇和加拉帕戈斯群岛的乌龟一样毫不相干，不过即使见面，恐怕也见不得光。

单独搜索“阿韦尔·盖卡”，同样什么都没有。这么说来，赫梅利尼克并不是一位常规意义上的画家，他的画作始终保持匿名，且仅以隐秘的方式和非官方渠道传播。这些画是生意场上的最佳礼物，有助于他左右逢源。但加百列觉得“礼物”这个词并不合适，“毒药”可能更好。

他删除了搜索栏里的“阿韦尔·盖卡”，继续输入比利时实业家偶像的名字——卡拉瓦乔，然后开始浏览这位天才画家的生平介绍。原来这位意大利画家年轻时曾在一场争斗中误杀了人，后来被迫逃亡，并在流亡的岁月中走到了生命的尽头。

加百列立刻对卡拉瓦乔的传记产生了兴趣，他直接略过画家的青春岁月——六岁时父亲去世，十四岁时母亲去世，性格孤僻怪异……天才画家卡拉瓦乔的作品永远光芒万丈且咄咄逼人，其中大多都是将《福音书》中的场景转化为时下的绘画主题。在他笔下，罪犯可以温柔，无辜者可以丑陋。他只专注于那些消极的、幕后的、暴力且难以言喻的美感和维度，几乎所有作品都令人着迷、不安、震惊……

《朱迪思与霍洛弗内斯》让人不寒而栗：斩首、割喉……鲜血从动脉中喷涌而出……这些画与盖卡的画相隔光年，但加百列似乎看到了二者之间微妙的共通之处，尤其是那幅《美杜莎》，无疑就是比利时人笔下朱莉和玛蒂尔德形象的灵感源泉——令人毛骨悚然的气氛、散乱卷曲的头发……

卡拉瓦乔生命的最后几年尤其动荡不安，逃往马耳他后，他被指控强奸和鸡奸并被判有罪。后来他成功越狱，成为虔诚忏悔的受害者和那不勒斯难民：他的许多作品都表达了自己想要弥补曾经犯下谋杀罪的悔意。在《手提歌利亚头颅的大卫》中，加百列看到卡拉瓦乔将自己描绘成了“邪恶的化身”：颈部裸露的肌腱、巨大的黑色瞳孔，整个画面散发出一种最为极致的冰冷……毫无疑问，盖卡的画作也弥漫着相似的气息。

据网上某些专家的说法，卡拉瓦乔通常是在毫无意识的情况下描绘了最卑鄙的恐怖感，甚至暗自希望在那些前来欣赏他作品的参观者眼中看到痛苦和厌恶，以衡量自己作品所传递的力量。阿韦尔·盖卡是在模仿他吗？向朋友展示被诅咒的脸？当那些人看到画时，他是否也在仔细观察对方瞳孔中闪过的惊愕？当他心里想着“你并不知道你看到的怪物真实存在”时，他是否也体验到了一种极度变态的快感？

加百列喝了一口水，陷入沉思，他似乎感觉到凯莱布和盖卡之间有某种深层次的联系：类似一种直线联系，超越单纯的肉体相遇，更像一种无形的精神纽带。正如保罗所说，这两个人是异类，各自完成进化，以某些禁忌作为写作和绘画的主题，他们是孤僻的生物，身体里住着恶魔。

他打开手机相册。保罗是对的，那些照片必须被删除。他盯着俄罗斯人，回想起自己曾在仓库尽头与这个恶魔战斗，被捆绑，被殴打，温热的呼吸喷在自己脸上……他发现自己的手竟然开始发抖——必须冷静下来。

加百列重新盯着那个刽子手。阿韦尔·盖卡多年来一直为他提供处理尸体的场地和强酸，凯莱布也知道这一点，那个主谋肯定也一样：因为有人付钱给我，这是我的工作。这是俄罗斯人说的。那么，在两个人都已经去世的今天，又是谁在操纵这台万恶的机器呢？是哪个魔鬼在继续付钱给一个黑手党成员？两具被福尔马林浸泡的女尸又是谁？她们从哪里来？为什么被杀害？

加百列翻看着尸体照片。强烈的闪光灯下，她们的脸像被涂了一层脂肪蜡，与黑色的尸袋形成可怕的对比。两个女人……大约四五十岁……不过也很难讲，皮肤看起来像塑料一样。他滑动屏幕，浏览着不同角度的照片。

突然，他锁定在其中一张：拉链边缘处露出了一小块皮肤，应该是在左臂的位置，皮肤表面好像印着什么字。加百列立刻放大图像：像是一枚印章，印着几个字母，周围框着一个黑色边框，其中一部分被挡住了，框里面写着：

Medyczny stoku: K417

他想到斯拉夫语。这具女尸身上竟然被盖了章？被检疫的动物吗？指尖处传来一阵刺痛。加百列继续滑动屏幕，仔细盯着另一具尸体的照片：一张臀部特写。很幸运，这一次

他把尸袋拉开得更大，拉链被完全分开了，边框和文字完整地显露出来：

Uniwersytet Medyczny w Białymstoku: K442

他的心脏在狂跳，他冲回到笔记本前，把文字输入翻译栏，语言立即被识别：波兰语。

比亚韦斯托克医科大学：K442

加百列大脑里的齿轮开始高速运转，各种微妙的思绪接连跳了出来：有盖章和编号的尸体、大学、福尔马林——毫无疑问，这些尸体来自某个大学的实验室，被浸泡在防腐剂中，以便学生学习和实践。

二十年前，加百列曾因一起校园欺凌案造访过某个学校的实验室，他依然记得那些被浸泡在水族箱里的头颅，透明深水池里被割开的肢体，以及陈列在数十张解剖台上的胳膊和大腿。那些残肢就像普通包裹一样被老师不动声色地分发给学生，在那里，盖章和编号只是为了让尸体更具识别度且更易溯源。

然而，从波兰偷走用于科学实验的尸体，然后运到比利时被强酸溶解，这又有什么意义呢？似乎有点说不通。

加百列彻底迷路了，只能继续在网上搜索。

比亚韦斯托克：一座拥有三十万名居民的波兰东部城市，距离白俄罗斯边境仅几公里。

波兰……

另一条轨迹：波兰喀尔巴阡山省，毕斯兹扎迪山区，亨利·赫梅利尼克在那里拥有一座小木屋，南距比亚韦斯托克五百公里，紧邻斯洛伐克和乌克兰。据那位遗孀说，赫梅利尼克每年都会去那里猎狼。

这不可能是巧合。加百列紧盯着地图，喀尔巴阡山省中部、小木屋……波兰领土仿佛磁铁一般吸引着他的目光。他想起了冲破天花板的巨大树根，想起了那幅画：树……赫梅利尼克庄园的巨幅自画像，主人颐指气使的神态……那是一种表达吗？就像那些脸：*你并不知道你看到的怪物真实存在*。那眼神中隐藏了什么？小木屋里隐藏了什么？赫梅利尼克就是在那里画下朱莉的吗？

加百列急忙翻找夹克口袋，找到了西蒙娜·赫梅利尼克的电话号码，他犹豫了一下：这个电话很可能意味着再次引起警方的注意。但他没有退路。

“嘟嘟”两声之后，有人接起了电话。西蒙娜说那座小木屋仍然属于她，自从丈夫去世后，就再没有人踏足过那里。她问他为什么对它感兴趣，他解释说自己一直在寻找线索：她丈夫可能就是在那里画那些画的？或者画曾被保存在那里？他甚至打算去波兰进一步调查。

西蒙娜对此毫不介意，但她并不知道小屋的钥匙在哪里，也从未拥有过它。不过，加百列还是说服她把小屋地址给了他，并保证自己绝不会破坏小屋的任何设施。他曾经是一名警察，他知道该怎么做。

在一再向对方保证日后会将真相和盘托出后，加百列终于挂断了电话，眼睛却一直盯着那行匆匆写下的地址。火花闪过他的视网膜：狩猎行动再次开始。

他在网上查了一下：直飞波兰只需两个小时，就像去其他欧洲国家一样，一张身份证就足够了。他迅速点开一个机票预订网站：里尔－克拉科夫航班，在售，下午6点5分起飞，最优惠价。他脑海中的那个计划相当明确：落地后租辆车从克拉科夫前往毕斯兹扎迪山区，然后向比亚韦斯托克进发。

还剩下不到三个小时，里尔-莱斯坎机场在十公里之外。

还来得及。

70

追捕一张照片，就像追捕一个嫌疑人，必须不惜一切代价。

保罗知道，一旦重新调查胎记照片的来源，真相就会逐渐浮出水面。就像在一条无尽的隧道里跋涉了数小时，前方突然出现一个光点，越来越大、越来越大，直到一片日光在脸上炸开。

手机响了，是马丁尼。

“我从手机运营商那里查到了旺达·格什维茨的身份，”副手开门见山地说道，“她的真名是拉达·博伊科夫，现年三十五岁，三年前住进了紧邻法国边境的比利时边陲小镇哈鲁因的一栋公寓楼，距离里尔三十二公里……”

保罗的汽车堵在了前往巴黎的西环路上，还不到下午4点，交通已经拥堵不堪。他调大蓝牙扬声器的音量。

“证件没有问题，没有犯罪记录，档案中也没有任何可疑之处。目前我们对她的真实身份知之甚少，手机通话记录显示，最近几天一直有个号码试图联系她：哈鲁因一家啤酒餐馆的老板雷米·巴托，我找到了他。拉达·博伊科夫自从在哈鲁因安顿下来后，就一直在他的餐馆做服务员，最近突然失去了联系，他很担心。”

“干得漂亮。”保罗回答道。由于车速太慢，他索性刹了车。

“巴托还提到了加百列。据他说，从八月底开始，加百列几乎每天都来餐馆吃午饭，主动和拉达搭讪，有说有笑，有几次他还看到加百列开车来接她下班。这就是故事的开始，他们两个……”

和加百列的说法一致：拉达牵涉失踪案，于是他追踪到边境小镇，迷路了，多亏寡妇西蒙娜提供的电话号码，他才找到她，然后暗中观察，开始和她调情，把她带回里尔的公寓。其余的，保罗都知道了。

保罗向副手转达了针对凯莱布别墅的司法程序已经正式启动：当地警方已获悉并将全权负责调查。然后，他迅速挂掉了电话，集中起全部的注意力：从四面八方涌来的汽车和摩托车堵塞了道路，各种喇叭不断地尖叫。半小时后，他终于驶出太子港出口，开始沿布格大道和哥白尼街行驶。五分钟后，他把车停在克莱伯 - 特罗卡德罗公园停车场，总算可以松口气了。最后一小时的车程对于他这头很少出山的熊来说真是比登天还难。

东京宫的建筑总能让人想起宏伟的希腊神庙，在阳光下闪着耀眼的白光，华丽地矗立在宽阔的大道中间，东翼是巴黎现代艺术博物馆，西翼是当代艺术中心，两旁林立着苍翠的树木和奥斯曼式建筑。保罗注视着背景里的埃菲尔铁塔——自己至少二十年没来了——他拍了一张照片，然后像只跛脚鸭一样爬上东京宫的台阶。他特意换上了便服，甚至购买了门票——只为一场名为“停尸房”的主题展览。他只是一位普通的参观者，瞬间被淹没在了人流中。

在箭头的指引下，他一路穿过宫殿的各种非结构构件。众所周知，东京宫是有生命的，艺术家们每天都在塑造它，在墙上涂涂画画，在走廊和地板上挖洞——这座建筑本身就是一件艺术品，充满生机与活力。

走下一小段楼梯，穿过一扇门——门口站着一位保安正在检票——再经过一家私人影院，保罗终于踏上一条两旁挂满黑白照片的黑暗走廊。在几个穿着夹克的人的裹挟下，他撞进第一个房间，却在刹那间被一种不安的情绪冲遍全身——无比精准的复制和还原：白色油毡地板，低矮窒息的天花板，封闭的丧葬方格展室，每排六间，排成三排……甚至就连温度也被故意降到了 10℃以下。保罗不得不承认这种沉浸式展览效果的魅力。

墙上的画框里详述了艺术家的生平和影响力，包括“停尸房”的起源。一个按钮可以触发一段音频指南，保罗按了下去，低沉单调的声音立刻侵入耳膜。

他一边听，一边走到一组展示抽屉前，随机拉开其中一个，玻璃板下压着一张巨幅照片。他一眼认出那正是大卫相册中的男人，嘴巴压在钢桌上。照片下方有个签名：A.A.，还有一个标题：*心脏病，2014 年*。

他继续拉开其他抽屉，一张张变态的影像争先恐后地从“坟墓”里冒出头：*致命坠落，2013 年*；*艾滋病，2011 年*；*窒息，2015 年*；*烧伤，2016 年*。当滑轨滑轮把第十个抽屉的照片送到保罗眼前时，他僵住了。

不明死亡，2013年。大腿部位特写，马头状胎记，终于找到了。安德烈亚斯·阿贝热尔的镜头前果然出现过玛蒂尔德·洛梅尔的尸体。

左侧气闸室传来一声怒吼，接着从里面气势汹汹地走出五个人，他们用眼角的余光瞥了一眼保罗，然后离开了。门被砰地一下关上，寂静再次降临。

保罗探头看了看最后一间丧葬方格，然后向气闸室走去，拉开一个半透明的塑料帘子——类似于建筑工地的防水布——眼前赫然出现一个更加阴暗的空间：两张铺着白色瓷砖的解剖台占据了中央位置，上方悬挂着一盏老式灯泡，墙上还铺着瓷砖，甚至还有一扇假窗。保罗不禁想到20世纪40年代的老尸检室，比萨加斯医院的还要糟糕。

后面有一对男女正在讨论挂在墙上的一幅作品。当保罗看到那个男人的脸时，不禁握紧了口袋里的拳头——安德烈亚斯·阿贝热尔。他向艺术家示意想单独聊几句，艺术家点点头，举起一根手指，表示"很快就好"，然后继续讨论；他黑色帽子下探出的一条小辫子正在麂皮绒罗纹夹克的领子上跳着舞，这不禁让保罗想到了《指环王》中可笑的霍比特人。

保罗耐心地等着。展示柜里精心摆放着各种手术器械，一个个看上去更像是锻造工具：胸骨锯、锤子、钳子……墙上挂着各种解剖部位图——缝合的腹部、烧焦的面部、刺穿的皮肤——个个跳着可怕的舞蹈。保罗本以为自己早就习惯了死亡，但此刻依然无法想象那些观众会如何面对这些冰冷的“化身”：受伤、烧死、窒息……

其中一张照片是在一张钢桌旁拍摄的：镜头从一具尸体的脚趾出发，背景是法医沿耻骨至锁骨埋下的一条长而不规则的缝合线，从清晰到模糊。保罗实在搞不懂来这里欣赏这种恐怖画面的观众是什么动机：他们能在别人的惨死中得到什么？为什么会在尸体前狂喜？

他在入口右侧的一只“大眼睛”前停了下来：玻璃板下压着一张巨幅照片，正方形，边长至少一米。通过光反射，可以看到虹膜中央的“黑太阳”上清楚地嵌着一个椭圆形人工照明物，眼皮似乎很沉重，泛青的鼻梁提醒人们“死亡”已经无情地降临。

这似乎是一种异象，足以瞬间刺穿保罗的心脏。虽然只有几分之一秒，且难以捉摸，但他似乎顷刻间穿越进了一个似曾相识的维度。不是眼神，而是一种存在，超越眼睛本身的存在。

他凑了过去：中毒，2017 年。此刻，那只死亡之眼仿佛一口巨大的黑井。

“你注意到那盏无影灯了吗？”一个声音在身后响起，“那是一扇窗，代表生命逐渐消逝，最终让位于死亡。就是它吸引了你的注意吧？将你与中毒者联系在一起，在这个充满魔力且令人深思的时刻？”

保罗僵在原地。这张照片为什么令他如此不安？安德烈亚斯·阿贝热尔正站在角落里看着他，散乱的眉毛像砍伐过的森林，丰满的嘴唇像两个叠起来的轮胎。

“中毒的原因是什么？”

艺术家似乎很讶异于这个问题，以某种坚定的神态审视着对话者那张炽热、锐利且极度不安的脸。他往前走了两步。旁边的照片上是两只胖乎乎的婴儿脚，其中一只脚上系着蓝丝带——脑膜炎，2011 年。阿贝热尔沉默了许久，似乎对这幅作品充满了敬畏。

“作品名为《肮脏的死》，它的确不该出现在这里：还有什么比婴儿之死更不公平和残忍呢？这个镜头总让我感到强烈的不适，但我并不是不喜欢它。早在 19 世纪，死者就常被当作生者一样对待，被穿上衣服，摆出各种姿势，只为拍摄一张全家照，像母亲怀里抱着死去婴儿的画像不是很多吗？包括雨果和普鲁斯特，那些名人临终前都会被拍照、被临摹……”

“中毒的原因是什么？”保罗重复道，一动不动。

艺术家终于来到他身边站定，紧紧地盯着他。“我的联系人并没有向我提供细节。中毒，仅此而已。”

保罗点点头，开始慢慢地踱步。阿贝热尔跟在后面。

“在让它们永恒之前，你知道尸体的来源吗？”

“不完全知道。虽然我的工作有时必须了解背景，以免背离作品本身的意义;但一旦面对尸体,情况总会有些不一样。对于‘停尸房’来说，挑战并不在于知道它们曾经是哪个男人或女人，而是传达一种形式美，在尸体发生变态之前重新转录死者的个性，这才是一种真正的情感所在。为了达到预期效果，我需要在灯光和材料上下足功夫。”

“我们去看看那边的照片吧？我想听听你的意见。”

“我每天下午都在这里。”

两个人走出气闸室。保罗一把拉开10号抽屉，露出大腿上的胎记。阿贝热尔站在抽屉的另一侧，与对话者面对面。

“不明死亡，”他近乎虔诚地说道，“这要追溯到几年前了。有什么问题吗？”

“这正是我要问你的问题。”

艺术家似乎并没有注意到保罗的语气。

“你知道这世界上一共有多少种死法吗？一百四十种。其中有些相对高调且易于识别，即使对于新手也是一样：溺水、勒死、吊死、枪杀；而有的则较难判断且需要专业知识：梗死、动脉瘤破裂、肺栓塞……一般来说，即使困难重重，在当今科学手段的辅助下，法医也会设法为死因命名。但‘空白尸检’依然存在，在没有明确结论的情况下，法医仅能采用排除法，即受害者的死因不是A或不是B。没有人知道真相，这位受害者就是这种情况。”

艺术家指了指那个胎记。

“我非常喜欢这幅作品。这或许是一个悖论，或者更确切地说，是一种补偿。我对自己说，即使死因不明，死者仍然可以为人所知。所以，我在没有暴露脸的情况下展示了她的身份，这要感谢她大腿部位这处非常有特点的斑块。与其他胎记不同，这个图案似乎能让人安静下来。对于即将死去的人来说，死亡的未知性可能充满了甜蜜且无痛，而我想把这种平静转录下来。”

保罗再也听不下去他的胡言乱语，直接掏出手机，打开从网上找到的玛蒂尔德的照片。

“是她吗？”

艺术家仔细看了几秒钟，耸了耸肩。

“即使知道，也不能告诉你。很明显，我必须保密。不过我真的不记得了，那是七年前的事了，死人和活人的状态也不一样。请想象一下，历时五年多的创作历程，我见过几百具尸体，本次展览仅仅是其中一部分。不过或许可以在同名书《停尸房》里找到更多照片，艺术中心的书店就有售。”

艺术家抬起头，尽力捕捉保罗的目光。

“但你是谁？记者吗？”

是时候了。保罗把警察证推到他鼻子底下。

“宪兵队上尉保罗·拉克鲁瓦，我是来调查几件令人不安的失踪案的。这个女孩名叫玛蒂尔德·洛梅尔，2011 年在奥尔良被绑架，左大腿上有一个马头状胎记。”

一对夫妇走了进来。艺术家转过头，把保罗拉进角落。他已经摘下帽子，拿在手里。

“你是说，这个女的……？在失踪两年后出现在了我拍照的解剖台上？”

“完全正确。”

艺术家失神地靠在墙上。保罗注意到他的手指又短又粗，就像十根鸡尾酒香肠。

“把照片给我，我再仔细看看。”

保罗把手机递给他。安德烈亚斯·阿贝热尔盯着屏幕，似乎迷失在了曲折的记忆深处。

“应该是我的联系人从停尸房抽屉里取出尸体，放在了解剖台上。我只记得是个女孩，青春、美丽，令人印象深刻，仿佛一朵田野里枯萎的花，太不幸了……”

保罗的内心仿佛有团熊熊燃烧的大火。

“你刚刚说‘空白尸检’……所以当你看到死者的时候，法医已经在她身上动过刀了？”

“是的，她身上的确有典型的尸检伤痕。”

“就是说已经启动司法调查了？尸体是在什么情况下被发现的？你知道吗？”

“我怎么会知道？我说过了，法医并不会给我细节。请试想一下：我和我的联系人一年也就见两三次面，他冒险允许我在晚上进入停尸房，肯定和我交流得越少越好。我拍完照后他会检查所有照片，确保没有拍下脸。有时他会简单说说死因，有时还会对受害者评价上两三个字，仅此而已。”

保罗迷路了。如果启动过司法调查，就意味着必然存在用于识别 DNA 的尸检记录，那么结果应该会与基因库中玛蒂尔德·洛梅尔的 DNA 一致。这究竟是怎么回事？尸体经过解剖并被锁进了停尸房的抽屉，却没有 DNA 记录？贩卖尸体吗？

一个恐怖的念头在他的脑海中掠过。那一刻，冷汗冲遍了全身，他就像电影中被慢动作困住的囚徒，转向那只“大眼睛”，那口足以把他吸入的巨大的黑井，瞳孔缩成小小的椭圆，就像日全食。他终于意识到自己为何会在第一次看到它时如此震惊了。

拿着手机的手在发抖，保罗尽力滑动屏幕。

“还有她……你见过她吗？”

这一次，安德烈亚斯·阿贝热尔毫不犹豫。

“是的，我见过。很不幸，是在同一个解剖台上。2017年，我拍下一幅名为《中毒》的不朽作品，主角就是她。但她似乎比照片中年纪大一些，但我敢肯定，就是她。”

保罗瞬间被无情的巨浪吞没，接着被拖入了漩涡、剥夺了氧气。他就这样在东京宫一个阴森森的房间里，突然从一个陌生人口中得知朱莉就是“中毒者”。

朱莉死了。

附近传来塑料的沙沙声，那对夫妇还没有离开。保罗冲到他们面前，挥舞着警察证，双腿软绵绵的，怀疑自己随时都会倒下。

“出去。”

参观者没有说话，困惑地转身离开了。保罗回到阿贝热尔面前，努力让自己保持清醒。只要还在海浪中翻滚，哪怕被卷起、被吞没、被撞击，他都不会倒下。但必须尽快，一旦潮水退去，他就会被无情地搁浅在海滩上；只有那时，他才会哭出全身的泪水。

艺术家转向那只“大眼睛”，盯着它，仿佛第一次看到自己的作品，两条法令纹就像鲨鱼鳃一般挖开他的脸颊。

“难道……她的尸体也不见了？”

“我需要那位法医的身份。”

安德烈亚斯·阿贝热尔双手抱头。“我没有别的选择吗？”

“是的，立刻，马上。无论如何我都要知道他是谁，所以，请别浪费我的时间。”

艺术家咬紧牙关，盯着那个瞳孔，几秒钟后叹了口气，迎向警察的目光。

“她是女人，在里昂法医研究所工作，名字是科拉莉·弗里奇。”

71

当空客 A320 航班的起落架撞上克拉科夫约翰·保罗二世机场的停机坪时，熟睡中的加百列一下子醒了。从里尔-莱斯坎起飞后不久，他就睡着了，仿佛不曾经历过这两个小时的飞行。他迷迷糊糊地从行李架上取下运动包，迅速打开手机。没有来电。

乘客们纷纷搭乘摆渡车进入机场大厅，加百列顿时感受到一阵刺骨的寒意，他对这个国家的记忆几乎是零——2020年的一切都很惊人：客流、安检——海关人员一再审视着他变老的脸。他用欧元兑换了兹罗提[1]，在阿维斯停车场租了一辆小型汽车——有人建议他开通 viaTOLL，这种电子收费系统可以省去用现金支付过路费的麻烦。他钻进驾驶室，打开 GPS，输入赫梅利尼克小木屋的地址：纳西涅。这不是一个真正的地址，只是一个村名。据西蒙娜说，小木屋就隐匿在 DW896 公路沿线附近，距离纳西涅村约六公里，届时他会看到一条小路，右转后直插入森林，然后直通向目的地。

据 GPS 显示，从机场出发到纳西涅村全程不到三百公

---

1 波兰货币单位。

里，大约四个小时的车程。也就是说，他会在午夜时分到达。接下来也很简单：先找个地方睡觉，第二天一早去查看小屋，然后前往比亚韦斯托克医科大学。

当汽车驶上 A4 高速公路时，加百列依然无法相信自己已经在直觉的带领下降落在了波兰，而这一天的早上，他还在法国北方的海滩上散步。

登机前，他深入研究了毕斯兹扎迪山区和深受阿韦尔·盖卡喜爱的“猎狼”。这种狩猎活动的确存在，且规模庞大。波兰喀尔巴阡山省以众多的狩猎机构而闻名，它们专门负责游客狩猎期间的整个行程。富有的扳机爱好者只需花数千欧元就可以来这里享受极致刺激：一次由政府授权的非凡冒险，满载兽皮和兽骨作为战利品。这种血腥的旅游业使这个国家最贫穷的山区之一得以生存。

阿韦尔·盖卡也是掠食者之一。在冰封的山脉和森林中拥有自己的根据地，就像那些被困住的狼。狼群中的狼。

高速公路挖掘着无尽的乡村，斯柯达的车头灯渐渐沉入夜色。越往东，车流越少。在超过几辆运载坦克的乌克兰或德国重型货车后，汽车离开了沙漠区的三车道，开始在没有任何照明的公路上行驶。当加百列全力以赴冲过第一个水坑时，剧烈的冲撞力差点让车前轴断裂——看来必须更加小心翼翼才行。

周围的景观在平原和森林间不断伸展、压缩，星光熠熠闪烁，一轮下弦月被微妙地镀了一层琥珀色。仪表盘上显示气温为 1℃；而当汽车冲上一座山丘时，气温降到了零下。

树梢仿佛一双双大手在汽车顶板上方紧紧合拢，喀尔巴阡山脉并不是加百列想象中的巨大的花岗岩世界，而是一片片覆盖着繁茂植被的原始山谷，仿佛一直延伸到无限远，直到乌克兰和斯洛伐克边界。

从那一刻起，加百列再也没看到过一辆车，直至终点。夜色中，他努力辨认着纳西涅村的木屋和煤渣砖房，然后经过一片废弃的侦察营地和一座古老的教堂。再往前走，他注意到一个狼头形状的广告标牌，上面画着一张床和一个向左的箭头：狼馆。狼的旅馆。

加百列把车停在一辆全新的SUV旁边，走进旅馆。他来到前台，感觉自己仿佛正走进一场沉浸式游戏的布景。酒吧台后站着几个穿卡其色夹克和格子裤的男人，手里拿着啤酒，正转过头看他。大堂里弥漫着比悬崖旅馆更蹩脚的气氛，甚至会让人想到布拉姆·斯托克的《德古拉》。旅馆的装修风格足以瞬间把人带进充满怪物的神话故事：一只巨大的毛绒狼雕像“坐”在木制底座上，龇牙咧嘴，看向众人，仿佛一只即将大开杀戒的凶兽。

服务员用蹩脚的英语跟他对话，加百列听不太懂，只好打断对方，毫不犹豫地支付了昂贵的房费——相当于150欧元，然后拿起钥匙，上楼走进自己的房间。出乎意料的是，这里的确物有所值：大床、大型漩涡浴缸、古董家具，以及令人窒息的装饰细节——打过蜡的地板上嵌着狼的脚印。

已经将近凌晨1点，保罗仍然没有消息。胎记照片真的能提供线索吗？阿贝热尔的展览上真的会有那张照片吗？但可以肯定的是，一旦被前队友知道自己现在的位置，他一定会气得跳上天花板的。

加百列快速洗了个澡，脱下牛仔裤，掏出口袋里的狼头打火机。狼头……奇怪的巧合。他把自己埋进还算干净的床单下，打开打火机——火苗优雅地吸入氧气，在黑暗中发着光。

加百列确信，这场异国之旅一定不会让他空手而归的。

72

周四，本杰明·马丁尼一大早就上路了。从萨加斯驱车二百公里抵达里昂后，他在安托万-卢米埃街的B&B酒店与保罗胜利会合。这家酒店距离里昂法医研究所只有五分钟的车程。保罗已经换上了警服，正坐在酒吧桌前等着，眼前放着一杯咖啡，大大的眼袋证明他几乎一夜未眠。两个人碰了碰拳，马丁尼给自己点了一杯意式浓缩咖啡。

“除了法官，你没有和其他人讲吧？”保罗急切地问道。

“当然……我能看看那只眼睛吗？”

保罗翻开《停尸房》(阿贝热尔在东京宫书店亲手交给他的)，然后停在某一页。马丁尼仔细看着。

“很奇怪，真不敢相信这是她的眼睛。”

“和在现场看还不一样，”保罗说道，“如果看到真实的尺寸……你会感觉自己瞬间被冻住。我把这张照片和朱莉的肖像照进行了对比，并让一位专家用专业软件进行了表面老化，颜色的分布、瞳孔的形状……毫无疑问，就是她。”

马丁尼飞快地翻着那本书，然后一脸严肃地还给保罗。

“你打算怎么办？”

“必须告诉他们真相，科琳娜，还有加百列……”

保罗用手抚着脸，叹了口气。

“是的……对于这个案子，我一直害怕这种时刻……结局就是，她死了。但感觉终归是感觉，和真正发生还不一样，只要没发生，就总觉得还有一线希望。”

服务员端来一杯浓缩咖啡。马丁尼把嘴唇贴在杯边，默默地啜了一口。他不知道该说些什么，眼前的上司似乎备受打击。保罗摇了摇头，回到正题。

“科拉莉·弗里奇，四十四岁，在里昂从事法医工作十五年以上。根据安德烈亚斯·阿贝热尔所说，正是她向他打开了法医研究所的大门。她欣赏他的艺术，显然她本人也对当代艺术充满了热情，在过去五年里，阿贝热尔总共找过她二十次左右。”

“晚上偷偷溜进去……？”

“没错。我一早给法医研究所打过电话，据秘书说，科拉莉·弗里奇今天有两次尸检，第一次是上午 10 点。我们必须在她开工前讯问她，开门见山，捕捉她的现场反应。她不是那里唯一的法医，阿贝热尔拍下的尸体也有可能不是她负责的，我们必须确认这一点。”

本杰明·马丁尼专注地点点头——

“朱莉、玛蒂尔德·洛梅尔，也许还有其他受害者，被那里的其中一位法医动了刀，一个来自萨加斯，一个来自奥尔良。故事里还要加上一个俄罗斯人，以及一位将朱莉囚禁在自己家的作家，住在距离这里七百多公里的别墅。上帝啊，这究竟是怎么回事？”

别忘了，还有阿韦尔·盖卡的恐怖画和溶解在大桶里的无名尸体，保罗心想。马丁尼看到的仅仅是冰山一角，就已经让他摸不着头脑了。保罗看看手表。

“很快就会知道的，喝完咖啡就走吧。”

两个人开着马丁尼的车出发了。里昂法医研究所坐落在里昂第八区的洛克菲勒大道，一座建于20世纪30年代的灰色U形建筑，依托于里昂第一大学，位于电车轨道沿线，毗邻一家大型超市。警车停在了研究所的员工停车场，两名警察走进大楼。在接待处，他们得知科拉莉·弗里奇一刻钟之前就到了，现在正在她的办公室。他们被指向右侧的走廊，两人直接来到了二楼。

敲门后，保罗推门而入。法医身穿米色毛衣、外套白大褂，正坐在一把扶手椅上在电脑前敲键盘，浅金色的短发勾勒出一张棱角分明的脸。当她注意到门口的警察时，立刻停止了打字。

“有什么事？”

和外表一样——嗓音冰冷而沙哑。保罗走过去出示了警察证，马丁尼关上身后的门，顺便瞥了一眼挂在墙上的一幅旧肖像画——亚历山大·拉卡萨涅，里昂犯罪学学派创始人。

“萨加斯宪兵队司法警察，专门为一起案件调查来问你几个问题。”

法医看了看表。

“好吧……一刻钟之后有尸检，警察一到就会立刻开始，所以请尽量长话短说……”

保罗把《停尸房》递了过去，目光始终没有离开她的脸。他必须精准地捕捉对方的所有表情：惊讶、恐惧，就像一只突然被困住的动物。当法医确认了手里的书后，只是静静地用手指摩挲着封面，咬紧牙关。

“我想，你应该认识这本书吧？”保罗问道。

她抬起眼睛，点点头。

“安德烈亚斯·阿贝热尔，有什么问题吗？”

“这是我要问你的问题。”

“我从来没有违反过职业道德，”她有些气急败坏，“我都会确保尸体不露脸，并检查所有照片。不管你怎么想，总之我严格守密，并始终尊重尸体的完整性。”

她退回到椅子上，尽管语气强硬，但明显已经遭到重创。

保罗打开手机相册，找到玛蒂尔德·洛梅尔失踪报道的照片，标题是“发生在奥尔良的悲剧性失踪”，插图正是女孩的笑脸。

“你认识她吗？”

法医摇摇头。

“不认识。你到底想要干什么？”

保罗俯下身，翻开《停尸房》，把它推到对方的眼前。

“你不认识她……好吧，的确是很久以前的事了，我们会唤醒你的记忆的。”

他翻着书页，把食指压在胎记照片上，下方是一行白字：不明死亡，2013 年。

“这个马头状胎记属于这个失踪的奥尔良女孩，也就是说，玛蒂尔德·洛梅尔的尸体曾在2013年被送进你的法医研究所。显然，这是司法程序的结果，我想，你那里应该有一份完整的尸检报告吧？”

保罗试图把对方逼进死角，直接给她戴上手铐，让她知道她已经无路可逃。对方再次看看那张照片，皱起眉头。

“不，我真的不认识她。这里不止我一个法医，阿贝热尔‘不朽的尸体’也不一定是我的，任何一位同事都能做到。”

保罗和马丁尼交换了一下眼神：果然不出所料。

“那就查查吧，”马丁尼坚定地说，“我们只想要一个名字。”

法医抓起鼠标，一连串的咔嗒声，然后开始打字。保罗绕过办公桌，站在电脑前：“玛蒂尔德·洛梅尔”的身份查询没有任何结果。

“什么都没有。我们这里每年要进行八百多次尸检，而且……”

保罗把朱莉的照片推到她眼前。

“仔细看看这个，别告诉我你也不记得了。2017年，三年前，也是另一位法医吗？”

对方再次表示不认识照片里的人。当保罗要求她查阅朱莉·莫斯卡托的档案时，仍然毫无结果。他紧张地翻到展览目录页，把书推到她面前，停在那只“眼睛”上，手掌重重地砸向桌面。法医吓了一跳。

“看到标题了吗？中毒。这意味着你知道死因，你见过这个年轻的女人，把她从停尸房抽屉里拉出来，特意交给了阿贝热尔的镜头，所以，请不要告诉我你不知道！”

“我们不会无缘无故登门的，”马丁尼在一旁补充道，“在你的帮助下，阿贝热尔拍摄了这只眼睛和这个胎记，但这两位受害者都被绑架了，而且杳无音信，死后又都曾出现在这里，这可不是巧合就能解释的。所以，你成了我们的嫌疑人。”

法医靠在桌子上，双手抱头。

“该死的……这与我无关！没有理由是这样。如果是我的话，我怎么可能还会冒险向公众公开这些照片呢？不是我，不……”

突然，她先是僵在了原地，然后慢慢靠近那只眼睛，用食指抚摸着黑色瞳孔中央发光的椭圆。

“这盏灯……”

她像是猛地惊醒过来，飞速地翻着书页。保罗和马丁尼在一旁默默地看着。最后，法医停在另一只眼睛上，显然属于男性，半垂着死气沉沉的泛青眼皮。

“摩托车事故，2015 年。没错……”

她看向两位警察。“我清楚地记得这个男人，包括此次系列展览中的大多数照片，但我完全不记得你带到我眼前的这两个女人。我想我知道原因了，跟我来吧，我先给你们看样东西。”

她站起身，把书夹在腋下，带着两位警察来到走廊，下到一楼，进入一个有许多扇门的大厅：一具尸体躺在担架上，旁边站着两名殡仪馆人员和一名警察，医生和学生们来来往往。三人经过一个衣帽间，那里堆满了白大褂和一排排白绿相间的橡胶靴。与萨加斯相比，保罗心想，这里才是真正的尸检工厂。

法医推开一扇双开门，走进空荡荡的解剖室，把书摊开在钢桌上，停留在‘摩托车事故’那一页，然后一把抓住上方的无影灯，转动铰接手臂。

“早在十多年前，我们这里的尸检室就全部配备了这种单焦圆形无影灯。如果你们想就此验证，可以随时去问校长。我记得阿贝热尔特别注意照明，他自己也会携带许多设备，比如铝制反光板，以达到最佳拍摄效果，他总是希望光线能够精准地反射在拍摄对象的瞳孔上。看那张照片，再看这盏灯，圆形的，一模一样……”

两名警察仔细看着，并不明白她的意思。法医再次拿起《停尸房》，这次停在了朱莉的眼睛上。保罗突然茅塞顿开：一切都显而易见。

“请仔细观察这个瞳孔中反射的光形，没错，是椭圆的，最重要的是，有两个光源。也就是说，是两个灯泡。这并不是我们的灯，你们可以搜遍整个法医研究所，这里不会有任何这种风格的无影灯。所以，你们感兴趣的这两张来自安德烈亚斯·阿贝热尔的照片，并不是在这里拍摄的。”

保罗的内心被瞬间涌起的狂怒吞噬了，那感觉就像差一秒就赶上了火车。阿贝热尔自信满满地在他眼前炫耀瞳孔里的灯光，仿佛就是在向他揭示真相——可他当时竟然丝毫没有察觉。

离开里昂的路上，他感觉自己就像个傻瓜。

73

加百列在寒风中瑟瑟发抖，他拉上夹克拉链，把衣领竖到耳朵上方，走出了狼馆。他有点后悔没戴帽子和手套来。晚上 9 点，气温只有 1℃，浓雾中的湿气紧紧地裹着他，地平线又回到了眼前。

他打开暖风，把车开回 DW896 公路，在驶离纳西涅村之前特意看了看里程表。五公里后，他开始减速，眼睛一直盯着右侧，西蒙娜说那里有条路直通向目的地。很快，他发现了一条几乎完全被埋入植被的小路，没有任何路牌和标记。他右转进入森林，驶上斜斜的碎石小径。大约一百米后，一道铁丝网拦住了去路，一块牌匾上写着“Własność prywatna”，他猜应该是“私产”。一把简单的挂锁锁住了金属大门。

他沿着铁丝网立柱转悠了几分钟——那边的空间似乎很开阔。他爬上铁丝网，紧紧抓住上面的树枝，稳住身体后一跃而下。对他来说，在迷雾笼罩的森林里穿行恐怕是终生难忘的经历，更何况此刻他正身处狼群出没的喀尔巴阡山区，或许狼群在几公里之外就能嗅到他的气味……加百列本以为夜色中会传来几声狼嚎，但耳边只有脚下传来的沙沙声。

那座隐没在山毛榉、枫树、白冷杉之间的小木屋看上去十分漂亮：精致的单层原木结构，木门上雕着玫瑰花，百叶窗紧闭，一根电线从屋顶引出，渐渐消失在黑暗中——也许是爬向了另一个富人的房子。加百列围着小屋转了一圈：没有其他入口，看来只能破窗而入了。他用力拽了拽窗框和窗把手，最后打碎了玻璃窗。

*我曾经是一名警察，我知道该怎么做。*他曾这样对西蒙娜说。加百列不断地安慰自己：应该不会有人指控他的。

他将胳膊塞进黑洞，从里面拉下窗把手，打开窗子，悄悄潜了进去。小屋里有散热器，设定在“防冻模式”，以确保室温保持在10℃以上。他把手靠近散热器取暖，地板在脚下吱嘎作响。客厅采用的是外露挑高结构，一根巨大的横梁从屋顶贯穿而过。一侧是厨房，另一侧是会客室。一座毛绒狼半身像被置于石头壁炉的左侧，旁边的墙壁上并排挂着三把大口径步枪和一幅清新的风景画。整个小屋在风格上与华丽的比利时庄园毫不搭边。

自从赫梅利尼克突然离世后，这座小屋应该就没有人踏足过，但加百列并不觉得这里有被遗弃的感觉——屋内几乎一尘不染。他走到布艺转角沙发的靠垫前，想象着那位实业家就坐在这里，在火炉旁擦亮枪托，准备去猎狼。

他来到走廊，经过一间配有按摩浴缸和优质家具的大浴室，走进第一间卧室。衣橱里放着狩猎服、大靴子、子弹盒——一套足以唤醒赫梅利尼克狩猎本能的行头。在这样茂密的森林里，追捕那些掠食者一定相当刺激：瞄准、射击、流血。

第二间卧室应该是客房：简约的装饰，空空的衣橱，同样似乎有人来过：衣帽架附近放着两幅用玻璃纸包裹的画框，旁边是两瓶白酒和一把用橡皮筋绑住的画笔。

他环顾小屋，确信这里必然存在另一间画室，只不过被隐藏起来了。他总隐隐觉得那位实业家每年来这里几次并不只是为了猎狼。

加百列搜遍了小屋的每个角落，打开每扇门和每个橱柜，甚至跑到屋外搜了被篱笆圈起来的院子，希望能找到一间小屋或棚屋，但一无所获。他想起了朱莉和玛蒂尔德的画，想起了帕斯卡尔·克鲁瓦西耶的画：那不规则的石墙和冲破天花板的巨大树根……

如果不是上面，而是下面呢？

加百列冲回屋里，把鼻子贴在地板上仔细探索，挪开客厅的沙发，推开所有家具。当他在那间客房的床下发现了一张黑灰色的地毯时，他的心脏开始狂跳——小屋里唯一的地毯。

他试着推了推床，注意到床脚边的地板上有轻微的划痕，这更加证实了他的想法。他想象着赫梅利尼克卷起地毯，下面露出一块一米见方的正方形木板，木板上嵌着一个钢环。

加百列感觉自己正攀上一座巅峰，那是一种绝望的探索，令人痛苦的结局终于越来越近。他一把拉起金属环，黑暗的气息扑面而来。

74

电触点：脚边的小灯亮了，应该是木板门被打开后触发了自动照明系统。加百列走下十级台阶，站定在一个半圆形的坑道内，坑壁由扁平的岩石块堆砌而成。那家伙竟然在森林下面挖了一个人工洞穴。加百列并不了解喀尔巴阡山脉，只听说过第二次世界大战期间犹太人曾在这里避难，也许二者存在某种联系？也许没有；总之眼前的事实表明：亨利·赫梅利尼克的小木屋下有一条地下通道。加百列突然想起了肖像画上实业家颐指气使的神态，尤其是那根指向地面的手指，仿佛是在向众人暗示自己的秘密。

他沿着一串小灯泡继续前进，不时地弯腰避开嵌入石缝的树根。石壁上挂着几个玻璃相框，有规律地彼此间隔开，里面镶着白纸，分别用漂亮的手写字写着一句话（加百列认出那是凯莱布的笔迹）：如何向死兔子解释绘画；与野狼复杂共存；三角钢琴的和谐渗入；正交坐标系中神经量表的相对量级和位移。如果可以用一句话来解读一个精神病的内心世界，那么这些疯话统统可以成为代表。

他继续往前走，沿着通道来到一个圣杯形入口：位于左侧的空洞—— 一间画室。所有物件都还留在原地：容器里的油彩，变硬的画刷，画架上水粉画旁的红黑颜料管。加百列俯身闻了闻，确信颜料里掺了血。角落里散落着人类的指甲和一簇簇毛发，就像一只只疯狂的蜘蛛，旁边堆放着腐烂的有机物。他把目光转向另一个角落，注意到一根嵌入石壁的金属环链，旁边的地上放着一盏煤油灯。

加百列蹲下去，触摸着冰冷的金属，用手捂住嘴巴。朱莉就是被锁在这里的吗？被锁在这个地下世界？脸被冻结在一个疯刽子手的画布上？她被赫梅利尼克囚禁了多久？在这个地狱经历了什么？没有食物残渣，没有床垫，没有任何迹象表明这里长期囚禁过人类。在让她和其他人在画布上“永生”后，赫梅利尼克对她们做了什么？

加百列站起来，不得不扶住墙壁。他曾设想过各种可怕的结局，但不是这样的，在如此黑暗、阴沉、孤立、疯狂的地狱，人会经历怎样的绝望呢？刹那间，他仿佛又看到玛蒂尔德的母亲在他面前恳求着：请随时打电话给我。如果有任何消息，任何关于我女儿的消息，希望你能告诉我。别丢下我，好吗？拜托，把我从这个地狱里救出去吧。

是的，他找到了。他找到了她的女儿，就在这个无名的坑道里。

加百列回到通道，继续向前探索。空间不断缩小、膨胀、缩小，就像在通过一条食道。位于尽头的最后一个洞穴正在等着他，这次是在右侧。他一头钻进去：隐秘而狭小的空间，布置得很舒适，地板上铺着土耳其地毯，镶金边的红色天鹅绒窗帘遮盖住石壁，中间放着一张圆桌，桌上摆放的烛台里插着燃烧了半截的蜡烛，桌旁围摆着四把天鹅绒扶手椅，石壁穹顶挂着几个玻璃相框，里面仍然镶嵌着难以理解的句子：西伯利亚交响乐与地狱的肚脐；吸血鬼烧焦的腹部与其他毁灭的仪式；枯死的冷杉树枝上慵懒的低语。

加百列几乎快要窒息，他已经不再感觉寒冷。洞内的便携式加热器旁立着一个玻璃柜，里面摆放着玻璃杯和琥珀色酒瓶——陈年干邑白兰地；旁边是一个实木书柜，上面放着大约五十本书。

他快速地翻了翻，大部分都是知名的绘画艺术作品，主题始终是血腥的杀戮：宗教场所中心上演的谋杀、以肮脏街道为核心的战场——保罗·塞尚的《被扼杀的女人》；七弦琴上放着一颗被斩下的头颅——古斯塔夫·莫罗的《哀悼俄耳甫斯》；亨利-卡米耶·当热笔下被巨人大棒碾碎的横卧的尸体。加百列不断地拿起又放下：罗丹、德拉克鲁瓦、德加、蒙克、贝克辛斯基……这些画家、雕塑家和作家都曾在各自生命中的某个时刻痴迷于描绘那个留给后世的终极禁忌：死亡。

加百列快速地翻着书页。弗朗西斯·培根的画是纯粹的暴力，文森特·梵高的画是令人眩晕及自我毁灭的表达。被诅咒的疯狂的艺术家们在深渊的边缘创造杰作，他们的艺术既是拯救也是毁灭，既是治愈也是变态。加百列不禁想起了凯莱布的别墅。他拿起大卫·鲍伊的音乐专辑《1.外面》（旁边是陀思妥耶夫斯基的《罪与罚》和杜鲁门·卡波特的《冷血》），1995年发行。他记得这位歌手曾公开谈起过谋杀和艺术：并认为前者始终为后者服务。

谋杀、艺术……书柜上的书就像在缔结某种不可思议的联盟。加百列走到圆桌前，触摸着扶手椅，发现所有座椅表面的布料都已经被严重磨损。毫无疑问：有四个家伙经常在波兰森林的地下世界会面。这四只怪物在恐怖书籍的包围下开怀畅饮，吹着柔柔的暖风；而两堵墙之外的受害者却被锁进了永远的黑暗和冰冷。

谋杀、艺术……这两个词一直在加百列的脑子里跳舞。他想到了凯莱布和盖卡，仿佛看到他们两个正坐在眼前的圆桌旁，分享着各自的秘密、痴迷和猎物。

烛台左侧放着一个摆件，上面盖了块黑布。加百列掀开布，发现里面竟然是“一本书”：朱莉吊坠的放大版，由黄铜和锡制成，大小与真正的书相仿，非常重。加百列拿起来晃了晃，里面似乎是空的。他紧紧地盯着它，依稀记得保罗打开吊坠的动作：按下隐藏的按钮……把书翻过来，左上角的浮雕，按下去，重复一次。经过几次尝试，他终于来到机关的尽头，只剩下一个按钮，位于封面的右下角。

封面弹开了，仿佛一封邀请函，里面躺着一本浅棕色皮革封面的小书，笔记本大小，封面上刻着一幅木刻画——剑突联胎，与凯莱布暗门上的一模一样，下面是一行金色墨水字：

剑突联胎秘密社团

加百列把小书从隔间里拿出来，盯着它，喉咙有些发紧，仿佛正捧着一件被诅咒的毒物，里面隐藏着最可怕的真相。

小书只有五十页左右，全部是漂亮的手写黑体字，来自凯莱布·特拉斯克曼。

加百列打开书。

75

2005 年仲夏（七月）

自从该隐谋杀了亚伯，艺术家们纷纷热衷于对这一罪行的描述。在戈雅和热里科的作品中，禁忌行为的上演通常是其引人注目的杰作的灵感起源。德拉克鲁瓦的《萨达纳帕拉之死》无非是纯粹的暴力，博物馆里的观众为之狂喜。电影，就像文学，擅长将“谋杀”转化为隐藏的视觉乐趣。无论是看书的人，还是看电影的人，都像真正付诸行动的人一样投入其中，因其对流血的迷恋而成为帮凶。这是人类的本性——偷窥和卑鄙的享乐。

我们四个，隐退的艺术家，剑突联胎秘密社团的创始人，拥有一个共同的特点，即不流于大众，只因我们的某些作品中充满了暴力和不道德。我们被评判、被憎恨，甚至被误解。无论我们来自哪里、遭遇何种困难、经历何种痛苦，总有一台道德审判的脚手架凌驾于其他一切之上，贬低并摧毁我们。[……]

加百列坐在扶手椅上，默默地翻着页。这本小书已经存在了超过十五年。

> [……] 有什么比谋杀人类更可恶和更令人反感的呢？但对于一个深谙夺取生命的艺术并能与观众分享这种天赋的人来说，还有什么比这更令人愉快的呢？通过剑突联胎社团缔结的联盟，我们希望突破极限，以达到当代越界艺术的顶峰，并将其展示给尽可能多的人。
>
> 借此宣言，我们四人承诺将遵守社团所有规则和进程，以便尽可能长期推进我们的伟大事业。请尊重以下条款，从而确保工作的可持续性，以求在人类艺术史上留下永恒的印记。而我们与杀人艺术家的区别就在于：一旦认为作品足够丰富且足以揭示其真正用意，我们会在自己认为合适的时候被抓住。

加百列有点想吐，眼前的文字已经超出了自己的理解能力。他发现自己正面对着一群无可救药的堕落者，而这些文字就是他们的心声，也是他们必须遵循的方法、规则和指示。

> [……] 宣言的第一部分致力于“完美犯罪”艺术，这对我们的成功绝对必要。纵观历史，那些最著名的杀人犯都曾试图实现它，小说家通过自己的

布局详述它，画家在整面墙壁大小的画布上描绘它。而作为行动的一部分，我们需要制定自己对“完美犯罪”的定义，并根据各自在犯罪领域的长期思考和深入了解制定规则，而这些知识往往是通过我们在各自艺术领域中的研究造诣获得的。[……]

加百列继续读着。这四只怪物对“完美犯罪”进行了优先排序：首先是让尸体消失，找不到尸体是警察最大的难题；其次是让尸体消失的方法，比如朱莉日记本上的列表；最后，化学破坏是重中之重，液体可以借由土壤吸收和排入管道得以实现彻底的消失。摆在加百列眼前的简直就是一本杀人手册，其中某些规则既具体又令人不寒而栗——“随机性”“永远不要被人看到我们在一起”“犯罪之间的空当”“不要与受害者建立联系”；甚至还谈到了“移花接木”，即“故意误导警方，从而使其成为同谋”；同时规定社团成员须于每个月的第一个星期五定期在这里聚会，除此期间彼此不得有任何接触，在各自的日程、文件和电脑数据中也不得留存任何可能在成员之间建立联系的记录。

加百列尽可能冷静地吞下这些话。书中还提到了“展览”及作品的传播，因为这不仅仅是犯罪，而是将其作为“精神食粮”提供给公众，这也是他们行动的主要动力。这些人致力于将自己的作品传播给身边的熟人或朋友，以便当“启示”到来时造成尽可能强烈的影响。所有读过、看过他们作品的人都将成为病态艺术中不可分割的一部分。在加百列看来，他们甚至将这些展览视作一种新兴艺术的诞生——卑鄙的犯罪艺术。

> [……] 我们将直达每一位观众的眼前，让他们直面完美罪行；但他们并不知情，只是在内心和灵魂深处产生共鸣。卡拉瓦乔就痴迷于仰慕者眼中流露出的厌恶。我们的罪行将更加完美，因为会有成千上万的人直面恐怖，而他们只需为此付钱。当一切都结束时，这些人一定会发现社团及我们所采用的犯罪手法所拥有的巨大影响力。

所以，对于这个该死的秘密社团来说，他们甘冒如此巨大的风险并制造如此剧烈的痛苦，一切都只是为了将犯罪本身变成一种变相的奇观？

加百列可以想象当有朝一日真相大白时，这对于成千上万的凯莱布书迷来说意味着什么。他想到了毫不知情的帕斯卡尔·克鲁瓦西耶，每天盯着一幅被绑架的年轻人的画像——毫无疑问，那个年轻人已经死了。

> [……] 总有一天，一旦我们做出决定，“启示”的时刻就会到来。但就像精彩的悬疑小说一样，结局会尽可能来得晚。通常，“启示”必须由我们自己来揭示，但也可能受制于无法控制的外部因素，其中最明显的（尽管纯属假设）就是警察。

[……] 如果我们当中任何一位成员遭到第三方的怀疑，所有成员必须尽快提出有效的解决方案，以摆脱入侵者的控制，从而不损害整个社团的运作。所有成员，哪怕受伤、截肢甚至死亡，都必须坚持到最后一刻——“启示”到来的时刻。

书中并没有提到犯罪手法或实施绑架的手段（更没有提到俄罗斯人或黑手党），某些关键问题仍然很模糊，更没有出现过名字、地点以及任何关于展览作品的信息。加百列知道，赫梅利尼克是利用画画来犯罪的，凯莱布是小说，那另外两个人呢？

当四组首字母缩写并排出现在最后一页时，加百列似乎已经猜到了答案。这些变态竟然用各自姓名的首字母分别在这份宣言上签了字。

C.T. 、A.G.、A.A.、D.K.

凯莱布·特拉斯克曼（C.T.），阿韦尔·盖卡（A.G.），至于另外两个……突然，“A.A.”一下子跳到加百列的眼前：一切似乎显而易见。

安德烈亚斯·阿贝热尔，摄影家。

76

加百列拿着书跑回车里，把自己锁进驾驶室。

“阿贝热尔是其中一个！”

听筒里传来了交通噪声：保罗一定在路上。过了一会儿，保罗才在那头回答：

“你怎么知道？”

“现在方便说话吗？”

“方便，马丁尼的车在后面。不到一个小时之前，我们发现摄影家参与了绑架。但你是怎么知道的？你这个时候应该在公寓里休息？！”

加百列犹豫了一下，但还是决定说出一部分真相。他解释了自己来波兰的原因，并在阿韦尔·盖卡的小木屋下面发现了地下通道，以及剑突联胎秘密社团的存在。但他并没有提起比亚韦斯托克医科大学和尸体编号，因为他打算挂断电话后就直奔那里。

两千公里外的保罗猛踩下奥迪 A6 的油门，急忙看了一眼后视镜，生怕被马丁尼听到似的，调低了扬声器的音量。

“该死的，加百列！这不是交易，你……”

“他们有四个人，”加百列并没有理会他，“凯莱布、盖卡、阿贝热尔,还有最后一个名字缩写为‘D.K.’的家伙。十五年前,他们共同拟定了一份宣言,制定了规则,商讨如何实施完美犯罪并隐匿地将其暴露在公众面前。这些家伙每个月聚会一次,绑架并……通过自己的艺术形式‘创作’各自的作品或将它们带上舞台。按照这个逻辑,凯莱布 2005 年后出版的大部分小说都可能隐藏着真实的犯罪,而不仅仅是《未完成的手稿》。对于阿韦尔·盖卡来说,他在波兰画画,神不知鬼不觉地把画赠送给周围的朋友……”

保罗简直不敢相信自己的耳朵,加百列的话太疯狂了。

“至于安德烈亚斯·阿贝热尔,是照片,死后出现在钢桌上的受害者。这与法医无关,阿贝热尔无疑是将犯罪照片和解剖台上的其他照片混在了一起,以便掩人耳目。这样我们就会在看不清事实的情况下忽略他的罪行,从而毫不知情地成为同谋。”

“等一下,你说地下通道……那到底是谁囚禁了朱莉?凯莱布还是盖卡?你自己也看到了作家的密室。”

“是他们两个,我相信……凯莱布真的爱上了朱莉,他把她囚禁在自己家里许多年,也许并不为他们的社团所知。根据社团规则,成员与受害者之间不能有任何联系。凯莱布在萨加斯认识了朱莉,和她有了恋情,因此背叛了两年前自己亲手起草的宣言。在我看来,他从此陷入两难,一边是社团及其令人发指的罪行,一边是朱莉,直到……我也不清楚,也许是他的朋友最终发现并带走了朱莉,或者根据他原始手稿的结尾,是凯莱布亲自把我女儿交给了那些混蛋,然后朝自己的头开枪，因为他再也受不了了。别忘了，他曾经收到过大卫·埃斯基梅特的匿名信。无论如何，朱莉出现在了盖卡的画里，所以……她肯定曾经被锁在波兰的地下坑道。从理论上讲，安德烈亚斯·阿贝热尔的照片中也应该有她……”

加百列有些说不下去了。听筒那边的保罗把头靠在头枕上，紧握方向盘，他竭力克制着自己，但终究无法做到。

“是的，”他低声说，“一个特写……在东京宫，一张瞳孔照片，是她的，拍摄于2017年，凯莱布自杀的那一年……很抱歉跟你说这些，加百列，但我必须告诉你……你不应该打电话给我，你不应该……她死了，加百列。”

手机从掌心滑落下来，泪水夺眶而出，直冲进加百列的鼻孔。保罗听到了电话那头的车门声、远处的抽泣声和嘶哑的痛哭声。他深吸一口气，红着眼睛。这个该死的世界……两三分钟后，加百列的声音又传进他的耳朵。

“答应我，你会去抓阿贝热尔。”

“是的，我已经有了他的地址，现在就去找他。你必须先回到飞机上，尽快回来，离这些垃圾远一点，让我们来处理吧。”

加百列摇摇头，知道自己不可能听话。他的脸被巨大的痛苦折磨着、蹂躏着。他已经千疮百孔。

“是的，好的……我会回去的。”

“听话，好吗？有什么进展我会通知你。还有，答应我，先别告诉科琳娜，我想亲口告诉她。我知道朱莉是你的女儿，但她是我的妻子。”

“她是你的妻子。”加百列机械地重复着。

“对不起，加百列，我真心想帮你。”

加百列挂断了电话，昏昏沉沉的。朱莉，死了……是的，她死了……森林深处的某个地方响起一声枪响，女儿的脸瞬间从脑海中闪过。他仿佛又看到了她的微笑，听到了她的声音，她一直都在，和他在一起。但一切都结束了，朱莉将永远被困在盖卡的画里痛苦地哭泣。

当那个变态用画笔让她永生时，她还活着，被锁在地下。可当被转移到阿贝热尔残酷的镜头下时，她已经死了，躺在某个冰冷的钢桌上。是谁夺走了她的生命？用什么方式？加百列想象着摄影家在她的尸体周围打转，寻找着最好的角度——这似乎让他的灵魂顷刻抽离了身体，他不得不冲下车，一拳打在树干上，手上传来一阵剧痛。

文学、绘画、摄影，还有一个未知。第四种“艺术”是什么？在这最后的旅程中，加百列将以什么“形式”遇见朱莉？他回到车上，再次启动引擎，将比亚韦斯托克医科大学的地址输入 GPS。

在那里，他将找到险恶拼图的最后一块碎片。

77

在位于巴黎第三区和第四区之间的玛黑区，两名警察把警车停在了里沃利街市政厅一侧的停车场。下车后，他们沿西西里国王街步行，街两旁林立着高层公寓、餐馆、巧克力店和熟食店。而保罗却无意观赏周围的风景，事实上，他什么也看不见。焦虑拉黑了一切。下午 3 点，安德烈亚斯·阿贝热尔并没有出现在东京宫，虽然他每天下午 2 点后都会在那里。

保罗和马丁尼在一扇沉重的大门前站定，“阿贝热尔”几个字显示在对讲机上的几十个名字中间。保罗把所有名字后面的按钮胡乱都按了一遍——除了摄影家的。终于有人愿意向他“敞开心扉”——大门开了一条缝，痛苦开始升级。

眼前出现了一个宽阔的鹅卵石庭院，周围环绕着公寓、画室、摄影室、律师事务所……植被沿外墙生长着，一扇扇脏兮兮的小窗镶嵌在古董般的老建筑上。所有交通噪声瞬时消失了，整个巴黎似乎都屏住了呼吸。在这样一座繁忙都市的心脏地带，竟会有如此宁静之地？惊讶之余，两位警察开始询问来往经过的住户。在多次失败后，一位女士终于指了指对面角落的一段楼梯：安德烈亚斯·阿贝热尔就住在那边公寓的顶层。

陡峭的木楼梯、狭窄的过道，保罗感觉自己仿佛正穿行在一艘古老的西班牙帆船上。膝盖拼命折磨着他，可他还是咬牙踏上了吱嘎作响的台阶，马丁尼跟在后面。真相就在眼前、触手可及，保罗无论如何都不会退缩，他甚至听见了定时器的倒计时声。

两个人终于来到了六楼，默默地各自掏出手枪。

马丁尼的额头上布满汗珠，紧张得要命。

“你没事吧？”保罗低声说。

“应该先通知宪兵队，我们这是在做蠢事。”

“这还轮不到你做主。”

马丁尼把手指搭在扳机上。保罗用耳朵贴住门：没有动静。阿贝热尔逃跑了？他刚要举拳砸门——门把手咔嗒一声响，门被一阵风冲开了。保罗和队友迅速交换了一个眼神：意料之外。

两人走进客厅，地板上堆满了塑料盒、马戏道具和五颜六色的服装。保罗的喉咙有些发紧，他跨过门槛，手里举着武器。

“安德烈亚斯·阿贝热尔？国家宪兵队！”

没有回应，连地板的吱嘎声都没有。保罗点点头，示意马丁尼继续前进。两个人警惕地走过右侧杯盘狼藉的厨房，左侧的房间是空的。走廊尽头的视野赫然变得开阔，上面是一个阁楼：宽敞的空间，扶手椅，墙上挂着蓝绿红色的布条，一张桌子，各种形状的长凳。显然，一个摄影工作室。

随即，两个黑洞洞的枪口同时对准一个上身赤裸的男人：在一张巨大的纯白色画布上打着莲花坐，身上的毛发（包括头发）全部被剃光了，全身呈乳白色，在数十盏聚光灯的照射下泛着白光。男人的身后是另一块巨大的纯白色画布，像电影幕布一样被展开，周围聚集着反光伞，一台摄像机和两部三脚架摄像机正对准他的脸。

"我就知道你会来……"

保罗向前走了两步，枪口对着男人。保罗这才发现艺术家的一只手上拿着一个遥控器，另一只手则握着一把紧凑型短管手枪。艺术家让枪口精准地抵住自己的下唇，枪管倾斜向上，食指蜷曲在扳机末端，看上去平静且从容，仿佛一个处于深度冥想中的佛教徒。

"在你来之前，我查看了一下，"他淡定地说道，"你知道现在有多少人和那些摄像机相连吗？七万人。也就是说，有七万名匿名网友正迫不及待地看我脑袋开花。接着，我会向这个世界送出我最后的几幅作品：我自己的死亡。我本想等到十万人在线时再动手，但你来了，我只能速战速决。"

"不要这样。"

阿贝热尔抬起眼睛，保罗在对方的瞳孔深处读到了一种破坏性的疯狂——这个人生病了，他是不会放弃的，因为这是他工作的一部分。阿贝热尔像是读懂了警察的心思，冷冷地说道：

"1890 年 5 月 21 日至 7 月 29 日，梵高一共创作了八十幅最震撼人心的作品，然后朝自己的胸部开了枪。八十幅画，在短短七十天内完成，目前每幅售价均达数千万欧元。就在完成《麦田群鸦》后，在最后一刻，梵高获得了真理，实现了永恒；从此，他再无可恋。画什么？为什么画？作为一名艺术家，他已经死了。他的自杀是一个高潮，没有它，梵高可能永远不会成为梵高。”

马丁尼一直用枪指着摄影家。汗水刺痛了他的眼睛，他用袖子擦了擦，根本听不懂阿贝热尔在说什么。

“我即将完成的这幅作品将在当代艺术思想界和整个世界留下烙印。还记得班克斯的伟大发明吗？作品出售后即被销毁？现在，他的画是无价的。艺术有时就是如此难以理解和愚蠢，你会发现我的照片也将以黄金价格被抢购一空。”

说着他用遥控器指向一台电脑。

“我已经做好了准备，确保这幅即将诞生的艺术品会自动发送到我经纪人的电子邮箱，你对此无能为力。但这并不是真正的亮点，因为接下来的事会让我走得更远。像你这样的人只会把我们当作骗子、变态，但我们终将成为旗手，为人类最多样化的幻想提供投射面，为真正的鉴赏家提供前往镜子另一面的可能。我们将比梵高和班克斯走得更远，将成为彻底改变艺术思维方式的先驱。没有人能超越我们的成就。”

至少，对于像保罗这种讲究逻辑并脚踏实地的人来说，这些话毫无意义。在他眼里，眼前的男人就像凯莱布和盖卡一样，只是一个危险的疯子，这种血腥行径必须被阻止。

“‘我们’是谁？”保罗问道。

阿贝热尔张开嘴，金属枪口先是撞上牙齿，然后消失在他的嘴里。马丁尼向后退了一步，举起双手，试图安抚对方的情绪。

“不，不要这样做，不要……”

爆裂声就像火花四射的高压电线，闪光灯以惊人的速度释放出数道强光，两部摄像机以连拍模式猛烈开火。枪声响起，阿贝热尔身后的白色画布瞬间变成血淋淋的天穹，血点被喷出几米高，跟随炸开颅骨的子弹一齐冲上高空。阿贝热尔倒了下去，浓稠的鲜血沿着右脸颊向下流淌，眼睛睁得大大的，瞪着其中一部摄像机。

十秒钟后，闪光停止。

一切重归平静。

78

平原一望无际，森林在风中沙沙作响，沼泽和河流在淡黄色的阳光下仿佛锋利的刀片般闪闪发光。加百列开着车，路两旁簇拥着植被群，渐变的绿色阴影上点缀着艳丽的红。汽车偶尔穿过一个村庄，教堂的屋顶反射着金色的光，加百列可以想象那里的墓地、木屋以及铺着石块和鹅卵石的小路。他似乎沉入了一个纯净的宇宙，远离喧嚣、混凝土和人类与时间的永恒赛跑。地球某个角落的虚假谎言终究会被真相取代，也许就在波兰这片矿山的某处。真相正在等着他。

他试图联系了几次保罗，都没有成功。他们抓到阿贝热尔了吗？没有消息并不是好消息。他在语音信箱里留了言，最后在下午 4 点左右抵达了比亚韦斯托克—— 一座马赛克城市，拼叠着巴洛克式宫殿、古老的纺织厂和东正教或天主教教堂。色彩缤纷的外墙、宽阔的现代街道，与前苏联城市的沉闷和刻板形成鲜明的对比。“世界语”的字样充斥着每个街角——世界语酒店、世界语咖啡馆……他慢慢走过游客们争相拍照的“路德维克·柴门霍夫世界语纪念壁画”广场，才意识到这里竟然是这个国际语言的诞生地，那块用来纪念路德维克·柴门霍夫博士的巨大壁画就挂在前面几米远的地方——他出生在这里，也是世界语的创造者。

加百列把车停在距离比亚韦斯托克医科大学只有五分钟步行路程的布兰尼基宫附近，这是一座18世纪的建筑遗迹，他从没想过它会如此宏伟巨大：宽阔的法式花园，周围环绕着学院建筑、两家医院和若干体育设施。学生们簇拥在一起，坐在长凳上热烈讨论着什么。这些年轻人拥有繁花似锦的人生：未来的外科医生、放射科医生、研究学者……但加百列永远也无法体会参加女儿毕业典礼的幸福了，从现在起，他被剥夺了一切可能。

他走近一群学生，用英语解释自己正在寻找一个可以捐赠遗体的机构。很快，一名大三学生提起了学院的解剖学实验室，并带着他向侧翼大楼走去。加百列趁机从学生那里了解到这所大学有大约五千名波兰学生，其余则来自德国、挪威、西班牙……以尖端学科和优质教学享誉国际。

两人经过向公众开放的医学史博物馆，来到一处巴洛克式宫殿的拱廊下。穿过走廊，再走下一段楼梯，年轻人在一扇玻璃门前停下，门上写着：死亡乐于援助生命之地。著名的解剖学实验室。门那边，一位秘书正坐在前台后打电话。加百列向“导游”道谢后，推门而入。

加百列一边等待，一边假装浏览宣传手册——大致都是为遗体捐献给科学实验歌功颂德。淡淡的防腐剂气味充斥着鼻孔，环境、教师，还有随时可能靠近的学生……那些尸体到底是如何穿过这些围墙降落到比利时的呢？

当秘书终于有空搭理他时，加百列再次用英语解释说希望能和实验室的负责人谈谈。

“抱歉，他们正在开会，您必须预约才行。教授非常忙，您有什么事吗？”

焦虑感开始升级。

“很重要的事，涉及本不该出现在这里的尸体。我从法国远道而来，见不到负责人是不会离开的。”

对方犹豫了一下，叹着气站起身。一分钟后，她回来了，身后跟着一位身穿白大褂、眉毛和头发闪着白光的男人——深蓝色的眼睛，圆框眼镜，苍老的面容，瘦高的身形。在加百列眼里，这是一位七十多岁的老人，仿佛一阵风就能把他吹成两半。

秘书回到座位上，老人仔细打量着加百列伤痕累累的脸，一边用流利的法语开口，一边摸摸自己的左耳垂，白大褂的胸牌上写着：斯特凡·阿达莫维奇教授。

“负责人正在另一栋楼里开会，我是学院的解剖学教授，听助理刚刚说尸体有问题？”

加百列把一张纸递给对方：比亚韦斯托克医科大学，K417 和 K442。

“我需要带有这两个数字编号的尸体信息，并想知道更多关于这两具尸体是如何爬出了这里的围墙，最后被放进了比利时仓库的尸袋。”

教授皱了皱眉。

“仓库？比利时？你在说什么？”

加百列打开手机相册，滑动屏幕，最后停在盖章的尸体上，然后放大。

“显然，它们并不是唯一降落在那里的尸体，”他说道，“多年以来，一直有人把你们学校的尸体运到那里，用工业强酸溶解，直到彻底消失……”

另一张照片：圆柱体，被吞噬的脸，在棕色“糖浆”中脱离躯干的手臂。这位七十多岁的老人一时语塞，紧紧地盯着照片。

“法国和比利时警察随时都会出现，”加百列继续说道，“如果你不打算现在回答，那么应该很快就能见到他们。”

阿达莫维奇教授摘下眼镜，紧紧地握在手里。

“所以你不是警察，那你是谁？”

“一位寻求真相的父亲。如果能提供真相的负责人几个小时后才能出现，那我可以一直等着。”

困惑的教授盯着眼前这张伤痕累累的脸，又看看那些可怕的照片，最后轻轻地点点头。

“强酸……在我近四十年的职业生涯中，我还从未听说过这样的事。这些尸体是我们的责任，我和你一样渴望知道真相。你害怕死人吗？”

“当然不。”

“那就跟我来吧。”

两个人来到走廊，穿过一扇磁性门，走下一段楼梯，进入一个巨大的房间。一群学生正围着一位教授和一张解剖台，几十张与排气系统和抽吸系统相连的桌子排成一排，上面一尘不染。“能感觉到空气在流动吗？但气流依然不能驱散福尔马林和尸体的气味。”阿达莫维奇教授向同事点点头，继续往前走。

“我们这里每年会接收约五百具尸体，”他边说边向门卫展示自己的胸牌，“大多数用于现场解剖，以保证培训实践。从我们即将进入的这间储藏室开始，准备工作将按顺序展开，最后实现解剖。之后，尸体……（他想了几秒钟）会被火化。我们会对捐赠者给予最大的尊重，绝不透露他们的身份，仅向学生提供年龄和死因。”

“你说‘大多数’……”

阿达莫维奇教授推开一扇门，走进一间更大的房间，然后转身关上门，打开灯。加百列感觉自己仿佛正在一个被死亡统治的宇宙里进化，在这里甚至几乎能听到刀锋发出的温柔的咆哮。八个巨型长方形透明水箱上覆盖着用橡皮筋拉紧的厚防水布，水箱至少高三米，里面浸泡着几十个赤裸的男女，像多米诺骨牌般彼此堆叠在玻璃后面：变形的四肢、肿胀的脸颊、脏兮兮的肉体。

“‘大多数’的意思是，另有一小部分尸体会被卖给波兰专门生产医疗设备的公司，比如制作假肢、创口夹子或手术工具的工厂。我们还为各种研究中心提供尸体。”

尸体交易、死亡交易……加百列努力消化着新接收到的信息。寂静中，他走近其中一个水箱。灯光将防腐剂染成浅黄色，几乎呈糖浆状，这些被浸泡在无菌水里的沉默的尸体，看上去就像一个个粗俗的橡胶娃娃。

“所有交易都受到严格监管，”教授继续说道，“尸体被第三方接收的科学目的也必须得到有效证明。一旦条件满足，我们的管理团队就会签发确保尸源的证书，而这些公司和机构也必须小心保管这些证书，因其对尸源的可追溯性至关重要。每具进出这里的尸体都会被登记在册，信息也会被加密复制至服务器。而对于客户来说，他们的证书也必须与我们数据库中的记录完全匹配才具有法律效力。可以想象，这种双重监管可以有效防止贩卖尸体的可能。”

贩卖尸体……这几个字引起了加百列的不适。眼前，一具肿胀得不成比例的肉体正茫然地瞪着他。他低下头，凑近玻璃箱，看到了尸体臀部位置的编号：K324。

“K417 和 K442 被送到了哪里？”他问道。

斯特凡·阿达莫维奇教授走到放在后面一张桌子上的电脑前。

“我也无权访问数据库，所以无法得知尸体的身份和来源，但我可以回答你的问题。”

输入密码后，他启动了一个软件。坐在对面沙发上的加百列感到喉咙有些发干。终于来了，答案终于要来了。

当神色渐渐阴郁的阿达莫维奇教授严肃地看向对话者时，正方形电脑屏幕的光折射在了他的眼镜片上。

“K417 和 K442 的确被登记过……两具年龄和体重完全相同的女性尸体，十二天前离开学院办公室，前往华沙附近的皮亚塞奇诺小镇。德米特里·卡里宁教授的塑化博物馆就在那里。”

德米特里·卡里宁，D.K.。社团的第四名成员？！加百

列专注地听着教授的话，后脖颈上涌起一股电流。

“塑化博物馆……？”

“那是德米特里·卡里宁剥人皮的地方。”

79

加百列呆若木鸡，不得不靠在墙上，努力辨认着侵入视野的成群的黑蝴蝶。强烈的福尔马林气味熏得他头晕目眩，他请阿达莫维奇教授陪他到外面走走。五分钟后，两个人坐在一张长凳上。加百列脸色铁青，深吸一口气。

“能详细说说吗？”他开口道。

教授不断地向和他打招呼的学生们点头示意，双手深深插进上衣口袋，似乎感觉很冷，脸上弥漫着连阳光都无法驱散的阴郁。

“20 世纪 90 年代末，德米特里·卡里宁发明了一种丙酮技术，也就是先通过将所有水分从人体和动物细胞中排出实现防腐，然后利用硅树脂、环氧树脂或聚酯加以聚合，使尸身具备完全可塑的塑化外观，最后再剥去皮肤，力求让尸身表面呈现出肌肉、静脉、动脉和内脏等器官的复杂结构，从而尽可能实现剥皮后的尸体仍能保持活人般的姿态：步行者、舞者……”

加百列被一个个画面吞噬着，他以前的确听说过这种恐怖的技术。

“卡里宁是一位拥有俄罗斯血统的杰出解剖学家，在著名的西伯利亚医学院工作了很长时间，后来才来到波兰，致力于研发其在世界上独一无二的解剖技术。他在皮亚塞奇诺创建了私人生物塑化研究所，也就是在那个时候，我们和比亚韦斯托克的另外两所大学开始为他的科学研究提供尸源……”

西伯利亚、俄罗斯人……加百列很难专注于教授的话，一个可怕的想法正在大脑中形成，就像所有致命线索出现的巅峰时刻。

“卡里宁代表着一场宏观解剖学的真正革命。起初他纯粹是为了教学，并因此广受赞誉：他致力于让学生和普通人都能接触到专业解剖学知识。医生是如何工作的？人体由什么组成？很快，卡里宁以此为由召集了三十位剥皮者，并在波兰举办了首场个人展览。这在千禧年以前可是件大事，也取得了相当大的成功，成千上万名观众从波兰各地甚至邻国涌来观看这些迷人的人体雕塑。面对如此巨大的反响，这些被卡里宁称为‘塑化者’的尸体开始‘走出’塑化博物馆，以‘体内’为主题开始了从东京到旧金山的世界巡回展出……并由此引发了国际上的巨大争论和强烈批评，但无论如何，它无疑是 2003 年最受欢迎的主题展览。”

加百列无法想象竟会有人在被剥夺了隐私权和安息权的尸体前欣喜若狂。那些曾经活着的、呼吸着的无名者，最终被永远交付给世界，赤身裸体地被凝视、被剥皮、被切成薄片。他想到了朱莉和玛蒂尔德，几乎昏过去。

“他还在继续吗？”加百列盯着自己发抖的双手，“博物馆、剥皮……现在还在继续吗？”

教授点点头。

“甚至比以往更严重，到目前为止，全世界已有超过两千五百万名观众观看过他的展览，这种迷恋超越了对尸体本身的恐惧。卡里宁不断强调自己的学术头衔，宣扬文艺复兴时期的解剖学传统，以证明自己饱受争议的工作有多么伟大，列奥纳多·达·芬奇、维萨留斯……解剖一直是医学实践的重要组成部分。为了避免争议，卡里宁甚至招募医生在他的塑化博物馆里授课，那里配备了会议室、展览室、尸体准备室。他还拥有自己的个人网站，同时向四百多所实验室和大学在线出售塑化解剖构件——器官、肌肉、骨骼——旨在为‘下一代人才提供专业教育和指导’，他的某些作品甚至出现在了我们学院的教室。至于被剥皮者的数量，据估计多达四百多个，其中大部分被永久地保存在塑化博物馆，另外还有大约一百只动物……”

四百多具尸体……加百列已经说不出话。

“但并没有人感觉自己受到了欺骗，”教授继续说道，“这位披着科学家外衣的艺术家渴望获得大众的认可并留下印记：每件雕塑品都标有名字、创作日期和卡里宁的亲笔签名。这种做法显然更符合艺术传统，让作品本身流芳百世，但并不具备任何科学意义。最后，卡里宁成功创造了一种极致的新兴艺术形式。他喜欢丑闻，他的越界和亵渎如今已达到巅峰。他的‘塑化者’甚至会模仿性行为中的夫妻和怀孕的女性……他还宣布为一名身高两米四八、身患重疾的波兰篮球运动员支付终身养老金，条件是换取其死后的尸体。教会的起诉基本无效，因为目前并没有明确的法律条款可以约束他。”

阿达莫维奇叹了口气。

“如果卡里宁只是展示棺材里的尸体，那无疑不会有人愿意看的。但通过为作品命名，他却可以吸引大量观众趋之若鹜，他的行为让观看‘解剖’本身变成了仿佛在欣赏一件充满暴力的艺术品。艺术不就是‘生命’的死亡化身吗？他的某些作品——如果可以这么称呼的话——甚至会让人联想到萨尔瓦多·达利、米开朗基罗、约瑟夫·博伊斯……他是这些大师的狂热崇拜者。”

“所以，你们源源不断地为他提供在他看来只是原材料的东西……”

“不，我……我只是一名教师，也曾为这件事和领导起过冲突。说实话，学院内部也有很多争论，但这已经不是什么秘密，况且这其中牵扯到大笔资金。如今卡里宁会慷慨地为每具尸体支付巨款，况且捐赠者生前也已经同意将自己的尸体塑化。这听起来可能匪夷所思，但对于某些人来说，被卡里宁放进博物馆或许是唯一能避免被大自然分解的方法，获得一种永恒……有些教授甚至开玩笑说，那些愿意把自己捐献给塑化博物馆的人会感觉自己仿佛获得了永生。”

加百列不知道该说些什么，就像硬盘突然停止了工作，等着重新运转。

“可现在，你跑来对我说那可能是一场犯罪……”

加百列沉默不语，盯着地面，瞳孔不断地扩张。他想起了那两具尸体，被绞盘抬起，浸入强酸，从地球表面被彻底抹去。原来它们都是卡里宁从学校实验室买来的，而卡里宁这样做，只是为了合法剥下它们的皮……

简直令人难以想象。

“所以，那些证书才是他最感兴趣的东西。”他咬着牙，喃喃自语。

“你说什么？”

加百列突然站起来，对着坐在长凳上的教授鞠了个躬：

“谢谢你。”

还没等教授来得及反应，加百列就大步离开了，把鼻子埋在领子下，加入学生的洪流，穿过大门，消失在街上。波兰警察也许很快就会出现，但斯特凡·阿达莫维奇的证词只能证明确实来过一个法国人，因脸部肿胀而难以形容外貌；这个奇怪的法国人向他打听了两具尸体的信息：K417 和 K442，并给他看了几张可怕的照片，包括被溶解的尸体。然后警察会为了进一步了解法国人的动机而追踪至塑化博物馆，要求剥皮者出示比亚韦斯托克医科大学颁发的许可证。那么，就把那些符合司法程序的正面交锋留给警察吧，只不过他们永远不会理解其中的意义。因为真相足以超出任何人的想象。

回到车上后，加百列收到了保罗发来的短信：阿贝热尔自杀了。

他把手机扔向副驾驶座，头靠着头枕，用手按摩着疼痛的眼球。又一个溜走的混蛋……

他打开互联网，搜索塑化博物馆的地址：三个小时的车程。无论如何，他不会再回头了。他要去砍掉那个可恶的九头蛇的最后一颗头颅——那条以艺术为名到处作恶的毒蛇。朱莉、玛蒂尔德，毫无疑问，还有其他更多人曾经出现在凯莱布·特拉斯克曼的笔下、阿韦尔·盖卡的画布上、安德烈亚斯·阿贝热尔的相机里和德米特里·卡里宁的手术刀下。血腥的史诗将就此结束。

卡里宁可以合法地从大学收集尸体，并用强酸把其中某些处理掉，然后再用他和他那群堕落的帮凶绑架来的无名尸体加以顶替。

最后，他剥下被绑架者的皮，让它们赤裸裸地被众人欣赏：一场拥有许可证的完美犯罪……

加百列抓紧方向盘。

这个人渣的表演将彻底结束。

他要亲手杀了他。

80

伴随着引擎的尖叫，加百列驱车前往毗邻华沙郊区的生活小镇皮亚塞奇诺：林立的现代化超市和酒店，一字排开的漂亮住宅，一排排绿树成荫。在一条通往商业区的主干道上，一座灰色的两层六面体建筑（正面镶嵌着烟熏火燎的窗户）被一个大型停车场与主干道分隔开来，停车场里停了四十多辆汽车，如果不是这座建筑表面闪烁着的几个明亮的红字：塑化博物馆，他几乎会把这里当成一家普通的机场酒店、一个无名的中转站。而更令加百列难过的是，这座灰色建筑似乎和其他建筑没有什么不同，距离迪卡侬只有几步之遥，对人们来说，这里就像一个在周六比赛结束后经常光顾的普通消费场所。

下午 6 点 15 分，天已经黑了，博物馆仍然开放。加百列把车停在远处的一个货仓边，在车内轻敲手机屏幕，眼睛盯着在网上找到的一张照片：德米特里·卡里宁，七十岁左右，瘦骨嶙峋的脸颊，溜冰鞋刀片般的鼻子，深邃的眼窝里嵌着两只眼镜蛇般灰溜溜的小眼睛；他头戴一顶黑色帽子，手里拿着一把手术刀，站在一张解剖台旁。这个混蛋面带微笑，但这样的笑容很快就要消失了。加百列一定会做到的。

他戴上刚刚从市中心买来的帽子，脱下夹克，换上一件尼龙派克大衣，戴上皮手套。他把一直发抖的手贴在胸前的毛衣上：心跳得太快了，但那是一颗父亲的心脏。他即将在一场卑鄙的展览中寻找女儿的尸体，他一定会亲手杀了那个冷血凶手，为女儿报仇。

他下了车，低着头，有意避开入口处的摄像头，走进塑化博物馆的大厅。观众依然络绎不绝。旋转门附近站着两名保安，墙上的巨大电子屏上显示着被翻译成不同语言的指示语——会议室、放映室、展览中心、团体票、学生票、老年票。

显示屏下方来回滚动着一句卡里宁的名言：*塑化足以呈现皮肤下的美，被永恒地冻结在死亡与腐烂之间。*无数祝贺展览成功的报道文章被装裱在墙壁上的画框里；另一段文字则明确表示所有展品均来自对科学事业的捐赠，身份、年龄、死因都将始终保密。作为“开胃菜”，大厅中央的一个玻璃穹顶下陈列着十几颗心脏：从最小的蜂鸟到最大的鲸鱼——蓝色的静脉、红色的动脉。旅程正式开始。

博物馆太大了。卡里宁的剥皮实验室究竟在哪里？他还在吗？前台接待员千方百计说服加百列回头：今晚不会再有演讲或电影放映，几分钟后，她将通过麦克风提醒观众回到入口。加百列用英语解释自己无论如何都要买票，接待员只好把票递给他。

“随您的便吧！”

“卡里宁先生在吗？我想和他谈谈。”

“除演讲和固定的公开露面外，卡里宁先生不与任何人会面，他通常会工作到很晚，非常辛苦。展览的第一部分是动物区，在那边。距离麦克风呼叫还有十分钟，您可能没有时间探索较高楼层，参观所有展区总共需要两个小时。”

这意味着卡里宁还在这里，在某个地方，在工作。加百列努力平复紧张的情绪，戴着手套将票塞进检票机，途中注意到大厅右侧有一扇紧闭的门。在被安检人员仔细搜过身后，他走过旋转门。展览从走廊尽头开始，陈列着骨头和器官碎片的小型展窗随处可见，旁边配有文字解说。加百列走进第一个房间，立刻就沉入了绝对的黑暗，黑色帷幔笼罩下的橙色灯光倾洒在一个巨大的玻璃立方体上。

里面是一群被剥了皮的动物。从那些塑化品表面渗出的绝对恐怖深深震慑住了加百列，它们就像诺亚方舟上的居民，在移动、好奇和恐惧中被一股难以置信的狂风毫无预警地冻住，又被瞬间吹走了皮肤和肌肉。两只岩羚羊用后腿站立在基座上，角对角激烈地对抗，全身呈现着凸出的肌肉、纠缠的肌腱和网络般的神经。旁边是一头被切割成两半的牛，正好奇地注视着它们，正面完好无损——红棕色的短毛、明亮的眼睛，可背面却呈现出令人难以置信的生命系统。

到处都是被切割、被挖空、被磨碎的动物，加百列仿佛沉入一片寂静的野生丛林。麦克风里正宣布今日展览已经结束，房间里的几个观众转身离开了。加百列决定继续前进：一头骆驼——生命系统清晰地浮现于塑化表面：肌肉、神经、骨骼、肠胃……一只全速奔跑的鸵鸟正从它旁边经过，眼睛向外鼓着，翅膀张开，仿佛一只瞬间失去骨头、脂肪、肌肉的“活物”，向外裸露着九万六千公里长的静脉、动脉、小动脉、毛细血管。加百列可以想象这是一项多么巨大的工程，可能需要耗费数百小时才能达到如此纯粹和唯美的效果。太可恶了……生命与死亡的区别到底是什么？死亡只能是变质、腐朽、腐肉，是一切存在形式的终结，但在这里……

经过了一个以“从健康到病态的人体器官”为主题的展厅——被烟草熏黑的肺、被癌症蹂躏的肠子、被硬化破坏的肝脏——加百列来到一段楼梯前，楼梯口放着一个牌子：真实人体解剖学展览。对于加百列来说，通往二楼的每一级台阶都是一次磨难。他似乎已经闻到弥漫在周围的死亡气息，正悬浮在空中，散发着刺鼻有毒的气味。即使过去的十二年已经从记忆中消失，但此时此刻，加百列似乎依然会被过去的岁月压垮，在那些不眠不休的日日夜夜里，他从未停止寻找朱莉。

地狱般的探索即将终结，他的女儿也许就在这里，以某种虚假的生命形式存在着，或者以活着的死亡形式存在——一种可怕、肮脏、介于生死之间的形式。他即将上楼去看她，去触摸她。卡里宁到底为她安排了怎样的命运？那个变态到底会用哪种形式呈现她？

楼上，一名保安守在展厅门口，手里拿着对讲机，催促着不守规矩的人尽快离开。加百列急忙拐进洗手间，关上灯，摸索着钻进一个隔间，拉下马桶盖，坐在上面等待着。大约十分钟后，他听到了沉重的脚步声和前门的吱嘎声——保安离开前竟然懒得检查一下洗手间。

加百列一动不动地继续坐了半个小时，手肘支在膝盖上，双手交叠在下巴处。直到二楼陷入一片死寂，他才起身走出洗手间。走廊上一片漆黑，只有“紧急出口”的牌子发着绿光。楼梯下面射出一道淡蓝色的光,隐约伴随着男性的低语声。可能是楼下前台的工作人员，正在最后清点现金和收据或准备第二天的展览。加百列调整呼吸，打开手机电筒，沿着走廊继续向前走去。

剥皮者正在迎接他。

81

保罗紧紧抱住科琳娜，任由她在自己肩膀上流下滚烫的泪水，目光迷失在燃烧着余烬的壁炉中。《停尸房》被摊放在客厅的桌子上，停在了某一页——朱莉的大眼睛。

“为什么？他们为什么这么做？”

保罗知道，此刻从自己喉咙深处吐出的每一个字都会让她痛彻心扉，刚刚甚至还没等他开口，她就认出了女儿的眼睛。保罗开始讲述警方的调查经过：为了展览，当代艺术家安德烈亚斯·阿贝热尔多年来一直拍摄尸体照片，其中包括朱莉和在奥尔良失踪的玛蒂尔德·洛梅尔。至于是谁杀了她们？是否还有其他受害者？受害者的身份是否隐藏在凯莱布的小说里？目前尚未可知，但阿贝热尔和凯莱布绝对是令人发指的同谋，虽然确切的犯罪细节还有待确定。至于那个死在岸边的女人，目前已确认是拉达·博伊科夫，曾参与朱莉绑架案，而杀害她的真正凶手仍然在逃，目前毫无头绪。

“阿贝热尔和凯莱布之间没有任何交集，”保罗继续说道，“是什么把他们联系在一起？他们如何相识？如何共同犯下如此恐怖的罪行？一切都还未知。但那些家伙和你我不一样，他们的心里住着魔鬼。”

保罗在撒谎，而且决定在接下来的余生里对所有人撒谎。科琳娜挣脱他的怀抱，走到沙发旁坐下，眼睛盯着壁炉里的余烬，身子微微抖着。

“我想看看女儿的尸体。”

保罗站在原地，揉了揉眼皮。所以，悲剧永远都不会结束。他打开壁炉门，添进一根原木，又用木棍往里面推了推。火慢慢地重新燃起。

“这涉及另外一个程序，正在启动，而且非常复杂。我们将不得不跟负责玛蒂尔德·洛梅尔失踪案的奥尔良警方合作，然后再和巴黎警察一起围绕阿贝热尔的自杀展开调查，还有作家的别墅。总之，对于如此复杂的案子，我们有许多工作要做。”

他在科琳娜身边坐下，沉默地盯着壁炉。明天，他将和马丁尼一起前往巴黎，与当地警察局协议所有后续行动。自杀是毫无争议的，视频和照片都足以证明，但警方可能会就此展开深入调查并尝试理解摄影家死前的种种举动。必须时刻保持警惕，避免任何不必要的窥视。

几天后，他将回到加百列的公寓，说服他停止一切行动，因为这关乎生存。他们会处理掉朱莉的日记本，格式化加百列手机的存储卡，这样就不会留下俄罗斯人和仓库尸体的痕迹。加百列必须不惜一切地远离所有恐怖事件，接受治疗，恢复正常生活，否则他们两个都会被送进监狱。

保罗吻了吻科琳娜的额头，扶着她躺下来，把毯子盖在她身上。接着，他调小电视音量，走下楼梯，把自己锁进地下车库。他拆开被一张布单包裹的帕斯卡尔·克鲁瓦西耶的画，放在混凝土地面上，倒上汽油，点燃。那张不知名的年轻的脸渐渐在颜料燃烧的气泡中扭曲、变形、粉碎，直到化为乌有。

保罗甚至怀疑自己也变成了一只怪物，竟然就这样轻易剥夺了一对父母获知自己孩子命运的权利，他们或许还执着地等在电话旁，门铃一响就瑟瑟发抖。但这部分调查本就不该存在，剑突联胎秘密社团将被永远地留在喀尔巴阡山省森林的黑暗中。即使“D.K.”仍在逍遥法外，但也只能这样，反正也没有什么能把朱莉带回来了。

他将灰烬扫进水桶，撒入后花园，烟灰像黑蝴蝶般盘旋飞舞。天空依然阴沉。他扫视着窗外的山谷，下面的萨加斯闪烁着羞涩的灯光，直至迷失在中心监狱广场外的群山之间。这里每天都在上演普通人的生死悲欢，保罗也想和他们一样，过着普通人的生活，和妻子女儿守在一起，这对他来说就足够了。但他知道，即便是如此简单的愿望，他也必须为之奋斗终生。

他把水桶冲洗干净，关上车库门，一瘸一拐地回到客厅。科琳娜已经睡着了。他关掉电视，坐在她身边，张开双臂搂住她。他能清楚地感受到自己微微加速的心跳，胸口被一阵热流压得紧紧的。他知道，一切都还没有死去。风暴之后，爱情的火种依然在燃烧。

82

加百列即将在地狱的中心进化，成为最悲惨的受虐者——远远超出人类的想象。

剥了皮的塑化森林在光网下若隐若现。第一个塑化者猝然向他伸出手掌，仿佛要和他握手——一具裹着皮的骷髅，一根根清晰可见的肋骨，上面粘连着干燥的韧带，翻卷的纸嘴唇下露出光秃秃的牙根。当加百列终于辨认出了轮廓，瞬间感觉它仿佛随时都会跟上他、抓住他，直到折断他的脊柱。

接下来是一位天启骑士，骑着一匹被剥了皮的马，似乎不是男人，也不是女人，或者只是拥有人的内心？一双没有眼皮的眼睛正狠狠地瞪着他，似乎随时都会怒气冲冲地扑过来扯下他的头。骑士的手里拿着敌人的大脑，仿佛那是一份偷来的战利品。

加百列精疲力竭，似乎被这些死者吸光了能量，每走一步，他都担心自己会倒下。也许女儿正在前面看着他，以任何一种可能的姿态隐藏在任何一具可憎的躯体下。一张张饥饿、无名、令人厌恶的面孔朝他扑过来：骑着那匹马的是朱莉吗？还是右侧夹缝里那些被连切八十九刀的肉片？又或是那具藏在肌肉发达的战士背后的骨架，背着沉重的皮肤，随时准备将自己毫无保留地献给观众？

再往前是一个“爆炸人”：一个肉体碎片的集合，一尊五米高的巨大雕塑，一个类似爆炸后在几微秒内被锁住的“定格人”。后面则是一个被切成两半的女人——子宫里躺着至少八个月大的婴儿。再后面是一排小盒子，里面分别陈列着各个年龄段的胎儿，用以展示人类产前发育的不同阶段。

怎么会有人喜欢欣赏这种东西呢？如此恐怖的越界无疑会激起人类最卑鄙的食人癖和恋尸癖本能。那一刻，加百列怀疑到底谁才是真正的怪物？

森林在周围收紧，被剥了皮的家伙们越靠越近，气势汹汹地朝他噘起下巴、伸出双手。每一秒对于加百列来说都是痛苦的煎熬，他无从想象这些可憎的东西竟然还有人性化的特征，也无从辨别被制成塑化者的医科大学的尸体与在卡里宁手里活生生死去的尸体有什么区别。到底有多少绑架和谋杀？那是一种怎样非人的折磨？他想象着那个变态在受害者身上一点点下刀、剥开肉体，用精准的刀刃分开肌腱和骨头……

黑暗中，他察觉到之前穿过的那扇门旁似乎闪过一个光点：一个“抽屉人”，以脱臼的形式展现着一种有机体形象。一瞬间，他似乎觉得有双眼睛正在附近的黑暗处盯着他，当他举起手机凑近时，发现是一个“弓箭手”，箭头正指向自己。

加百列崩溃了，他终于发疯般地奔跑起来，穿过一群群尸体，握紧拳头，被恐惧击得昏昏沉沉。他迷迷糊糊地穿过一条玻璃隧道，头顶挤满了支离破碎的肉体，内脏紧压着玻璃——这些恐怖的生物正不断地逼近他。

这是哪里？该往哪里走？加百列漫无目的地游荡，直到一个张着大嘴努力收集氧气的“跑步女孩”迎面向他扑过来，他突然僵在了原地——右手腕的发光带上印着一个黑色图案：马头。

玛蒂尔德。

他倒吸一口凉气，往后退了几步，踉踉跄跄地撞上一个木制基座。他转过身，眼前，那个他曾经追求了十二年始终未果的终极噩梦，终于开始变得具体。

她就在那里。

十二年后，他终于找到了她。

83

作品名为《棋手》。

一个被剥了皮的女性，面向一张玻璃桌中央的棋盘，正在努力思考，双手搭在棋盘两侧，两只眼球盯着对弈的棋局，大脑在敞开的头盖骨下闪闪发光，威尼斯面具般的脸颊与脖颈优雅地分离，背部皮肤已被剥离了肉体，一块块割开的肌肉构成一双展开的翅膀，闪亮的脊柱仿佛一条白化了的象牙蛇。

加百列跪在地上，手指抚过那冰冷的指骨和河流般的静脉。这个曾经是他女儿的可憎的东西，仿佛被巨大的虚空偷走了每一个细胞，那瘦削的脸庞、熟悉的轮廓、思考的姿势、嘴唇的褶皱……

是她，是的，是她。但又不是她。眼前只是一个令人不忍直视的塑化有机物，一个被抽干了水分、又被充了气的硅胶模型。她没有丝毫的人性痕迹，只有稻草人般冰冷的恐惧。

当灼热的愤怒攫住头骨，加百列猛地站起来，再次凝视眼前的生物。他低下头，看了看那个棋盘：卡斯帕罗夫的不朽……所有细枝末节都天衣无缝，却唯独不见被遗落在旺达·格什维茨胃里的白“车”。这证明俄罗斯人曾经来过。

加百列冲出展厅，来到走廊，喉咙因拼命抑制的啜泣而不断地肿胀。不，不，不。十二年里无休止地被触摸、被观赏、被拍照，从一个展览到另一个展览，从未安息过。

他轻飘飘地降落到楼下，穿过旋转门，站定在空荡荡的前台走廊上。墙围上布满了夜灯，在地板表面投射出蓝色的圆锥体阴影。这个建筑里一定安装了警报器，但也许不会二十四小时启动，德米特里·卡里宁应该还在这里，在其中一扇门的后面。

加百列默默地推开一扇扇门：会议室、放映室……黑暗中出现了五级台阶。他拾级而下，潜入一条更窄的走廊。这里夜光轻柔，甚至能听到远处飘来的音乐声，他屏住呼吸。古典乐……钢琴……

加百列跟随音符，在一扇沉重的金属门前站定。门上挂着一个小盒子，差不多在头顶的位置，闪着绿灯，应该是某种安全装置，似乎没有被激活。加百列转动门把手，推开门，发现那是一扇开向外面的门，确切地说，是开向建筑后部的一片水泥地。显然，这是专门为工作人员设计的出入口，无须经过前台就可以在楼里四处走动……

他穿过门，踏上水泥地，继续往前走。音符继续轻盈地流淌，最终将他带进一个套房：外面房间的油毡地板上放着一口棺材，里面是一具完好无损的尸体，棺材里浸满了黏稠的醋栗色液体；一个连接着散发强烈丙酮气味容器的水泵正嗡嗡嗡地将液体吸入棺材。一切都是由电脑控制的自动化操作。容器右侧是一张钢桌、一盏双焦无影灯和若干手术设备。

加百列一眼认出了堆积在角落里的蓝色床单，与阿贝热尔照片上的一样。毫无疑问，在卡里宁处理尸体之前，阿贝热尔曾在这里让尸体“永生”。

一个杀手联盟。

肖邦的小夜曲。迷人而悲伤的旋律正从里面的房间飘出，一束光透过微敞的门缝射在油毡地板上，一直延伸到加百列的脚下。怪物就在墙的另一边。

加百列默默走到微敞的门前，僵在了原地，里面正上演一幕恐怖剧：两具赤身裸体的女性肉体，被剃光了毛发，坐在一个钢制立方体上，背对背，形成完美的对称——同样二十岁左右，同样的身高，同样的体形。虽然一个完好无损，但另一个正在被剥皮，腹部皮肤摊开在躯体上。数百根电线、细针、钉子和螺丝将她们固定成两个孪生木偶——手臂高举，低着头，下巴张开……加百列确信，这一定就是那两具仓库尸体的替代品……另外两个被俄罗斯人绑架的可怜的受害者。

从 33 转唱片机刻槽中逸出的旋律似乎出现了不和谐音。加百列突然感觉一股气流掠过后脖颈，接着在一把手术刀刺入脊髓前猛地闪到一边，刀刃在他的左脸颊上划出一条长长的细线。德米特里·卡里宁趁机将武器插入距离加百列喉咙两厘米的右肩锁骨处的派克大衣，刀尖刺进了肉皮。加百列尖叫着用力推开对手。教授趔趄着撞上钢制立方体，帽子被甩到了空中。两个孪生木偶瞬间失去平衡，彼此纠缠的电线让它们的躯体陷入疯狂的扭动，就像突然复活了一样。

加百列没有给正挣扎着起身的卡里宁太多时间，他猛扑过去，拼尽全力地落下拳头。那两个木偶像疯狂的杂技演员般在他们的身边跳着舞。两个男人同时摔倒在地。加百列迅速压制住对手，顾不上右肩的疼痛，挥舞着两只拳头猛砸向教授的脸，仿佛一只愤怒的大猩猩。

“多少人？你杀了多少人？到底要多少尸体才能养活你这个该死的疯子？”

加百列的血顺着脸颊滴落下来，与卡里宁的血混合在一起。教授的抵抗明显在减弱，老人的鼻子歪向一边，张开大嘴猛烈地吸气，红红的牙齿闪闪发光。他用俄语喋喋不休地说着加百列听不懂的话，痛苦的脸上仿佛带着虐待狂般的奸笑，眼睛里闪过一丝狡黠的光——那不是害怕死亡的表情。

加百列用戴着手套的手卡住教授的喉结，然后用力捏紧，死死盯着眼前这位著名的“D.K.”的脸；后者的黑色瞳孔渐渐蒙上一层纱，瞳孔周围的小血管开始爆裂。

“为了我的女儿！为了其他所有人！”

对方的身体在瘫倒前经历了剧烈的抽搐，加百列用力摇晃着教授，后者的头和脖子已经形成一个不可思议的角度。他颓然地倒在卡里宁身上，伏在对方的肩膀上痛哭起来。

不知道过了多久，他昏昏沉沉地站起身，脱下大衣，走到外面房间的水槽前，仔细冲洗着锁骨处约一厘米长的伤口。伤口还在流血，但远没有伤及静脉或动脉。加百列在手术设备中翻找到了止血敷布和绷带，给自己做了简单的包扎。还好，脸颊上的伤口很浅。他胜利了。

加百列靠在墙上，垂下手臂，茫然地凝视着这里。一切都结束了。九头蛇被杀死了，它再也不会去绑架、杀戮、肢解别人，也再不会伤害任何人了，它被永远地钉在了地狱的烈焰中。

他从地上捡起一个丙酮罐，将里面的液体洒在卡里宁的尸体和地板上。水箱里还有数千升这种易燃液体，一旦被火苗击中，它将是一枚真正的炸弹。

加百列回到走廊上，穿过大厅，上楼，再次站在“棋手”面前。这是他最后一次面对她了，尽管她不再是人类，但他心里充满了莫名的亲近感。他抚摸着她冰冷的手。

“我爱你，朱莉，非常爱你。”

他含着眼泪，将罐里的液体倒进敞开的头盖骨，然后从牛仔裤口袋里掏出打火机，轻轻地弹开盖子。火苗腾地蹿起。他继续将液体洒在地板上，一团蓝色的火球顷刻变得鲜红，开始迅速舔舐她瘦弱的双腿，直至热浪席卷胸口。空气中不断传来物质熔断的噼啪声，仿佛几乎察觉不到的尖叫。

“请原谅我……”

火苗开始攻击地板。加百列回到一楼，把湿透的卡里宁和两个木偶捆在一起，点火，然后迅速穿过金属门，从大厅右侧的那扇门跑出大楼，冲向街对面的停车场。刚一上车，猛烈的爆炸声和碎玻璃的轰鸣声瞬间撼动地面，塑化博物馆被撕开了一个口子，从里面滚滚涌出橙色的恶魔。

加百列再次上路，混入车流。他不知道该去哪里，总之先离开吧。先回旅馆休整一下，然后登上飞机（可能是第二天），永远离开这个该死的国家，试着迎接未来的生活。

他不知道自己还能否继续活着，但这不重要。在记忆的黑洞里，他仍然清楚地记得十二年前曾对自己说过的一句话。那夜，他一边记下悬崖旅馆登记簿上的名字，一边喃喃自语："我会找到你的，朱莉，我发誓我会找到你。"

是的，他找到了。他找到了女儿。他释放了她，以及其他殉道者。

永远。

尾声

又是它们。椋鸟。从东方飞来，掠过山峰，仿佛极具毁灭性的黑色雪崩从山坡倾泻而下。鸟群的巨大阴影笼罩着萨加斯教堂的钟楼、宪兵队和学校，遮蔽了中心监狱上方的天空，冻结了正在那里放风的囚犯，让他们以为世界末日就要到来。浓密的羽毛云在小镇的高速公路出口处散开并重新组合，变得越来越紧实，然后又被分解成一根根细丝，紧紧缠绕住高架桥后面的阿尔沃河岸上的树梢。

此时此刻，一周前收到保罗短信的加百列刚刚赶到萨加斯。

> 我有两周假期。如果想拿回朱莉的吊坠，就来吧……我每天下午都去钓鱼，你知道去哪里找我……

去见保罗前，加百列先去了悬崖旅馆，罗穆亚尔德·坦雄的妻子接待了他。旅馆几乎客满，但 7 号房的钥匙仍然挂在墙上。加百列订好房间，用钥匙打开 7 号房的门，把运动包放在床上——瓦尔特·古芬的，他一直没有扔掉。

回到这里的感觉怪怪的。什么都没有变，包括家具和迷你冰箱里的酒，房间里依然弥漫着湿气和木漆味。加百列推开那扇通往停车场的门，石灰岩峭壁一如记忆般雄伟壮观。萨加斯永远不会改变—— 一张真正被锁进相册的照片，只有极少数人才有兴趣翻看。

加百列静静地站在旅馆门前。鸟儿依然在盘旋，勾勒着代表“无限大”的符号：两个完美而接近的椭圆。一瞬间，加百列似乎感觉这一幕似曾相识：今天是几号？他打开手机屏幕：11 月 6 日。

一年前的今天，他在这里的 7 号房醒来。

萨加斯以北十公里，蓝色的阿尔沃河在秋日灰蒙蒙的天空下慵懒地流淌着。保罗时不时地辨认着被自己影子遮住的鳟鱼——它们正在岩石缝隙里安静地打盹。他站在河中间，挑起鱼竿，将鱼饵挂上鱼线，然后对准鱼儿抛竿，任凭鱼竿随着自己手腕的动作在水面上翩翩起舞。一台装满冷饮和三明治的小冷柜正在长满松树的沙洲岸边等着他。

“我还以为你会失联呢。”

一个声音在背后响起，保罗转过身，收回鱼竿和鱼饵，小心翼翼地踩着光滑的鹅卵石回到岸边。他把全身的重量压在左腿上，放下装备，深情地拥抱加百列，然后把目光停留在对方右锁骨处的伤疤上。

“你看起来很累……”

“总是睡不好。”

保罗俯下身，从小冷柜里拿出两罐啤酒，打开。两个人上次见面还是加百列从波兰回来后，之后虽然也有过几次电话和短信交流，但几个月后便再也没有任何联系。此刻，他们并排坐在一块巨大的圆石上。

“你的记忆怎么样了？”

“依然空白。十二年的缺口，可能永远都补不上了。不幸的是，这样的失忆随时都会发生。”

“的确很糟糕。”

“习惯了。”

保罗喝了一口啤酒。

“你还住在悬崖旅馆吗？”

“是的，明天一早走。”

“那里人满为患，监狱也满满当当的，游客络绎不绝。7号房还空着吗？”

“是的，我已经开好房了。”

保罗突然有些懊恼，脸上掠过一层阴影。

“为什么？为什么会是这样？你为什么偏偏今天回来？整整一年之后？我一周前就给你发短信了。”

“我也没注意日期。一个小时前我才意识到已经过去了整整一年，没错。至于房间，我没想太多，可能只是追忆一下罢了。”

保罗放下啤酒罐，一动不动地凝视着远方。

“上周还是美丽的蓝天，你知道吗？黑死病在我发短信的第二天就占领了小镇，就像去年一样，我查过了。天空突然乌云密布，那些鸟也回来了，在一年后的同一天：11月3日。据广播里的专家说，这是一种难以置信的巧合，椋鸟在同一天回到同一个地方，回到了上次迁徙途中的栖息地——不只是同一座城镇，甚至是同一棵树……你不觉得奇怪吗？你回来了，鸟也回来了。”

“是有点奇怪……”

保罗默默地看着两只正努力爬上一块鹅卵石的圣甲虫—— 一只金色的，一只翡翠色的。阿尔沃河岸很少出现这种颜色的甲虫。

“我没告诉过你吧，你上次离开萨加斯后不久，椋鸟也离开了，在一个黎明。你来了，它们也来了；你走了，它们也走了。”

加百列耸耸肩，这在他看来并没有什么意义。保罗总喜欢在没有联系的地方寻找联系。后者拿起自己放在小冷柜旁的裤子，在口袋里翻找着，然后把一个小密封袋递给加百列。加百列打开袋子：吊坠滑进了手掌。

“谢谢，”加百列说道，“但这是证据，你是怎么搞到的？”

“证据丢失也不算什么新鲜事。再说了，我还没告诉你吧？后来我受到了处分，原因是在阿贝热尔自杀事件中擅自行动。作为惩罚，大约六个月前，我被发配去专门处理保外就医，整日陪着萨加斯的囚犯在高等法院、医院和医生之间打转，所以……管他们呢。”

“对不起。”

“没关系，别以为我会难过，恰恰相反，我还有四年就退休了，更何况我也不可能一边守着一堆谎言，一边继续做警察。至少这对马丁尼有好处，他现在是队长了，祝他好运。”

加百列的思绪似乎飘向了别处，沉入一摊死水。保罗把啤酒罐重重地砸在石头上。

“阿贝热尔的自杀把宪兵队推入了绝境，他们永远不会知道这位摄影家和凯莱布·特拉斯克曼之间的关系了。这两个人表面上没有任何联系，没有电脑或通话记录，因此也就没有剑突联胎秘密社团的存在。警方只知道阿贝热尔拍摄了玛蒂尔德和朱莉的尸体，却并不知道在哪里以及为何拍摄，即使怀疑有其他罪犯，他们也无法锁定身份。一个死胡同。”

死胡同……从某种程度上讲，这是最好的结局。但加百列始终有个无法解开的疑问——那也是他心中最后一片灰色地带：从在萨加斯被绑架到在波兰去世，朱莉在这期间到底经历了什么？

“你那边呢？比利时警察没找过你吧？”保罗问道，“他们有没有去过你家？”

“怎么可能？什么都找不到了。塑化博物馆大火的两周后，索德宾仓库也被神秘地付之一炬。”

保罗给了加百列一个无可指责的眼神。

“我真想对科琳娜说出真相，让她知道……”

“最好别让任何人知道我在波兰做过什么。”

“我知道，这很难……”

“对我来说也一样，我也为真相付出了巨大的代价。每天晚上，‘棋手’都会把我叫醒。”

“谁能真正摆脱那些灵魂呢……”

一条鳟鱼在他们面前跳来跳去，像是在嘲笑保罗。保罗眼睁睁看着它在明亮湍急的水流中游过。

“未来有什么打算吗？”

加百列叹了口气。

“继续照顾我母亲，找份临时工，期待有份更好的工作。有时会去奥尔良看看，半个月一次吧。”

“奥尔良？（保罗的眼睛烁烁放光。）别告诉我……”

“才刚刚开始，还不成熟，她是个好女人。问题总会解决，没有什么输赢，但值得为之努力。”

保罗仿佛已经看到这对夫妇的美好未来。加百列需要挑战，这也是他存在的理由。

保罗充满同情并友好地拍了拍他的肩膀。“太好了，加百列，真为你高兴。”

两人又聊了一个小时，喝了许多啤酒，就像两个坐在石头上凝视世界的老者。然后，他们彼此道别。

也许还会再见……也许……

回到旅馆房间时，加百列头晕目眩——酒喝得太多了。他瘫倒在床上，手里攥着女儿的吊坠，几乎立刻就睡着了。

手机在将近晚上 11 点时突然响起。加百列吓了一跳，立即翻身从床头柜上抓起手机。是乔西安·洛梅尔——声音低沉而阴郁，结结巴巴的，甚至害怕地哭了起来。加百列答应她自己一定在日出前出现，然后立刻抓起还没打开过的运动包，确认没有忘记任何东西，走出了 7 号房。经过前台时，他把钥匙放进了篮子。

停车场上，坐在车里的加百列最后看了一眼悬崖旅馆暗淡的招牌，然后启动引擎。旅馆的灯光一直在后视镜里闪烁，直到消失在一块岩石的后面，仿佛拉上了一道窗帘。或许，他一生都不会忘记这座被诅咒的小镇。

十分钟后，奔驰车驶进收费站，在超过另一辆奔驰车后，一头扎进了高速公路。加百列调大收音机的音量，时钟显示晚上 11 点 11 分。在 AC/DC 乐队《通往地狱的高速公路》的嘶吼声中，他渐渐沉入了黑夜。

作者的话

亲爱的读者：

接下来，你将看到《未完成的手稿》的原始结局，由凯莱布·特拉斯克曼亲笔书写，由保罗发现于大卫·埃斯基梅特的小屋。在倒数第二页，你会看到大卫圈出的字母，也会注意到其中的某些小错误和小纰漏。毕竟，这是一份从未经过修改或编辑的手稿。

如果你还没有读过《未完成的手稿》，那么我在此强烈建议你先去读一读。原始结局显然揭示了故事中的诸多关键元素，如果不曾深入了解凯莱布·特拉斯克曼的最后一部小说，你会发现以下这些文字会严重破坏你的阅读。

如果你已经读过那本书了，那么你必然将在两种结局之间做出选择：一个由真正的作者所写：直白、理智、冷酷无情；另一个则来自他的儿子让-吕克·特拉斯克曼：模糊、开放，却充满光明。这是你的选择。白的，还是黑的……

啊，对了，离场前还有最后一个小小的提示。

凯莱布·特拉斯克曼一向喜欢在句子里隐藏谜题，有时是首字母，有时是词语本身。但如果把他的谜题追溯至小说每一章节的首字母，又会有什么发现呢？也许，这是那些最富有洞察力的读者所能找到的全部答案。

现在，轮到你了。

琳妮刚把行李箱塞进汽车后备箱，一根撬棍狠狠砸向她的后脑勺。琳妮倒了下去，没有流血，还有呼吸。

地下车库里寂静如死灰，只有他粗重的呼吸声和吹在车库门上的风声。他想到的第一件事就是小心翼翼地把撬棍放回原处。

切记：不要着急，一举一动都要深思熟虑。那些被警察抓住的人往往都是在匆忙之下忽略了某个细节。首先是手机。他把手伸进琳妮的大衣口袋，掏出手机，放在副驾驶座上。接着，他抱起毫无生气的琳妮，把她锁进了后备箱。

他提着行李箱，从容地回到楼上，从里面掏出琳妮的衣服，全部塞回卧室的衣橱，然后将行李箱塞进了角落：没有任何迹象表明琳妮想要离开别墅。

透过卧室的窗户，他久久凝视着欧蒂湾黑色的大嘴。最近，一小粒沙子阻碍了他几个月来一直推进的铁腕计划。如果放任不管，恐怕整座大厦都会倒塌。他别无选择。琳妮找到了焦尔达诺的女儿，然后是米斯蒂克，现在是莫里亚蒂，一再危险地逼近他。她已经对他产生了严重的怀疑，下午时竟然开始测试他的失忆，眼神也越来越多疑。他甚至可以想象当她怀疑自己面对的人到底是丈夫还是“其他人”时内心的混乱。她迟早会走出迷宫，发现自己正和自己一直追踪的男人睡觉，或者干脆崩溃地向警察吐出焦尔达诺的真相。

这两种情况，都是死胡同。

大卫·乔兰来到楼下客厅的桌子前，盯着那张照片——

无从辨认的“某个人”正站在黑暗里，眼看着自己的父亲痛苦地尖叫并恳求原谅。对于他来说，没有原谅，永远都不会有。如果可以让自己的父母遭受更多的痛苦，他会毫不犹豫。他的母亲、父亲和双胞胎弟弟终于死了，圆满结束。而他，那个被扔进垃圾桶的弃婴，那个本不存在的人，那个被所有人追捕的莫里亚蒂，最终活了下来，战胜了一切。

大卫反锁上大门，拉好窗帘，去给自己倒了杯威士忌，任凭自己沉浸在狂热的兴奋中。很快，他就会成为这座华丽别墅的唯一主人。他将继承“妻子”的财产，并在余生中拥有她所有著作的版权。这一次，不会再有新的身份和蜕变。只要留在这里就好了。

他吞下一口酒，陷入沉思。那段溺水视频无疑是个麻烦，但视频中的雅克·摩根的确是自己走向了大海。警察也毫无办法，只能接受他死于自杀。而那个红头发警察必然会回来讯问他，到时见招拆招就好了。

幸好他在来贝尔克之前就已经播下足够的线索，格勒诺布尔的警察将不得不回到他在维埃纳的房子，发现已无法辨认的烧焦的朱利安的尸体，最终追踪到DNA。他们这对双胞胎虽然没有相同的指纹，但有着完全相同的基因印记。科学会自以为找到了正确答案，以为那就是大卫·乔兰。莫里亚蒂和吕克·托马斯也会随之一起陪葬。

他把空杯子放在桌上。直到最近，这个计划都天衣无缝。他甚至不费吹灰之力就处理了焦尔达诺的尸体。尽管有警察介入——各种调查、分析和电子档案，但大卫把他们耍得团团转。德尔皮埃尔死了，让松在牢房深处腐烂。在多年后重组的三个人当中，在被青春和过往彻底摧毁的三个人当中，他将是唯一活得精彩的赢家。

警察以为他死了，每个人都以为他死了；但他还活着。正如波德莱尔所说："魔鬼最狡猾的伎俩就是让人相信它并不存在。"

但还有最后一个大麻烦：琳妮。对于她，他也有一个计划。下棋总要领先对手一步。他穿上暖和的大衣，特意戴上帽子和手套，在网上搜索"埃特勒塔"，很快就找到了小说最后一幕的地点：空心针。那将是一个魔法之地。

他去浴室找到了小说家的阿普唑仑药盒，从里面取出三片药，然后把药盒塞进大衣口袋，拿着一瓶水和一个漏斗回到地下车库。

计划很简单：琳妮无法忍受女儿去世的消息，服下抗焦虑药后开车前往埃特勒塔，就像《未完成的手稿》中的女主人公一样，最终跳下悬崖。一个悲剧性的收场，配得上惊悚小说家的结局。

他打开后备箱，拽起毫无生气的琳妮，掰开她的下颌，将药片推入她的喉咙深处。接着，他把水倒进漏斗，牢牢地扳住她的头，让水混合着药片滑入她的胃。琳妮反射性地吸着气，但并不清醒。他知道正确的剂量，也知道琳妮对这些药片的反应。未来的毒物检测将证实她在出发前几个小时曾服用过药物，足以导致她自杀，但并不妨碍她开车。科学将再次在警察的大脑里播下欺骗的种子，误导他们做出错误的推论。

他将朱利安的西格绍尔手枪塞进手套箱。午夜时分，他打开琳妮手机上的GPS，启动了琳妮汽车的引擎。不到三个小时后，他将抵达埃特勒塔。路面无雪无冰，天气良好，一切顺利。

他只走小路。后备箱里不断传来撞击声。他调大收音机的音量。琳妮似乎在呼救，但并没有持续太久：当初他用同样的方法将朱利安从贝尔克带到维埃纳时，后者也是尖叫了几分钟后就崩溃了。

迈克尔·杰克逊最伟大的作品之一《颤栗》在车内回响。大卫·乔兰发现这样的巧合简直不可思议：后备箱里的琳妮也一定能听到这个旋律。

巧合……他想了很久。巧合足以改变一个人的命运，它类似于一种神秘的机缘。数字1可以代表“你活着”；数字6可以代表“你死了”。如果当年朱利安比他先从母亲的子宫里爬出来，一切又会怎样呢？他将如何长大？他会拥有朱利安的美好生活吗？

大卫握紧方向盘。那晚，当他把枪口对准父亲的太阳穴时，他终于听到了父亲发自内心的忏悔。大卫只想知道自己是怎么来到这个世界的，为什么父母要把他扔进垃圾桶。雅克流着泪说他从没想过妻子会患上怀孕排斥症，有一天他回家后意外撞见血腥的现场：妻子躺在地上，失去了知觉，两腿间夹着一个婴儿；他急忙把她送到医院，那个孩子——朱利安——活了下来，但他从未——真的从未——听说过还有一个双胞胎婴儿被妻子扔进了垃圾桶。就是大卫。

难道母亲是在雅克不知情的情况下把第一个孩子扔进了垃圾桶？她回家时是否意识到还会有另一个孩子出生？她是否打算在生下第二个孩子后继续杀人？但这对大卫来说已经不重要了，雅克和母亲一样负有责任。况且，这个老头并没有让他费太大力气就自己走进了大海，最终被海浪冲走。

有时，死去反而比活在无法忍受的真相中好得多。

同样是巧合。四年前，他通过一个在线平台把位于阿讷西的公寓租给了摩根一家。而他在公寓里安装的微型摄像头，得以让他在维埃纳的旧房子里观察房客。那一天，他看到了摩根一家住进公寓。透过屏幕，他看到了……自己。震惊。

于是，他去搜查了摩根一家在贝尔克的别墅。是的，他的确有一个双胞胎弟弟，拥有漂亮的女儿、华丽的别墅，还娶了一位女作家。而他，一个被收养的弃婴，在垃圾中被发现；之后成为拥有多重身份的变色龙，只能在“黑色地牢”的深渊中结束一个个夜晚，被沮丧和绝望撕裂，从别人的痛苦中获得快乐。

一个真正功成名就的双胞胎弟弟……一个一模一样的双胞胎弟弟……这将是他实现蜕变的完美外壳，以防危险的生意出现差池。当蜕变时刻真正到来时，他回到了摩根的家，以确认他们是否拥有相同的DNA。他找到了朱利安·摩根的头发，通过互联网上的一家私人实验室进行了检测。果然，他和朱利安的基因几乎一样。真正的同卵双胞胎。

车前的道路仿佛一堵沥青墙：高耸、倾斜、翻倒，最后跌入沸腾的熔炉。远处琥珀色的灯光不停地闪烁着，下面的埃特勒塔仿佛死去般被压在石灰岩墙之间。一块牌子上写着一个车站名。大卫已经计划好了，为了避人耳目，返回时他会去十五公里外的费康站坐火车：先沿着悬崖边的徒步小路步行，抵达车站，混入早高峰的人流，然后在阿布维尔下车，再乘出租车前往贝尔克郊区，最后步行回海滩。他带了足够的现金，别墅的电脑里没有留下任何痕迹。至于他的手机，一直放在别墅的床头柜上。官方说法是：当琳妮跳下悬崖时，他正在睡觉。

完美犯罪是存在的。他就是导演。

将近凌晨 3 点。风猛烈地吹在挡风玻璃上，温度计显示零下 2℃。后备箱里的琳妮不再发出任何声音，她一定已经意识到了发生的事情，正努力在大脑中建立联系，怀疑终于变成了现实：她和一只怪物共度了生命中的最后几天——一个双面人，一个卑鄙的、恶魔般的剑突联胎。她竟然被几年前绑架女儿的男人操纵、强奸了。

他沿着荒凉的小街继续向北行驶，很快找到了出发前就锁定的直通向埃特勒塔悬崖的小路，那里有一个大型停车场。他关掉车头灯，穿过路肩，驶上一条徒步者专用的土路，继续往前行驶了三百米，直到确定不会被人发现。他小心翼翼地驶离徒步小路，把车开上倾斜的草坪，让车头面向大海，最后按下中控区左侧的手刹按钮。此刻，汽车距离虚无的悬崖只有几米远，停在一个斜坡上。只要一个失误，就是万劫不复。

他呆坐在驾驶室里，深吸一口气。一切都要结束了。他把阿普唑仑药盒和琳妮的手机放在副驾驶座上，拿回手枪，调整好手套和帽子。他没忘记什么吧？

白天，即使是冬天，这里也一定是徒步者经常出没的地方。十个小时后，汽车很可能会被发现于悬崖底部。大卫打算回家后再报警，就说自己喝醉了，独自醒来后发现妻子不见了，妻子的车也不见了。她是在他睡觉时离开的吗？几点离开的？去了哪里？他统统不知道。晚上 11 点左右，他吞下四五杯威士忌后便倒头大睡，妻子当时在楼下，之后就是记忆的黑洞……

他下了车，一阵狂风把他吹得向悬崖边趔趄了几步，这让他很惊讶。英吉利海峡沉入了无边的黑暗，他仿佛看到一只食人魔正浮出海面，吞噬着沿途的一切。冰冷的风吹过脸颊，星星在闪烁，照亮了乳白色的徒步小路，下弦月在远处勾勒着“空心针”的轮廓，看上去美极了。

他跪下来，匍匐在地面上，慢慢爬向悬崖边：一百米以下，海浪猛砸向岩石，激起白色的泡沫——真是一个理想的自杀场所、惊悚片的收场之地。对于海浪来说，汽车不过是玩具而已。海水、盐分、浪涛，所有这些都能保证不给警察留下任何生物痕迹。太完美了。

他迅速离开悬崖边，回到车旁，小心地拔出枪，打开后备箱。琳妮正蜷缩着身子，浑身发抖，眼睛被泪水浸得通红。行凶者的脸出现在了视野里，仿佛昏暗的月光。

“你是谁？”

他一把抓住琳妮，把她拽出后备箱，一边仔细检查后备箱的状况，一边用武器顶住她。没留下什么蛛丝马迹吧？金属板上有没有刻字？

琳妮看到是一张写满愤怒的脸，是朱利安，也不是朱利安。两个不同的人住在同一个身体里。空气里弥漫着潮湿的水雾，琳妮似乎认出了熟悉的背景。所以，车一直是朝这里开的。她不知道时间，但她知道这里是埃特勒塔的悬崖。

大卫捏住她的胳膊，把她拉向自己。两张脸在冰冷的空气中对峙。

“关于你的女儿，你必须知道一点：我爱她，我真的很喜欢她……”

琳妮试图反击。她想杀了他，用拳头打他，直到他死去。但她太虚弱了，脑子里一片混乱，嘴唇也开始麻木。

“……起初，我只想毁掉弟弟完美的幸福生活，拿走他最珍贵的东西，把他的女儿交给野兽，那些人甘愿花一大笔钱对她为所欲为，直到最后……没有禁忌。”

他狠狠地把她压在汽车引擎盖上，用枪抵住她的下巴。

“但我做不到。她激起了我从未有过的感觉，也许是因为基因，所以我一直把她留在家里，关进一个特殊的房间。我没有伤害她，只是现实逼迫我不得不放弃她，把她交给可以照顾她的人……”

琳妮呻吟着，狂风让她窒息。眼前的男人一直喋喋不休，就像什么都没有发生过，就像一切都很正常且合乎逻辑。

“让松被捕后，各种小麻烦开始不断。警察穷追不舍，生意也开始变得危险。于是，我把萨拉带到了拉沙佩勒－昂韦科尔的出租屋，以便让德尔皮埃尔完成他的工作。不要以为放弃她很容易，但我必须改变身份，去别墅，和你在一起……”

他擦了擦鼻涕，从唇间流出的每一个字都仿佛一颗被冻住的珍珠。

“这就是我的计划，完美犯罪。为了让它有效，为了让我消失，总要有一具尸体来代替我。我必须成功地骗过科学，这才是关键……绑架朱利安、遇袭、失忆……我知道如何伪装，为了生存和融入人群，我经常这么做。如果没有焦尔达诺，尤其是那顶该死的帽子，一切都完美无瑕。就像你的书一样，一个微不足道的小把戏，足以骗过一切……”

琳妮再也忍受不了了。她头晕目眩，希望一切立刻结束。尽快死去或许可以止痛，唯一能拯救她的地方就在几米之外，在悬崖底部。

“萨拉的帽子为什么会出现在朱利安汽车的后备箱？显然，我绑走朱利安时他就已经拿着它了，但我从没见萨拉戴过那顶帽子。最后，还是焦尔达诺给了我答案。让松把绑架来的女孩连同萨拉的帽子一起带到了拉沙佩勒－昂韦科尔的小屋，交给了焦尔达诺；焦尔达诺对戴着这顶帽子的女孩实施了虐待。所以，帽子在那之前已经在让松的房车里躺了几个月，虽然我并不知道具体情况，但焦尔达诺杀了那个女孩后，把帽子当作纪念品也给带走了。这个疯子喜欢看他女儿戴着它，只是为了纪念和重温幻想。你明白了吧？就是因为那顶帽子，朱利安绑架了焦尔达诺……不过别担心，我也让他受了很多苦，焦尔达诺，我从没有和他见过面，即使他是我的客户。对于我的生意来说，黄金法则就是双方不能有任何交集，所以当他知道我是谁时……你真应该看看他当时的表情。”

他拉起琳妮，一齐向车头走去。琳妮踉跄着挣扎到悬崖边，想要直接跳下去，却被他一把抓住头发。她尖叫一声，被他用枪托砸中额头，倒了下去。接着，他把她塞进汽车，固定在驾驶座上，系好安全带。琳妮的头微微抖着，周围一片模糊，只有耳边沉重的嗡嗡声。

“你杀了你的女主角，琳妮，你知道这会给读者造成多大创伤吗？在书里，故事总有一个美好的结局，这也是人们花钱买书的原因。但现实生活就不同了，哪有什么最后一刻的大反转。谁拿着枪，谁就会赢。”

说着他启动引擎，打开车头灯，将食指放在手刹按钮上。死亡触手可及……

“在各种死亡中，相信我，这是最甜蜜的一种。很短暂，没有痛苦。只是有件事我始终无法确定，那就是选择和汽车一起跳进虚空的人是否会系安全带。我想应该会系上吧，这是生存的本能。反正无论系不系，结果都是一样的。”

说完他按下手刹，立即后退，砰地关上车门。在重力的作用下，车轮开始缓慢地滚动，起初受阻于草丛和松散的泥土，但严苛的物理定律适用于所有倾斜于平面的物体。车速逐渐加快，九秒种后，汽车来到悬崖边，倾斜，最后坠入虚空。又七秒钟后，金属撞击岩石的轰鸣声与海浪的咆哮声混合在了一起，琳妮眼前的最后一幅画面是成千上万的玻璃碎片砸向自己的脸。

大卫·乔兰回到徒步小路。就像所有的魔术表演一样，最后一幕终于来了。一切都消失了。左侧是埃特勒塔，右侧是通往步行两小时后就能到达费康火车站的小路。

他向右走去。

远处，天空中升腾起一抹无名的红色火焰。

正如作者提到的本书所有章节的首字母，
那里暗藏着一个惊天线索，
也为接下来的故事埋下了伏笔——《迷宫》。
我们再次把答案放在了封面上，
请试着串起它们，
你一定能猜到的。

祝解谜愉快。

好·奇

《恶 果》

《超立体城市迷宫：走出这本迷宫书》

《关于日本的一切》

《伍尔夫漫步21世纪曼哈顿》

《草间弥生：执念、爱情和艺术》

《爱德华·霍普：寂寥的画者》

《自私的人类：人类如何避免自我毁灭》

《30岁那天，我长出了一条尾巴》

《人造肉：即将改变人类饮食和全球经济的新产业》

《下馆子：一部餐馆全球史》

《回忆苏珊·桑塔格》

《未完成的手稿》

《两 度》

《致命地图：席卷全球的重大传染病及流行病》

《要命的急诊》

……

下一本，更精彩！

好·奇

提供一种眼界

豆瓣 Club：好·奇

图书在版编目（CIP）数据

两度 /（法）弗兰克 · 蒂利耶著；萨姆斯译 . -- 北京：北京联合出版公司，2023.3
ISBN 978-7-5596-6476-1

Ⅰ . ①两 ... Ⅱ . ①弗 ... ②萨 ... Ⅲ . ①长篇小说－法国－现代 Ⅳ . ① I565.45

中国版本图书馆 CIP 数据核字 (2022) 第 215226 号

两度

作　　者 | [法] 弗兰克 · 蒂利耶
译　　者 | 萨姆斯
出 品 人 | 赵红仕
选题策划 | 好 · 奇
策 划 人 | 华小小 耿 丹
责任编辑 | 徐　鹏
封面装帧 | @ 吾然设计工作室
内页制作 | 华　大
投稿信箱 | curiosityculture18@163.com

北京联合出版公司出版
（北京市西城区德外大街 83 号楼 9 层 100088）
北京联合天畅文化传播公司发行
天津丰富彩艺印刷有限公司印刷　新华书店经销
字数 300 千字　787 毫米 × 1092 毫米　1/32　15 印张
2023 年 3 月第 1 版　2024 年 5 月第 4 次印刷
ISBN 978-7-5596-6476-1
定价：68.00 元